BASTEI
LÜBBE

Als Bastei Lübbe Taschenbuch sind erhältlich:

14769-3 Der dunkle Hauch der Angst
14954-8 Der süße Duft des Blutes
15184-4 Der kalte Kuss des Todes

Über die Autorin:

Tatjana Stepanowa, 1966 in Moskau geboren und studierte Juristin, ist eine der erfolgreichsten Kriminalschriftstellerinnen Russlands. Wie ihre berühmte Kollegin Alexandra Marinina war auch sie im Polizeidienst tätig. Inzwischen liegen in deutscher Übersetzung vier Kriminalromane vor, deren Heldin die Reporterin Katja ist und die in Russland bisher eine Gesamtauflage von zwei Millionen Exemplaren erreichten.

Tatjana Stepanowa

Das Lächeln der Chimäre

Ins Deutsche übertragen von
Margret Fieseler

BASTEI LÜBBE

BASTEI LÜBBE TASCHENBUCH
Band 15 375

Erste Auflage: September 2005

Vollständige Taschenbuchausgabe

Bastei Lübbe Taschenbücher in
der Verlagsgruppe Lübbe

Deutsche Erstveröffentlichung
Titel der russischen Originalausgabe:
Ulybka chimery

Umschlaggestaltung: Gisela Kullowatz
Titelbild: Joris von Velzen/Look
Satz: hanseatenSatz-bremen, Bremen
Druck und Verarbeitung: GGP Media GmbH, Pößneck
Printed in Germany
ISBN 3-404-15375-8

1

»Waleri Wiktorowitsch, es ist Punkt zehn. Sie wollten die Nachrichten hören.«

Gleb Kitajew, der am Steuer saß, blickte im Spiegel zu seinem Chef und Arbeitgeber, Waleri Saljutow, hinüber, der es sich auf dem Rücksitz bequem gemacht hatte. Saljutow gab, in Gedanken vertieft, keine Antwort. Kitajew schaltete das Autoradio ein. Es konnte für den Chef nur von Nutzen sein, die letzten Neuigkeiten über diesen Fall zu erfahren, bevor sie an ihrem Ziel eintrafen.

»Was für ein Schneesturm … Der passt richtig zu Silvester, so wild und ausgelassen.« Kitajew räusperte sich und verstummte. Er trat aufs Gaspedal.

Bis zur Umgehungsstraße waren es noch mehrere Kilometer. Vorher kam noch das Flüsschen Glinka mit der buckligen Brücke. 1973 war hier ein schwerer Autounfall passiert. Eine Hochzeitslimousine, eine »Tschaika«, war von der Brücke ins Wasser gestürzt. Das Brautpaar, das gerade vom Standesamt kam, ertrank. Den völlig verbeulten, noch mit bunten Bändern umwundenen und mit Trauringen geschmückten Wagen zog man mit einem Kran heraus. Auch die Leiche des Chauffeurs wurde geborgen. Aber Braut und Bräutigam fand man nie. Wahrscheinlich hatte die Strömung sie mit sich gerissen.

Sie waren also nicht beerdigt worden. Und seitdem munkelte man immer wieder, man habe in stürmischen Winternächten das Brautpaar auf der Brücke gesehen. Die hochschwangere Braut habe immer noch ihr Hochzeitskleid getragen und einen zerrissenen Schleier aus Nylonspitze.

Auf der Brücke blitzte im Dunkel des Schneegestöbers etwas Weißes, Verschwommenes auf. Schwer schlug der Schnee an die Scheibe. Was für ein Sturm …

Saljutow wandte sich vom Fenster ab und lauschte den Radionachrichten. Aber er begriff kein Wort. Er dachte daran, dass jenes Mädchen, das im fernen Jahr 1973 so unglücklich von der Brücke gestürzt war, bei ihrer Heirat schon im siebten Monat schwanger gewesen war. Ein kleines, zerbrechliches, schwangeres Gespenst, das in der Rubljowskoje-Chaussee spukte. Saljutow dachte oft daran – fast jedes Mal, wenn er von Moskau zurück nach Hause fuhr oder von dort nach Moskau. Er stellte sich diese schon so lange zurückliegende Hochzeit vor, den verwegenen, betrunkenen Chauffeur, die beiden Jungvermählten, die sich auf dem Rücksitz der mit Bändern geschmückten »Tschaika« küssten, sah den sich wölbenden, von dem engen weißen Kleid umspannten Bauch der Braut vor sich, die noch ungeschickten, aber schon kühn sich vorwagenden Hände des blutjungen Bräutigams. Alles stellte er sich vor, nur nicht das, was sich hinter dem Wort »Autounfall« verbarg. Dieses Wort wollte sich seit einiger Zeit einfach nicht in seinem Gedächtnis halten. Vierzig Tage schon, dass es seinem Vorstellungsvermögen entglitt und sich verflüchtigte wie Rauch.

Vielleicht war es alles nur ein Traum? Er hatte nur geträumt, dass sein Sohn gestorben war? Umgekommen bei einem ebenso grässlichen Ereignis, wie es dieses unaussprechliche, peinigende Wort bezeichnete, ein Wort, hinter dem sich das Knirschen von Metall verbarg, das Kreischen versagender Bremsen, züngelnde Flammen, schwarze Rußflocken, zerfetzte Hochzeitsbänder, ein benzindurchtränkter Brautschleier, der wie eine Fackel aufloderte …

»Sie hätten vorher mit Maklakow sprechen sollen. Er ist mit allen Wassern gewaschen, auf seinen Rat kann man sich verlassen.«

Saljutow blickte Kitajew an. Wovon redete er?

»Sie hätten ihn gestern Abend anrufen sollen, Waleri Wiktorowitsch, und ihm sofort von der Vorladung berichten müssen …«

Saljutow dachte: Wie sonderbar. Seit einiger Zeit muss ich mir die einfachsten menschlichen Worte und Taten in eine noch vereinfachtere Sprache übersetzen, um zu verstehen, was man eigentlich von mir will. Auch jetzt übersetzte er sich selbst: Gleb Kitajew, der Chef meines Sicherheitsdienstes, meint, ich hätte mich sofort mit meinem Anwalt Maklakow in Verbindung setzen sollen, nachdem die Staatsanwaltschaft mich für heute, 11.30 Uhr, vorgeladen hat.

Kitajew schien wegen dieser Vorladung in großer Unruhe zu sein. Machte er sich Sorgen um ihn, Saljutow? Befürchtete er, dass irgend so ein verbiesterter Paragrafenhengst von der Staatsanwaltschaft seinen Chef und Arbeitgeber ausgerechnet heute mit seinen Fragen löchern würde? Am vierzigsten Todestag des eigenen Sohnes wegen einer Mordsache zur Staatsanwaltschaft zu müssen – das ist für niemanden angenehm. Und wenn der Ermordete auch noch ein alter Bekannter ist …

Übrigens war Kitajew wohl gar nicht so mitfühlend. Er war nur einfach nervös. Dieser Mord war wirklich eine Riesenschweinerei. Und auch wenn sie rein gar nichts damit zu schaffen hatten – es konnte trotzdem höchst unerfreuliche Auswirkungen auf ihre Geschäfte allgemein und das Schicksal des »Roten Mohn« im Besonderen haben.

Kitajews folgende Bemerkung hörte Saljutow nicht, er las

sie automatisch von seinen Lippen ab, als jener sich umdrehte. Ebenso automatisch nickte er: Ja, ja, Gleb, du hast Recht. Ihm ging Verschiedenes durch den Kopf. Zum Beispiel, dass heute im Billardraum des »Roten Mohn« neue Tische aufgestellt wurden. Er hatte sich für die klassischen Modelle »Imperium« und »Favorit« entschieden.

Dann dachte er noch darüber nach, warum im Volksmund Gespenster und Geistererscheinungen so verrufen sind. Und ob einem wirklich in stürmischen Winternächten auf der Glinka-Brücke eine von den Toten auferstandene schwangere Braut in einem zerrissenen, halbverbrannten Schleier erscheinen kann. Und schließlich dachte er noch an Veronika, die schöne, teure Valuta-Prostituierte, mit der er die ganze letzte schwierige, schlaflose Nacht verbracht hatte, weil er es in den eigenen vier Wänden einfach nicht ausgehalten hatte.

Viereinhalb Stunden später verließ Saljutow das Gebäude der Staatsanwaltschaft. Hier, im Zentrum von Moskau, tobte der Schneesturm genauso wie auf den verschneiten Feldern an der Umgehungsstraße. Der in die Gassen zwischen Twerskaja und Petrowka eingezwängte Wind heulte wie in einem Ofenrohr. Saljutows Wagen, ein Jeep vom Typ »Toyota Cruiser«, war schon halb unter dem Schnee begraben. Rhythmisch bewegten sich die Scheibenwischer.

Als Kitajew seinen Chef erblickte, sprang er aus dem Jeep und riss beflissen die hintere Tür auf.

»Das hat ja schrecklich lange gedauert, Waleri Wiktorowitsch. Ich war schon in tausend Ängsten!«

Saljutow setzte sich ins Auto. Ja, nicht nur Kitajew, auch alle anderen im »Roten Mohn« zitterten schon seit drei Tagen vor Aufregung, seit diesem Telefonanruf um zehn Uhr morgens, als eine Stimme, die Saljutow nur zu gut kannte, ihn aufforderte, den Fernseher einzuschalten, um die neuesten Nachrichten zu hören.

An diesem Vormittag war nämlich ein hoher Beamter der städtischen Verwaltung auf dem Treppenabsatz vor seiner Wohnung ermordet worden. Sein Name war Saljutow wohl vertraut. Diesen Namen kannte sowohl in Moskau wie im ganzen Regierungsbezirk jeder, der in irgendeiner Weise mit Spielkasinos und Vergnügungsbetrieben zu tun hatte. Von diesem Beamten hing in der Branche vieles, wenn nicht fast alles ab, wenn es um Entwicklung, Erweiterung, Lizenzen und Investitionen ging. Und er war ein ausgesprochen unnachgiebiger Mensch. Jetzt hatte man ihn also auf der Schwelle seiner eigenen Wohnung erschossen, im Haus an der Moskwa[1], als er gerade aus der Tür trat, um zum Dienst zu fahren. Vom Mörder fehlte jede Spur.

»Hat man Ihnen viele Fragen gestellt, Waleri Wiktorowitsch?«, erkundigte sich Kitajew vorsichtig und wartete ab, bis die Scheibenwischer die Windschutzscheibe gänzlich vom Schnee befreit hatten.

»Es reicht. Mein Kopf zerspringt fast. Kann ich eine Tablette haben?«

Kitajew fragte Saljutow nicht: Und was wollte der Untersuchungsführer im Einzelnen wissen? Er reichte ihm das Medikament und ließ den Motor des Jeeps an.

Saljutow lehnte sich im Autositz zurück. Verflucht, wie viele unnötige, leere, verlogene, ausweichende Phrasen waren gewechselt worden. Dabei hätte man das ganze vier Stunden dauernde Gespräch mit dem Untersuchungsführer in wenige

---

[1] Das »Haus an der Moskwa« ist eines der größten Wohnhäuser Moskaus, ein Komplex, den Stalin gegenüber dem Kreml für die Parteielite bauen ließ. Dort lebten viele berühmte Politiker, Wissenschaftler und Künstler. Bekannt wurde es unter diesem Namen nicht zuletzt durch den gleichnamigen Roman von Juri Trifonow.

Worte fassen können: Wer hat ihn umgebracht? Und was wissen Sie, Waleri Wiktorowitsch, über diese Sache?

Aber der Untersuchungsführer hatte es vorgezogen, die Attacke wie ein Düsenjäger von weither anzugehen. Hatte ihn nach allem Möglichen gefragt, nach seinem Leben, seinem Geschäft, nach dem »Roten Mohn«, nach seinen Beziehungen zu den Beamten im Bürgermeisteramt und in der Stadtverwaltung im Allgemeinen und im Besonderen, nach den Schwierigkeiten und Hindernissen, auf die Saljutow bei der Realisierung des einen oder anderen Geschäftsvorhabens gestoßen war.

Der Untersuchungsführer war erstaunlich gut über alle Interna der Branche informiert. Man wurde das Gefühl nicht los, dass er höchstens fünf Prozent von dem, was er wusste und dachte, auch aussprach und mit Absicht scheinbar oberflächliche, uninteressierte, sehr höfliche Fragen stellte.

Das Leitmotiv dieses ganzen Spinnennetzes aus Worten aber war: Wer hatte diesen Mann ermordet? Wer?

Das Interessante daran war, dass Saljutow genau wusste: Alle diese Fragen richteten sich im Grunde gar nicht an ihn. Er hatte zum Mord an dem Beamten nicht die geringste Beziehung. Er hatte keinen Auftrag gegeben, keinen Killer angeheuert, niemanden bezahlt, nicht geschossen. Ob der Untersuchungsführer das ebenfalls wusste, war schwer zu sagen. Vielleicht verdächtigte er auch Saljutow und hatte ihn auf seine Liste der zu überprüfenden Personen gesetzt.

Während der gesamten Unterredung stellte er Saljutow jedoch keine einzige direkte Frage. Er erwähnte auch jenen Namen nicht …

Eigentlich hatte Saljutow damit gerechnet, dass der bewusste Name beim Verhör fallen würde. Er wollte geradezu, dass der Untersuchungsführer endlich sagte: »Kennen Sie einen gewissen Tengis Milowadse? Könnte er vielleicht mit diesem Fall etwas zu tun haben?«

Aber der Untersuchungsführer sagte nichts dergleichen. Und Saljutow schwieg ebenfalls. Freilich, wäre dieser Name im Lauf des Gesprächs gefallen, so wäre es noch ungewiss gewesen, wie er sich benommen, was er dem Untersuchungsführer geantwortet hätte. Aber es fiel weder der Name Milowadse noch der andere, sein Spitzname, der in Saljutows Ohren vertrauter klang – Chwantschkara[2].

»Wohin jetzt, Waleri Wiktorowitsch?«, fragte Kitajew. »Nach Hause?«

»Lass uns erst noch irgendwo zu Mittag essen.« Saljutow schaute zum Fenster hinaus. Draußen war nichts zu erkennen, nur Schnee und flirrende Lichter, die die Augen reizten. Das waren die illuminierten Tannenbäume, die in den Schaufenstern leuchteten.

---

2 »Chwantschkara« ist ein georgischer Rotwein, daher ein passender Spitzname für den Georgier Milowadse.

2

Die Tage zwischen Neujahr und Weihnachten[3] ähneln bunten Seifenblasen. So jedenfalls kam es Katja immer vor – Katja Petrowskaja, nach ihrer Heirat Krawtschenko. Keine gewöhnlichen Werktage, aber auch keine richtigen Feiertage. Eine Zeit der Freiheit, Winterferien eben: violette Morgendämmerung, Laternen, die schon nachmittags vorm Fenster aufflammen, ein Tannenbaum, der noch nicht weggeräumt ist, heißer Tee und Apfeltaschen, Schneestürme …

Neujahr hatten Katja und ihr Mann Wadim Krawtschenko in der alten Datscha seiner Eltern auf dem Land gefeiert, in der Gesellschaft von zahlreich angereisten Freunden und Bekannten samt deren Frauen und Freundinnen. Den Neujahrsbaum schmückten sie im Hof vor dem Haus und bauten noch ein ganzes Regiment von Schneemännern dazu. Wadim heizte die Banja an. Zwei Stunden vor Mitternacht peitschten alle Gäste männlichen Geschlechts einander in dem kleinen Blockhaus bis zur völligen Erschöpfung mit Birkenreisern, um sich anschließend unter urigem Geheul, das ihren prähistorischen Vorfahren alle Ehre gemacht hätte, nackt in die Schneewehen neben der Vortreppe zu stürzen.

Nur schade, dass unter den Draufgängern, die den Jahres-

[3] Das russisch-orthodoxe Weihnachtsfest wird am 7. Januar gefeiert, also nach Neujahr. Geschmückte Tannenbäume stellt man aber schon zu Neujahr auf.

wechsel im Schnee begrüßten, Sergej Meschtscherski fehlte, ihr alter Freund aus Kindertagen. Das Reisebüro »Moskauer Geographischer Klub«, wo er seit einigen Jahren im Schweiße seines Angesichts schuftete, hatte für die Sonntagszeitung »Rund um die Welt« zu Neujahr eine Abenteuerreise quer durch Indien, Nepal und Tibet organisiert, und Sergej hatte die Reiseleitung übernommen.

Aber nun war das Fest unter dem Krachen von Feuerwerk und Knallfröschen zu Ende gegangen. Die Gäste wurden allmählich nüchtern und machten sich auf den Nachhauseweg. Draußen schneite es heftig, der Wind wehte den Schnee über die Datschensiedlung – über Dächer, Häuser, Schuppen, Banjas, die in den Höfen aufgestellten Tannenbäume, den Wald, den See. Im weißen Flockenschleier konnte man nichts sehen, nur das eigene Spiegelbild in der Fensterscheibe.

Am Morgen des fünften Januar, einen Tag vor dem Weihnachtsfest, brach Wadim Krawtschenko wieder zum Dienst auf: Er hatte über die körperliche Unversehrtheit seines Arbeitgebers Wassili Tunigunow zu wachen und seine 24-Stunden-Schicht als Leiter des privaten Sicherheitsdienstes zu absolvieren. Katja blieb allein auf der Datscha zurück.

Sie zog sich Stiefel und Wattejacke an, stapfte durch den lockeren Schnee zum Holzstoß, sammelte ein paar Scheite zum Anheizen und zündete den Ofen an. Dann schaute sie verzaubert zu, wie das Feuer aufflackerte und die Flamme an den Birkenscheiten leckte, lauschte, wie der Wind im Ofenrohr heulte, und freute sich, dass das neue Jahr so gut begonnen hatte, so ruhig und gemütlich. Sie freute sich, dass es warm im Haus war. Sie freute sich auf Weihnachten, das Wadim und sie auch hier auf der Datscha verbringen wollten, nur sie beide allein, sonst niemand.

Erst spät ging Katja zu Bett. Lange saß sie noch vor dem Kamin und stocherte mit dem Schürhaken in den Kohlen. Draußen wirbelte der Schneesturm. Von der Nachbardatscha, wo immer noch gefeiert wurde, drang Musik aus dem auf volle Lautstärke gedrehten Kassettenrecorder herüber.

Katja überließ sich ganz ihrer trägen Stimmung am Kamin. Sie fühlte sich auf dem Sofa unter ihrem karierten Plaid wohl, warm und behaglich. Es war, als ob die Winterwelt allen Menschen durch das Schneegestöber zulächele und bunte weihnachtliche Seifenblasen steigen ließe. Hätte man Katja jetzt plötzlich angerufen und mit der Nachricht überfallen, dass in diesem Augenblick irgendwo ein Mensch ermordet worden sei, sie hätte es nicht geglaubt und gleich wieder aufgelegt.

3

Das am Ende eines Kiefernparks gelegene Haus leuchtete mit hellem Schein durch den Schneesturm. Saljutow sah die Lichter schon von der Chaussee aus. Er war wieder zu Hause, und zum ersten Mal an diesem Tag kehrte Ruhe in sein Gemüt ein. Immer wieder aufs Neue staunte und freute er sich über den Eindruck, den das Haus auf jeden machte, der über die Rubljowskoje-Chaussee fuhr und nach links schaute – auf die hellen Lichter, die Neonreklame, die funkelnde Illumination, die so geschickt in das verschneite Dunkel der Kiefernalleen eingebettet war.

Unwillkürlich dachte er an Las Vegas zurück, wo er vor fünf Jahren gewesen war, bei seinem ersten Besuch in den USA. Dort hatte er endlich mit eigenen Augen erblicken wollen, wovon er so oft geträumt hatte und was er als Kind – sehr, sehr selten – im Film gesehen hatte.

Das rotgoldene Neontableau an der Fassade des Gebäudes hatte Saljutow selbst entworfen. Eine ganze Brigade von Designern, Künstlern, Elektrikern und Ingenieuren hatte daran gearbeitet. Das Tableau war aus Einzelteilen in einer Fabrik in Nordkalifornien montiert worden. In derselben Fabrik, die auch die größten Spielkasinos von Las Vegas ausstattete. Die Kosten für das Tableau samt Transport beliefen sich auf dreihundertfünfzigtausend Dollar. Aber Saljutow hatte es um das Geld noch kein einziges Mal Leid getan.

Dieses leuchtende Neonbild war seine Idee. Es war ein ständig wechselndes Bild, fließend wie ein glitzernder Wasserfall: ein bunter Stoß Spielkarten, die sich mal zu einem Fächer öffneten, mal zu einem langen, gewundenen Band aneinanderreihten. In diesem magischen Kartenspiel überwogen Karos und Herzen. Das As schwebte in der Luft wie ein purpurroter geöffneter Fallschirm, die Dame warf den Gaffern Handküsschen zu, und der Herzkönig streute wie aus einem Füllhorn mit freigebiger Hand Spielmarken und Goldmünzen aus.

Dann aber änderten plötzlich alle diese Herzen, Karos und Rhomben ihre Umrisse, verwandelten sich in flammendrote Mohnblumen und flossen schließlich zu einer einzigen gigantischen Blüte zusammen, deren Blütenblätter an Windmühlenflügel erinnerten.

Diese Werbetafel an der Fassade hatten alle Angestellten des Hauses und die ganze Familie bewundert. Nur Philipp, der jüngste Sohn, behauptete, das sei alles Kitsch und billiger Pfusch. Aber er rümpfte ja über alles die Nase, nichts war diesem verwöhnten, selbstzufriedenen Bürschchen gut genug. Ihn interessierte gar nicht, was der rote Mohn an der Fassade des Hauses für seinen Vater bedeutete.

Saljutow betrachtete die feurige Blüte, die sich im nächtlichen Schneesturm vor ihm entfaltete. Roter Mohn war das Wappen seines Hauses. Roter Mohn ... So hieß auch das Parfum, das seine Mutter vor langer Zeit so geliebt hatte und dessen Duft er in seiner Kindheit und Jugend immer sofort erkannt hatte.

Seine Mutter war jung gestorben, 1956, an Tuberkulose. Waleri Saljutow war damals erst zwölf gewesen. Er blieb bei seiner Tante Polina, der Schwester seiner Mutter, und beim Vater, obwohl er damals schon wusste, dass dieser Mann nicht sein leiblicher Vater war ...

Gleb Kitajew bog, ohne abzubremsen, von der Chaussee auf die breite, vom Schnee geräumte Kiefernallee ein und hielt einen Augenblick später vor dem Haus, hinter einem dunkelblauen Honda mit geöffneter Tür. Neben der Tür stand der Chauffeur und Bodyguard Ravil.

Saljutow beobachtete aus seinem Wagen heraus die Insassen des Honda. Marina, die Witwe seines ältesten Sohnes, stieg als Erste aus dem Auto. Sie war allein gekommen, ohne ihre Kinder, die Enkel Saljutows. Nach ihr stieg mithilfe des Chauffeurs Tante Polina aus.

Die alte Frau stützte sich schwer auf Ravils Arm. Saljutow zog sich bei diesem Anblick das Herz zusammen. Ravil bückte sich, holte aus dem Wageninneren einen Stock und reichte ihn ehrerbietig Polina Sacharowna. Dann führte er sie langsam und behutsam zu dem hell erleuchteten Eingang.

Saljutow wusste, warum sein Chauffeur sich benahm wie ein Blindenführer: Nach dem Tod von Igor, seinem ältesten Sohn, hatte Tante Polina sich die Augen ausgeweint und war fast blind geworden. Sie hatte beide Söhne Saljutows, Igor und Philipp, großgezogen und davor auch ihn selbst.

Schließlich stieg Saljutow aus seinem Jeep. Seine Familie war bereits im Vestibül verschwunden, hinter der massiven Eichentür. Er aber zögerte noch auf den rutschigen, grauen Marmorstufen.

Es war erst halb acht, sehr früh also, denn gewöhnlich begann das Leben im »Haus«, wie es intern einfach genannt wurde, erst ab ungefähr neun, zehn Uhr zu pulsieren, zu brodeln. Diese frühe, dämmrige, stille Stunde hatte die Familie absichtlich gewählt, um des verstorbenen Sohnes zu gedenken, an dem Ort, der in vieler Hinsicht auch sein Traum und das Werk seiner Hände gewesen war. Denn – und bei diesem Gedanken merkte Saljutow, wie ihm der Atem stockte, und er musste heiser aufstöhnen –, denn ohne seinen ältesten Sohn Igor hätte es den »Roten Mohn« sicher nicht gegeben.

Es hätte gar nichts gegeben.

Saljutow hatte dafür gesorgt, dass das Bankett zu Igors Gedächtnis hier im Haus ausgerichtet wurde. Er hatte es so angeordnet, und die Familie hatte sich gefügt. Sogar Tante Polina war gekommen, die in ihrem achtzigjährigen Leben noch niemals ein Spielkasino betreten hatte. Nicht einmal den »Roten Mohn«.

Arme alte Tante Polina. Sie war immer der Meinung gewesen, dass ihr Lieblingsneffe Waleri den falschen Beruf ergriffen hätte, seinen »hellen Kopf«, wie sie sich ausdrückte, für wichtigere Dinge hätte nutzen sollen. Vor dem »Roten Mohn« hatte sie geradezu Angst. Und jetzt, bei ihrem ersten Besuch, war sie zu alt und zu blind, um zu sehen, wie prächtig und schön das »Haus« war.

Mein Gott, wie hatte es so weit kommen können, dass nur diese hinfällige alte Frau ihn mit der Vergangenheit verband? Was würde sein, wenn sie starb? Würde mit ihr auch die Vergangenheit sterben, so wie die Gegenwart und Zukunft mit dem Tod seines ältesten Sohnes gestorben war?

Denn es gab Dinge, die außer ihm selbst nur diese alte Frau wusste. Zum Beispiel, dass der Name Waleri nicht der erste Name gewesen war, den er in seinem Leben bekommen hatte …

Bis zu seinem siebten Lebensjahr wusste Saljutow, dass man ihn nach dem berühmten Fliegerhelden Tschkalow benannt hatte. Den Namen hatte sein Vater ausgesucht, der sich im Krieg ebenfalls Heldenruhm als Kommandeur einer Fliegerstaffel erworben hatte. Bei Königsberg war er im Luftkampf abgeschossen worden, überlebte und wurde im Lazarett wieder auf die Beine gebracht. Ein Orden, verschiedene

Medaillen, eine kaputte Wirbelsäule und ein unsicherer Gang an Krücken waren sein Lohn.

Die Saljutows lebten in Odessa, in derselben Gegend wie vor dem Krieg, in Lusanowka. Damals war das nur eine Fischersiedlung. Die Kinder aus Lusanowka wurden früh erwachsen. Schließlich war der Krieg gerade erst zu Ende gegangen.

Beim Spielen auf der Straße kam es einmal zu einer der üblichen Balgereien unter Kindern, und da hörte er zum ersten Mal die verächtlichen Worte, die ihn zutiefst trafen: »Was hast du hier überhaupt zu suchen, du deutsche Rotznase? Das ganze Dorf weiß doch, dass deine Mutter dich von einem Fritz geboren hat!«

Saljutow erinnerte sich bis heute genau (und seitdem war fast ein halbes Jahrhundert vergangen), wie er damals nach Hause gekommen war. Er hatte zu keinem ein Wort gesagt. Acht Jahre war er alt gewesen, er konnte schon rechnen und wusste: Er war im März 1944 geboren. Damals waren die Deutschen in Odessa. Seine Mutter war nicht mehr rechtzeitig evakuiert worden, sein Vater kämpfte an der Front.

Er erinnerte sich auch an das seltsame, angespannte Schweigen, das manchmal zwischen den Eltern herrschte, und an den beklommenen, unterwürfigen Ausdruck in den Augen der Mutter, wenn sie den Vater anschaute. Bis zur Selbstaufgabe unterwürfig, selbst dann, wenn er betrunken nach Hause kam. Und an ihr von Schluchzen ersticktes Schreien, das ihn eines Nachts weckte: »Warum quälst du mich so? Ich hab dir doch gesagt – ich gebe dich frei, ich gehe fort und nehme das Kind mit! Ich kann so nicht weiterleben, ich kann nicht!« An das Geräusch einer Ohrfeige – trocken und scharf, und einen neuen Ausbruch von Schluchzen, und an den Klang des splitternden Fläschchens, das der Vater auf den Boden schleuderte. Das Parfum, das aus dem zerbrochenen Flakon über den Fußboden floss, war der von der Mutter geliebte Duft »Roter Mohn« …

Nach dem Krieg hatte der Vater angefangen zu trinken. Zwar machte man ihm, dem Invaliden und Ordensträger, dafür auf der Arbeit kaum Vorwürfe. Wahrscheinlich bedauerte man ihn. Und auch zu Hause ließ die Mutter sich von ihm alles gefallen.

Soweit Saljutow sich erinnerte, hatte er sie niemals DANACH gefragt. Er konnte es nicht. Auch den Vater fragte er nicht. Aber er horchte gierig auf den Klatsch in Lusanowka, und die Wahrheit, die er dort aufschnappte, war einfach und verblüffend zugleich. Seine Mutter hatte nicht mehr evakuiert werden können, so wie viele Einwohner Odessas. Um sich und ihre alten Eltern durchzubringen, hatte sie sich als Kellnerin im deutschen Offizierskasino verdingt.

Dann ging sie, wie man in Lusanowka sagte, »mit einem Wanst« umher. Und im März 1944 brachte sie ein Kind zur Welt. Von wem es war, darüber gingen die Meinungen auseinander: vielleicht von dem deutschen Oberleutnant, dem sie die Wäsche wusch, vielleicht von dem italienischen Korporal, der in der Kommandantur Dienst tat. Der pflegte sie sogar mit einer Droschke von zu Hause abzuholen. Vielleicht aber auch von dem rumänischen Offizier, den der Volksmund der Lusanowka nur den »besoffenen bessarabischen Schnauzbart« schimpfte.

Unzählige Male stand der achtjährige, neunjährige, zehnjährige Waleri Saljutow vor dem Spiegel, starrte sich an und suchte in seinem Gesicht die Züge dieser Männer.

Dann, viele Jahre später, als er schon erwachsen und seine Mutter gestorben war, entschloss sich Saljutow, mit dem einzigen Menschen, der die Wahrheit wusste, zu reden – mit Tante Polina, der Schwester seiner Mutter. Er nannte die Dinge grob und schonungslos beim Namen, fragte sie unverblümt, wer denn nun eigentlich sein Vater sei. Tante Polina brach in Tränen aus und sagte, er habe kein Recht, über seine Mutter zu richten. Sie habe tatsächlich als Kellnerin im Offizierskasino gearbeitet, und die Deutschen dort hätten die russischen Angestellten als ihre Kriegsbeute betrachtet. Tante Polina schwor, das alles sei die Folge einer rohen Vergewaltigung gewesen. Was denn sonst! Und dann habe seine Mutter fast den Verstand verloren, als sie erfahren musste, dass sie schwanger war, und als er auf die Welt gekommen sei, habe er gar nicht den Namen Waleri bekommen, sondern … »Wie?!«, fragte er. »Wer hat mir einen Namen gegeben, mein Vater?« Aber Tante Polina beteuerte, sie könne sich nicht mehr daran erinnern und das sei auch gar nicht wichtig. Die Hauptsache sei, dass sein Vater, sein wahrer Vater, nach der Rückkehr aus dem Krieg alles verstanden und verziehen habe, bei seiner Familie geblieben sei und Frau und Sohn akzeptiert habe. Geblieben war er nicht etwa deswegen, weil er ein armseliger Krüppel war, wie die bösen Zungen der Lusanowka behaupteten, sondern weil er seine Frau aufrichtig liebte, so sehr liebte, dass er ihr sogar diesen Fehltritt verzeihen konnte. Nur eine einzige Bedingung stellte er – sein Sohn müsse einen neuen Namen bekommen, den er selbst aussuchen wolle.

Später erfuhr Saljutow noch einiges mehr, nun schon von seinem Vater. Ihm wurde klar, warum der Vater der Mutter verziehen und ihn adoptiert hatte.

Der Vater erzählte ihm, wie er die Mutter geheiratet hatte. In Lusanowka gab es drei Schwestern. Er machte anfangs nicht der Mutter, sondern der ältesten Schwester Wera den Hof. Damals, unmittelbar vor dem Krieg, arbeitete er als Fluglehrer im Fliegerklub, und Wera war Telefonistin. Die mittlere

Schwester Polina machte eine Ausbildung zur Apothekerin, und die jüngste, Shenja – Waleris zukünftige Mutter –, hatte eben erst die Schule beendet. Der Vater lernte sie auf einem Tanzabend im Klub der Eisenbahner kennen. Wera, mit der er damals schon zusammenlebte und der er im Herbst sogar hoch und heilig die Ehe versprochen hatte, brachte ihre jüngste Schwester mit zum Tanz.

Ein Akkordeon spielte auf, und sie tanzten. Es war im Mai 1941. Nach dem Tanz brachte er die beiden Schwestern nach Hause und sagte zu Wera, am nächsten Wochenende werde er bei ihren Eltern um ihre Hand anhalten.

Und er kam tatsächlich und brachte einen weißen Fliederstrauß mit. Nur hielt er bei den Eltern nicht um die Hand der ältesten Tochter Wera an, sondern um die ihrer jüngsten, Shenja. Der Vater sagte Saljutow, er wisse selbst nicht, wie das damals gekommen sei. Es habe ihn getroffen wie ein Blitzschlag. In derselben Nacht warf sich Wera unter den Zug. Unter einen Güterzug, wie Anna Karenina, der mit Kohle für die Frachtschiffe im Hafen beladen war.

Dann begann der Krieg. Sowie er die Einberufung bekam, ließ er sich mit Shenja trauen. Der Vater sagte auch, er sei, als er an die Front ging, überzeugt gewesen, er werde nicht lebend zurückkehren. Vor ihrem Selbstmord hatte Wera eine Notiz hinterlassen, in der sie ihn, die treulose Schwester und ihrer beider künftige Ehe bitter verfluchte.

Aber der Vater wurde im Krieg nicht getötet. Er kehrte zurück – zwar als Krüppel, aber lebendig. Und er akzeptierte alles, was er daheim vorfand.

Das alles akzeptierte mit der Zeit auch Saljutow. Freilich erinnerte er sich immer daran, dass das Wort »Kasino« für ihn in der Kindheit mit Schmerz und Scham verknüpft war.

1956 starb die Mutter an Tuberkulose. Im selben Jahr sah

er in einem Kino in Odessa einen alten »Beutefilm«. Dort wurde ein solches Kasino gezeigt. Nun konnte er selbst sehen, was dieses verhasste, verpönte, unverständliche Wort eigentlich bedeutete. Und er war verblüfft, entzückt, bis in den Grund seiner Seele erschüttert.

Diesen durch zahllose Aufführungen schon ganz ausgeblichenen Film über das märchenhaft schöne Leben der Bourgeoisie, der »Burshui«, wie man in Lusanowka sagte, sah er sich danach noch viele, viele Male an. Nur einer kurzen Szene wegen: Der Held im Smoking und die Heldin im Ballkleid treten in einen prunkvollen, von kristallenen Lüstern erleuchteten und von vielen Menschen bevölkerten Saal …

»Waleri Wiktorowitsch, ich habe Ihre Familie hergebracht. Sie sind alle oben im Bankettsaal. Auch Philipp Walerjewitsch ist gekommen. Er ist ebenfalls oben. Seinen Freund haben wir allerdings gebeten, vorläufig unten in der Bar zu bleiben. Wie Sie es angeordnet haben, damit keine Fremden dabei sind.«

Saljutow zuckte zusammen. Er stand noch immer auf den Stufen zu seinem »Haus«. Der Schnee rieselte auf seinen Mantel und seinen unbedeckten Kopf. Vor ihm stand Ravil. Saljutow nickte ihm zu und trat zur Tür. Der Portier, der herausgekommen war, um den Chef zu begrüßen, riss die Tür geräuschlos und dienstfertig weit vor ihm auf.

4

Gleb Kitajew war in schlechter psychischer Verfassung. Seit einiger Zeit wurde er das Gefühl nicht los, dass sie alle eine rabenschwarze Pechsträhne erlebten.

Hätte sein Boss Saljutow ihn nach seiner Meinung gefragt, so hätte Kitajew geantwortet, er halte dies alles, zum jetzigen Zeitpunkt und in dieser Situation, für mehr als überflüssig – sowohl die Gedächtnisfeier in den Privaträumen Saljutows wie den Besuch bei der Staatsanwaltschaft und die Neueinrichtung des Billardsaals.

Ich rate Ihnen, Waleri Wiktorowitsch, hätte Gleb Kitajew gesagt, für ein, zwei Monate in Urlaub zu fahren und sich irgendwo, möglichst weit weg, zu erholen. Am Strand von Teneriffa zum Beispiel, oder auf den Malediven oder dem Great Barrier Reef in Australien. Aber Saljutow fragte ihn nicht nach seiner Meinung. Er handelte, wie immer, nach eigenem Gutdünken. Und das gefiel Gleb Kitajew überhaupt nicht.

Warum in aller Welt hatte Saljutow seine gesamte Familie hierher, in den »Roten Mohn«, geschleppt? Diese alte Hexe, die schon völlig senil war? Kitajew hatte nichts gegen den ausgeprägten Familiensinn seines Chefs, aber das ging doch wohl zu weit!

Diese vertrottelte Alte, die bei Saljutow zu Hause von drei Krankenpflegerinnen gleichzeitig betütelt wurde, erzählte über die Familie lauter schmutzige Klatschgeschichten. Und zwar wahllos jedem! Insbesondere den Dienstboten: den Haushaltshilfen, den Stubenmädchen, dem Chauffeur Ravil, dem Wachmann Fjodor. Kitajew, der unter dem Hauspersonal Saljutows seine Vertrauensleute hatte, konnte einfach nicht zulassen, dass ausgesprochen persönliche und nicht immer erfreuliche Informationen über die Familie nach außen sickerten.

Aber was sollte er machen, wenn diese achtzigjährige Hexe überall herumtelefonierte und allen erzählte, für alte Sünden müsse man büßen? Vor fünfzig Jahren hätten Saljutows Eltern ein Verbrechen begangen, als sie ihre von allen vergötterte Schwester in den Selbstmord getrieben hätten, und die hätte vor ihrem Tod ihr ganzes Geschlecht bis ins siebte Glied verflucht. Darum sei Saljutows Mutter auch so jung gestorben und der Vater als Krüppel aus dem Krieg heimgekehrt. Und deshalb habe Saljutows Frau nach der Geburt des zweiten Sohnes Philipp eine Art Wochenbettpsychose bekommen und fast achtzehn Jahre lang, bis zu ihrem Tod (ruhe sie in Frieden), die ganze Familie tyrannisiert. Und darum sei auch Igor, der älteste Sohn, ihr Augapfel und ihre einzige Freude im Alter, bei einem Autounfall ums Leben gekommen. Auch ihn, den Unschuldigen, habe der Fluch getroffen.

Auf dieses ganze senile Gefasel gab Kitajew eigentlich keinen Pfifferling. Aber dass dieses Geschwätz an allen Ecken von den Angestellten verbreitet wurde – das wurmte ihn zutiefst! Mit Saljutow konnte er darüber nicht sprechen. Es war in diesen Wochen überhaupt sehr schwierig geworden, mit dem Chef zu sprechen. Er hatte sich in sein Schneckenhaus zurückgezogen. Natürlich, der Schmerz des Vaters über den Tod des Sohnes war nur allzu verständlich, aber hier steckte noch etwas anderes dahinter als Schmerz und Trauer.

Über das Verhör beim Untersuchungsrichter zum Beispiel

hatte Saljutow kein Sterbenswörtchen gesagt. Dabei hatte er doch seinen Sicherheitschef erschöpfend informieren müssen. Schließlich war Kitajew für ihn kein Fremder, und ein Trottel war er auch nicht. Sie hätten alles gemeinsam besprechen und sich beraten können.

Denn als dieser hochnäsige Bürokrat ermordet worden war, da wusste er, Gleb Kitajew, sofort Bescheid und erinnerte sich an die ihm zugetragene vertrauliche Information über den weitverzweigten Konflikt, in den viele einflussreiche Leute verwickelt waren, darunter auch der Tote und Tengis Milowadse, im »Roten Mohn« und in anderen Spielkasinos besser bekannt unter seinem Spitznamen Chwantschkara.

Vor allem das eine interessierte Kitajew: War Saljutow beim heutigen Verhör nach Chwantschkara gefragt worden? Und wenn ja, was hatte der Chef geantwortet? Von dieser Antwort hing viel ab. So viel, dass man besser gar nicht darüber nachdachte. Aber Saljutow hatte nicht geruht, ihn, Gleb Kitajew, zu informieren. Er hatte ihn einfach ignoriert! Und diese Missachtung, diese geradezu kriminelle Gleichgültigkeit empörte Kitajew ganz besonders. Gleichzeitig peinigte ihn ein trübes Gefühl von Unruhe und Angst vor der Zukunft. Seiner inneren Stimme vertraute Kitajew immer. Und jetzt sagte ihm diese Stimme: Sie alle hatten zur Zeit eine Pechsträhne. Um wieder Boden unter den Füßen zu bekommen, musste man sich gut überlegen, was zu tun war.

Vorläufig hatte Kitajew es nicht eilig, nach oben zu gehen, in die Privaträume des Chefs. Wichtiger war das Geschäft: Er musste kontrollieren, ob im »Roten Mohn« alles reibungslos lief. Kitajew arbeitete bereits seit acht Jahren für Saljutow. Aber erst seit drei Jahren bekleidete er den Posten als Chef des Sicherheitsdienstes im »Roten Mohn«. Davor hatte er eine einjährige Probezeit im »Kristall« absolviert, »under cover« sozusagen. Geendet hatte dieses Jahr mit einem Skandal – dort saßen auch keine Deppen, man bekam heraus, dass er mit einer ganz bestimmten Absicht eingeschleust worden war. Als er dann seine neue Stelle als Security-Chef bei Saljutow antrat, war er nicht nur gut geschult, sondern auch hervorragend über die Probleme der Konkurrenten informiert.

Im Vestibül kam ihm sofort der Garderobier Michejew entgegen und berichtete, eine Überwachungskamera sei defekt. Er habe sich schon beim Portier Peskow beklagt und unten in der Wachstube angerufen. Dort hätte man ihm versprochen nachzusehen, aber nach wie vor funktionierte die Kamera nicht.

Kitajew rief höchstpersönlich in der Wachstube an. Dort versicherte man ihm, es gebe keinen Grund zur Besorgnis: Der Hauptteil des Vestibüls, dort, wo sich die Geldwechselstelle, die Kasse für die Ausgabe der Chips, die Eingänge zu den Bars und zum Restaurant befanden, sei weiterhin vollständig unter Kontrolle. Eine »dunkle Ecke« bilde nur der kleine Bereich des Vestibüls, in dem sich Garderobe, Toiletten und Haupteingang befänden.

Verärgert ordnete Kitajew an, das System noch einmal zu überprüfen, und noch verärgerter legte er dem Garderobier Michejew ans Herz, ihn nicht mit jedem Unsinn zu belästigen. Dann fragte er bei der Geldwechselstelle nach, ob die bei der Bank noch vor den Feiertagen bestellte Summe schon eingetroffen sei. Zu Neujahr gab es nämlich regelmäßig Scherereien mit dem Bargeld.

In diesem Moment trat Shanna Basmanjuk auf ihn zu, die die Aufsicht über den Großen Spielsaal hatte – in der Sprache des »Roten Mohn« der Pit-Boss.

»Gleb, wir haben ein Problem.«

»Ich war noch gar nicht im Saal. Sind viele Leute da?«

»Es geht.« Shanna griff in die Tasche ihres gut sitzenden, wenn auch etwas maskulin wirkenden schwarzen Blazers (im Unterschied zu den roten Dienstjacken der Croupiers hatte ihr Kostüm Taschen), und holte Zigaretten und ein elegantes Feuerzeug heraus. Sie zündete sich eine Zigarette an und nahm einen tiefen Zug.

»An Tisch Zwei sieht es ziemlich mau aus, Gleb.«

Kitajew runzelte die Stirn – na bitte, ich hab's ja gewusst. Die Pechsträhne geht weiter.

»Nicht für uns«, beruhigte sie ihn sofort, als sie seine Reaktion sah. »Für einen der Kunden. Er klebt am Spieltisch und kann nicht aufhören. Zweimal hat er sich schon Geld geliehen.«

»Wie viel hat er schon verloren?«

»Siebentausend.«

Kitajew grinste spöttisch.

»Wissen die Wachleute denn nicht, was sie zu tun haben?«

»Sie haben's ja versucht. Genau wie ich. Die Sache ist die, es handelt sich um ...«

Shanna flüsterte Kitajew den Familiennamen des Pechvogels ins Ohr. Es war ein prominenter Name: der missratene Sohn eines allseits geschätzten Politikers und Parteivorsitzenden.

»Wenn die Wachleute sich einmischen, zettelt er einen Skandal an. Er ist auch so schon wegen des Verlustes kurz vor einem hysterischen Anfall«, erläuterte Shanna die Situation. »Er ist ja noch ein halbes Kind. Außerdem hat er ... Ganz sicher bin ich mir allerdings nicht ...« Sie zögerte.

»Na, was denn?«

»Ich glaube, er hat, bevor er hierher kam, irgendwo Kokain geschnupft.«

»Wo habt ihr denn eure Augen gehabt?«

»Das kannst du mir nicht vorwerfen, Gleb. Ich bin für den Saal verantwortlich, nicht für den Einlass. Komm mit, dann siehst du selbst.«

Kitajew folgte ihr in den Großen Saal. Hätte er gewusst, was eine halbe Stunde später im Spielkasino »Roter Mohn« geschehen würde – er hätte das um nichts in der Welt getan.

Seit dem Mittagessen fühlte sich der Garderobier Michejew hundeelend. Ihm war ständig übel und schwindlig. Gegen Abend begann er auch noch zu frieren. Eine Grippe, womöglich noch mit Fieber, bedeutete eine oder sogar anderthalb Wochen Arbeitsunfähigkeit, und niemand garantierte ihm, dass in einer Woche die Stelle des Garderobiers im »Roten Mohn« noch frei sein würde. Außer dem Lohn und den jedes Quartal gezahlten Prämien brachte dieser Job auch noch ansehnliche Trinkgelder ein. Daher gab es mehr als genug Interessenten, die nur darauf lauerten, Michejew den Platz hinter der Mahagonitheke der Garderobe streitig zu machen.

Gegen halb neun konnte er es nicht länger aushalten, so schlecht war ihm. Zweifel kamen ihm, ob das wirklich eine Grippe war, und er überlegte ernsthaft, ob es sich um eine Lebensmittelvergiftung handeln könne. Das hätte gerade noch gefehlt, dass er sich hier, vor den Augen der mäkeligen Kundschaft, übergeben musste, womöglich noch auf einen Tausend-Dollar-Pelzmantel oder eine Chinchilla-Stola.

Die Gäste kamen jetzt zahlreicher. Obwohl es an diesem Abend doch weniger Leute als üblich waren, die sich die Zeit beim Spiel verkürzen wollten. Das liegt an den Feiertagen, dachte Michejew düster, die sind alle noch besoffen. Da merkte er plötzlich, dass sein Magen ihm jeden Augenblick den Dienst zu versagen drohte.

Er trat hinter der Theke hervor. Sein erster Gedanke war,

zur Toilette zu laufen, die sich gleich nebenan, nur zwei Schritte weiter, befand. Aber unerwartet ließ der Krampf wieder nach. Michejew beschloss, nach unten in die Wachstube zu gehen, wo es eine Hausapotheke gab.

Er öffnete die Eingangstür und rief den Portier Peskow ins Vestibül. Die beiden Männer waren befreundet. Peskow war es gewesen, der Michejew diesen einträglichen Posten verschafft hatte. Im Jahr davor hatten sie noch im selben Regiment bei Murmansk gedient. Als die Einheit aufgelöst wurde, kamen beide bei Verwandten in Moskau unter. Peskow war von Gleb Kitajew selbst in den »Roten Mohn« geholt worden. Ihm war der hochgewachsene, finster dreinschauende Ex-Offizier sofort aufgefallen. Außerdem konnte Peskow gut schießen. Seine Stellenbezeichnung in der Angestelltenliste des Kasinos klang solide: »Bewaffneter Türsteher«. Er war gewissermaßen der Vorposten der Wachmannschaft und hatte bei einem Überfall die Kasse und die Geldwechselstelle zu verteidigen.

Diesen Peskow bat Michejew nun, ein paar Minuten auf die Garderobe zu achten, während er nach unten lief, um Tabletten zu holen. Eilig durchquerte Michejew das Vestibül und hastete die Dienstbotentreppe hinunter in die Wachstube. Der Portier Peskow stützte sich derweil mit den Ellbogen auf die Theke. Hinter ihm plätscherte leise ein Springbrunnen.

Dieser von innen beleuchtete Springbrunnen war eine der Sehenswürdigkeiten des Kasinos. Am Eröffnungstag war statt Wasser zehn Jahre alter französischer Rotwein aus dem Brunnen gesprudelt. Er stellte die Glücksgöttin Fortuna mit dem Füllhorn dar. Allerdings hatte die Göttin aus irgendeinem Grund die Augen verbunden und sah so eher aus wie die blinde Göttin der Gerechtigkeit.

Peskow wärmte sich auf und lauschte dem Rieseln des Brunnens. Auf dem Monitor neben der Tür, der den Eingang, den Hof und den Parkplatz zeigte, tauchte ein Wagen auf. Eine unbekannte Limousine, die die beleuchtete Allee zum Kasino heraufkam. Peskow seufzte und begab sich zum Eingang, um den neuen Gast zu begrüßen. Da ertönte hinter ihm ein leises Knarren und ein dumpfer Schlag. Das war die Toilettentür, die geöffnet und wieder geschlossen wurde. Eine Tür aus dunkel gebeizter Eiche mit einer spiegelblank geputzten, im Licht funkelnden vergoldeten Klinke.

Saljutow stand auf der verglasten Veranda, die als Wintergarten eingerichtet worden war, und beobachtete, wie der Chauffeur Ravil an der Tür mit seinem Sohn Philipp sprach. Seit einiger Zeit verkehrten Saljutow und Philipp nur noch durch Vermittler miteinander. Um seinem jüngsten Sohn seinen Willen und seine Wünsche mitzuteilen, musste Saljutow die Hilfe von Außenstehenden in Anspruch nehmen. So war auch jetzt Ravil geschickt worden, um Philipp zu sagen, dass die Familie seinen Freund, den er seit einiger Zeit überallhin mitschleppte und den alle im »Roten Mohn« nur unter seinem Spitznamen »Legionär« kannten, nicht an der Gedächtnistafel zu sehen wünschte.

Das Essen hätte schon vor einer Viertelstunde beginnen sollen. Es war nicht im Restaurant gedeckt worden, sondern oben im Bankettsaal, neben Saljutows Büro. Der Tisch war für fünf Personen gedeckt – nur für die Familienmitglieder und den ausdrücklich eingeladenen Gleb Kitajew.

Wehmütig erinnerte Saljutow sich an frühere Festessen und andere Zeiten. Wie viele Gäste waren vor fünf Jahren gekommen, als der »Rote Mohn« eröffnet wurde! Wie viele Gäste hatten sich ein Jahr später zur Hochzeit seines Sohnes Igor mit Marina versammelt, und dann ein Jahr später zur Taufe des ersten Enkels! Und auch zu Igors Beerdigung vor vierzig Tagen auf dem Nikolo-Archangelskoje-Friedhof und zum anschließenden Leichenschmaus waren unzählige Menschen gekommen, und es hatte ein Meer von Blumen gegeben. Nun waren nur fünf Personen übrig geblieben: drei Männer und zwei Frauen. Und selbst in diesem engen, privaten Kreis konnten sie die Feier nicht beginnen …

Denn sein jüngster Sohn Philipp, zu Hause Lipa gerufen, dieser selbstverliebte, verzogene Nichtsnutz, hatte ihnen allen – seinem Vater, seiner greisen Großtante und der Witwe seines Bruders – eröffnet, er werde, wenn man den Legionär nicht einlüde, seinen Fuß nicht über die Schwelle des Bankettsaals setzen!

Dieser Grünschnabel wagte es, der Familie seine Bedingungen zu diktieren, noch dazu an einem solchen Tag! Saljutow wurde vor Ärger fast schlecht. Er sah, dass Philipp, während er mit Ravil sprach, die ganze Zeit zum Wintergarten hinüberschaute. Er hatte seinen Vater also bemerkt und legte es mit Absicht auf einen Skandal an.

Hinter Saljutow ertönten laut schnelle Schritte, das Parkett knirschte.

»Waleri Wiktorowitsch! Rasch!«

Saljutow drehte sich abrupt um. Ein Wachmann der diensthabenden Schicht für den Spielsaal kam angerannt.

»Was schreien Sie so? Ich bin doch nicht taub.«

Der Wachmann holte Luft, und an seinem erregten und bestürzten Gesicht erkannte Saljutow, noch bevor er die Nachricht hörte, dass etwas Schlimmes passiert war.

Gleb Kitajew war aus der Wachstube ins Vestibül gerufen worden. Er hatte zuvor mit einiger Mühe den Konflikt mit dem Gast, der beim »Black Jack« verloren hatte, beigelegt. Der junge Mann war nach längerem Zureden bereit, sich von einem Wachmann in die Bar geleiten zu lassen, wo er mit Kitajews Billigung auf Kosten des Hauses bewirtet wurde. Die Regeln des Kasinos besagten unter anderem, dass ein Kunde, der dabei ertappt wurde, wie er andere Gäste um Geld anging, augenblicklich in eine so genannte Spezialliste eingetragen wurde. Ungeachtet des klangvollen Familiennamens, den sein Papa trug, war dieser junge Mann damit zur persona non grata geworden und würde beim nächsten Besuch des »Roten Mohn« kaum weiter als bis zur Eingangstür gelangen.

Kitajew berichtete Saljutow telefonisch von diesem unliebsamen Vorfall, sagte, er werde die nächste Schicht des Sicherheitsteams entsprechend instruieren und dann unverzüglich nach oben zur Familie in den Bankettsaal kommen. Gerade hatte er den Hörer aufgelegt, da stürzte einer der Wachmänner in den Raum.

»In der Toilette hat sich jemand erschossen!«

»Was?!« Kitajew traute seinen Ohren nicht. »In der Toilette? Hier bei uns? Erschossen?! Wo ist denn Teterin?!«

Vor der Tür zur Toilette im Vestibül hatte sich bereits eine Menschenmenge versammelt. Ein kahlköpfiger Mann, der einen teuren Anzug trug und ganz bleich und aufgeregt war, erzählte den Männern des Sicherheitsdienstes verworren, was geschehen war.

Kitajew schob die Leute auseinander und wollte gerade die schwere Toilettentür aufreißen, da vernahm er hinter sich den erregten Schrei einer Frau: »Gleb, Gleb, was ist passiert?«

Er wandte sich um.

Auf ihren hohen Stöckeln stolpernd und sich in ihrem langen schwarzen Abendkleid verheddernd, kam Marina Saljutowa die Treppe herunter. Auf der letzten Stufe wäre sie fast gestürzt – er konnte sie gerade noch auffangen.

»Gleb, was ist passiert? Wer hat sich erschossen?« Sie schnappte nach Luft wie nach einem Marathonlauf. »Wer ist es? Wer, sag es …«

Mitten im Satz blieb sie stecken. Ihr Gesicht wurde starr. In ihren Augen – das prägte sich Kitajew auf lange Zeit ein – erschien ein seltsam stumpfes, verständnisloses Erstaunen …

Saljutow kam rasch die Treppe herunter.

Kitajew befreite sich vorsichtig von der sich an ihn klammernden Frau und öffnete die Tür zur Toilette. Der geräumige, vor Sauberkeit blitzende Raucherraum war leer. Leer war auch der Platz hinter der weißen Plastiktheke, wo gewöhnlich Teterin thronte – der »Toilettenmann«.

Kitajew ging durch den Vorraum – rosa Marmorverkleidung, Spiegel, italienische Waschbecken – und betrat die Toilette. Unter der Tür der zweiten Kabine sickerte ein dünnes, granatrotes Rinnsal heraus und floss über den gefliesten Boden. Kitajew drückte gegen die Kabinentür – sie war nicht abgeschlossen.

Mit der Brust auf dem Toilettenbecken lag dort ein Mann in schwarzer Uniformjacke mit goldenen Litzen. Seine Arme umklammerten immer noch wie in einem Krampf den Porzellanbehälter. Die Mütze mit dem Goldrand lag neben ihm. Sein Gesicht war blutüberströmt, aber Kitajew erkannte den Toten trotzdem sofort. Es war der »Toilettenmann« Teterin.

5

Eigentlich war es ein typisches Bild. Bis auf ein Detail – die Patronenhülse. Logischerweise hätte man sie sofort finden müssen. Aber sie war nicht da.

Doch alles der Reihe nach.

Für Nikita Kolossow, den Chef der Mordkommission im Polizeipräsidium, war es ein Rätsel – und kein besonders amüsantes –, wie der diensthabende Milizionär im Präsidium ihn am Abend des fünften Januar hatte ausfindig machen können.

Silvester und Neujahr hatte Kolossow in gemütlicher Runde bei Iwan Bindjushny in Skarabejewka gefeiert. Am Abend des 31. Dezember waren er und sein bester Freund Nikolai Swiderko zu ihrem gemeinsamen Freund und Kollegen Bindjushny aufgebrochen, der sie am Vorabend telefonisch eingeladen hatte. Die Männer kannten einander schon seit langem. Bindjushny galt als äußerst fähiger Ermittler. Kaum dreißig, hatte er schon Karriere gemacht. Aber sein Glück erwies sich als unbeständig. Nach einer ganzen Kette von privaten Katastrophen (unter anderem eine alles andere als einvernehmliche Scheidung von seiner Frau, die anschließend sofort einen Kumpel von ihm heiratete und Zwillinge zur Welt brachte) begann Bindjushny zu trinken.

Weder das gute Zureden seiner Freunde noch die scharfen Rügen seiner Vorgesetzten nutzten. Bindjushny wurde wieder zum einfachen Einsatzmann degradiert und in ein sogenanntes »Klärbecken« geschickt – aufs Milizrevier von Skarabejewka, das im Bezirk als gottverlassener Krähwinkel galt.

Aus seinem früheren Leben war Bindjushny eine winzige Datscha in Skarabejewka geblieben, wo er jetzt sommers wie winters hauste, zusammen mit einem rostigen Shiguli, der Promenadenmischung Chimka, und einem räudigen, kränklichen Bärenjungen namens Chottab, das sein Cousin, ein Forstaufseher, vor Wilderern gerettet und Bindjushny geschenkt hatte.

Außer dieser kleinen Hütte besaß Bindjushny aber auch noch eine Banja. Er hatte sie eigenhändig gezimmert, eine Sträflingsarbeit, für die er seinen ganzen Urlaub geopfert hatte. In diese nagelneue, nach Fichtenholz und Lindenbast duftende Banja lud er alle seine Freunde ein, um mit ihnen zusammen den Jahreswechsel zu feiern.

Schon am frühen Abend schwitzten sie alle in der Banja. Punkt zwölf, beim letzten Schlag der Turmuhr, begossen sie sich aus Krügen, Gläsern, Kübeln und Kesseln und brachten mit schallender Stimme Trinksprüche aus. Dann schlugen sie sich wieder mit Birkenreisern, übergossen sich und tranken erneut – auf die Anwesenden, die Abwesenden, auf die, die Dienst taten und die, die in Tschetschenien waren, auf alle zu Wasser und zu Lande Reisenden, auf die Frauen (leider war dies ein reiner Männerabend) und auf die wahre Liebe.

Der letzte Toast machte viele traurig. Bindjushny dachte, während er Holz in den bis zur Rotglut erhitzten Ofen nachlegte, an seine Ehe zurück. Verdammt, sie hatten doch gar nicht so übel gelebt! Was hatte ihr denn gefehlt?

Und Nikita … Hätte Katja, die zu dieser Zeit weit weg, hinter Wäldern, Feldern und Schneewehen war, erfahren, wie der Chef der Mordkommission Silvester feierte, so hätte sie sich über manche verblüffende Ähnlichkeit ihrer Feiertagsrituale gewundert. Aber Katja verschwendete in diesem Moment keinen Gedanken daran. Übrigens war Kolossows Miene, als sie auf die »wahre Liebe« tranken, undurchdringlich. Wie aus Stein.

An die Tage nach der Banja erinnerte Nikita sich nur undeutlich. Am zweiten Januar waren aus dem in der Nähe gelegenen Trainingscamp noch mehr Leute zu ihnen gestoßen. Sie brachten zwei nagelneue Schneeräumfahrzeuge mit, eins davon setzten sie schon am dritten Januar in eine Schneewehe, als sie darin wetteiferten, die Steilabhänge der Schlucht zu bewältigen.

Am fünften Januar wurde beschlossen, etwas für die Gesundheit zu tun. Bindjushny heizte von neuem die Banja an. Die Gäste wurden langsam wieder nüchtern. Der eine oder andere rieb sich kühn draußen auf der Straße mit Schnee ein. Nikita zog sich bis zum Gürtel aus und ging Holz hacken.

Und da klingelte in seiner Jacke, die er auf die vereiste Terrasse geworfen hatte, das Mobiltelefon. Es meldete sich der Diensthabende aus dem Präsidium. Seine Nachricht war kurz: In der Rubljowskoje-Chaussee, im Spielkasino »Roter Mohn«, hatte es einen Selbstmord gegeben. Vielleicht handelte es sich aber auch um einen Mord – vorläufig war das noch nicht geklärt.

»Sie, Nikita Michailowitsch, halten sich doch in unmittelbarer Nähe auf, in Skarabejewka. Daher sollten Sie auch zum Ort des Geschehens fahren.«

Zum ersten Mal im Leben versuchte Kolossow sich vor einem Einsatz zu drücken: »Wenn es sich um ein Verbrechen handelt, kann doch die Staatsanwaltschaft jemanden schicken!«

»Es sind Ferien, Nikita Michailowitsch«, erwiderte der

Diensthabende. »Sie wissen selber, wie es da bei der Staatsanwaltschaft aussieht!« »Und das Einsatzkommando?« Kolossow griff nach dem letzten Strohhalm. »Ist schon in anderer Sache unterwegs.« Der Tonfall des Diensthabenden war beinahe mitfühlend. »Und Sie sind ganz in der Nähe.«

Bindjushny erwies sich als wahrer Freund und begleitete ihn. Swiderko ließen sie zurück, er sollte auf den Ofen, den Teekessel und den kleinen Bären aufpassen. Außerdem befand er sich, trotz aller Einreibungen mit Schnee, noch in einem Zustand, in dem ein Milizionär sich besser nicht in der Öffentlichkeit sehen ließ.

Das solide zweistöckige Haus aus rotem Backstein mit Ziegeldach war ein imposantes Gebäude. Wären nicht die pulsierende bunte Leuchtreklame und die im Dunkeln blutrot flackernden gigantischen Buchstaben an der Fassade gewesen, man hätte das Haus für das Landschlösschen eines deutschen Fabrikanten irgendwo am Rhein halten können.

Von der Chaussee führte eine breite, vom Schnee geräumte Kiefernallee zum Haus. Vor dem Eingang, der in grauem Marmor ausgeführt war, drängten sich ein gutes Dutzend ausländischer Nobelkarossen. Kolossows Shiguli sah daneben wie eine erbärmliche Blechkiste aus.

Trotzdem stand eine ganze Reihe Leute auf den Marmorstufen, um diese Blechkiste zu empfangen: sechs Wachmänner, angeführt von einem mürrisch aussehenden, korpulenten Mann mit raspelkurz geschnittenem Haar – offenbar wollte er so eine beginnende Glatze kaschieren. Er hatte nur ein weißes Hemd ohne Jackett an, die modische Krawatte war verrutscht, und stellte sich als Gleb Kitajew, Leiter des Kasino-Sicherheitsdienstes vor.

»Sie sind von der Miliz? Von der Kripo?«, fragte er Kolossow. »Nur Sie beide? Mehr kommen nicht? Gott sei Dank!

Wir können keine negative Publicity brauchen. Treten Sie ein, bitte sehr …«

Und so begann Nikitas Bekanntschaft mit dem Spielkasino »Roter Mohn«. Oder, wie viele es einfach nannten, mit dem »Haus«. »Casino bedeutet im Italienischen soviel wie Haus«, klärte ihn der Besitzer des »Roten Mohn«, Waleri Saljutow, später in einem privaten Gespräch liebenswürdig auf.

Kristallene Lüster, ein melodisch plätschernder Springbrunnen, eine breite Marmortreppe, die zum ersten Stock führte. Das Vestibül, in dem sich die Garderobe, die Kasse für die Ausgabe der Chips, die Geldwechselstelle, das Restaurant und zwei Bars befanden, war riesig wie eine Bahnhofshalle und erstaunlich menschenleer. Nur neben der Eichentür rechts von der Garderobe schoben zwei Wachmänner Dienst, und aus der Geldwechselstelle und der Kasse reckten aufgeregte, neugierige Angestellte ihre Köpfe heraus.

Kitajew erklärte, er habe die Gäste des Kasinos darum gebeten, bis zur Ankunft der Miliz dort zu bleiben, wo die Nachricht von dem Todesfall sie erreicht hatte – im Spielsaal, in der Bar, im Restaurant, im Aufenthaltsraum – und nicht in Scharen ins Vestibül zu laufen.

Er teilte ihnen mit, dass heute glücklicherweise nur relativ wenige Gäste da seien und dass auf seine Anweisung hin niemand irgendetwas am Tatort berührt habe. Er habe bereits die Identität des Toten festgestellt: »Es ist ein Angestellter von uns, Teterin, er beaufsichtigt die Toiletten und das Raucherzimmer. Ein sechzigjähriger Rentner, der schon seit fünf Jahren hier im Kasino arbeitet.«

»Wo ist die Leiche?«, unterbrach ihn Kolossow.

»In der Toilette. Aber vielleicht wollen Sie zuerst mit dem Festgenommenen sprechen? Er ist in der Wachstube, meine Männer sind bei ihm«, erwiderte Kitajew.

Nikita zuckte die Achseln. Vorläufig begriff er noch gar nichts. Aber um ehrlich zu sein, dieser Todesfall interessierte ihn auch nicht besonders. Er schaute sich in dem eleganten Vestibül um. Irgendwo am anderen Ende des Gebäudes mussten sich die Spielsäle befinden. Dort brodelte das Leben, dort kochten die Leidenschaften. Kolossow hätte gern einmal einen Blick hineingeworfen. Die Neugier juckte ihn. Denn das Kasino »Roter Mohn« ähnelte so gar nicht den üblichen Spielhöllen, die er in den Jahren seines Dienstes bei der Kripo überreichlich zu Gesicht bekommen hatte.

Das waren dunkle, verräucherte Kellerräume gewesen – halb Bierkneipen, halb Billardzimmer. Derartige Kasinos waren in den letzten Jahren sowohl in Moskau wie in der Provinz in Hülle und Fülle eröffnet worden. Sie tauchten auf, wurden wieder geschlossen und erschienen von neuem auf der Bildfläche, wie Pilze nach dem Regen. Ihre Namen passten zu ihren Besitzern wie auch zu ihrem Publikum: »Rio-Rita«, »Eldorado«, »Flamingo« oder »El Paraíso«.

Der »Rote Mohn« unterschied sich von solchen Spelunken wie ein Goldstück aus der Zarenzeit von einer schäbigen Kupfermünze.

»Entschuldigung, dürfen wir bitte fahren!«

Eine hinter ihm stehende Frau hatte das gesagt. Ihre Worte klangen herrisch und gleichzeitig fast flehend.

Kolossow blickte sich um. Vom anderen Ende des Vestibüls, wo sich die Chipsausgabe befand, waren drei Leute aufgetaucht: eine hochgewachsene, dunkelhaarige Dame in einem langen Pelzmantel aus kostbarem Silberfuchs, ein stämmiger Mann in kurzer roter Schaffelljacke, die weit offen stand, und eine gebeugte alte Frau in einem teuren, modisch geschnittenen Persianermantel, die sich auf den Arm des Mannes und auf einen Stock stützte.

»Dürfen wir bitte fahren«, wiederholte die Brünette im Fuchspelz.

Kolossow blickte ihr ins Gesicht und sah, dass eine sehr schöne junge Frau vor ihm stand.

Kitajew raunte ihm hastig zu, dies seien die Angehörigen des Kasinobesitzers Saljutow sowie sein persönlicher Chauffeur, sie seien zur Gedenkfeier für Saljutows ältesten Sohn gekommen, die jetzt allerdings wohl nicht mehr stattfinden werde.

Nikita begriff wieder nichts – eine Gedenkfeier? Sollte das heißen, es gab noch einen Toten?

Aber einstweilen sah er keine Veranlassung, die drei festzuhalten. Außerdem musste er sich sowieso zuerst einmal die Leiche ansehen.

Bindjushny begleitete die Familie nach draußen, und Nikita betrat endlich, geführt von Kitajew, die Toilette.

Zwanzig Minuten später rief er schon vom Handy aus im Präsidium an. Der Sinn des Gesprächs war einfach: Her mit der Staatsanwaltschaft, und wenn ihr sie aus der Erde buddeln müsst. Ohne Untersuchungsführer, Spurensicherung und Gerichtsmediziner kommt man hier nicht weiter.

Der Tote, ein gewisser Alexander Teterin, war tatsächlich mit einer Pistole erschossen worden. Höchstwahrscheinlich war ein Schalldämpfer benutzt worden, denn niemand hatte, wie Kitajew und die Wachmänner erklärten, den Schuss gehört. Dem Zustand der Leiche nach zu urteilen, war der Mord vor etwa einer Stunde begangen worden, das hieß also – Nikita schaute auf seine Uhr – etwa um halb neun plus-minus fünfzehn Minuten.

Der Einschuss befand sich am Hinterkopf. Die Kugel steckte im Kopf, die Hülse aber war verschwunden.

Kolossow untersuchte aufmerksam den gefliesten Boden

der Toilette, schaute unter die Becken, in die Kabinen, hinter die Körbchen mit Toilettenpapier, unter die Waschbecken. Nirgends war eine Patronenhülse zu sehen. Aber der Logik der Dinge nach musste sie hier sein, es sei denn, sie hatte eine so aberwitzige Flugbahn beschrieben, dass sie in die Toilette geflogen und in der Kanalisation verschwunden war.

»Rühren Sie hier nichts an und lassen Sie niemanden in die Toilette, bis der Untersuchungsführer von der Staatsanwaltschaft kommt«, sagte er zu Kitajew, der ihm wie ein Schatten folgte. »Wen haben Sie denn festgenommen? Und warum?«

Wieder folgte eine umständliche Erklärung: Sobald sich die Nachricht von dem Mord herumgesprochen habe, sei unter den Kasinogästen Panik ausgebrochen, die man aber schnell habe beschwichtigen können. Man habe die Gäste gebeten, vorläufig an Ort und Stelle zu bleiben, und die allermeisten hätten auf diese Bitte des Sicherheitsdienstes mit Verständnis reagiert. Nur ein Gast habe sich sonderbar benommen. Kaum sei das Wort »Miliz« gefallen, sei er zum Ausgang gestürzt und habe sogar seinen an der Garderobe abgegebenen Mantel vergessen. Er sei vom Portier Peskow angehalten worden, habe versucht, Widerstand zu leisten, aber ohne Erfolg. Weil er sich äußerst verdächtig benommen habe, hätten die Wachmänner ihn durchsucht und in der einen Tasche seines Jacketts eine Pistole und in der anderen fünf Päckchen Heroin gefunden.

Man könne wohl davon ausgehen, erläuterte Kitajew weiter, dass der Festgenommene ein Drogendealer sei, der versucht habe, in der Toilette Heroin zu verkaufen und dabei von Teterin ertappt worden sei. Der hätte die Wache alarmieren wollen und sei deshalb erschossen worden.

»In den Hinterkopf?«, brummte Nikita. »Na schön, zeigen Sie her, wen Sie da erwischt haben. Und danach möchte ich mit Ihrem Portier sprechen, der ihn festgehalten hat.

Und … die Garderobe ist doch gleich nebenan? Mit dem Garderobier auch.«

Der Festgenommene saß in der Wachstube des Sicherheitsdienstes. Um dorthin zu gelangen, musste man aus dem Vestibül über eine Dienstbotentreppe, die sich hinter der Kasse befand, ins Souterrain steigen. Es war ein noch ziemlich junger Mann. Nikita und seine Begleitung empfing er schon auf der Schwelle mit lautem Protestgeschrei: »Was klebt ihr mir da für einen Bockmist an, ich soll jemanden umgelegt haben?« Nikita hörte zum ersten Mal, dass man Bockmist »anklebt«, und seine Neugier wuchs.

»Stellen Sie sich bitte erstmal vor«, bat er.

»Maiski, mein Name ist Maiski. Sergej.« Der Festgenommene ruckte mit dem Arm, und Nikita erblickte an seinem linken Ringfinger einen goldenen Siegelring mit einem Brillanten und am Handgelenk ein goldenes Armband, dick wie eine Ankerkette.

»Gehören die Pistole und die Drogen Ihnen?«

»Was für eine Pistole?«

Gleb Kitajew legte schweigend eine Pistole und fünf kleine, sorgfältig verpackte Beutelchen mit einem weißen Pulver auf den Tisch.

»Das war in seinen Jackentaschen«, sagte er, »Papiere haben wir keine gefunden.«

Nikita wiederholte: »Gehört die Pistole Ihnen?«

»Ja, das ist meine, aber es ist bloß eine Gaspistole!«

Kolossow nahm die Pistole in die Hand. Tatsächlich, eine Gaspistole. Aber die Waffe war professionell umgebaut worden, sodass man sie mit scharfer Munition benutzen konnte. Außerdem hatte sie auf dem Schaft deutliche, charakteristische Kratzer, die davon zeugten, dass beim Schießen manchmal ein Schalldämpfer benutzt wurde.

»Na, und das Heroin ist auch Ihres?«, fragte er.

»Beweisen Sie zuerst mal, dass das Heroin ist«, antwortete Maiski.

»Was gibt es da noch groß zu beweisen«, mischte sich Kitajew ein.

»Und selbst wenn. Ich nehme es selber.«

»Mit welcher Absicht sind Sie ins Kasino gekommen?«, fragte Nikita geduldig.

»Mit welcher Absicht kommt man hierher? Spielen will man, gewinnen.«

»Karten, Roulette?«

»Billard.«

»Der Billardsaal ist heute geschlossen«, hielt Kitajew dagegen. »Es hat keinen Sinn, mit ihm zu reden«, wandte er sich an Kolossow. »Er ist hergekommen, um sein Heroin abzusetzen. Und seine Kanone schießt scharf, und dann die Kerben auf dem Schaft, hier, sehen Sie? Da hat er schnell noch einen Schalldämpfer aufgeschraubt!«

»Sie kennen sich ja mit Waffen gut aus«, lobte ihn Kolossow. »Übrigens, hat irgendwer von Ihren Angestellten eine Waffe?«

»Die Männer vom Sicherheitsdienst, der Portier und ich selbst auch. Alle Waffen sind offiziell registriert, die Lizenzen liegen vor, Sie können es nachprüfen.«

»Das werden wir wohl auch tun.« Nikita lächelte verlegen, als wolle er sich entschuldigen. »Sie verstehen – das ist Vorschrift.«

»Zu dem Mord möchten Sie uns nichts sagen?«, fragte er den still gewordenen Maiski.

»Was für ein Mord?«

»Wegen dem du Hals über Kopf zu deinem Auto gerannt bist, als er entdeckt wurde!« Kitajew konnte nicht länger an sich halten. »Du hast einen Mann in der Toilette erschossen, unseren Angestellten, einen alten Rentner, weil er dich Mistkerl mit dem Stoff erwischt hat!«

»Wer? Dein Kloputzer soll mich erwischt haben?«, knurrte Maiski höhnisch, und wieder sah Nikita, wie der Brillant an seinem Siegelring auffunkelte, und hörte die Goldkette klirren. »Bist du übergeschnappt?«

»Bitte keine Grobheiten«, sagte Kolossow beschwichtigend, »hier ist ein Mord begangen worden. Und Sie, Maiski, hatten eine Pistole und Heroin in der Tasche. Sie haben sich höchst verdächtig benommen, laut Aussage von Augenzeugen. Also nehmen Sie es nicht krumm – aber Sie werden die Feiertage wohl bei uns verbringen.«

»Wie hättest du dich denn benommen, mit so einer heißen Ware in der Tasche, wenn plötzlich die Bullen reinplatzen?«, fragte Maiski. »Meinst du das etwa ernst, das mit dem Knast?«

»Allerdings«, bestätigte Nikita.

»Aber wofür denn?«

»Für die umgebaute Pistole – das nur als erstes. Was tun Sie sonst noch, außer in Spielkasinos zu gehen?«

»Ich bin Dichter.« Maiski blickte die auf dem Tisch liegenden Beutel an. »Dichter aus Berufung.«

»Na toll«, sagte Kolossow billigend. »Also, verabschieden will ich mich noch nicht, wir sehen uns ja noch.«

»So ein widerlicher Kerl!« Kitajew verzog angeekelt das Gesicht, nachdem sie die Wachstube verlassen hatten. »Wie konnten meine Jungs den in den Spielsaal lassen? Es ist immer das Gleiche – kaum geht man mal weg, schon passiert irgendein Malheur.«

»Waren Sie denn zum Zeitpunkt des Mordes gar nicht hier?«

Kitajew berichtete knapp, dass er am heutigen Tag nicht an seinem Arbeitsplatz gewesen sei, sondern Saljutow auf einer Dienstfahrt begleitet habe. Erst gegen acht Uhr abends sei er mit seinem Chef zusammen zurückgekehrt. Er sei mitten in der Kurzbesprechung für die nächste Schicht der Wachmannschaft gewesen, als ihn die Nachricht von dem Mord erreichte.

Kolossow bat, den Garderobier zu holen.

»Michejew«, ergänzte Kitajew den Familiennamen. »Er arbeitet schon seit zwei Jahren bei uns.«

Michejew wartete im Vestibül neben dem Springbrunnen. Er war ein hagerer Mann von vierzig Jahren mit einer ungesunden, gelblichen Gesichtsfarbe. Die schwarze Dienstjacke mit den goldenen Tressen saß ihm straff wie eine Armeeuniform. Er war äußerst nervös. So nervös, dass ihm die Hände zitterten. Kolossow wunderte sich etwas darüber.

Michejew begann hastig und verworren zu erzählen. Er habe seine Arbeit angetreten wie immer, eine halbe Stunde vor der Öffnung des Kasinos, das heißt um zwölf Uhr mittags. Bis zum Abend waren nur vereinzelte Besucher gekommen, und auch diese wenigen kamen nicht, um zu spielen, sondern um im Restaurant zu speisen. Ab sieben Uhr seien dann aber allmählich mehr Gäste gekommen, und da …

Michejew schaute Kitajew kläglich an.

»Haben Sie Teterin heute gesehen und mit ihm gesprochen?«, fragte Nikita.

»Natürlich. Wir haben heute Mittag zusammen angefangen. Und dann habe ich ihn auch im Laufe des Nachmittags noch gesehen.«

»Haben Sie irgendetwas Ungewöhnliches oder Sonderbares bemerkt?«

»Du lieber Himmel, nein. Was sollte es bei ihm Ungewöhnliches geben?«

»Vielleicht hat er davon gesprochen, dass er jemanden erwartete?«

»Wo denken Sie hin! Er war doch im Dienst. Er ist überhaupt nur zweimal aus dem Raucherraum herausgekommen, um von unten Zeitungen zu holen. Kreuzworträtsel sind nämlich seine große … waren seine große Leidenschaft. Die Jungs von der Sicherheit haben die Zeitungen immer für ihn beiseite gelegt. Dann ist er mal kurz raus, um zu Hause anzurufen. Er hat eine kranke Frau, und sein Sohn säuft. Der hat erst seine eigene Familie schikaniert, dann hat seine Frau ihn rausgeworfen, jetzt wohnt er bei Teterin und …«

»Hat zwischen acht und halb neun jemand die Toilette aufgesucht?«, schnitt Kitajew ihm das Wort ab. »Hast du irgendwen gesehen?«

»Nein.«

Kitajew blickte ihn drohend an.

»Ich habe Ihnen doch gesagt, die Kamera hier ist kaputt, und ich … ich bin nach unten in die Wachstube gegangen. Ich hatte Probleme mit dem Magen und wollte mir Tabletten holen. Und dann ist mir dort so übel geworden, ich bin nur mit Mühe und Not zur Toilette gekommen.«

»Zur Toilette?«, fragte Kolossow erstaunt.

»Die unten meine ich, neben der Wachstube. Da gibt es eine Toilette für die Angestellten. Aber denken Sie nichts Falsches, ich hatte Peskow gebeten, so lange auf die Garderobe aufzupassen.«

Kitajew maß ihn nur mit einem vernichtenden Blick und wandte sich dann an Kolossow.

»Soll ich jetzt den Portier rufen lassen?«

Nikita nickte. In diesem Augenblick kehrte Bindjushny ins Vestibül zurück, ihm folgten zwei Milizionäre in Uniform und mehrere Männer in Zivil: das Einsatzkommando und der

Untersuchungsführer von der Staatsanwaltschaft. Alle waren dick verschneit, sahen aus wie Schneemänner und waren äußerst schlecht gelaunt – wer hat schon Lust, am Tag vor Weihnachten zu arbeiten?

Bindjushny nahm Nikita beiseite.

»Also, es sieht folgendermaßen aus. Ich habe ein Wörtchen mit dem hiesigen Portier geredet – ein gewisser Michail Peskow. Stell dir vor, ich kenne sogar seine Schwester! Peskow ist nach der Entlassung aus der Armee hierher gezogen. Zuerst ist er bei seiner Schwester untergeschlüpft, aber mittlerweile hat er Geld gespart und baut sich ein Haus. Offenbar zahlen sie hier nicht schlecht. Man kann mit ihm ganz vernünftig reden, er ist eben ein Soldat. Zu dem Mord kann er allerdings nichts sagen. Den Schuss hat er auch nicht gehört. Aber er war im Vestibül – der Garderobier Michejew hatte ihn hereingeholt. Er sagt, das müsse so kurz nach acht oder ein bisschen später gewesen sein. Dann traf ein Gast ein, er ist hinausgegangen, um ihn zu empfangen, und hat noch einen Schwatz mit dem Chauffeur gehalten. Wie lange das gedauert hat, kann er nicht mehr sagen. Anschließend ist er wieder zurück ins Vestibül. Und eben da … da hat er gesehen, wie zwei Leute die Toilette betraten. Der Sohn des Chefs und eine Angestellte, Shanna Basmanjuk.«

»Gut, darüber reden wir noch«, sagte Kolossow. »Bring mir erst mal den Portier her.«

Aber in diesem Augenblick erschien Kitajew und richtete Kolossow aus, er solle nach oben zu Saljutow kommen. Nikita wollte schon erwidern: Dein Chef hat mir nichts zu befehlen, soll er doch selber herunterkommen, ich bin vorläufig noch beschäftigt. Aber dann überlegte er sich, es könne vielleicht sogar ganz spaßig sein, den Portier oben, im Zimmer seines Chefs, zu verhören. Im Vorübergehen warf er noch einmal einen Blick in die Toilette. Der Untersuchungsführer der Staatsanwaltschaft stand knurrend und fluchend in der engen Kabine, über die Leiche gebeugt. Nikita dachte nicht daran, sich einzumischen – wie immer gingen er und die Staatsanwaltschaft getrennte Wege.

6

Schweigend führte Kitajew ihn in den ersten Stock. Aus den unten gelegenen Spielsälen hörte man laute, empörte Stimmen. Kitajew horchte angespannt.

»Entschuldigung, aber wie lange soll das alles dauern? Wir können unsere Gäste doch nicht bis tief in die Nacht hinein festhalten. Wir gehen auch so schon ein großes Risiko ein. Womöglich verlieren wir unsere besten Kunden.«

»Nun, ich denke, bis das Einsatzkommando die Papiere Ihrer Gäste überprüft und ihre Identität festgestellt hat.« Kolossow horchte ebenfalls. »Ich glaube, sie sind schon dabei.«

»Die Papiere? Wozu das?« Kitajew blieb wie angewurzelt mitten auf der Treppe stehen. »Wir haben Ihnen doch schon diesen Maiski geliefert!«

»So will es die Vorschrift, entschuldigen Sie. Es geht schließlich um Mord. Ich persönlich halte übrigens niemanden hier fest, wie Sie sehen. Aber der Untersuchungsführer der Staatsanwaltschaft hat seine eigenen Arbeitsmethoden.«

Kitajew warf seinem Gesprächspartner einen misstrauischen Seitenblick zu, als wolle er abschätzen, wie viel Durchtriebenheit sich in dessen Antwort verberge. Der Lärm in den Spielsälen wurde immer lauter.

Der Flur machte eine Kurve nach rechts. Kitajew führte Nikita durch einen überheizten Wintergarten mit gemustertem Parkett und gemütlichen kleinen Bänken, die zwischen Grünpflanzen versteckt standen. Sie gingen auf eine Tür am Ende des Wintergartens zu. Kitajew klopfte an und trat ein.

Der Raum war weder ein Arbeitszimmer noch ein Geschäftsbüro, wie Kolossow erwartet hatte, sondern ein großzügig geschnittenes Esszimmer oder eigentlich schon ein Bankettsaal. Die Seidenstores vor den Fenstern waren halb zugezogen. In der Mitte stand ein ovaler Tisch, an dem leicht zwanzig Menschen Platz finden konnten.

Jetzt aber war der Tisch nur für fünf Personen gedeckt. Die Bestecke, Teller, Fruchtschalen und Blumenvasen wirkten auf der weißen Fläche des Tischtuchs irgendwie verloren. Alles war noch unberührt.

Am Kopfende des Tisches saß ein Mann von etwa fünfundfünfzig Jahren. Er trug kein Jackett, nur dunkle Hosen und einen schwarzen Rollkragenpullover. Als er Kolossow erblickte, erhob er sich langsam und würdevoll. Eine teure Schweizer Uhr an einem massiven Platinarmband funkelte an seinem Handgelenk auf, als er ihm die Hand entgegenstreckte.

»Guten Abend«, sagte er leise und ruhig. »Bitte nehmen Sie Platz.«

Kolossow setzte sich an diesen königlich gedeckten und dennoch seltsam unlebendig und freudlos wirkenden Tisch. Vor ihm stand eine Vase aus böhmischem Kristall mit einem prächtigen Strauß dunkelroter, fast schwarzer Rosen darin.

»Haben Sie etwas gefunden?«, fragte Saljutow. Er hatte eine tiefe, angenehme, zugleich aber auch irgendwie farblose Stimme. Eine graue Stimme, dachte Nikita. Auch Saljutows Augen waren grau, weit auseinanderstehend, sein dunkelbraunes Haar lichtete sich am Scheitel schon etwas und war an den Schläfen wie mit trockener Asche grau bestäubt.

»Bis jetzt nur die Leiche«, antwortete Kolossow. »Ihre Angehörigen waren unten, sie sind jetzt wohl schon nach Hause gefahren. Wie ich hörte, hatten Sie einen Todesfall in der Familie. Darf ich Ihnen unser Beileid ausdrücken?«

Saljutow nickte: Danke.

»Sie haben Fragen an mich«, sagte er. »Ich will mich bemühen, Ihnen so gut wie möglich zu helfen.«

Kolossow stützte die Ellbogen auf den Tisch. Die Sache begann ihn langsam zu interessieren.

»Wissen Sie, ich hätte niemals eine so schnelle und professionelle Reaktion von Ihrem Sicherheitsdienst erwartet«, sagte er. »Ich bin angenehm überrascht, hier auf so viel Unterstützung zu treffen. Gewöhnlich scheut man an derartigen Orten die Miliz wie die Pest.«

»Einer unserer Angestellten ist ermordet worden«, gab Saljutow zurück. »Sein Schicksal ist uns keineswegs gleichgültig. Er hat versucht, Widerstand zu leisten ...«

»Nun, das ist noch nicht ganz klar. Was den Widerstand gegen diesen Heroingauner angeht, meine ich.« Kolossow seufzte. »War das bisher der einzige derartige Zwischenfall bei Ihnen?«

»Der einzige? Wovon reden Sie?«

»Ist früher hier im Kasino schon einmal etwas Ähnliches passiert – Schießereien, gewalttätige Auseinandersetzungen, Meinungsverschiedenheiten zwischen Spielern, Selbstmorde?«

»Niemals.«

»Und dieser Teterin, hat er schon lange bei Ihnen gearbeitet?«

»Er hat über fünfundzwanzig Jahre lang in einer Lackfabrik hier in der Nähe gearbeitet. Als meine Firma dieses Werk gekauft und in eine Aktiengesellschaft umgewandelt hat, ist Teterin dort geblieben. Und nach seiner Pensionierung hat er hier im Kasino angefangen. Wissen Sie, ich habe eine Regel: Ich stelle keine unbekannten Leute ein.«

»Und gehört Ihnen diese Fabrik immer noch?«

»Ja, sie ist noch in Betrieb und wirft ganz ordentliche Erträge ab.«

»Sehr schön. Was können Sie über Teterin persönlich sagen?«

Saljutow zuckte die Schultern. Kolossow musterte den Raum – eichenholzvertäfelte Wände, seidene Vorhänge, Kristall, Bronze, schwarze Rosen in einer kostbaren Vase, eine Armbanduhr aus Platin – was konnte ein Mann, der in solchem Luxus lebte, schon über einen Rentner sagen, der sich ein Zubrot als Toilettenmann verdiente?

»Alexander Teterin war älter als ich.« Saljutow räusperte sich. »Sechzig Jahre. Er lebt ... lebte mit seiner Familie hier in der Nähe, in Rasjesd.«

»Ist das dort, wo die Brücke über die Glinka führt?«, fragte Nikita.

Saljutow blickte ihn an.

»Kennen Sie diese Brücke?«, fragte er.

»Ich kenne den ganzen Bezirk, ich hatte dort schon öfter zu tun.«

»Auf dieser Brücke ist einmal ein Unfall geschehen«, sagte Saljutow, »aber das liegt schon viele Jahre zurück. Sie waren damals wohl noch ein kleiner Junge.« Er schwieg einen Moment und fügte dann unerwartet hinzu: »Mein ältester Sohn ist bei einem Autounfall umgekommen. Vor anderthalb Monaten.«

Eine Pause trat ein.

Kolossow schaute auf die Rosen – dreißig Stück, eine gerade Zahl.

»Heute ist hier im Kasino nichts Ungewöhnliches passiert?«, fragte er.

Saljutow schüttelte den Kopf – nein, nichts.

»Der Garderobier sagte, die Videokamera unten im Vestibül sei defekt. Gibt es bei Ihnen öfter Probleme mit der Sicherheitstechnik?«

»Manchmal schon, so ist das eben mit der Technik. Da müsste man unten in der Wachstube nachfragen.« Saljutow griff nach seinem Handy, das vor ihm auf dem Tischtuch lag, aber da klopfte es leise, und Kitajew trat ein. Er brachte einen hochgewachsenen Mann in schwarzer, goldbetresster Uniformjacke mit, den Kolossow schon unten am Eingang gesehen hatte.

»Hier ist der Portier Peskow«, verkündete Kitajew und fügte, an Saljutow gewandt, hinzu: »Im Großen Saal kontrolliert die Miliz die Papiere der Gäste.«

Saljutow schwieg.

»Es riecht nach Ärger, Waleri Wiktorowitsch.« Kitajew warf Kolossow einen vorwurfsvollen Blick zu, als wolle er sagen: Pfui, wir helfen dir, wo wir können, und du haust uns so in die Pfanne.

»Ich würde Ihnen gern ein paar Fragen stellen, sind Sie einverstanden?«, wandte sich Nikita an Peskow.

Der Portier blickte Saljutow fragend an.

»Antworten Sie«, sagte der.

»Tragen Sie eine Waffe?«, fragte Kolossow.

Peskow knöpfte schweigend seine Uniformjacke auf und zeigte die Pistolentasche unter seiner Achsel. Aus der Tasche ragte der Griff eines Revolvers.

»Geben Sie bitte her.«

Peskow schaute wieder Saljutow an. Der nickte.

Der Portier zog die Waffe aus der Pistolentasche, wog sie einen Moment auf der Hand und legte sie dann auf den Tisch. Kolossow konnte die Pistole von seinem Platz aus nicht erreichen, er hätte aufstehen und um den Tisch herumgehen müssen. Aber er blieb sitzen.

»Sie haben auf Bitte des Garderobiers Michejew das Vestibül beaufsichtigt?«, fragte er.

Peskow nickte.

»Wie lange war er ungefähr abwesend? Erinnern Sie sich daran?«

»Etwa zehn, fünfzehn Minuten.« Peskow hatte eine tiefe Bassstimme.

»Und Sie waren diese ganze Zeit über im Vestibül?«

»Nein, ich bin zwischendurch hinausgegangen, um neu ankommende Gäste zu begrüßen.«

»Haben Sie Teterin gesehen?«

»Mittags habe ich ihn gesehen. Später, als ich Michejew im Vestibül vertreten habe, nicht.«

»Den Schuss haben Sie auch nicht gehört?«

»Nein.«

»Haben Sie irgendwen in der Nähe der Toilette gesehen, als Sie im Vestibül waren?«

Peskow sah wieder fragend Saljutow an.

»Na, los doch.« Saljutow blickte zum Fenster hinaus. Draußen verdichtete sich, vom Vorhang halb verdeckt, der weißliche Nebel. »Antworten Sie, halten Sie uns nicht auf.«

»Entschuldigen Sie, Waleri Wiktorowitsch«, sagte der Portier mit rauer Stimme. »Was soll ich denn antworten?«

»Was meinen Sie? Die Wahrheit natürlich. Du hast also jemanden gesehen? Wen?«

Peskow schaute die Pistole an, die auf dem Tisch lag.

»Shanna kam aus der Toilette. Und … Philipp.«

»Ist das nicht Ihr jüngerer Sohn?«, wandte sich Kolossow an Saljutow. »Wo ist er denn jetzt, auch weggefahren?«

»Philipp sitzt in der Bar«, mischte sich Kitajew ein, »er ist nirgends hingefahren.«

»Versuchen Sie bitte, sich genauer zu erinnern, Peskow.

Wie waren die näheren Umstände? Sind die beiden gemeinsam herausgekommen?« Nikita stellte seine Fragen freundlich, im Tonfall ehrlichen Interesses. »Es gibt ja dort ein Raucherzimmer.«

»Nein, sie kamen einzeln heraus. Zuerst Philipp.«

»Wann genau? Bitte etwas präziser. Als Sie gerade ins Vestibül gekommen waren oder später?«

»Als ich gerade kam ... Nein, als ich zum zweiten Mal hineinging, nachdem ich einen neu eingetroffenen Gast begrüßt hatte. Ich war ihm beim Ablegen seiner Garderobe behilflich, habe ihm gezeigt, wo sich die Geldwechselstelle befindet, und da habe ich sie gesehen ...«

»Kam Philipp Saljutow aus der Toilette oder ging er gerade hinein?«, wollte Nikita wissen.

»Er kam heraus.«

»Hat er Sie auch gesehen?«

»Nein, ich glaube nicht.«

»Und wohin ist er dann gegangen?«

»Die Treppe hinauf.«

»Und diese Dame, Shanna – sie arbeitet auch hier im Kasino?«

»Sie hat die Aufsicht über den Spielsaal«, erklärte Kitajew nervös.

»Shanna habe ich später gesehen, als ich wieder ins Vestibül kam, nachdem ich einen weiteren Wagen mit Gästen in Empfang genommen hatte«, antwortete Peskow.

»Und hat die Dame auch Sie gesehen?«, fragte Nikita.

Der Portier zuckte zweifelnd die Schultern.

»Wohin ist sie gegangen?«

»Vermutlich zurück in den Saal. Ich kann mich nicht erinnern, ich war zu abgelenkt.«

»Wodurch?«, fragte Kolossow rasch.

»Durch irgendwas. Ich weiß es nicht mehr ... Ach ja ... Durch die Kamera. Ich hatte bemerkt, dass der Monitor nicht eingeschaltet war. Ich habe ihn angemacht, aber er hat nur geflimmert.«

»Diese Kamera, was hat sie im Blickfeld?«, wandte sich Kolossow an Kitajew.

»Den Teil des Vestibüls vom Eingang bis zur Treppe, wo sich die Garderobe und die Türen zu den Toiletten befinden.«

»Und die Toiletten selbst?«

»Wofür halten Sie uns?«, erwiderte Kitajew empört.

»Wann ist die Kamera kaputtgegangen?«

»Ich weiß nicht, ich glaube, schon mittags.«

»Aha. Und was ist dann passiert?«, fragte Kolossow den Portier.

»Ich stand an der Garderobe und wartete auf Michejew. Da kam ein Gast aus dem Saal und ging in die Toilette. Eine Minute etwa blieb er dort, dann kam er wie angestochen herausgestürzt. Er schrie, es habe sich dort jemand erschossen.«

»Wie viel Zeit lag zwischen dem Augenblick, in dem diese Mitarbeiterin von Ihnen herausgekommen war ... wie heißt sie übrigens mit Nachnamen?«

»Basmanjuk«, warf Kitajew ein.

»... und dem Moment, in dem Teterins Leiche entdeckt wurde?«

»Etwa sieben Minuten«, antwortete Peskow widerstrebend, »vielleicht sogar noch weniger.«

»Sind Sie in dieser Zeit in die Toilette gegangen?«

»Nein.«

»Haben Sie das Vestibül verlassen?«

»Ja, für ein paar Minuten, um einen neuen Gast zu empfangen.«

Kolossow stand auf, ging um den Tisch herum, nahm die

Pistole – es war eine TT – in die Hand und prüfte den Ladestreifen. Alle Patronen waren vorhanden. Er kontrollierte die Sicherung und schnupperte an der Mündung. Die Pistole roch nach Schmierfett und … Vielleicht war es nur Einbildung, aber vielleicht war da tatsächlich noch ein anderer Geruch – der Geruch nach Pulver.

»In welchem Verhältnis standen Sie zu Teterin?«, fragte er Peskow.

Der zuckte wohl schon zum zehnten Mal die breiten Schultern und erwiderte trocken: »In einem ganz normalen, kollegialen Verhältnis.«

»Na gut, Sie können gehen. Ihre Waffe muss ich allerdings vorläufig beschlagnahmen.«

Peskow drehte sich um und ging hinaus.

Kolossow setzte sich wieder auf seinen Platz. Peskows Pistole wickelte er in eine gestärkte Serviette ein, die er vom gedeckten Tisch nahm.

»Da muss irgendein Missverständnis vorliegen«, äußerte sich Kitajew. »Was war das für ein Gefasel? Ist er übergeschnappt? Oder betrunken?«

»Sehen Sie, wir haben also doch einen Zeugen.« Kolossow sah erfreut aus.

»Aber was hat er da von Philipp und von Shanna gefaselt?« Kitajew erhob seine Stimme. »Was hat Shanna in der Herrentoilette zu suchen?«

»Raucht sie?«, fragte Nikita.

»Ja«, antwortete Saljutow.

»Ihr Sohn auch, Waleri Wiktorowitsch?«

»Nein.«

»Bitte rufen Sie ihn doch herauf«, wandte sich Kolossow an Kitajew.

Kitajew blickte seinen Chef an, aber Saljutow schaute zum

Fenster hinaus. Kitajew ging zur Anrichte, auf der neben den unberührten Vorspeisen auch das Telefon stand. Er wählte eine Nummer und sagte, man solle Philipp suchen und ihn zu seinem Vater bitten.

»Wie alt ist Ihr Sohn?«, fragte Nikita.

»Fünfundzwanzig.«

»So jung noch«, stellte Nikita fest. Es klang fast bedauernd.

7

»Übrigens«, fuhr er fort, »wo sind hier, abgesehen vom Vestibül, Überwachungskameras angebracht?«

Kitajew runzelte die Stirn – derartige Informationen waren Geheimnis des Sicherheitsdienstes.

»Überwacht werden der Außeneingang, der Parkplatz, der Große Saal, das Billardzimmer, die Halle mit den Spielautomaten, das Restaurant und die Bars«, antwortete Saljutow selbst.

»Und hier oben?«, wollte Kolossow wissen.

»Hier sind keine.«

»Treppen, Küchen, Diensträume?«

»Nur die Treppen.«

»Ich verstehe. Ich möchte Sie bitten, mir die Filme aus allen Kameras zur Verfügung zu stellen, die heute Abend eingeschaltet und nicht aus irgendeinem Grund defekt waren.«

Saljutow nickte zustimmend. Gleb Kitajews Miene wurde noch düsterer. Er wollte schon etwas einwenden, aber da öffnete sich die Tür, und zwei Männer traten ein. Der eine war groß, athletisch gebaut, mit kurzem, modisch geschnittenem Blondhaar. Sein Gesicht hätte man fast schön nennen können, wäre da nicht die gebrochene Nase gewesen. Seine Kleidung passte gar nicht zum Stil des »Roten Mohn« – ein Pullover aus grober Wolle und eine Trekkingweste mit einer Vielzahl von Taschen auf der Brust, so wie Forschungsreisende und Kriegskorrespondenten sie gern tragen.

Sein Begleiter war kleiner, jünger, zarter: ein mageres Kerlchen mit schmalem, blassem Gesicht, gehüllt in einen bodenlangen, supermodischen Wintermantel aus Alpaka mit einem imposanten Biberkragen, der auf seinen schmalen Schultern wie ein Kummet aus Pelz schlackerte. Saljutow nickte kurz zu ihm hinüber: »Mein Sohn Philipp.«

Nikita wollte schon fragen: Und wer ist der andere? Sein Privatchauffeur, sein Leibwächter? Denn der blonde Hüne in der Globetrotterweste hätte gut zu einem dieser Berufe gepasst. Aber Nikita kam nicht mehr dazu, seine Neugier zu befriedigen: Gleb Kitajew schob den Mann bereits wortlos und ohne viel Zeremonien zur Tür hinaus, allerdings nicht ohne Widerstand von dessen Seite. Wer weiß, wie dieses schweigsame Duell zweier gleich starker Männer ausgegangen wäre, hätte nicht Saljutow seinem Sohn erzürnt befohlen: »Sag ihm gefälligst, er soll sich verziehen! Die Miliz ist hier, um dir wichtige Fragen zu stellen!«

Kolossow registrierte verblüfft, wie sehr sich die Stimme dieses Mannes verändern konnte. Er begriff gar nicht, was der Grund dieses plötzlichen Umschwungs war, dieses plötzlichen Ausbruchs von Wut und Erbitterung. Nur weil diese beiden jungen Männer gemeinsam hierhergekommen waren?

»Warte bitte vor der Tür auf mich«, sagte Philipp Saljutow leise.

Sein Begleiter wandte sich um und ging schweigend nach draußen. Kitajew schloss die Tür fest hinter ihm und lehnte sich mit dem Rücken dagegen.

»Setzen Sie sich, Philipp. Ich bin Major Kolossow, Leiter der Mordkommission im Polizeipräsidium. Hier ist mein Dienstausweis.« Nikita sprach langsam, als wolle er seinem Gesprächspartner Zeit geben, sich zu entspannen. »Sie sind sicher schon im Bilde über das traurige Ereignis, das hier geschehen ist. Ich möchte Ihnen im Zusammenhang damit einige Fragen stellen.«

»Mir? Übrigens, ich bin längst volljährig.« Philipp Saljutow setzte sich an den Tisch, knöpfte seinen Mantel auf und schob das störende Geschirr beiseite, wodurch er die ausgewogene Ordnung des gedeckten Tisches augenblicklich zerstörte. »Wir könnten also auch ohne Aufpasser reden, Major.«

»Aber die Anwesenden sind für Sie doch keine Fremden. Und ich glaube, sie sind hier nicht überflüssig. Wann sind Sie heute ins Kasino gekommen, Philipp?«

»Am Abend.«

»Etwas genauer?«

»So gegen sieben.«

»Und zu welchem Zweck?«

»Heute ist eine Gedenkfeier für meinen Bruder Igor.«

»Sind Sie allein gekommen?«

»Mit dem Legionär.«

»Und wer ist das?«

Nikita blickte Saljutow junior an. Unter seinem Mantel trug Philipp eine reichlich deplatzierte Hemdbluse aus hellgrauem Flanell. Sie passte weder zu seinem teuren Mantel mit dem Biberpelzkragen noch zum Stil des »Roten Mohn« noch überhaupt zum Namen Saljutow.

Vorn, etwa in Gürtelhöhe, war auf dem Flanell etwas Dunkles – vielleicht ein Fleck, vielleicht war es auch nur der Faltenwurf … Wenn er eine Pistole unter dem Mantel trägt, könnten das Flecken von Schmierfett sein, dachte Kolossow automatisch, natürlich nur, wenn … Und wenn er geschossen hat, könnten Spuren der Pulvergase an der Kleidung geblieben sein. Allerdings, bei Verwendung eines Schalldämpfers ist das wohl eher unwahrscheinlich …

»Das ist mein Freund«, sagte Philipp nach einer kurzen

Pause. Er veränderte seine Haltung, und Nikita sah, dass der Fleck auf dem Hemd gar kein Fleck war, sondern ein aus den Buchstaben FENDI bestehendes Ornament.

»Was haben Sie getan, während Sie auf Ihre Angehörigen warteten?«, fragte Nikita. »Gespielt?«

»Ich spiele nie. Ich war in der Bar.«

»Haben Sie etwas getrunken?«

»Bier.«

»Mit Ihrem Freund, diesem Legionär?«

»Mhm.«

»Was tut er, arbeitet er für Sie?«

»Nein, wir sind einfach befreundet.«

»Können Sie mir irgendetwas zu dem Mord sagen?«

»Ich?! Nein, wohl kaum.«

»Vielleicht haben Sie irgendeine Idee oder einen Verdacht?«

»Was für eine Idee? Der alte San Sanytsch ist umgebracht worden. Ziemlich unangenehm fürs Geschäft.«

»Aber wer hätte das Ihrer Meinung nach tun können?«

»Wer? Und wenn ich es selber gewesen wäre?«

»Genug herumgekaspert«, fuhr Saljutow dazwischen. »Kannst du nicht wenigstens für einen Augenblick diese Albernheiten lassen?«

»Ja, Papa. Natürlich.«

Nikita lauschte überrascht auf den kurzen Dialog zwischen Vater und Sohn. Was hatte das zu bedeuten? Steckte ein alter Zwist dahinter?

Gleb Kitajew, der noch an der Tür stand, räusperte sich. Kolossow blickte den jungen Mann an – die Mantelschöße hingen bis auf den Fußboden, seine Haltung war völlig erschlafft. Ein blasses Gesicht, leere Augen. Plötzlich dachte er, Saljutow junior könne vielleicht nicht ganz richtig im Kopf sein.

»Sollen wir diese Auskunft nun als Geständnis betrachten oder was?«

»Du bist wohl verrückt geworden!«, sagte Saljutow der Ältere leise und zornig. »Hör auf, den Hanswurst zu spielen, du Schuft!«

»Sehen Sie, selbst mein Vater findet kein anderes Wort für mich als Schuft.« Philipp schüttelte vorwurfsvoll den Kopf. »Na, wenn Sie meinen kleinen Scherz als Geständnis betrachten, so ist das wohl mein Schicksal. Meinen armen Vater wird vermutlich der Schlag treffen – so ein Prestigeverlust!«

»Ihr Vater gibt Ihnen nur den Rat, Ihre Worte etwas bedachter zu wählen«, sagte Nikita. »Was machen Sie eigentlich beruflich?«

»Manchmal sammle ich Briefmarken, manchmal Streichholzschachteln, manchmal baue ich Modellflugzeuge.«

»Aha, ein echter Lebenskünstler«, lobte Nikita ihn ungerührt. »In der Bar haben Sie also den ganzen Abend Bier getrunken, zusammen mit diesem, wie heißt er doch ... Zenturio? Ach nein, Legionär ... Und Sie haben nicht mal die Toilette im Vestibül aufgesucht, nach dem Bier?«

»Nein, wissen Sie, ich habe mich beherrscht. Bis das Bier mir fast zu den Ohren herausgekommen ist.«

»Sie sind also zwischen acht und neun nicht zur Toilette gegangen?«

»Nein.«

»Überlegen Sie bitte gut.«

»Nein.«

»Aber Ihr Portier hat uns eben erzählt, dass er Sie um ungefähr diese Zeit dort hat herauskommen sehen.«

»Ich glaube, solche Fragen sollten Sie erst in Gegenwart eines Anwalts stellen«, warf Kitajew erregt ein.

»Es handelt sich hier nicht um Fragen, sondern um die Feststellung von Tatsachen. Sie haben doch selbst gehört, was dieser Peskow gesagt hat«, erwiderte Kolossow.

»Waleri Wiktorowitsch, warum sagen Sie denn nichts?« Kitajew erhob die Stimme. »Merken Sie nicht, worauf er hinauswill?«

Aber Saljutow der Ältere sprach kein Wort.

»Also, Philipp Walerjewitsch, wie sieht es aus? Ich warte«, erinnerte ihn Nikita.

»Peskow hat sich sicher geirrt. Ich bin nicht zur Toilette gegangen. Oder nein … Natürlich, das hab ich vergessen, ich war doch dort! Oder … Nein, nein und nochmals nein. Das war gestern. Aber heute, nein, bestimmt nicht. Ich war den ganzen Abend in der Bar, mit meinem Freund und einem Mädchen, sie können das bestätigen, fragen Sie …«

»Mit wem noch? Einem Mädchen?«

»Ja, Egle wird es bestätigen.« Philipp drehte sich abrupt zu seinem Vater um.

»Halt den Mund.«

Eine angespannte Pause trat ein. Wieder so ein Rüffel … Wie ein Peitschenschlag. Saljutow stand vom Tisch auf.

»Ich bitte Sie, die psychische Verfassung meines Sohnes nicht misszuverstehen«, sagte er in gemäßigterem Tonfall. »Heute ist für unsere ganze Familie ein schwerer Tag. Philipp ist im Augenblick einfach nicht ganz bei sich. Igor, mein Ältester, und er standen sich sehr nahe, wie Freunde. Er leidet sehr unter seinem Tod, deshalb redet er so viel dummes Zeug … Auch ich selber reiße mich nur mit Mühe zusammen. Entschuldigen Sie, wenn ich ausfallend geworden bin.« Er legte die Hände auf den Tisch. »Und jetzt noch Teterins Tod … Philipp ist verwirrt, erregt, genau wie ich, wie wir alle. Er … Er wird sich gleich wieder an alles erinnern und alles erklären. Warst du in der Toilette im Vestibül? Hast du Teterin gesehen? Gib Antwort, wenn du nicht willst, dass man dich wegen deiner Faxen festnimmt und aufs Revier bringt!«

Philipp hob den Kopf und blickte seinen Vater an. In seinem Gesicht ging eine Veränderung vor sich. Der angeberische Ausdruck verschwand. Er sah nur noch müde und blass aus. Und sehr jung – das schmale, magere Gesicht wirkte ganz knabenhaft.

»Ja, ich war dort«, erwiderte er leise. »Aus der Bar bin ich einmal hingegangen. Und ich habe Teterin gesehen. Er saß im Raucherzimmer hinter seinem Tischchen und löste ein Kreuzworträtsel. Anschließend bin ich nach oben gegangen, dort sagte mir Ravil, ihr wärt alle schon hier und wartetet auf mich.«

Saljutow nickte, als wolle er Kolossow zu verstehen geben, ja, so war es, mein Sohn spricht die Wahrheit. »Es war so gegen neun, als ich meinem Sohn ausrichten ließ, dass wir auf ihn warten, oder Viertel vor neun«, fügte er hinzu.

»Na wunderbar, dann wäre ja alles geklärt.« Nikita nahm Peskows Pistole vom Tisch, wickelte sie aus der Serviette, überprüfte noch einmal die Sicherung und steckte die Waffe in die Tasche seiner Lederjacke. »Wozu dieses ganze Hin und Her! Sie hätten doch sofort kurz und klar meine Fragen beantworten können.«

Er erhob sich. Die anderen blickten ihn abwartend an, als wollten sie nicht glauben, dass er alles so einfach akzeptierte. Kitajew wartete sichtlich darauf, dass Kolossow ihn bitten würde, auch Shanna Basmanjuk nach oben zu rufen.

Aber Kolossow war offenbar mit dem, was er gehört und gesehen hatte, völlig zufrieden.

»Denken Sie bitte an die Filme«, sagte er, »ich möchte sie gleich mitnehmen. Es wäre gut, wenn einer Ihrer Mitarbeiter sie mir erklären könnte.«

»Das kann ich selber tun«, sagte Kitajew.

»Wunderbar. Danke, das ist vorläufig alles.« Nikita wandte sich an Saljutow. »Die Leiche werden wir zur Autopsie in die Anatomie bringen. Die Angehörigen werden von uns benachrichtigt.«

Saljutow stand auf. Sein Sohn blieb sitzen, die Ellbogen auf den Tisch gestützt. Kolossow hatte den Eindruck, dass diese beiden wohl noch ein ernsthaftes Gespräch miteinander führen würden, sobald Kitajew und er fort waren. Aber da ertönten draußen auf dem Flur laute Stimmen und das Getrappel von Schritten. Es wurde an die Tür geklopft, ein Wachmann erschien und hinter ihm ein ganzer Rattenschwanz von Leuten: der Untersuchungsführer der Staatsanwaltschaft mit der Protokollmappe, der Chef des lokalen Milizreviers und sechs Männer des Einsatzkommandos und der Spezialeinheit OMON.[4] An ihrem geschäftigen Gehabe erkannte Kolossow, dass die Kontrolle der Gäste in den Spielsälen erfolgreich abgeschlossen worden war.

»Sokolnikow, Hauptuntersuchungsführer für besondere Aufträge«, stellte sich der Mann von der Staatsanwaltschaft mit farbloser Stimme vor. »Sind Sie der Besitzer des Kasinos? Gut, mit Ihnen muss ich mich unterhalten. Und Sie sind der Leiter der Mordkommission? Auch Sie muss ich noch sprechen, warten Sie unten im Vestibül auf mich.« Er zog einen Stuhl heran, setzte sich an den Tisch und legte die Mappe vor sich. »Also Sie sind der Chef hier? Ich muss Sie als Zeugen befragen und weise Sie darauf hin, dass Sie für falsche Aussagen und für die Verweigerung von Aussagen juristisch zur Verantwortung gezogen werden können.«

Kolossow zupfte Kitajew höflich am Ärmel: Wie steht's mit den Videos?

---

[4] OMON ist eine Antiterror-Spezialeinheit der Miliz.

Als sie die Tür hinter sich zuzogen, hörten sie die krächzende Stimme Sokolnikows und den anschließenden wütenden Ausruf Saljutows: »Welches Recht haben Sie dazu? Was soll das heißen – das Kasino schließen? Was gibt es denn noch aufzuklären? Das ist Willkür …«

»Oje, so ein nerviger Typ.« Kolossow schüttelte teilnahmsvoll den Kopf und warf einen vielsagenden Blick zur Tür. »Der bringt es glatt fertig und macht Ihren Vergnügungstempel zu. Ich habe selber Angst vor ihm. An Ihrer Stelle würde ich mich lieber nicht mit ihm anlegen.«

8

Saljutow war sich durchaus bewusst, was ein Mord in einem Kasino wie dem »Roten Mohn« bedeutete. Gab es nicht mehr als genug Beispiele dafür, dass aus ähnlichem Anlass gut gehende, einträgliche Lokale in wenigen Wochen ruiniert worden waren?

Zum Beispiel das Restaurant »Russisches Feld« auf dem Flughafengelände. Fünf Jahre lang war es eine Goldgrube gewesen, dann hatte es dort eine banale Schießerei unter Mafiosi gegeben, bei der einer der Beteiligten getötet und ein anderer am Bein verletzt worden war. Keine vier Wochen später musste das Restaurant schließen. Oder der Nachtklub »Weine nicht«. Er zählte zu den zehn schicksten und beliebtesten Klubs in Moskau, bis man in der Damentoilette ein ermordetes Mädchen fand. Der Täter wurde zwar sofort festgenommen, aber das »Weine nicht« erholte sich von diesem Schlag nicht mehr.

Nein, kein respektabler Restaurant- oder Kasinobesucher würde sich auf die Dauer aufdringliche Verhöre, Durchsuchungen, Abnahme von Fingerabdrücken und Ausweiskontrollen gefallen lassen. Das war ebenso klar wie die Tatsache, dass die Trumpf-Sechs selbst ein As sticht. Mit der Ankunft des Untersuchungsführers Sokolnikow und seines Einsatzkommandos war im »Roten Mohn« nichts mehr so, wie es einmal gewesen war. Nicht nur, dass man die Papiere der Gäste kontrolliert und ihnen die Fingerabdrücke abgenommen hatte, die meisten von ihnen hatte man auch noch mit Vorladungen zum Verhör beglückt!

Nach all diesen Scherereien hatte man das Publikum schließlich um ein Uhr nachts hinauskomplimentiert, und Untersuchungsführer Sokolnikow hatte den Angestellten des Kasinos, Saljutow und dem ob solcher Willkür erschütterten Gleb Kitajew eröffnet, dem »Roten Mohn« sei auf Anordnung der Behörden vorläufig, bis zur endgültigen Aufklärung des Falls, die Lizenz entzogen.

Saljutow sah sich gezwungen, mitten in der Nacht in Moskau anzurufen, die nötigen Leute aus dem Bett zu klingeln, zu betteln und sich zu erniedrigen, alle erreichbaren Hebel in Bewegung zu setzen und um Hilfe und Schutz vor solchen Schikanen zu bitten.

Nach langem Hin und Her erreichte er schließlich einen Kompromiss (einen »Konsensus« nannte es der Untersuchungsführer giftig): Die Lizenz blieb vorerst unangetastet, aber die Staatsanwaltschaft durfte während der ganzen Feiertage ungehindert alle nötigen und weniger nötigen Ermittlungen im »Roten Mohn« durchführen, der in dieser Zeit für den Publikumsverkehr geschlossen blieb.

Es war mittlerweile zwei Uhr nachts. Außer Saljutow und Kitajew befanden sich nur noch die Männer des Sicherheitsdienstes und der Chauffeur Ravil im »Roten Mohn«. Ravil hatte den Chef abholen wollen und langweilte sich im Vestibül. Das stille, leere, tote Kasino bot einen ungewohnten Anblick. Normalerweise wurde im Großen Saal von zehn Uhr abends bis zwei in der Nacht gespielt.

Saljutow saß immer noch im Bankettsaal, an dem für die Gedächtnisfeier gedeckten, aber unberührten Tisch. Er trank Kognak und schwarzen Kaffee und kaute eine Zitrone dazu. In den vergangenen fünf Jahren hatte er selten Alkohol getrunken. Im Unterschied zu seinem ältesten Sohn, dem verstorbenen Igor, konnte er Maß halten. Er hatte immer schon jede Art von Exzessen gehasst – sie hatten für ihn mit billiger Prahlerei zu tun, mit einer kranken Leber, morgendlichem Mundgeruch und nächtlichen Albträumen.

Aber in den letzten beiden Monaten gingen die früheren Gewohnheiten mehr und mehr verloren. Das Leben zwang ihn, sich umzustellen.

Kitajew war nach der Abfahrt des Einsatzkommandos zerzaust, erbittert und erschöpft ebenfalls nach oben in den Bankettsaal gekommen. Er ließ sich auf einen Stuhl fallen, nahm das größte Weinglas und goss sich einen Kognak ein. In einem Zug trank er aus und stöhnte tief auf, wie ein Wal, der an Land gespült wird. Dann teilte er mit: »Dieser Major Kolossow hat die Filme mitgenommen.«

Saljutow nickte.

»Alle – bis auf diesen.« Kitajew legte eine Videokassette auf den Tisch. »Den hat er nicht bekommen. Ich habe ihn ausgetauscht und ihm stattdessen einen anderen von vorgestern gegeben.«

Saljutow nahm die Kassette in die Hand.

»Sehen Sie sich das Band mal an, Waleri Wiktorowitsch. Es stammt aus der Kamera im Großen Saal. Nachdem ich diesen Maiski im Vestibül erwischt hatte, bin ich in die Wachstube gegangen und habe mir das komplette Band angesehen.«

»Was willst du mir sagen, Gleb?«, fragte Saljutow leise.

»Dass hier bei uns was faul ist, Waleri Wiktorowitsch.« Kitajew hielt das Kognakglas gegen das Licht. »Maiski hat nichts damit zu tun, trotz seiner umgebauten Knarre.«

»Warum nicht?«

»Er war überhaupt nicht im Vestibül. Nicht ein einziges Mal. Auf dem Band ist alles drauf.« Kitajew stellte das Glas wieder hin. »Ich hatte ja schon berichtet, dass Shanna mich in den Spielsaal gerufen hat. Dort hatte ein Gast verloren und fing an, bei seinem Partner Geld zu schnorren. Ein grüner Junge war das, Shanna hat ihn erkannt, es ist der Sohn von …« Kitajew sprach den Namen des Vaters, eines bekannten Politikers, mit besonderem Nachdruck aus. »Zweimal hat er sich Geld geborgt und beide Male alles wieder verloren.«

»Na und? Warum erzählst du mir das?«

»Darum, weil er sich die Kröten von eben diesem Maiski geliehen hat. Sie sind zusammen hierhergekommen.« Kitajews Miene wurde finster. »Und sie haben zusammen gespielt. Die Kamera hat alles festgehalten. Bis zu meiner Ankunft haben sie den Spielsaal nicht verlassen. Die ganze Zeit haben sie sich um den Kartentisch herumgedrückt. Dann hat dieser Grünschnabel sich hingesetzt und gespielt, hat verloren und sich mit dem Croupier angelegt. Maiski hat daneben gestanden. Shanna hat versucht, sie zu beschwichtigen, die Wachmänner kamen dazu. Dann habe ich mich eingemischt. Den Bubi haben wir in die Bar komplimentiert. Ein Wachmann hat ihn dorthin begleitet, ihn auf Kosten des Hauses bewirtet und ist die ganze Zeit bei ihm geblieben. Maiski hat sich an den zweiten Tisch gesetzt, um weiterzuspielen. Er hatte Glück mit seinem Blatt. Er hat sich kein einziges Mal vom Tisch entfernt, bis zu dem Zeitpunkt, als es unten im Vestibül laut wurde. Das ist alles auf dem Band. Ich habe übrigens seine Spielmarken durchgesehen – hätte es nicht diesen Zwischenfall gegeben, hätte er uns heute ganz schön eingeheizt und uns um rund sechs Riesen erleichtert.«

»Schon gut, was weiter?«

»Wenn es also nicht Maiski war, der Teterin erschossen hat, dann …«

»Du wirst morgen Peskow anrufen und ihm mitteilen, dass er entlassen ist«, sagte Saljutow.

Kitajew nickte, bemerkte aber mit einem schiefen Grinsen: »Sie haben ihm ja selber befohlen, die Wahrheit zu sagen.«

»Alles, was ihm zusteht, wird er in der Buchhaltung bekommen, das Arbeitsbuch werdet ihr ihm zurückgeben. Seine Pistole … Ach, die ist ja beschlagnahmt. Na gut.« Saljutow nahm einen Schluck von dem kalt gewordenen Kaffee.

»Ich habe mit Ihrem Sohn gesprochen, bevor er abgefahren ist«, sagte Kitajew. »Ich habe ihm gesagt: Lipa, du musst erst überlegen und nicht gleich drauflos plappern. Ich denke, er hat begriffen. Er sagte, er sei wirklich zur Toilette gegangen und habe Teterin gesehen. Durch deine Dummheit und deinen Leichtsinn, habe ich ihm gesagt, wärst du beinahe in eine ganz üble Sache geschlittert.«

»Nun lass schon gut sein.« Saljutow runzelte die Stirn. »Noch was?«

»Ja, ich würde auch gern wissen, wer den Alten umgelegt hat, genau wie dieser Bulle von der Kripo und dieser penetrante Typ von der Staatsanwaltschaft. Und vor allem – weshalb? Es scheint doch gar keinen plausiblen Grund zu geben.«

Saljutow starrte in die Dunkelheit hinaus.

»Oder aber …?« Kitajew blickte seinen Chef vorsichtig und aufmerksam an. »Nach Ihrem heutigen Verhör bei der Generalstaatsanwaltschaft hat man Sie gar nicht gefragt. Offenbar wissen die davon noch gar nichts, aber … Sie, Waleri Wiktorowitsch, haben mich über diese Unterredung noch gar nicht informiert …«

»Du willst wissen, ob sie mich nach Chwantschkara gefragt haben?«, unterbrach Saljutow ihn scharf. »Nein.«

Kitajew schwieg, als müsse er diese Mitteilung erst verdauen.

»Aber er weiß das vielleicht gar nicht«, sagte er schließlich langsam und nachdenklich. »Ganz im Gegenteil, ER denkt vielleicht …«

Saljutow steckte schweigend die Kassette in seine Jackentasche.

»Vor einer Stunde hat Marina angerufen. Sie wollte wissen, ob Sie heute zu Hause übernachten oder nicht«, sagte Kitajew nach leichtem Zögern.

Saljutow blickte wieder zum Fenster hinaus.

»Und unten ist Egle.« Kitajew folgte seinem Blick. »Ich habe ihr gesagt, fahr nach Hause, Ravil bringt dich. Aber sie sagt, nein, ich bleibe. Sie wartet auf Sie. Sie ist ganz aufgeregt.«

Saljutow nickte. Immer noch starrte er ins Dunkel. Die Nacht vor Weihnachten. Heiligabend. Das Fest, über das er in seiner Kindheit und Jugend fast nichts gewusst hatte.

Weihnachten hatten sie in Lusanowka nicht gefeiert. Ostern, ja, das hatte es gegeben. Zu Ostern begann am Meer die Fischfangsaison. Zu Ostern war die Kirche von St. Nikola in den Dünen brechend voll mit alten Frauen und Männern, mit Witwen, die ihre Männer im Krieg verloren hatten und einfach mit Menschen, die die Besatzung und die schlimme Kriegszeit überlebt hatten.

Damit die Jugend nicht aus Neugier nachts in die Kirche ging, wurde im Klub der Eisenbahner zu Ostern immer ein bunter Abend veranstaltet. Man zeigte einen interessanten Film, und anschließend wurde getanzt bis zum Morgen.

Aber zu Weihnachten gab es nichts dergleichen. Weihnachten gab es in jenen Jahren überhaupt nicht. Alles, was Saljutow aus seiner Kindheit von diesen ersten Januartagen in Erinnerung geblieben war, war der beißende, durchdringende Wind. Vom Meer her blies er einem ins Gesicht, von der fauligen Chadshibejski-Bucht in den Rücken.

»Sag ihr, ich komme gleich«, erwiderte er. »Und sag ihr danke. Es ist sehr lieb von ihr.«

9

Die Ergebnisse, die das Labor am ersten Tag nach den Weihnachtsferien lieferte, waren alles andere als beeindruckend. Der Pathologe, den Kolossow anrief, teilte mit, er habe den Obduktionsbericht bereits am Morgen gefaxt. Nikita fischte dieses wissenschaftliche Werk aus der eingegangenen Post heraus und las es in wenigen Minuten durch. Enttäuscht stellte er fest, dass darin nichts Neues stand. Selbst den Zeitpunkt des Todes hatte der übervorsichtige Experte nur sehr vage umrissen: zwischen acht und neun Uhr abends.

Das ballistische Gutachten über die aus Teterins Schädel entfernte Kugel kam nur zu einem unumstößlichen Ergebnis: Die Kugel stammte aus einer Pistole. Aber das wusste Kolossow auch ohne Experten. Die Kugel war stark verformt gewesen, und nach Meinung der Ballistiker war es unmöglich, die Waffe zu identifizieren, aus der der Schuss abgegeben worden war.

Der Experte versprach, dass die im »Roten Mohn« beschlagnahmten fünf Pistolen vom Typ TT, die den Männern des Sicherheitsdienstes gehörten, und auch die umgebaute Gaspistole Maiskis sorgfältig anhand der Datenbank überprüft und abgefeuert werden würden. Für mehr konnte er nicht garantieren – die Kugel sei in diesem Fall keine Hilfe.

»Merkwürdig, Nikita Michailowitsch, dass Sie die Hülse

nicht gefunden haben«, bemerkte der Experte unzufrieden. »Sie muss dort gewesen sein, Sie haben nur nicht richtig gesucht.«

Mit diesem unverdienten und kränkenden Vorwurf ging das Telefonat zu Ende, und Kolossows Laune war vom frühen Morgen an auf dem Nullpunkt. Die verschwundene Hülse war ja das Erste gewesen, was ihn selber an diesem scheinbar so durchschnittlichen Mordfall gestört hatte. Aber es war tatsächlich keine Patronenhülse in der Toilette gewesen. Und das konnte nur zwei Gründe haben: Entweder war die Hülse in der Kanalisation verschwunden, weil eine bizarre Flugbahn sie in das Toilettenbecken gelenkt hatte, oder der Mörder hatte sie vom Tatort entfernt. Aber das wiederum bedeutete, die Pistole, aus der man Teterin in den Hinterkopf geschossen hatte, war noch in seinem Besitz.

Kolossow wollte schon wieder zum Telefon greifen und seinerseits den arroganten Experten beschuldigen – wieso war das Gutachten über die Schmauch- und Fettspuren an den im Kasino beschlagnahmten Waffen noch nicht fertig? Aber nachdem er einen Moment nachgedacht hatte, kam er zu dem Schluss, dass eine derartige Beckmesserei kleinlich und seiner nicht würdig war.

Alle diese Überlegungen und Empfindungen ließen die Zeit bis zum Mittagessen fast unbemerkt vorüberfliegen. Zwischendurch rief der Leiter des Untersuchungsgefängnisses, in dem Maiski inhaftiert war, einige Male an. Er machte darauf aufmerksam, dass die Frist für den Verdächtigen heute ablief. Kolossow bat darum, nicht vorschnell Anklage zu erheben, sondern die Untersuchungshaft unter einem formalen Vorwand auf zehn Tage zu verlängern: wegen unerlaubten Tragens und Aufbewahrens einer Feuerwaffe. Seine Bitte wurde erfüllt, und darüber hinaus versprach man ihm sogar, einen Zellengenossen für Maiski zu suchen, der ihm etwas auf den Zahn fühlen sollte.

Kolossow fiel ein Stein vom Herzen. Ehrlich gesagt, hatte er noch keine konkreten Pläne, was diesen Maiski anging. Was den Mord an Teterin anging, übrigens auch nicht.

Er hatte höllische Kopfschmerzen. Und Hunger. Appetit auf ein ordentliches warmes Essen, möglichst mit Fleisch. Plötzlich wurde ihm bewusst, dass er die ganzen Feiertage über in Bindjushnys Kabäuschen sehr viel mehr getrunken als gegessen hatte.

Der Anblick, der sich ihm im Spiegel seines Spindes bot, trug auch nicht zur Verbesserung seiner Laune bei. Es wurde wirklich Zeit, sich wieder um die Gesundheit zu kümmern und zu einem normalen Lebensrhythmus zurückzukehren. Und so beschloss Kolossow, zur Ostoshonka-Straße zu fahren, wo man recht schmackhaft und gar nicht teuer sibirische Pelmeni essen konnte.

Er ging nach unten ins Foyer und erblickte dort Katja.

Im Pelzmantel und mit Handtäschchen schaute sie traurig zum Fenster hinaus auf die verschneite Nikitski-Gasse und sah aus, als könne sie sich beim besten Willen nicht entschließen, die vertrauten vier Wände zu verlassen und die spiegelglatte, gefährliche Straße zu betreten.

»Hallo. Frohes Neues Jahr«, begrüßte Kolossow sie.

»Oh, Nikita! Du? Grüß dich! Das wünsche ich dir auch.«

Kolossow fing den auf Katja gerichteten neugierigen Blick des Milizionärs an der Pforte auf.

»Wartest du auf jemanden?«, fragte er mürrisch.

Katja schüttelte den Kopf und schob ihre schwarze Strickmütze in den Nacken. Einer ihrer Handschuhe fiel zu Boden. Kolossow bückte sich und hob ihn auf. Aus dem Augenwinkel sah er, dass der Milizionär sie mit unverhohlenem Vergnügen und Interesse beobachtete. Rotznase!

»Gehst du essen?«, fragte Katja.

Kolossow nickte.

»Dann komme ich mit.« Sie krallte sich plötzlich wie ein Eichhörnchen in den Ärmel seiner Lederjacke. »Gemeinsam schaffen wir es vielleicht über diese Eisbahn.«

So kam es, dass sie genau eine Viertelstunde später die halbleere, halbdunkle, holzverkleidete Pelmeni-Stube in der Ostoshonka-Straße betraten. Nikita betrachtete die zufriedene Katja (unterwegs hatte sie ununterbrochen geschwatzt und von ihren Ferienerlebnissen erzählt) und wurde sich wieder einmal leidvoll bewusst, dass es Frauen gab (nicht alle, Gott sei Dank), die ihn um den kleinen Finger wickeln konnten.

Pelmeni lehnte Katja rundweg ab und erklärte, das sei die Lieblingsspeise ihres Ehemannes, auf die er so wild sei, dass er sie sogar selbst zubereite. Sie sei schrecklich eifersüchtig auf diese blöden Teigfetzen, die er allem vorziehe, was sie koche, und deshalb könne sie diese Dinger einfach nicht mehr sehen.

Bei dem Wort »Ehemann« verlor Kolossow augenblicklich die Lust, das Gespräch fortzusetzen. Er nahm Katjas Tablett und begann mechanisch, einen Teller nach dem anderen darauf zu stellen. Sofort wurde er gerügt: Warum so viel? Ich suche mir selber aus, was ich essen möchte.

Die Unterhaltung beim Essen wollte nicht in Gang kommen.

»Die Presse schläft noch nach den Feiertagen«, sagte Katja. »Und in den Agenturberichten ist nichts von Interesse. Du hattest zu Neujahr nicht zufällig Dienst?«

Eine solche Frage konnte einem nur ein Mitarbeiter des Pressezentrums stellen. Nikita kam der Verdacht, dass sie nur aus diesem Grund unbedingt mit ihm hatte essen gehen wollen. Und er hatte gemeint …

»Nein, hatte ich nicht. Was willst du trinken – Tee oder Kaffee? Oder vielleicht ein Bier?«

»Saft. Das heißt, die ganzen Tage hattest du keinen einzigen Einsatz? Kaum zu glauben.«

»Doch, einen schon. Aber das war nichts Besonderes. Nichts von Interesse für euch Zeitungsfritzen.«

»Ein Mord?« Katja zielte mit der Gabel auf ihren Fischsalat.

»Ein Mord, ja. In der Rubljowskoje-Chaussee. War wohl eine Abrechnung innerhalb der lokalen Mafia.«

»Ein klarer Fall also?« Beim Wort »Mafia« verlor Katja sofort das Interesse.

»Sieht so aus.« Kolossow ließ sich jedes Wort aus der Nase ziehen. »Ein Verdächtiger ist direkt am Tatort festgenommen worden, er hatte eine Pistole und Drogen bei sich. Ein zweiter … ein zweiter hat so eine Art Geständnis abgelegt. Aber dann stellte sich heraus, es war nur ein Witz.«

»Was heißt das?«, fragte Katja erstaunt.

»Na, erst hat er die Tat zugegeben, aber dann hat sich alles als schwarzer Humor herausgestellt.«

»Und wer ist ermordet worden?«

»Ein Rentner.«

»Bei einer Abrechnung unter Gangstern?« Katja wunderte sich erneut. »Und wo war das?«

»In einem Spielkasino.«

Ein Rentner, der bei einer Mafia-Auseinandersetzung in einem Kasino erschossen worden war – das reichte ja höchstens für eine Randnotiz auf der letzten Seite. Katja war enttäuscht.

»Und womit bist du in diesem aufsehenerregenden Fall beschäftigt?«, fragte sie.

»Mit der Beweisaufnahme.«

Tja, Beweise ... Theorien zum Mord an Teterin gab es nur wenige. Aber Beweise waren erstaunlicherweise vorhanden. Doch was bewiesen sie? Darüber war sich Kolossow vorläufig nicht klar.

Es war ein seltener Fall in seiner Praxis, dass es Augenzeugen gab. Und gleich mehrere, die entweder die reine Wahrheit sprachen oder dreist logen.

Der Portier Peskow zum Beispiel behauptete, er habe, kurz bevor man den ermordeten Teterin in der Toilette entdeckte, erst Philipp Saljutow und dann Shanna Basmanjuk dort herauskommen sehen. Philipp Saljutow benahm sich als Zeuge ziemlich sonderbar, jedoch enthielten seine Aussagen, vorausgesetzt natürlich, sie entsprachen der Wahrheit, die wertvolle Information, dass das Opfer zum Zeitpunkt ihrer flüchtigen Begegnung in der Toilette, also zirka um halb neun plus-minus fünfzehn Minuten noch am Leben und wohlauf gewesen war. Shanna Basmanjuk war vom Untersuchungsführer Sokolnikow verhört worden und hatte folgende Aussagen zu Protokoll gegeben: Sie habe Teterin an jenem Abend nicht gesehen, und die Herrentoilette habe sie selbstverständlich auch nicht betreten.

So stand es mit den Zeugen. Aber bevor man sich Gedanken darüber machte, wem von ihnen man glauben durfte und wem nicht, musste man sich zunächst eine andere Frage stellen – aus welchem Grund konnte ein Mann wie Alexander Teterin ermordet worden sein?

Kitajews Version, er sei das Opfer seines Berufs geworden, als er in Ausübung seiner dienstlichen Obliegenheiten den Bürger Maiski an dessen krimineller Absicht hindern wollte, die Gäste des Kasinos mit Heroin zu versorgen, hatte einiges für sich. Freilich war die beschlagnahmte Dosis verschwin-

dend gering – in allen fünf bei Maiski gefundenen Beutel-
chen zusammen fanden sich kaum zwei Gramm der Dro-
ge.

Nicht von der Hand zu weisen war auch die von Untersu-
chungsführer Sokolnikow vertretene Theorie, der unauffälli-
ge Toilettenwärter könne ein raffinierter Erpresser gewesen
sein, der von irgendwelchen dunklen Geheimnissen der An-
gestellten oder der Gäste des Kasinos Wind bekommen hatte
und dafür mit dem Leben bezahlen musste.

Andererseits – welche Geheimnisse konnte ein armer Toi-
lettenwärter kennen, der in dem Kaff Rasjesd an dem Flüss-
chen Glinka wohnte und eine kranke Frau und einen versoffe-
nen Sohn durchfüttern musste?

Im Gespräch mit Kolossow äußerte Sokolnikow die An-
sicht, jeder, der an jenem Abend im »Roten Mohn« gewesen
sei, habe den Mord begehen können. Und in diesem Punkt
stimmte Nikita dem Untersuchungsführer vollauf zu. Die Art
und Weise, wie das Verbrechen ausgeführt wurde, war auf
den ersten Blick simpel: Der unbekannte Täter nutzt die Ab-
wesenheit von Garderobier und Pförtner, schlüpft in die Toi-
lette und schießt Teterin aus einer Pistole mit Schalldämpfer
in den Hinterkopf.

Aber hier stolperte man auch schon über die erste Unge
reimtheit dieses Falls: das Missverhältnis zwischen der Person
des Opfers und dem Risiko, das der Mörder mit seiner Beseiti-
gung auf sich genommen hatte.

Um den Toilettenwärter ins Jenseits zu befördern, musste
der Täter etliche Hürden überwinden: eine Waffe am Sicher-
heitsdienst des Kasinos vorbeischmuggeln (und die Wach-
männer waren wahrlich keine Trottel); den Mord in einem
ziemlich ungünstigen Moment begehen, als bereits zahlreiche
Gäste ins Kasino strömten; und schließlich nach dem Schuss

noch einige Zeit in der Nähe der Leiche bleiben, um die Patronenhülse zu suchen und an sich zu nehmen, immer mit dem Risiko, jeden Augenblick ertappt zu werden.

Wenn der Mörder diese ganze Mühe auf sich genommen hätte, um mit dem Besitzer des Kasinos abzurechnen oder mit einem der Geldsäcke, die hier Roulette spielten, wäre das begreiflich gewesen. Aber es war kein Bankier, kein Provinzbonze, kein Mafioso, sondern nur ein Rentner getötet worden.

Die zweite Ungereimtheit war die Patronenhülse …

»Woran denkst du, Nikita? Dein Essen wird ja kalt.«

Das war Katjas Stimme. Kolossow seufzte auf, als erwache er aus einem Traum. Katja schaute ihn neugierig an.

»Ach, nichts weiter, unwichtig. Möchtest du noch etwas?«

Katja schüttelte den Kopf: Danke, ich bin satt. Zeit zu gehen.

Als sie sich schon der Nikitski-Gasse näherten, klingelte Kolossows Handy. Es waren seine Kollegen aus der Mordkommission, die nach ihrem Chef suchten – an der Pforte wartete nämlich bereits Gleb Kitajew auf ihn, der wie verabredet gekommen war, um mit Kolossow zusammen die Bänder mit den Videoaufzeichnungen anzusehen und zu kommentieren.

Auch ein wichtiges Fax war eingetroffen. Die Untersuchung von Peskows Pistole hatte ergeben, dass aus dieser Waffe erst kürzlich Schüsse abgefeuert worden waren – davon zeugten die Spuren von Schmierfett und Pulvergasen.

»Entschuldige, ich werde erwartet«, sagte Kolossow zu Katja, als er sie vor dem Präsidium absetzte.

»Auf Wiedersehen, Nikita«, antwortete sie, »danke für das Essen und deine Gesellschaft. Ich habe mich wirklich gefreut, dich wieder mal zu sehen. Sehr sogar.«

Sie verschwand hinter einer Tür. Kolossow überlegte noch ein paar Sekunden – hatte sie das ehrlich gemeint oder war es nur eine höfliche Phrase gewesen. Aber dann beschloss er, diese Dummheiten zu vergessen. Und das gelang ihm auch beinahe.

10

Wenn die Januarfröste einem auf Hirn und Lungen schlagen, wenn draußen bei minus fünfundzwanzig Grad Dunstsäulen aus den Fabrikschornsteinen steigen, wenn die Passanten auf der Straße aussehen wie wandelnde Pelztüten und die Fenster der Häuser sich mit Raureif bedecken, dann gibt es in Moskau keinen besseren Ort als das »Cayo Coco«.

So oder ähnlich dachte auch Philipp Saljutow, als es langsam Abend wurde und er nicht wusste, wohin.

Das »Cayo Coco« ist eine Bar und ein Klub. Benannt ist es nach dem bekannten kubanischen Strand, es hängen sogar Porträts von Che Guevara und Hemingway darin. Der Letztere wird allerdings von den Besuchern des »Cayo Coco« fast nie erkannt, weil er auf dem Bild noch jung ist, ohne seinen berühmten Bart und die Pfeife.

Im »Cayo Coco« finden freitags und am Wochenende lateinamerikanische Partys statt. Ein dunkelhäutiger Tänzer aus Barbados bringt allen, die es lernen wollen, Mambo bei. Und wenn es auf Mitternacht zugeht, heizen farbige Tänzerinnen den Saal so auf, dass die Gäste den Wendekreis des Krebses und die Brandung des Ozeans statt der Bartheke zu sehen glauben und das Kreuz des Südens anstelle der Glühbirnen an der Decke.

Dienstags jedoch ist es im »Cayo Coco« ruhig. Dann kocht

der Barkeeper für die letzten Gäste um drei Uhr früh Schokolade und Kaffee mit Rum und Apfelsinenschalen.

Um drei Uhr früh, wenn draußen klirrender Frost herrscht und die Stadt in tiefem Schlaf liegt, duftet es im »Cayo Coco« nach herber Schokolade, der Saal ist leer, mitten auf der halbdunklen Bühne liegt eine Gitarre, die der erschöpfte Musiker dort vergessen hat.

Der Gitarrist ist betrunken, die Schokolade bitter. Ihren Geschmack spürt man noch lange, sehr lange auf den Lippen: Cayo Coco ... Eine samtene, zauberhafte Nacht am warmen Ozean, korallenroter Sand.

»Hör mal ... Hör mir doch mal zu! Lass uns wegfahren, ja? Geld ist vorläufig noch da. Ich hab das Gefühl, dieser Winter hat dich völlig geschafft, Lipa.«

Das hatte der Legionär gesagt. Er saß Philipp gegenüber und trank ebenfalls heiße Schokolade. »Lipa«[5], Philipps Spitzname, klang nur aus seinem Mund nicht wie ein verächtliches Schimpfwort, so wie er sich bei Gleb Kitajew oder bisweilen auch bei seinem Vater anhörte. »Lass uns wegfahren, Lipa« – wie einen Refrain wiederholte er das seit Neujahr oder sogar schon länger. Nach Bolivien, nach Chile, nach Peru, nach Mexiko, wohin auch immer! Hauptsache, möglichst weit weg. Weit weg ... Denn Geld hatten sie vorläufig noch genug. Das Geld, das der Vater Philipp vor ein paar Monaten gegeben hatte.

Ein großer Teil davon war allerdings für einen teuren Wagen draufgegangen, einen Jeep Chevrolet. Die Wagenpapiere waren bereits da, und der Wagen selbst war für die Teilnahme an der Internationalen Amateurrallye Irakesch – Dschelfa – Tripolis im Frühling dieses Jahres angemeldet. Bestimmt wird

[5] »Lipa« bedeutet im Russischen außer »Linde« auch »Nachahmung, Fälschung«.

er den Pokal gewinnen, denn am Steuer sitzt der Legionär, und Navigator ist er, Philipp Saljutow. Vorausgesetzt natürlich, alles läuft nach Plan.

»Weißt du, hier ist es doch auch prima.« Philipp lächelte. Das Lächeln fiel etwas müde aus. Aber schließlich war es auch schon drei Uhr früh.

Der Legionär zuckte die Schultern. Seit einiger Zeit sprachen sie nur noch wenig miteinander.

Um drei Uhr morgens und bei klirrender Kälte kommt es so gut wie nie vor, dass noch ein Gast im »Cayo Coco« auftaucht und direkt von der kalten, vereisten Straße hereinschneit. Außer es handelt sich bei diesem Gast um Aligarch, laut Pass Georgi Gasarow. Vor ihm man ist man nirgends sicher.

Gasarow ist ein hochgewachsener, kräftiger Mann von dreißig Jahren, mit dunkelbraunem Haar. Ewig unrasiert – nicht weil er so schlampig ist, sondern weil ihm die Bartstoppeln gut stehen und ihn wie einen grimmigen Revoluzzer aussehen lassen.

Überhaupt ist Aligarch, wie viele Vertreterinnen des weiblichen Geschlechts versichern, ein attraktiver Mann, eine schillernde Persönlichkeit und ein ganzer Kerl, und man könnte ihn gar nicht hoch genug schätzen, wäre da nicht diese eine ärgerliche Schwäche.

Philipp Saljutow war alles andere als erfreut über Aligarchs Erscheinen. Aber da war nichts mehr zu machen. Aligarch ließ seinen Adlerblick durch den leeren Saal schweifen und nahm bereits Kurs auf ihren Tisch.

»Hier seid ihr also. Ich hab schon zigmal angerufen, aber euer Handy tut's nicht. Habt ihr es abgeschaltet? Ihr wollt wohl eure Ruhe haben?« Gasarow setzte sich unaufgefordert an ihren Tisch.

»Was ist los, leidest du an Schlaflosigkeit?«, erkundigte sich der Legionär.

»Du hast es erfasst.« Gasarow lächelte sein liebenswürdigstes Lächeln und seufzte. »Ich hatte einfach schreckliche Sehnsucht nach menschlicher Gesellschaft. Bestellt ihr was für mich? Ich bin absolut blank, die letzte Kopeke hab ich für Benzin ausgegeben.«

Und natürlich bestellten sie, wie immer, für Aligarch etwas zu trinken. Nach dem ersten Schnaps wurde er merklich munterer.

»Hört mal, ich habe eine Bitte an euch. Ihr müsst mir aus der Klemme helfen.«

»Geld?«, fragte Philipp.

»Drei Hunnis. Oder besser vier. Ich geb's euch umgehend zurück. Morgen schon.«

»Aber der ›Mohn‹ ist geschlossen«, sagte Philipp.

»Kitajew hat mir hoch und heilig geschworen, dass sie sofort nach den Weihnachtsferien … dass sie morgen schon wieder öffnen.« Gasarow rieb sich nervös die Hände. »Ich brauche nämlich dringend was. Wenigstens zweihundert, um erstmal über die Runden zu kommen. Oder hundert … Ihr kriegt es bestimmt zurück.«

»Du verspielst ja doch wieder alles.« In der Stimme des Legionärs schwang ein vorwurfsvoller Unterton. »Du wirst alles durchbringen und hoffnungslos blank sein.« Aber er griff bei diesen Worten doch in eine der Taschen seiner geliebten Trekkingweste und holte Geld heraus – zwei zusammengefaltete grüne Scheine zu je fünfzig Dollar. »Zum letzten Mal.«

»Danke.« Gasarow bedeckte die Scheine rasch mit der flachen Hand. Seine Hände waren außergewöhnlich schön. Gut geformte Handgelenke, lange, kräftige Finger. Die Hände eines Pianisten, Zauberkünstlers oder Falschspielers. Aber Aligarch war kein Musiker, auf Zaubertricks verstand er sich nicht und als Zinker taugte er auch nicht. Er hatte einfach kein Glück.

»Kitajew hat also gesagt, der ›Mohn‹ wird demnächst wieder geöffnet?«, fragte der Legionär erstaunt. »Sieh einer an! Und ich dachte schon, dieser Hexentanz wäre noch lange nicht zu Ende. Ich wollte Waleri Wiktorowitsch schon mein Beileid ausdrücken.« Er warf Philipp einen Seitenblick zu.

»Nein, ich habe Gleb gefragt. Er sagte, alles sei in Ordnung. Mit der Staatsanwaltschaft wären sie sich schon einig geworden und in ein paar Tagen könnten sie den Laden wieder aufmachen.« Gasarow steckte das Geld in seine Jackentasche. »Ich habe keinen Grund, daran zu zweifeln. Dein alter Herr ist ein toller Kerl, Philipp. Warum musste bloß jemand den armen Teterin umlegen! Der konnte doch keiner Fliege was zuleide tun. Und wie viele Bullen da angetanzt kamen – habt ihr das gesehen? Die wollten doch glatt meine Papiere kontrollieren.«

»Meine haben sie auch kontrolliert«, nickte der Legionär, »und Philipp ist sogar verhört worden.«

»Ja, ich glaube, weil ich als Letzter Teterin gesehen habe. Ich bin ins Vestibül runtergegangen, in die Bar, und dann auch mal zur Toilette.«

»Er war da übrigens auch.« Der Legionär wandte sich an Gasarow und drohte ihm matt mit dem Finger. »Ich hab dich gesehen, Freundchen.«

»Ich in der Toilette? Wann? Also, erinnern kann ich mich nicht.« Gasarow zuckte die Schultern. »Ich hab nur ans Spiel gedacht. Erst hatte ich solches Glück, aber dann … Übrigens habe ich gehört, man hat dort schon irgendwen festgenommen.«

»Nicht irgendwen, sondern Maiski«, bemerkte der Legionär, »und der hatte, wie immer, ein randvolles Körbchen. Na, jetzt sitzt er gründlich in der Patsche. Geschieht ihm eigentlich recht, aber Leid tut er einem doch. Wahrscheinlich war er es, der den Opa abgemurkst hat. Oder Peskow.«

»Wieso der?«, wunderte sich Philipp.

»Richtig, das ist doch so ein Perverser.« Gasarow erwärmte sich offenbar ebenfalls für diese Theorie. »Aus der Armee ist er ja rausgeflogen. Da gab's so eine dunkle Geschichte. Habt ihr ihm mal in die Augen gesehen, Jungs?«

»Na und?«, fragte Philipp.

»Du bist das Söhnchen vom Chef, bei dir hält er sich natürlich bedeckt. Da traut er sich nicht.« Gasarow grinste. »Aber gewöhnlich schaut er einen an wie die Schlange das Kaninchen. Augen, kalt wie Eis.«

»Dafür hast du, Aligarch, Augen wie südliche Nächte«, meinte der Legionär spöttisch.

»Das sind die Gene. Meine Mutter ist Ossetin.« Gasarow reckte sich ausgiebig. »Ich bin eben ein echter Bergbewohner. Also, ich danke euch – ihr habt mir aus der Klemme geholfen. Sobald ich wieder gewonnen habe, kriegt ihr die Moneten zurück. Das Wort eines Bergbewohners. Aber jetzt muss ich meine Mutter anrufen.« Er erhob sich gewandt, durchquerte den Raum und verschwand.

»Und wieso jagt Egle den nicht zum Teufel?«, fragte der Legionär nachdenklich.

»Sie liebt ihn«, antwortete Philipp.

»Ja, aber er behandelt sie wie Dreck.« Der Legionär schaute in seine leere Tasse mit den Schokoladeresten auf dem Grund, als wolle er aus dieser braunroten Masse die Zukunft lesen. »Und was wollte er von uns? Das Geld hätte er sich auch morgen noch schnorren können.«

Philipp wies mit den Augen schweigend zum Eingang – der

Legionär saß mit dem Rücken zur Tür und sah den Gast nicht, der um drei Uhr morgens aus der Kälte ins »Cayo Coco« kam.

Es war eine Frau in einem dunkelbraunen Nerzmantel und einem schwarzen Filzhut. Platinblond, mit üppigen Locken. Allerdings war das nur eine teure, italienische Perücke. Philipp wusste das, weil er die Frau erkannt hatte.

Es war Shanna Basmanjuk – der Pit-Boss des Spielkasinos »Roter Mohn«.

Der Legionär drehte sich langsam um.

Sie kam auf ihren Tisch zu, setzte sich genau wie zuvor Gasarow ohne Aufforderung zu ihnen, knöpfte ihren Pelz auf und riss an dem gemusterten Seidenschal an ihrem Hals, als ob er sie ersticke. Aus den Tiefen des schokoladenbraunen Nerzmantels fischte sie Zigaretten und Feuerzeug heraus, zündete sich eine Zigarette an, tat einen tiefen Zug und stellte erst dann die erste Frage: »Wie darf ich das alles verstehen?«

»Soll ich euch allein lassen?«, fragte Philipp den Legionär.

»Wie du willst.«

Philipp ging zur Bartheke. Aber auch von dort konnte er jedes Wort verstehen. Das »Cayo Coco«, in dem freitags und am Wochenende lateinamerikanische Abende stattfanden, war berühmt für seine gute Akustik.

»Was bedeutet das?« Shannas Ton verhieß nichts Gutes.

»Das bedeutet – es ist aus, Shanna.« Die Stimme des Legionärs war leise und ruhig. Aber Philipp spürte, dass die Antwort seinem Freund nicht leicht fiel.

»Was heißt das? Was meinst du?«

»Aus. Vorbei.«

»Nein. Das … das kannst du nicht. Nicht mit mir. Das ist doch … Warum denn?«

»Weil es so besser ist, Shanna.«

»Habe ich dich irgendwie gekränkt?«

»Nein.«

»Hast du eine andere?«

»Nein.«

»Aber was ist dann geschehen?«

»Nichts. Es ist vorbei, Shanna.«

»Aber du …« Shanna nahm wieder einen tiefen Zug aus ihrer Zigarette. Philipp sah, dass auch ihr dieses Gespräch nicht leicht fiel. Frauen um die vierzig hatten für ihn etwas Geheimnisvolles, Rätselhaftes. Ein Geheimnis umgibt sie wie ihr teures, auffälliges Parfum und verbirgt sich in den feinen, vom Make-up sorgfältig kaschierten Fältchen in den Augenwinkeln und um die Lippen.

»Du warst doch derjenige, der angefangen hat, du warst ganz versessen auf mich«, sagte Shanna. »Ich habe dir geglaubt, ich dachte …«

»Was?«, fragte der Legionär.

»Dass du mich liebst.« Die Antwort klang irgendwie verlegen. Philipp fragte sich: War es einer Frau über vierzig etwa schon peinlich, von Liebe zu reden?

»Ich habe die ganzen letzten Tage nach dir gesucht, bei dir angerufen … Du bist vor Neujahr so unerwartet verschwunden.«

»Und schließlich hast du Aligarch gebeten, mich zu suchen? Vermutlich hast du ihn für seine Mühe noch mit einem Hunderter belohnt?«

»Ich habe auch dir Geld gegeben«, sagte Shanna.

»Hier hast du dein Geld zurück.« Der Legionär holte aus seiner Brusttasche mehrere zusammengefaltete Geldscheine, »hier, hier und hier. Danke, Shanna, danke für alles.«

»Schwein.« Sie blickte auf seine Hände, auf das Geld, und Tränen liefen über ihre Wangen.

Philipp hatte Mitleid mit ihr. Er kannte Shanna seit vielen Jahren. Sie arbeitete schon lange für seinen Vater, eine Zeit lang hatte sie sogar bei ihnen im Haus gewohnt. Immer war sie freundlich zu ihm und seinem Bruder Igor gewesen. Jetzt fiel ihm wieder ein, dass der Legionär ihn kurz vor Neujahr beiläufig gefragt hatte: Stimmt es, was im Kasino geredet wird? War Shanna wirklich die Geliebte deines Vaters?

Dem Legionär gefielen Frauen, die älter waren als er selbst. Allerdings nur solche, die sich sorgfältig pflegten und eine Menge Geld verdienten. In Fragen der Moral war er dagegen ausgesprochen tolerant. Philipp war ehrlich erstaunt – was war bloß in seinen Freund gefahren?

Shanna knüllte die Geldscheine zusammen, steckte sie in ihre Handtasche und drückte die Zigarette im Aschenbecher aus. In der Tasche ihres Pelzmantels klirrten bei jeder Bewegung die Autoschlüssel.

»Aligarch hat uns eben die frohe Botschaft gebracht, dass der ›Mohn‹ demnächst wieder geöffnet wird«, bemerkte der Legionär. »Das heißt, du wirst in der nächsten Zeit wieder sehr viel zu tun haben.«

Da schluchzte Shanna auf. Und Philipp dachte: Wenn die Angestellten aus dem »Roten Mohn«, Croupiers, Wachmänner, Kassierer, Kellner, ihren gestrengen Pit-Boss jetzt hätten sehen können – sie hätten ihren Augen nicht getraut und geschworen, das müsse ein Traum sein.

11

Irgendwann hatte Kolossow mal einen berühmten Regisseur im Fernsehen darüber sprechen hören, dass die Relativität der Zeit nirgends so deutlich sichtbar werde wie in alten Wochenschauen. Er redete von der »verschiedenartigen« Zeit und klagte darüber, wie schwierig die reale Zeit, in der der Regisseur, der Künstler existiert, und die Zeit in alten Filmen, die man als dokumentarisches Material benutzt, manchmal in Einklang zu bringen sind.

An diese Worte fühlte Nikita sich erinnert, als er sich zusammen mit Kitajew die erste Kassette mit den Videoaufzeichnungen aus dem Kasino ansah und der Security-Chef des »Roten Mohn« das Band kommentierte.

Im Büro der Kripo und als Gast Kolossows fühlte Kitajew sich ganz in seinem Element, fast wie an seinem eigenen Arbeitsplatz. Er riet Kolossow, sich mit Geduld zu wappnen – sie mussten sechs Kassetten anschauen: So viele Bänder waren nötig gewesen, um jenen endlos langen Abend vor dem Mord zu dokumentieren.

Aber schon bei den ersten Bildern begriff Nikita: Er hatte sich gründlich geirrt, wenn er damit gerechnet hatte, sich auf diese Weise einen vollständigen Eindruck von den Geschehnissen jenes Abends im »Roten Mohn« machen zu können. Das war kein Film, das waren nur vereinzelte Fetzen – unverständliche Szenen, wo sich Leute hin und her bewegten, gingen, kamen, spielten, sich unterhielten, Cocktails tranken, lachten und wieder kamen und gingen.

Die Überwachungskameras nahmen nur auf, was in ihr Gesichtsfeld fiel. Und dieses Feld war leider manchmal sehr begrenzt.

Auf den Bändern waren Dutzende von Menschen zu sehen. Kitajew zeigte Kolossow die Angestellten des Kasinos – Croupiers, Geschäftsführer, Wachleute, Kassierer, Kellner und Barkeeper. Er beantwortete rasch und sachkundig Kolossows Fragen zur Person – wie lange der Betreffende schon im Kasino arbeitete, was zu seinem Tätigkeitsfeld gehörte, wie gut er seine Aufgabe erfüllte. Bei den Gästen des »Roten Mohn« jedoch tat er sich erheblich schwerer.

Einen erschöpfenden Eindruck von den Spielsälen, in die er an jenem Abend leider keinen Blick mehr hatte werfen können, erhielt Kolossow auf diese Weise nicht. Auf dem Bildschirm sah alles schwarz-weiß, winzig, hektisch und irgendwie unsolide aus.

In der Spielautomatenhalle war die Perspektive besonders ungünstig (die Kamera klebte offenbar an der Decke zwischen den Beleuchtungskörpern): Man sah nur die Scheitel der Gäste und die Abdeckplatten der Automaten. Und im Großen Spielsaal zeigte die Kamera nur immer ein und dieselbe Großaufnahme – den Roulettetisch und die Hände der Spieler.

Nach einer halben Stunde derartiger Bilder war Nikita klar, dass die Hoffnungen, die er in diese Filme gesetzt hatte, in sich zusammenfielen wie ein Kartenhaus.

»Wozu brauchen Sie solche Großaufnahmen von diesem Tisch? Man sieht ja weder die Gesichter der Spieler noch die der Croupiers.«

»Wieso? Da ist zum Beispiel eine Hand mit einem Ring. Und da ist das dazugehörige Gesicht. Das Kasino hat an jenem Abend gegen diesen Mann verloren.« Kitajew zeigte auf den Monitor. »Er hat vier Einsätze nacheinander gewonnen. Wenn ein Kunde eine solche Glückssträhne hat, sind wir in der Wachstube immer auf der Hut.«

»Ist es etwa ein Falschspieler?«

»Beim Roulette ist das nicht so schlimm. Aber wir kontrollieren, ob ein solcher Glückspilz nicht vielleicht einen Minicomputer bei sich hat. Das wäre zwar auch nicht so tragisch, aber unsere Regeln verbieten es.«

»Wer ist denn das hier? Den kenne ich doch. Ist das nicht der Busenfreund von Philipp? Er hat uns doch erzählt, sie hätten an dem bewussten Abend gar nicht gespielt … Legionär, so lautete sein Spitzname, nicht wahr? Worauf setzt er?«

»Split, verdoppelter Einsatz. Er hat gewonnen. Glück gehabt.«

»Was ist das überhaupt für ein Typ? Was macht er beruflich?«

Kitajews Miene verdüsterte sich.

»Der Teufel weiß, was er macht. Ginge es nach mir, dürfte er keinen Fuß mehr ins Kasino setzen.«

»Ich dachte anfangs, er sei so was wie der persönliche Bodyguard von Saljutow junior.«

»Das haben wir auch erst gedacht«, antwortete Kitajew. »Zumal das auch zur Debatte stand. Philipp hatte früher keinen Bodyguard, aber … Sie wissen ja selbst, in was für einer Zeit wir leben. Und er ist der Sohn eines in Moskau bekannten und nicht gerade armen Mannes. Ich wollte ihm selbst schon eine Wache aus unseren überprüften Sicherheitsleuten geben. Aber nein, das hat er rundweg abgelehnt und gesagt: Ich suche mir selbst den passenden Mann. Na, und den hat er gefunden … Kennen gelernt haben sie sich bei einer Geländewagen-Rallye. Offenbar ist er früher Zeitsoldat gewesen, war in Tschetschenien, wenn man ihm glauben darf. Als sie sich kennen gelernt haben, arbeitete er als Fahrlehrer bei einem Automobilklub. Ich habe Philipp wohl hundertmal gebeten: Gib uns Gelegenheit, ihn auf Herz und Nieren zu überprüfen – wer er ist, woher er kommt.« Kitajew winkte resigniert ab. »Sie wissen selber, wie die Jugend von heute ist. Dieser Legionär ist acht Jahre älter als Philipp. Er hat sich den Jungen völlig gefügig gemacht. Sein Einfluss ist so groß, dass …«

»Ich hatte das Gefühl, dass die Beziehung zwischen Philipp und seinem Vater nicht ganz einfach ist«, bemerkte Kolossow vorsichtig.

»Allerdings!« Kitajew schnaubte. »Und wem ist das zu verdanken? Seinem sauberen Freundchen. Vor ein paar Monaten hat Philipp seinem Vater eröffnet, er wolle ausziehen. Sein Vater hat ihm Geld für den Kauf einer Wohnung gegeben. Dann passierte der Unfall – der ältere Sohn Igor verunglückte tödlich mit dem Auto. So ein Schlag für die Familie! Und gleichzeitig – stellen Sie sich das vor – erfährt Waleri Wiktorowitsch, dass Philipp am Tag der Beerdigung seines Bruders fast alles Geld, das er vom Vater für eine Wohnung bekommen hat, verschleudert hat! Für ein Auto! Er hat es ausgenutzt, dass niemand ihn kontrolliert hat, und …«

»Er hat das Geld für ein Auto ausgegeben?«

»Genau. Hat dem Legionär einen Jeep Chevrolet gekauft. Wie finden Sie das? Von dem übrig gebliebenen Geld haben sie sich eine Zweizimmerwohnung an der Pjatnizkaja genommen, dort leben sie jetzt zu zweit. Waleri Wiktorowitsch ist kein armer Mann, aber wie bitter ist es für ihn, sich einzugestehen, dass sein Sohn ein Verschwender ist! Wenn man ihn gewähren ließe, würde er in einer einzigen Woche alles verprassen, alles!«

»Der ältere Sohn Saljutows war anders?«

»Ganz anders. Igor war seinem Vater in jeder Hinsicht eine Stütze. Der zweite Chef im Haus, nach Waleri Wiktorowitsch. Sie können sich nicht vorstellen, wie sehr er uns allen fehlt.«

»Saljutow selbst lebt allein?«

»Nein, wieso, mit seiner Familie. Die Enkel leben bei ihm – Igor hat ja zwei Kinder hinterlassen, das eine ist vier, das andere zwei Jahre alt. Außerdem wohnt Igors Witwe Marina bei ihm, und dann ist da noch eine alte Tante – die Schwester der Mutter von Waleri Wiktorowitsch. Sie ist für ihn wie eine Ersatzmutter. Und natürlich das Hauspersonal. Er hat eine Villa in Iljinskoje.«

Kolossow nickte und stellte dann Fragen zu den anderen Gästen, die auf dem Band aus dem Spielsaal zu sehen waren. Doch so bereitwillig Kitajew über den Mann mit dem Spitznamen Legionär Auskunft gegeben hatte, so knapp, oft nur mit zwei, drei Worten, äußerte er sich zu den übrigen Gästen. Nikita hatte sogar den Eindruck, dass Kitajew einige Gäste des Kasinos absichtlich ganz mit Stillschweigen überging. Ein Pärchen zum Beispiel – ein junger Mann von etwa zweiunddreißig Jahren mit dem verwegenen Aussehen eines kaukasischen Bergbewohners, der am Kartentisch saß, und seine Begleiterin, eine sehr junge, grazile Frau in dunklem Abendkleid, mit glatten blonden Haaren, die im Nacken zu einem schweren Knoten zusammengebunden waren.

Der Kaukasier spielte riskant und verlor offensichtlich. Die Frau hatte sich nicht an den Tisch gesetzt, sie stand hinter ihm und verfolgte angespannt, geradezu angstvoll sein Spiel. Gerade verlor der junge Mann wieder, sie beugte sich zu ihm hinunter und flüsterte ihm etwas ins Ohr, offenbar versuchte sie, ihn vom Spieltisch fortzulotsen. Aber er wandte sich ab, gab dem Croupier ein Zeichen und setzte aufs Neue. Die Frau entfernte sich langsam vom Tisch.

»Wissen Sie, wer das ist?«, fragte Kolossow. »Das nette junge Pärchen dort?«

Kitajew schaute auf den Bildschirm und erwiderte knapp, das sei ein gewisser Georgi Gasarow – ein Stammgast des Kasinos, mit irgendeiner Bekannten, deren Namen er nicht kenne, weil er sie zum ersten Mal sehe.

Nikita spürte, dass Kitajew log. Warum wohl?

Sie schauten sich die Bänder aus den beiden Bars an. Unter den Gästen der einen Bar hatte die Kamera Philipp Saljutow und den Legionär aufgenommen. Sie saßen an der Theke und tranken Bier. Wieder musste Kolossow an die Relativität der Zeit denken. Auf dem anderen Band hatte man den Legionär beim Roulette gesehen, aber anhand dieser Aufzeichnungen war es völlig unmöglich festzustellen, was eher war – Spieltisch oder Bar.

Dann folgten die Bänder aus dem Restaurant. Dort waren an jenem Abend kaum Gäste gewesen – die Kellner standen gelangweilt herum.

Endlich kam das Band aus der Kamera im Vestibül. Dieses Band schauten sie besonders aufmerksam an. Wieder gab Kitajew ausführliche Erläuterungen zur Arbeit der Wachleute im Vestibül, zu den Angestellten der Geldwechselstelle und der Kasse für die Ausgabe der Chips. Auf dem Band war nichts Verdächtiges oder Ungewöhnliches zu sehen. Nun war nur noch ein letztes kurzes Teilstück übrig.

»Das hat eine andere Kamera aufgezeichnet, die auf die Dienstbotentreppe hinter der Kasse gerichtet ist«, sagte Kitajew, »aber ich glaube, dort ist nichts Interes...«

»Und wer ist das? Der gerade die Treppe herunterkommt?«, fragte Kolossow.

Kitajew schaute genauer hin. Die Perspektive war wieder äußerst ungünstig: schräg von oben.

»Das ist einer unserer Stammgäste. Er heißt Vitas. Angeblich Schauspieler. Ein junger Kerl noch, und aus jugendlichem Leichtsinn schmeißt er mit dem Geld nur so um sich, vorausgesetzt, er hat welches.« Kitajew grinste herablassend. »Manchmal gewinnt er, manchmal verliert er.«

»Aber wohin geht er? Zur Kasse, um Chips zu holen?« Kolossow beobachtete, wie der Mann auf dem Bildschirm das Vestibül betrat, an der Kasse vorbeiging, am Springbrunnen und ... aus dem Film verschwand. Als hätte er sich aus der Aufnahme heraus in Luft aufgelöst.

»Warten Sie.« Nun zeigte auch Kitajew Interesse. »Ich spule das Band zurück.«

Sie schauten sich die Szene noch einmal an.

»Wohin ist er verschwunden?«, fragte Kolossow.

Kitajew runzelte die Stirn.

»Offenbar in die dunkle Ecke, die zeitweise nicht überwacht wurde: Eingangstür, Garderobe, Toiletten«, sagte er langsam. »Wenn er in die Bar gegangen wäre oder in einen der Spielsäle oder die Haupttreppe hinauf, dann hätte eine der Kameras es aufgezeichnet, aber so ...«

»Was sagten Sie, wie er heißt? Vitas?« Kolossow notierte sich den Namen auf einem Zettel. »In diese dunkle Ecke würde ich gern etwas Licht bringen.«

»Das würde ich auch gern.« Kitajew dachte nach. »Ich glaube, ich kann Ihnen helfen. Wir haben in unserer Kartei seine Telefonnummer.«

»Enthält Ihre Kartei alle Ihre Kunden?«

Kitajew schüttelte den Kopf – auf eine Weise, die soviel wie »nein« bedeuten oder auch die altbekannte Redensart »Wer viel weiß, wird früh alt« illustrieren konnte.

»Die Zusammenarbeit mit Ihnen ist angenehm«, bemerkte Kolossow höflich. »Sie sind eben ein Profi.«

»Glauben Sie, uns liegt genauso viel daran, Teterins Mörder zu finden, wie Ihnen«, erwiderte Kitajew. »Dieser tragische Vorfall hat uns alle tief erschüttert. Aber eigentlich sind wir so gut wie sicher, dass der Mörder bereits festgenommen wurde.«

»Sie meinen Maiski? Ja, festgenommen ist er, seine Untersuchungshaft ist sogar noch verlängert worden. Aber kommt Ihnen nicht eine Sache komisch vor?« Kolossow schaute Kitajew an. »Wir haben nun insgesamt sechs Kassetten durchgesehen, aber auf keiner davon ist Maiski in Erscheinung getreten. Als hätte er eine Tarnkappe getragen.«

Kitajew hob nur die Arme. Und Nikita zog es vor, diese Frage einstweilen nicht zu vertiefen. Er bedankte sich herzlich für die tatkräftige Hilfe und erinnerte Kitajew noch einmal an die versprochenen Informationen zu dem Gast mit dem ausgefallenen Namen Vitas.

»Ja, und außerdem wollte ich Sie um einen Gefallen bitten: Richten Sie doch bitte Ihrem Portier Peskow aus, dass ich ihn noch einmal sprechen möchte. Er soll morgen Vormittag um zehn zu mir kommen, also unmittelbar vor seiner Arbeit.«

»Peskow arbeitet nicht mehr für uns«, sagte Kitajew, »er hat gekündigt.«

»Wann hat er das so schnell geschafft?«, fragte Kolossow erstaunt.

»Gestern. Einen Grund hat er nicht genannt. Nun, ich freue mich, dass ich Ihnen im Rahmen meiner Möglichkeiten helfen konnte. Wegen Vitas rufe ich Sie morgen Vormittag an.«

Als Kitajew ging, dämmerte es in der Nikitski-Gasse bereits. Kolossow sah sich noch einmal das letzte Band an: das Vestibül, den Springbrunnen, die Treppe und den Mann auf der Treppe. Um welche Zeit Vitas ins Vestibül hinuntergegangen war, war schwer zu sagen. Trotzdem, es war ein Anhaltspunkt, ein weiteres Detail auf dem Weg zu einer näheren Bekanntschaft mit dem »Roten Mohn«. Vorläufig war diese Bekanntschaft noch sehr oberflächlich.

Nikita saß in seinem Büro und überlegte, welchen seiner Kollegen er konsultieren könnte, um weitere Informationen über dieses Kasino zu erhalten.

Und plötzlich hatte er eine Erleuchtung!

12

Der Morgen des folgenden Tages begann für Kolossow mit Telefonanrufen. Der erste ging an die Regionalverwaltung für die Bekämpfung des organisierten Verbrechertums, die RBOV, wo er Gennadi Obuchow, den Leiter der Spezialabteilung »A«, zu sprechen verlangte.

Kolossows Beziehungen zu Obuchow waren seit jeher schwierig. Nikita konnte sich an keinen Fall erinnern, den er und der Leiter der Abteilung »A« ohne gegenseitige Vorwürfe und Kompetenzgerangel bearbeitet hätten.

Obuchow half den Kollegen aus der Mordkommission niemals uneigennützig. Liebend gern gab er sich den Anschein, als wisse er weitaus mehr als das, was in den offiziellen Auskünften stand. Kolossow wiederum hasste es, vor diesem Besserwisser zu buckeln. Aber …

Aber es gab Ausnahmen. Eine war zum Beispiel der neunte Januar, der Tag, an dem Obuchow Geburtstag hatte. Einem Kollegen an einem solchen Tag nicht zu gratulieren, wäre überaus unhöflich gewesen. Nikita rief ihn in aller Herrgottsfrühe an, und Obuchow schien sich sogar zu freuen. Nikita wünschte ihm Glück, Erfolg, die Erhebung in den Generalsrang, einen Volvo mit Blaulicht als Dienstwagen, den Posten eines stellvertretenden Ministers und als Krönung seiner Karriere eine Bronzebüste vor dem Haupteingang der Akademie des Innenministeriums.

Obuchow tat ganz verlegen.

»Ich bin entzückt, zerknirscht, erschlagen von so viel Großmut«, schnurrte er in den Hörer, »warte, ich muss eine Serviette holen, um mir die Tränen der Rührung abzuwischen.«

»Hast du Informationen zu dem Kasino an der Rubljowka, das sich ›Roter Mohn‹ nennt?«, fragte Kolossow.

Grabesstille trat ein. Dann folgte etwas, das klang wie »Hab ich's doch gewusst, zum Teufel!« Nun kam ein gefährlicher Moment: Die fragile Verbindung konnte an dieser Stelle einfach abreißen, und daher beschloss Nikita, die Festung im Sturm zu nehmen: »Wir haben in unserer Abteilung beratschlagt und beschlossen, dir ein Geschenk zu machen. Zu Weihnachten ist in diesem ›Roten Mohn‹ ein Mord passiert. Wir hoffen, es ist ein Fall mit Perspektive. Und da kannst du doch nicht außen vor bleiben.«

»Wen hat man in diesem Kasino umgebracht?«

»Einen Angestellten, einen Rentner.«

»Und was interessiert dich konkret am ›Roten Mohn‹?«

Kolossow spitzte die Ohren: Obuchows Stimme klang überraschend ernst.

»Alles. Alles, was ihr dazu habt.«

»Gut. Ich rufe dich zurück.«

Nikita war sprachlos über so viel Nachgiebigkeit. Alle wussten: Gennadi Obuchow musste man jede Information aus der Nase ziehen, erst recht vertrauliche Daten, und nun dies …

»Bist du vor Glück stumm geworden?«, knurrte Obuchow in den Hörer. »Ich habe gesagt, ich rufe dich zurück. Wahrscheinlich sogar noch heute. Mach's gut.«

»Auf … auf Wiedersehen. Nochmals alles Gute zum Geburtstag.«

Kolossow legte auf.

Da steckte doch etwas dahinter, wenn Obuchow so zuvorkommend war!

Kolossows nächster Anruf galt Iwan Bindjushny bei der Miliz von Skarabejewka. Kolossow erkundigte sich nach dem dort inhaftierten Maiski: Hockte er noch allein in seiner Zelle oder hatte er schon nette Gesellschaft?

»Einer unserer Männer sitzt bei ihm«, rapportierte Bindjushny mürrisch.

»Und was gibt's Neues?«

»Tja«, Bindjushny war pessimistisch gestimmt, »was für Neuigkeiten soll es da geben, Nikita? Maiski selbst ist nicht drogensüchtig, also auch nicht auf Entzug. Er nimmt nichts von dem Zeug, er verkauft es bloß.«

»Und was ist mit dem Mord?«

»Über den Mord schweigt er sich aus. Aber ansonsten ist er sehr gesprächig. Die ganze Zeit trägt er laut Gedichte vor. Majakowski! Seine Zellennachbarn sind schon sauer – sie können nicht schlafen.«

»Was, ist er denn wirklich Dichter?«, fragte Kolossow.

»Unserem V-Mann hat er gesagt, er schreibt Liedertexte. Für Rockgruppen. Unser Mann beschreibt ihn als ganz sympathischen Burschen, herumgekommen, nicht auf den Kopf gefallen, immer gut gelaunt. Der lässt den Kopf nicht hängen. Aber eine Woche muss er ja noch sitzen, vielleicht ergibt sich noch was«, meinte Bindjushny aufmunternd.

»Wohl kaum«, entgegnete Nikita und erzählte Bindjushny, was das ballistische Gutachten, insbesondere die Untersuchung der Dienstpistole des Portiers Peskow, ergeben hatte.

»Peskow hat seine Stelle im Kasino gekündigt. Oder ist vermutlich gekündigt worden. Tu mir den Gefallen, Iwan, such ihn für mich. Ich muss noch einmal dringend mit ihm sprechen.«

»Was gibt es da groß zu suchen? Wenn er nicht mehr arbeitet, wird er wohl zu Hause sein. Komm her, und wir fahren direkt zu ihm nach Hause, und wenn er dort nicht ist, fahren wir zu seiner Schwester.«

Dagegen war nichts einzuwenden.

Draußen war es sehr kalt. Nachts hatte es unerwartet einen heftigen Frosteinbruch gegeben, der alles Gerede über die globale Erwärmung Lügen strafte.

Füße und Hände wurden zu Eis, die Ohren erstarrten. Eine geschlagene Viertelstunde lang kam Kolossow nicht vom Fleck – das Auto wollte einfach nicht anspringen. Endlich nieste der Motor, und der Wagen setzte sich in Gang. Eine halbe Stunde später lag die enge, verstopfte, froststarre Stadt hinter ihm, das Umland begann.

Die Sonne strahlte blendend hell und rot vom Himmel. Der Schnee am Straßenrand sah aus wie zersplittertes Glas, weiter entfernt auf den Feldern war er weiß und rein und funkelte derart, dass die Augen schmerzten. Je weiter man sich von Moskau entfernte, desto tiefer wurde der Schnee, desto länger und dunkler fielen die Schatten der Tannen auf die Straße, desto lauter und fröhlicher krächzte auf den Telegrafenmasten der verfrorene Krähenschwarm. Kolossow war froh, aus dem Präsidium in diese kalte Reinheit entflohen zu sein, in diese sengende, antarktische Landschaft.

Er holte Bindjushny vom Revier ab, und sie fuhren in den kleinen Ort Werchnie Tschaszy, wo Peskows Familie wohnte. Tschaszy war als alte Datschensiedlung bekannt. In den letzten Jahren waren hier anstelle der windschiefen Holzhäuschen etliche nagelneue Backsteinhäuser mit soliden Eisendächern aufgetaucht.

Das Grundstück Nummer 18 lag ganz am Rand hinter einem hohen Bretterzaun. Das Haus war bereits vollständig hochgezogen, aber die Innenarbeiten waren offenbar noch nicht fertig. Bindjushny donnerte mit der Faust an die Pforte. Hinter dem Zaun schlug wütend ein Hund an.

»Wer ist da?«, fragte eine dünne, weinerliche Frauenstimme.

»Die Miliz. Ist Ihr Mann zu Hause? Machen Sie auf, wir müssen ihn sprechen.«

Die Pforte wurde einen kleinen Spalt breit geöffnet. Der Hund hinterm Zaun bellte wie rasend.

»Wer sind Sie? Was wollen Sie?«

Das war der Kolossow bereits bekannte tiefe Schaljapin-Bass. Peskow war zu Hause. Wo hätte er auch sonst sein sollen, ohne Job? Die Pforte wurde aufgerissen. Nikita erblickte den ehemaligen Portier des »Roten Mohn«, seine Lebensgefährtin und seinen Wachhund – einen an die Kette gelegten riesigen kaukasischen Schäferhund, der die ungebetenen Gäste am liebsten in kleine Stücke gerissen hätte.

»Sie?«, wunderte sich Peskow. »Noch mal? Wieso?«

»Ich muss mit Ihnen reden«, antwortete Kolossow.

»Ich habe mit Ihnen nichts mehr zu reden.« Peskow versperrte ihm den Weg. »Ihretwegen habe ich meine Arbeit verloren. Gehen Sie.«

»Das würde ich gern tun, es ist aber nicht möglich. Dienst ist Dienst.« Kolossow entnahm der mitgebrachten Akte ein Blatt Papier. »Hier, bitte, machen Sie sich mit den Ergebnissen des Gutachtens über Ihre Dienstpistole vertraut. Ihre ehemalige Dienstpistole.«

Peskow nahm das Blatt und wich gleichzeitig einen Schritt zurück, um den Weg freizugeben. Sie traten ein. Peskows Frau – klein, rundlich, mardergesichtig – schlug die Pforte sofort wieder hinter ihnen zu.

»Was ist los, Mischa?«, fragte sie kläglich. »Was für eine Pistole?«

»Geh ins Haus, Oksana«, befahl ihr Peskow. »Und nimm den Hund mit. Man wird ja taub von dem Gekläff.«

Er las das Gutachten draußen vorm Haus durch, bei minus zwanzig Grad. Langsam und sorgfältig.

»Na und?«, fragte er dann.

»Sie waren doch bei der Armee, Sie können schreiben und lesen. Ich denke, das Gutachten ist unmissverständlich.« Nikita merkte, gleich würde er ausfallend werden, wenn Peskow sie nicht auf der Stelle ins Haus und ins Warme bitten würde. »Aus Ihrer Pistole wurde ein Schuss abgegeben. Ich wüsste doch gern, worauf, in welcher Situation und wann Sie geschossen haben?«

»Kommen Sie mit, ich zeig's Ihnen.« Peskow öffnete die Pforte. Wieder nichts mit dem warmen Ofen, dachte Nikita niedergeschlagen.

Peskow führte sie über einen schmalen, in den Schnee getrampelten Pfad zum Wald, der gleich hinter dem Ort begann und sich bis zur Eisenbahnlinie erstreckte. Dort stiegen sie in eine Schlucht hinunter und versanken sofort bis zum Hals in Schnee. Doch da tauchte ein vom Schnee geräumter, sorgfältig festgestampfter Platz vor ihnen auf. Etwa dreißig Meter davon entfernt ragte aus einer Schneewehe ein Pfosten aus Birkenholz, an den eine Sperrholzplatte genagelt war.

»Hier, sehen Sie«, sagte Peskow und zeigte auf den Holzpfosten.

Kolossow schaute genauer hin: Die Platte war voller kleiner Löcher, wie eine von Käfern zerfressene Borke.

»Eine Zielscheibe?«, erkundigte sich Bindjushny und blies auf seine halb erfrorenen Finger.

»Genau. Jeden freien Tag trainiere ich hier, um nicht aus der Übung zu kommen.«

»Gehen wir zurück ins Warme«, flehte Nikita.

Diesmal hatte Peskow Erbarmen. Er führte sie zurück, aber nicht ins Haus, sondern in eine schmale kleine Baubude, die in einer Ecke seines Grundstücks stand. Im Innern war es zwar sehr beengt, aber dafür knisterte ein schmiedeeisernes Öfchen. Eine Werkbank stand hier, an den Wänden hing Werkzeug, es roch nach Hobelspänen und Leim.

»Die Zielscheibe beweist gar nichts«, erklärte Kolossow, sobald er sich am Ofen ein wenig aufgewärmt hatte. »Sie hätten am selben Tag vorher trainieren und dann abends in die Toilette gehen und Teterin erschießen können.«

Peskow schüttelte den Kopf: Was für eine Idee!

»Meinen Sie das ernst?«

»So ernst wie nur möglich. Wie soll ich Sie sonst dazu bringen auszusagen?«, fragte Kolossow streitlustig. »Beim letzten Mal hätten Sie vermutlich auch nichts gesagt, wenn Saljutow es Ihnen nicht befohlen hätte.«

»Ja, und den Dank dafür habe ich erhalten. Meinen Lohn und mein Arbeitsbuch hat man mir vor die Füße geworfen. Und jetzt werde ich zu allem Überfluss auch noch des Mordes beschuldigt.«

»Ich beschuldige Sie nicht. Ich gebe Ihnen nur zu verstehen, in welche Richtung die Angelegenheit sich entwickeln kann, nachdem ein für Sie so ungünstiges Gutachten erstellt wurde. Obwohl …«

»Obwohl was?«, fragte Peskow finster.

»Obwohl weder ich noch die Staatsanwaltschaft Sie für den Hauptverdächtigen halten, sondern im Gegenteil für unseren wichtigsten Zeugen. Noch dazu für einen gewissenhaften und ehrlichen.«

»Ich hab mir schon genug die Zunge verbrannt, danke.«

»Verstehen Sie, ich will Ihnen mit diesem Gutachten ja keine Angst einjagen.« Kolossow seufzte. »Ich muss nur ein paar

Dinge genauer klären. Da ist erstens Ihre Pistole. Wann genau haben Sie mit ihr geschossen?«

»Am ersten Januar haben wir nicht gearbeitet, am zweiten hatte ich ebenfalls frei. An beiden Tagen war ich in der Schlucht und habe auf die Zielscheibe gefeuert. Zu Ehren des neuen Jahrhunderts sozusagen.«

»Woher haben Sie die Patronen?«, fragte Bindjushny, der bisher geschwiegen hatte.

»Die stammen noch aus meiner Zeit bei der Armee.« Peskow grinste. »Na, jetzt ist wohl auch noch eine Hausdurchsuchung fällig.«

»Vorläufig geht es ohne«, antwortete Nikita. »Schreiben die Kasino-Regeln nicht vor, die Waffe nach Schichtende abzugeben?«

»Im ›Roten Mohn‹ nicht. Der Kollege, der mich ablöst, hat seine eigene Pistole. Und Kitajew ist auch nie unbewaffnet.«

»Schießen Sie gut?«

»Ganz ordentlich.«

»Wie standen Sie eigentlich zu Teterin?«, fragte Kolossow.

»Ich sagte Ihnen doch schon: ganz normal, wie unter Kollegen.«

»Genauer?«

»Es ging so«, brummte Peskow.

»Dass man Sie entlassen hat, ist das Ihrer Ansicht nach die Quittung für Ihre freimütigen Aussagen?«

Peskow starrte den summenden Ofen an.

»Saljutow ist ein kluger Mann«, sagte er langsam. »Ich hege ihm gegenüber keinen Groll. Er hat es ganz richtig gemacht.«

»Dass er Ihnen gekündigt hat?«

»Mhm. Ich hätte mir an seiner Stelle auch gekündigt.«

»Aber warum haben Sie dann diese Aussagen gemacht –

mir von Philipp und von dieser Basmanjuk erzählt?«, fragte Nikita aufrichtig erstaunt.

»Das war die Wahrheit. Ich habe nur die Wahrheit gesagt.«

»Verschweigen konnten Sie es nicht?«

»Das liegt mir nicht.«

»Wie standen Teterin und Saljutow zueinander?«

Ein dumme Frage, natürlich. Aber die Antwort verblüffte ihn gründlich.

»Die Jungs von der Sicherheit sagten, dass Teterin Mitleid mit ihm hatte«, erwiderte Peskow.

»Mit wem? Mit Saljutow? Teterin hatte Mitleid mit Saljutow?« Bindjushny hielt das offensichtlich für einen guten Witz. »Warum?«

»Er arbeitete schon lange für Saljutow, schon, als der noch ein anderes Geschäft hatte. Die Jungs haben gesagt: Er hat ihn bedauert, weil er trotz allem kein Glück im Leben hat.«

»Saljutow hat kein Glück?«, fragte Bindjushny ungläubig.

»Seine Frau war krank. Psychisch. Zwanzig Jahre hat sie ihn und die ganze Familie gequält. Teterin erzählte – allerdings nicht mir, ich hab nur davon gehört –, Saljutow sei manchmal in rabenschwarzer Stimmung ins Büro gekommen, damals, als er noch die Fabrik hatte. Na, und dann die lieben Kinder … Igor war Alkoholiker, er ist verunglückt, weil er getrunken hatte. Dieser Lipa – Philipp …«

»Er liegt im Clinch mit seinem Vater?«, fragte Kolossow.

»Tja, das Geld ist schuld, wie so oft. Er ist seinem Vater keine Stütze.«

»Also deshalb hatte Teterin Mitleid mit Saljutow. Weshalb noch?«

»Das ist alles.« Peskow seufzte.

»Kennen Sie einen gewissen Vitas – einen Stammgast des Kasinos?«

Peskow schüttelte den Kopf.

»Und einen Gasarow?«

»Es waren so viele, die kamen.«

»War es Ihrer Meinung nach ein bloßer Zufall, dass die Kamera im Vestibül defekt war?«, fragte Kolossow.

»Wenn jemand das Objektiv zerschlagen hätte, wäre es kein Zufall gewesen. Aber es war die elektrische Leitung, soweit ich weiß. Um einen solchen Schaden anzurichten, hätte man einen Handwerker bestellen und die Wand aufhacken müssen.«

»Also fällt ein Zufall deiner Meinung nach weg. Und was denkst du persönlich über den Mord?«, fragte Bindjushny. »Ganz ehrlich?«

»Ich denke, dass ich ihn nicht umgebracht habe.«

»Und wer war es?«, fragte Bindjushny. »Hast du eine Ahnung?«

»Einer, der es nötig hatte. Ohne Grund passieren solche Sachen nicht«, bemerkte Peskow vernünftig.

»Hätte Saljutow senior den Alten erschießen können?«, fragte Kolossow.

Peskow zuckte die Schultern, was wohl soviel heißen sollte wie: Er hätte schon, aber wozu?

»Diese Shanna, euer Pit-Boss, was ist das eigentlich für ein ulkiger Vogel?«, fragte Nikita weiter.

»Kein ulkiger Vogel, sondern eine tolle Frau. Sehr klug. Und sie verdient so viel wie ein Minister.«

»Ist sie verheiratet?«

»Ich glaube nicht.«

»Oder mit irgendwem liiert?«

»Weiß ich nicht. Interessiert mich auch nicht.«

»Ist denn gar nichts Ungewöhnliches, Seltsames an jenem Abend vor dem Mord geschehen?«

Peskow schüttelte den Kopf – nein.

Er geleitete sie noch bis zur Pforte. Die eisige Kälte nahm ihnen wieder den Atem.

Sie saßen schon im Auto, als Peskow plötzlich noch sagte: »An einen seltsamen Vorfall erinnere ich mich. Aber das war nicht vor dem Mord, sondern danach. Als Teterin tot in der Toilette gefunden wurde, erhob sich im Vestibül ziemlicher Lärm. Ich war dort, ein Wachmann, Kitajew. Und da kam plötzlich Marina Saljutowa von oben angerannt. Sie fragte, wer sich erschossen habe.«

»Saljutows Schwiegertochter? Was ist daran seltsam? Frauen stecken ihre Nase doch überall hinein«, meinte Bindjushny.

»Sie hätten hören sollen, was für ein Geschrei sie angestimmt hat«, antwortete Peskow. »Ich habe neben ihr gestanden. Sie war völlig verstört, bleich wie der Tod. Als es hieß, es sei Teterin, war sie plötzlich wieder verschwunden.«

»Kommt sie oft ins Kasino?«, fragte Kolossow.

»Früher schon. Seitdem ihr Mann tot ist, nicht mehr. Nur zu dieser Gedenkfeier.«

13

Obuchow hielt Wort und rief am Nachmittag zurück.

»Komm rüber. Ich erwarte dich in einer Stunde.«

Gennadi Obuchows neues Büro sah beeindruckend aus. Frisch renoviert, alles picobello. Auch Obuchow selbst war wie aus dem Ei gepellt, wie immer, schlank, elegant, im Profil einfach unwiderstehlich. Und wie immer duftete er nach einem teuren Eau de Toilette. Böse Zungen behaupteten, teure Duftwässerchen seien die größte Schwäche seines sonst unbestechlichen Charakters. Obuchow schwärmte wie eine hübsche Frau für Parfums.

»Lass uns gleich zur Sache kommen. Ich habe heute wenig Zeit«, schnitt Obuchow Kolossows Gedankengänge ab. »Du weißt selbst, wie es an einem solchen Tag zugeht. Was konkret interessiert dich am ›Roten Mohn‹?«

»Was ist das für ein Lokal, wer ist der Besitzer, welche Leute verkehren dort«, antwortete Nikita prompt und nahm an dem langen Konferenztisch aus poliertem Fichtenholz Platz.

»Hast du denn selbst noch keine Erkundigungen eingezogen?«

»Dein Rat und dein Wissen kämen mir schon sehr gelegen.«

»Es stimmt, wir haben Informationen zu diesem Kasino.« Dafür, dass er Geburtstag hatte, war Obuchow erstaunlich ernst. »Aber es sind sehr allgemeine Informationen. Denn der ›Rote Mohn‹ und sein Besitzer Saljutow sind im Zusammenhang mit einem Verbrechen in unserer Kartei bisher noch nicht aufgetaucht.«

»Ist er schon lange im Geschäft, dieser Saljutow?«, fragte Nikita.

»Eine Ewigkeit. Zuerst war er Fabrikant – hat Baumaterialien und Haushaltschemikalien hergestellt. Dann hat er nicht weit von Moskau zwei Hotels der Luxusklasse gebaut. Schon dort war geplant, eine Art Spielklub zu organisieren. Aber die Hotels hat Saljutow dann verkauft. Und zwar äußerst günstig – noch vor der Wirtschaftskrise. Einen Teil des Geldes hat er dann in den ›Roten Mohn‹ investiert.« Obuchow nahm eine Mappe aus der Schreibtischschublade. »Der ›Mohn‹ gehört nicht in die Kategorie der Klubs, sondern ist ein reines Spielkasino. Mit dem einzigen Zweck, die Gäste zum Spielen zu animieren und ihnen das Geld aus der Tasche zu ziehen.«

»Und was spielt man dort?«

»Was überall an solchen Orten gespielt wird: Roulette, Einundzwanzig, Black Jack, Poker, Bakkarat. Organisiert ist alles auf hohem westeuropäisch-amerikanischen Standard. Die ersten beiden Jahre nach der Eröffnung hat ein amerikanischer Top-Manager aus Las Vegas für Saljutow gearbeitet. Mit dem Gesetz ist der ›Mohn‹ nie in Konflikt gekommen, alles in bester Ordnung. Die Steuern wurden regelmäßig und wohl auch ehrlich gezahlt.« Obuchow holte Luft. »Und nun zum spielenden Publikum ...« Er schwang sich mit seinem Sessel zum Computertisch herum, schaltete den PC ein und suchte die nötige Datei heraus. »Hier, sieh her, vielleicht ist ja ein bekanntes Gesicht dabei.«

Auf dem Monitor erschienen verschiedene Gesichter und verschwanden wieder. Viele der Leute auf den Fotos kannte

Kolossow tatsächlich, weil er sie schon oft im Fernsehen gesehen hatte, meistens in den Nachrichten oder in irgendeinem Politmagazin.

»Saljutows Kunden kommen hauptsächlich aus der Provinzelite. Hohe Beamte und Gouverneure aus Sibirien, dem Wolgagebiet, dem Fernen Osten und hohen Norden«, gab Obuchow seinen Kommentar dazu. »Und es wird dich interessieren, dass in all den Jahren, in denen das Kasino schon existiert, noch kein einziger Mafioso seine Schwelle überschritten hat.« Obuchow schien darüber fast betrübt zu sein. »Solche Leute haben dort keinen Zutritt. Die wirklich wichtigen Kunden besuchen den ›Mohn‹ übrigens auch nicht sehr häufig. Nur wenn sie nach Moskau kommen. Für sie ist der ›Mohn‹ genau das Richtige – angesehen und nicht für jedermann zugänglich. Wenn dagegen ein prominenter Politiker in solchen Klubs wie dem ›Kristall‹ oder ›Palace‹ oder ›Golizyn‹ auftaucht, schreiben gleich am nächsten Tag die Zeitungen über ihn: Der und der war dort und hat gespielt. Und noch einen Tag später booten ihn seine Konkurrenten bei der nächsten Kommunalwahl aus: Ein Spieler, der Bürgermeister oder Gouverneur werden will! In seinem Heimatbezirk oder in seiner Stadt hat die Bevölkerung kein Gas, keinen Strom und kein Wasser, und er verspielt Tausende in der Hauptstadt. Tja, was kann ich dir noch sagen … An den Tagen, an denen nicht um große Summen gespielt wird und keine Prominenz anwesend ist, wird der ›Mohn‹ hauptsächlich von professionellen Spielern besucht. Spielsüchtigen, deren Leben aus nichts anderem besteht. Hier, die kannst du dir auch mal ansehen. Vielleicht erkennst du jemanden.« Obuchow ging wieder die Dateien durch. »Das sind natürlich kleinere Fische. Und die Einsätze ganz normal. Die Gewinne und Verluste halten sich im Rahmen. Obwohl es auch hier mal Ausnahmen gibt.«

»Zahlt das Kasino seinen Kunden einen großen Gewinn immer aus?«

»Immer. Das ist ein knallhartes Business: Zahlt man einmal nicht und prellt den Kunden, selbst wenn es sich nur um so einen Süchtigen handelt, dann kommt morgen auch keiner mehr von den wichtigen, soliden Kunden. Schließlich ist das nicht das einzige Kasino. Diesen Sommer hat es im ›Mohn‹ einen großen Gewinn gegeben. Ein Sibirier hat die Bank gesprengt und zweihunderttausend Dollar gewonnen. Saljutow hat ihm bis auf den letzten Cent alles ausbezahlt. Und, man höre und staune, nicht einmal in Raten. Aber dann hat er alles wieder hereingeholt. Die Einsätze beim Bakkarat fangen beim richtigen Spiel erst bei drei Riesen an. Du kannst dir also vorstellen, welche Summen dabei riskiert werden.«

»Na, und diese Spielsüchtigen hier?« Nikita blickte auf den Monitor.

»Mit Bakkarat haben die nichts am Hut. Bei fünf Augen fangen sie schon an zu bluffen, die haben keine Ausdauer.«

»Wart mal, ich glaube, den hier kenne ich. Ich hab ihn auf dem Video aus dem Kasino gesehen. Er war am Abend des Mordes da.« Nikita zeigte auf eine der Fotografien.

Obuchow blickte ihn vielsagend an.

»Georgi Gasarow, genannt Aligarch«, sagte er.

»Vorbestraft?«

»Aber woher, blütenweiß.« Obuchow vergrößerte das Foto. »Du hast mich doch gefragt, ob ich im ›Mohn‹ einen V-Mann hätte ... Das sage ich dir jetzt streng vertraulich: Vor einem halben Jahr habe ich versucht, ihn anzuwerben. Aber er hat abgelehnt. Rundweg.«

Nikita schaute seinen Kollegen an.

»Abgelehnt«, wiederholte der, »dabei war die Situation für

uns eigentlich sehr günstig. Er hatte gerade eine große Summe verloren. Damals hatte er noch ein eigenes Geschäft, einen Autosalon mit Stammkunden, und musste dann alles verkaufen. Alles Geld ist an den ›Mohn‹ geflossen. Mehr als zwei Jahre lang, stell dir das vor. Er hatte so ein verrücktes System beim Roulette – wenn er die ganze Zeit immer auf dieselbe Zahl setzt, dann, so meinte er, müsse er irgendwann gewinnen. Er hat verloren, immer wieder verloren und dann plötzlich gewonnen. Die Theorie schien zu funktionieren. Wieder hat er auf dieselbe Zahl gesetzt, siebzigtausend auf einen Schlag. Er war überzeugt, er würde gewinnen. Im Fall eines Gewinns erhöht sich der Einsatz ja um ein Vielfaches. Da kommt ein Haufen Geld zusammen, damit kann man sich sogar in Amerika ein feines Leben machen. Aber seine Methode versagte.«

»Er hat verloren?«

»Natürlich. Alles, bis auf den letzten Heller. Er musste sein Geschäft verkaufen, seine Wohnung und noch Schulden machen. Es sah ganz so aus, als ob unsere Rechnung aufginge. Aber Aligarch wollte trotzdem nicht für uns arbeiten. Hat es glatt abgelehnt.« Obuchow schnaubte ärgerlich. »Er spielt immer noch. Leiht sich reihum Geld.«

»Glaubst du, es lohnt sich für mich, mit ihm zu sprechen?«, fragte Kolossow.

»Weißt du was, Nikita, die ganze Zeit warte ich darauf, dass du mir eine bestimmte Frage stellst, aber offenbar kannst du dich nicht dazu durchringen«, sagte Obuchow mit herzlichem Lächeln. »Warum ich dir gegenüber plötzlich so offenherzig bin.«

»Warum?«

»Kommt dir an diesem Mord zur Weihnachtszeit nichts seltsam vor?«

»Eigentlich nicht … Aber so ganz klar ist mir das noch nicht.«

»Weißt du, dass am selben Tag Saljutow vormittags zum Verhör bei der Staatsanwaltschaft musste? Als Zeuge für den Mord an …« Obuchow nannte den Namen des Opfers, der in der vergangenen Woche in Fernsehen, Radio und Internet herauf und herunter dekliniert worden war. »Und am Abend dieses Tages wird in seinem Spielkasino ein Mann getötet.«

»Erklär mir das bitte genauer, ich fürchte, ich bin ein wenig begriffsstutzig«, bat Nikita höflich.

»Sagt dir der Name Milowadse etwas? Tengis Milowadse, Spitzname Chwantschkara.«

»Der vermutlich für den Mord an den Gussjew-Brüdern verantwortlich ist?«

»Genau der. Legal ist er der Parfumkönig von Moskau und Petersburg. Illegal … Dreimal ist er schon vorbestraft, für den besagten Doppelmord in unserem Bezirk ist er vermutlich der Auftraggeber, in Sotschi und Petersburg ist er ebenfalls einschlägig bekannt, na, und jetzt dies … Übrigens hat er offiziell nie etwas mit dem Spielkasinogeschäft zu tun gehabt.«

»Er agiert nur im Hintergrund?«

»Ja, aber sein Einfluss ist immens. Das Projekt, über das jetzt so viel geschrieben wird – die Verlegung aller Spielklubs in einen bestimmten Bezirk – ist wohl kaum unbemerkt an ihm vorübergegangen. Mir scheint, hier gibt es einen heftigen Interessenkonflikt.«

»Na, wann diese Verlegung stattfinden wird, steht ja wohl noch in den Sternen.«

»Da irrst du dich, Nikita.« Obuchow sprach im herablassenden Tonfall des erfahrenen Waffenbruders. »Ich vermute, dass Saljutow eben dieser Angelegenheit wegen vorgeladen worden ist.«

»Kann er denn etwas mit dem Mord an diesem Regierungsbeamten zu tun haben?«

»Er selbst sicher nicht. Aber dieser Chwantschkara ... Es ist nämlich so, dass die beiden seit langem Intimfeinde sind. Saljutow gehört zu den wenigen, die über Milowadse allerlei Dinge wissen, die nicht nur beim Untersuchungsführer der Staatsanwaltschaft, sondern auch an höherer Stelle auf Interesse stoßen dürften.«

Kolossow dachte einen Moment nach und fragte dann: »Was wolltest du mir von Gasarow erzählen?«

»Ach ja, Aligarch ... Ich glaube nicht an Zufälle, Nikita. So etwas gibt es nicht, dass alles derart zusammenkommt: Morgens muss man zur Staatsanwaltschaft, und abends hat man eine Leiche. Darüber würde ich noch mal nachdenken. Und weiter: Gasarow ist Stammkunde im ›Roten Mohn‹. Er hat uns, das heißt mich, abgewimmelt. Dabei war er wirklich in einer erbärmlichen Situation. Aber er hat einen Ausweg gefunden. Welchen? Hat ihm vielleicht jemand eine helfende Hand gereicht? Jemand, der selbst aus irgendeinem Grund bei Saljutow keinen Zutritt hat – vielleicht einer alten Feindschaft wegen?«

»Wie kam es zu dem Konflikt zwischen Milowadse und Saljutow?«, fragte Kolossow.

»Wie üblich: Geld, Einfluss, Kunden. Gute Spieler werden immer geschätzt. Sie sind eine kostbare Ware in unserem armen Staat. Man muss sie anlocken und festhalten. Saljutow hat einen guten Ruf, in sein Kasino fährt man. Zu Chwantschkara, in die Lokale, die er kontrolliert, nicht. Glaubst du, ein Gouverneur würde ein Spielkasino besuchen, das von einem Mann mit der Biografie eines Milowadse kontrolliert wird?«

Kolossow überlegte und nickte zustimmend. Dann sagte er: »Wenn alles so ist, wie du sagst, müsste Saljutow doch unangreifbar sein.«

Obuchow grinste. »Du lieber Himmel, wer ist heutzutage unangreifbar? Wenn man den ›Mohn‹ aus irgendeinem Grund schließen sollte, wird keines der hohen Tiere, die dort ein und aus gehen, auch nur einen Finger rühren. Sie werden sich hüten, für ein Spielkasino einzutreten. Es könnte ja an die Presse kommen, und die Wahlkampfkonkurrenten könnten davon erfahren! Saljutow, denke ich, ist sich sehr wohl bewusst, dass er dann allein auf weiter Flur steht. Und kämpfen kann er nur, solange er fest auf seinen Beinen steht und nicht stolpert.«

»Was rätst du mir sonst noch?«

»Fahr selbst hin und sieh es dir an«, sagte Obuchow. »Hast du heute Morgen die Nachrichten gehört? In Moskau findet dieser Tage eine Konferenz zur Energiekrise statt. Ich denke, morgen Abend wird man die Hälfte der Konferenzteilnehmer im ›Mohn‹ antreffen können. Schließlich wollen sie die Dienstreise in die Hauptstadt nutzen!«

14

Auch Gleb Kitajew hielt sein Versprechen und rief an, aber erst gegen Abend. Er gab die Telefonnummer von Vitas durch.

»Das ist alles, was wir haben«, sagte er entschuldigend.

Kolossow erkundigte sich, ob das Kasino wieder geöffnet habe. Kitajew sagte, ja, alle Missverständnisse seien beigelegt. Er fragte, wann die Verwandten Teterins dessen Leiche aus der Pathologie abholen dürften. Der »Rote Mohn« habe die Organisation der Beerdigung übernommen.

Kolossow erhielt diesen Anruf auf sein Handy, als er sich noch in der RBOV befand. Er hatte gerade das Stahlgitter passiert und ging auf die gepanzerte Eingangstür zu, kehrte aber nach diesem Telefonat gleich wieder zu Obuchow zurück und bat ihn, die Telefonnummer, die Kitajew ihm gegeben hatte, schnellstens zu überprüfen.

Ein Vitas konnte jedoch nicht ausfindig gemacht werden. Die Telefonnummer gehörte zu einer Moskauer Wohnung in der Mytnaja-Straße. Drei Mieter waren dort registriert. Das bedeutete, dass es sich sehr wahrscheinlich um eine Kommunalwohnung handelte, und wenn dort wirklich ein Vitas wohnte, so hatte er vermutlich nur ein Zimmer gemietet.

Ohne lange zu überlegen, machte Kolossow sich auf den Weg in die Mytnaja-Straße. Heute war offenbar der Tag der Reisen, Gespräche und des Meinungsaustausches. Unterwegs dachte er, würde man die Entfernungen messen, die er im Laufe dieses Tages zurücklegte, käme vermutlich eine Strecke von Moskau bis Jaroslawl heraus.

Es dämmerte bereits. Frost herrschte nicht mehr, aber in der Stadt spürte man die Kälte ohnehin nicht so stark wie draußen auf den verschneiten Feldern. Nikita fuhr langsam die menschenleere, dunkle Straße entlang und hielt nach den Hausnummern Ausschau. Er kam an der schiefen Mauer eines alten Stadions vorbei, überquerte eine Kreuzung. Linker Hand ragte das schwarze Massiv eines polygraphischen Kombinats empor. Dahinter begann ein Wohnblock: gedrungene fünfstöckige Häuser, noch vor dem Krieg von einem kubistischen Architekten gebaut. Früher, Mitte der dreißiger Jahre, waren dort vermutlich die vorbildlichen Wohngenossenschaften untergebracht, wie sie schon Bulgakow beschrieb.

Jetzt hatten sie sich in ein heruntergekommenes Schattenreich von noch nicht aufgelösten Kommunalwohnungen verwandelt: Höfe wie Brunnen, breit und hallend wie Exerzierplätze, Treppenfluchten und labyrinthartige Wohnungen für jeweils ein gutes Dutzend Familien. An jeder Eingangstür hing ein ganzes Nest von schwarzen Klingelknöpfen.

Die Wohnung 7 im Haus Nummer 14 befand sich im ersten Stock. Kolossow stieg die Treppe hinauf. Man konnte sich nur schwer vorstellen, dass in diesem Haus ein Mann wohnte, der ständiger Gast eines solch vornehmen Lokals wie des »Roten Mohn« war.

An der Tür zur Wohnung 7 gab es nur drei Klingeln. Kolossow drückte aufs Geratewohl auf eine davon. Er musste etwa fünf Minuten warten, bis ihm geöffnet wurde. Eine Frau im Hauskittel stand in der Tür. Hinter ihr guckte ein elfjähriges Mädchen in einem Jeansanzug hervor. Kolossow fragte:

»Sagen Sie, ist Vitas zu Hause?« Die Frau überlegte einen Augenblick und antwortete: »Ja, ich glaube, heute ist er da. Kommen Sie herein, es ist die letzte Tür im Flur.«

Der Flur war lang wie ein Darm. Die Türen, die auf ihn hinausgingen, sahen sehr unterschiedlich aus. Die erste war mit neuem, solidem Kunstleder bespannt, die zweite mit altem, an manchen Stellen geplatztem Leder. Die dritte – die letzte – war schäbig und zerkratzt, dafür aber aus Eisen. Nikita wollte gerade höflich anklopfen, da ertönten plötzlich laute Stimmen.

»Ich sage dir doch, daraus wird nichts! Niemals! Solange ich lebe, werde ich dir das nicht erlauben!«

»Du kannst mir gar nichts verbieten.«

»Aber ich bitte dich darum!«

Kolossow stand unentschlossen still. Offenbar war hinter der Tür gerade eine Beziehungsdiskussion im Gange. Die erste Stimme war eine wohlklingende Männerstimme mit baltischem Akzent. Die zweite, eine Frauenstimme, hatte auch einen leichten Akzent, aber weniger deutlich hörbar. Der Tonfall des Mannes war zuerst zornig, kategorisch-befehlend. Aber den zweiten Satz sprach er schon leiser, fast flehentlich. Es folgte eine lange Pause. Dann sagte die weibliche Stimme: »Nein, nein, bitte mich nicht, ich kann nicht«, das aber schon so leise, dass Kolossow draußen vor der Tür nur dank seinem feinen, geübten Ohr diese Weigerung noch verstand. Dann folgte wieder eine lange Pause, die beiden Streithähne schwiegen. Schließlich sagte die Frau immer noch leise und sehr traurig: »Du solltest jetzt besser gehen.«

Da fasste Nikita sich ein Herz und klopfte laut an die Eisentür. Sogleich wurde sie weit aufgerissen, als hätte man ihn schon erwartet.

»Da ist der Mistkerl ja! Ich hab dir gesagt, ich bring ihn um, wenn ich ihn hier noch ein einziges Mal sehe!«

Hätte Nikita nicht blitzschnell reagiert – ihn hätte ein so vernichtender K.O.-Schlag getroffen, dass er daran noch lange Freude gehabt hätte. Die Frau, die weiter hinten im Zimmer stand, schrie auf. Der Angreifer … war der junge Mann vom Videoband. Das begriff Nikita allerdings erst später, nachdem er sich von dem unerwarteten Angriff etwas erholt hatte. Der Unbekannte war ziemlich groß und sah wie ein Ausländer aus. Wie ein Deutscher, dachte Kolossow unwillkürlich – blond und stattlich, etwa fünfunddreißig Jahre, bekleidet mit einem modischen schwarzen Kaschmirmantel, den er aus irgendeinem Grund hier in seinem eigenen Zimmer nicht ausgezogen hatte.

Über den Mantel war malerisch ein orangefarbener Schal geschlungen. Das Gesicht des Mannes war zu einer Fratze von Zorn, Hass und Verständnislosigkeit verzerrt.

»Sie empfangen Ihre Gäste ja wirklich sehr herzlich«, sagte Kolossow und ließ dabei den zum Schlag erhobenen Arm des Unbekannten nicht los.

»Wer … wer sind Sie denn?«, fragte der Mann heiser.

Sie standen auf der Schwelle eines geräumigen Zimmers, das halb einem unordentlichen Schlafzimmer, halb einer Diele oder einem Abstellraum ähnelte. Auf einem breiten Klappsofa am Fenster lag ungemachtes, zerknautschtes Bettzeug. Über den einzigen Sessel waren nachlässig ein kostbarer Nerzmantel, ein kurzes schwarzes Abendkleid und ein Spitzenhöschen geworfen. Vor dem Sofa standen Wildlederpumps, ein Aschenbecher aus Metall, neben dem eine zerdrückte Zigarettenschachtel lag, und ein leeres Weinglas. An der Wand erhob sich eine wacklige Pyramide aus aufeinander gestapelten, vollgestopften Sporttaschen, darauf, wieder unachtsam zusammengeknüllt, eine Männersteppjacke und ein weißer Wollpullover. Mitten im Zimmer stand ein kleiner Tisch auf Rollen, darauf lagen eine leere Whiskyflasche, ein zerkrümeltes Brötchen und eine Damenhandtasche aus Leder samt ausgekipptem Inhalt: Kosmetiktäschchen, Schlüssel, ein winziges Handy, eine elegante Armbanduhr. Neben dem Rolltisch stand eine Frau, groß, gertenschlank, barfuß, spärlich bekleidet (hellblauer langer Pulli, nackte Beine), jung (sehr jung sogar), mit wirrem, auf die Schultern hängendem blonden Haar. Die Frau kam Nikita ebenfalls bekannt vor, vermutlich hatte er sie auf demselben Videoband aus dem Kasino gesehen.

»Ich möchte Vitas sprechen«, sagte Kolossow, warf einen Seitenblick auf die halbnackte Schöne und hielt den Arm des Unbekannten noch immer fest. »Mir scheint, das sind Sie. Ich bin Major Kolossow, Mordkommission. Es geht um den Mordfall im ›Roten Mohn‹.«

Vitas riss sich los (Kolossow hatte seinen Griff einen Augenblick gelockert), trat zurück und verschnaufte. Offenbar suchte er nach passenden Worten, fand aber vorläufig keine.

»Sie haben mich wohl für jemand anderen gehalten«, stellte Nikita ungerührt fest. »Macht nichts, das kann vorkommen.«

»Entsch-schuldigung.« Vitas warf einen gehetzten Blick auf das blondhaarige Mädchen, das sie erschrocken anstarrte. »Gut, gut … Ich werde antworten. Auf alle Ihre Fragen. Nur … nicht hier. Gehen wir nach unten auf die Straße.«

Sie traten in den Flur hinaus. Die Eisentür fiel sofort hinter ihnen ins Schloss.

Vitas sperrte die Wohnungstür mit einem eigenen Schlüssel ab und führte Kolossow auf die Treppe. Sie stiegen hinunter. Nikita überlegte, wie er das Gespräch beginnen könnte. Es fiel ihm nichts Originelleres ein als …

»Haben Sie irgendwelche Papiere bei sich?«

»Meine Papiere sind alle im Auto«, antwortete Vitas.

Im Hof stand ein neuer VW Golf. Vitas schaltete die Alarmanlage aus und holte aus dem Wageninneren eine Brieftasche: »Bitte.«

Kolossow vertiefte sich in die Papiere. Der Führerschein war auf den Namen Vitas Taurage ausgestellt. Außerdem gab es noch einen litauischen Pass mit einem eingetragenen und bereits verlängerten Halbjahresvisum und eine Anmeldebescheinigung.

»Kommen Sie, wir setzen uns in meinen Wagen. Es ist kalt, und wir müssen ein wichtiges Gespräch führen«, sagte Kolossow. »Ich möchte Ihnen einige Fragen zu den Ereignissen des fünften Januar im Spielkasino ›Roter Mohn‹ stellen.«

Sie setzten sich in seinen Shiguli, und Kolossow schaltete die Heizung ein.

»Tja, nach einem so freundlichen Empfang weiß ich gar nicht recht, wie ich beginnen soll ... Apropos, in Ihrer Anmeldebescheinigung ist eine andere Adresse angegeben: Boshenko-Straße 13. Das ist in Kunzewo, oder?«

»Ja, dort habe ich eine Wohnung gemietet«, antwortete Vitas. »Übrigens sind meine Papiere schon im Kasino überprüft worden, auch meine Adresse wurde notiert. Und meine Telefonnummer.«

»Ja, ja natürlich ... Wirklich eine dumme Zwickmühle, in der Sie da stecken ...«

»Zwick ... was? Ach so, ich verstehe.« Vitas lächelte blass. »Ich spreche Russisch ganz ordentlich, aber manchmal muss man mich verbessern. Aber was meinen Sie damit eigentlich? Ich verstehe Sie nicht.«

»Das ist jetzt nicht so wichtig.«

Kolossow warf seinem Gesprächspartner einen Seitenblick zu. Ein Ausländer. Bürger eines anderen Staates. Jetzt gehören sie alle nicht mehr zu uns, dachte er verdrießlich. Und im Falle eines Falles kriegt man Ärger mit ihrem Konsulat.

»Besuchen Sie das Kasino ›Roter Mohn‹ öfters?«, fragte er.

»Nicht allzu oft.«

»Was tun Sie überhaupt in Moskau?«

»Ich studiere. Ich bin an der Fakultät für Management der Rundfunk- und Fernsehakademie eingeschrieben.«

»Von einer solchen Akademie höre ich zum ersten Mal. Wahrscheinlich eine private Hochschule?«

»Ganz recht. Außerdem arbeite ich. Ich habe eine Arbeitserlaubnis für Russland.«

»Und wo arbeiten Sie?«

»Bei einer privaten Werbefirma. Manchmal trete ich selber in Werbespots auf.«

»Na, die scheinen ja gut zu bezahlen, wenn Sie solche Kasinos besuchen können. Spielen Sie Karten, Roulette?«

»Jeder amüsiert sich auf seine Weise und nach seinem Geschmack«, sagte Vitas, »aber welche Beziehung hat mein Lebensstil zu …«

»Tja, wer weiß, wer weiß.« Kolossow zuckte unbestimmt die Schultern. »Mord ist eine Sache, da ist manchmal nicht so klar, was dazu eine Beziehung hat und was nicht.«

Er stellte die Heizung ab und schaltete das Autoradio ein. Das Gespräch mit dem »Ausländer« zog sich quälend in die Länge. Im Radio wurde gerade furchtbar laute, misstönende Orchestermusik übertragen. Er wollte schon die Lautstärke herunterdrehen.

»Nein, bitte, lassen Sie. Das ist Wagner. Die symphonische Vision der Walhalla.« Vitas lehnte sich bequemer im Sitz zurück. »Eine sehr stimulierende Musik.«

»Sie haben da einen Wagen, der ist wirklich Spitze. Haben Sie ihn hier gekauft?«

»Nein, aus Deutschland mitgebracht.«

»Im ›Mohn‹ haben Sie wohl den großen Reibach gemacht.«

»Ein paar Mal hatte ich Glück, das stimmt.« Vitas lächelte.

Kein süchtiger Spieler, dachte Nikita. Verliert kaum ein Wort über seine Gewinne, gibt überhaupt nicht an.

»Um wie viel Uhr kamen Sie am Abend des fünften Januar ins Kasino?«, fragte er.

»Ich weiß nicht mehr genau, irgendwann nach sieben.«

»Kamen Sie, um zu spielen?«

»Ja, ich brauchte ein bisschen Ablenkung.«

»Was haben Sie gespielt?«

»Poker, glaube ich.«

»Hatten Sie Glück?«

»Ein bisschen.«

»Und was ist weiter passiert?«

»Nichts. Plötzlich, um Ihren unsterblichen Leo Tolstoi zu zitieren, ging alles drunter und drüber im Hause der Oblonskis. Irgendwelche uniformierten Männer in Masken stürzten herein und begannen, die Ausweise der Gäste zu kontrollieren.«

»Wollen Sie damit sagen, dass Sie erst in diesem Augenblick von dem Mord erfahren haben?«

»Ja, genau.«

»Und vor der Ankunft von OMON und Miliz haben Sie nichts gehört, weder den Lärm im Spielsaal noch das Geschrei aus dem Vestibül? Hat der Sicherheitsdienst des Kasinos die Gäste nicht aufgefordert, an ihren Plätzen zu bleiben und nicht ins Vestibül hinauszugehen?«

»Nein, es tut mir Leid, ich habe nichts dergleichen bemerkt. Ich war völlig ins Spiel vertieft.« Vitas lächelte. »Ich bin erst zur Besinnung gekommen, als man mir die Mündung einer

Maschinenpistole unter die Nase gehalten und meine Papiere verlangt hat.«

»Muss ja ein tolles Spiel sein, dieses Poker.« Kolossow schüttelte begeistert den Kopf. »Sind Sie vor der Ankunft der Miliz ins Vestibül gegangen?«

»Nein.«

»Wie, weder zur Geldwechselstelle noch zur Chipskasse? Auch nicht zur Toilette?«

»Geld hab ich gleich nach meiner Ankunft gewechselt, und Chips habe ich mir auch sofort geholt. Deswegen brauche ich nicht dauernd mein Spiel zu unterbrechen.«

»Sie haben den Spielsaal also auch nicht verlassen, um nach oben in den ersten Stock zu gehen?« Kolossow dachte an das Videoband. Darauf hatte man gesehen, wie Vitas die Treppe aus dem ersten Stock ins Vestibül herunterkam.

»Nein.«

»Aber Ihnen ist bekannt, was in der ersten Etage gelegen ist?«

»Das Kaminzimmer, der Wintergarten, einige Gästezimmer, verschiedene Diensträume.«

»Und Sie sind an jenem Abend nicht dorthin gegangen?«

»Nein, das sagte ich doch. Ich war die ganze Zeit im Roulettesaal. Und der liegt im Erdgeschoss.«

Das war eine offensichtliche Lüge. Aber jetzt war nicht der Zeitpunkt, den Verdächtigen darauf festzunageln.

»Sie kannten den ermordeten Teterin?«, fragte Kolossow.

»Ich habe nur gehört, dass der Toilettenwärter erschossen worden ist«, antwortete Vitas. »Dass er Teterin hieß, wusste ich nicht. Zuerst gab es im Saal sowieso Geschrei, in der Toilette hätte jemand Selbstmord begangen.«

»Das Geschrei war vor der Ankunft der Miliz?«

»Ja, ein fürchterlicher Lärm …« Vitas hob seinen Blick zu Kolossow und lächelte verwirrt.

»Aha, das heißt, Sie haben sich doch von Ihrer Pokerpartie ablenken lassen«, bemerkte Kolossow. »Wissen Sie, von dieser Musik wird man ja taub! Ich schalte sie aus.«

»Mögen Sie Wagner nicht?«, erkundigte sich Vitas.

»Ich begreife nicht, wie man diesen Lärm mögen kann. Walhalla … Das ist das Paradies, nicht wahr?«

»Ja, das Paradies. Die himmlische Wohnstatt der Toten.«

»Da ist mir ja die Hölle lieber als so ein Paradies … Also, versuchen Sie sich genau zu erinnern, waren Sie an jenem Abend in der Toilette?«

»Nein«, antwortete Vitas. »Und diesen Wärter habe ich nie gesehen, ich weiß nicht einmal, wie er aussah.«

»Tja, dann«, meinte Nikita enttäuscht. »Das wäre von meiner Seite alles. Ihre Papiere … behalte ich vorläufig bei mir. Alle außer dem Führerschein. Wenn Sie zum Verhör bei der Staatsanwaltschaft vorgeladen werden, bekommen Sie sie zurück.«

»Dazu haben Sie kein Recht«, sagte Vitas kalt. »Ich brauche meine Papiere. Und außerdem bin ich Bürger eines anderen Landes.«

»Aber Sie wollen ja nicht die Wahrheit sagen.« Kolossow seufzte. »Was bleibt mir da anderes übrig?«

»Sie überschreiten Ihre Dienstvollmachten, ich werde mich beschweren.«

Kolossow öffnete demonstrativ die Tür seines Shiguli, um zu verstehen zu geben, dass dieses unerfreuliche Gespräch voller Ausreden und Ausflüchte für ihn beendet war. Vitas stieg aus.

»Gehört das Zimmer in der Kommunalwohnung Ihnen oder Ihrer Bekannten?«, fragte Nikita, als Vitas schon auf der

Straße stand. »Wie heißt Ihre Bekannte? Oder muss ich selbst zur Ausweiskontrolle hinaufgehen?«

»Sie heißt Egle Taurage und ist meine jüngere Schwester.«

»Ihre Schwester? Was Sie nicht sagen ... Und mit wem haben Sie mich verwechselt, dass Sie mir gleich den Schädel einschlagen wollten?«

Vitas schwieg. Seine beleidigte Miene zeigte deutlich, dass er das für eine rein persönliche Angelegenheit hielt.

»Bei der Staatsanwaltschaft sollten Sie sich besser genau daran erinnern, was an jenem Abend im Kasino wirklich geschah«, sagte Kolossow hart. »Sicher können weder Sie noch Ihre Schwester Unannehmlichkeiten mit der Visabehörde brauchen.«

»Versuchen Sie nicht, mich einzuschüchtern, ich habe nichts Illegales getan.« Vitas wickelte sich fester in seinen schicken orangefarbenen Schal. »Sie wissen ja nicht einmal, wie man richtig mit Leuten redet! Und dann wollen Sie einen Mord aufklären!«

»Du hast mich nicht zu belehren. Und merk dir: Eine Lüge verzeihe ich auch einem Zeugen nicht.«

Damit trennten sie sich. Kolossow brauste von dannen, und die aus dem Radio donnernde wagnersche Walhalla hüllte ihn ein wie eine Gewitterwolke. Die Wut würgte ihn, Wut auf diese Musik, von der er nicht die Bohne verstand, auf diesen baltischen Schnösel, der gleich mit den Fäusten auf ihn losgegangen war und ihn zu allem Überfluss auch noch dreist angelogen und die offensichtlichsten Dinge abgestritten hatte, Wut auf den beißenden Frost und auf diese im tiefen Schnee versinkende Straße.

Außerdem wurde er das Gefühl nicht los, dass er mit seiner aufbrausenden Art, seinem Zorn und seinem übereilten Abgang einen groben Fehler beging. Doch zu diesem Zeitpunkt wusste Nikita noch nicht, worin sein Fehler bestand. Vielleicht darin, dass er keine gemeinsame Sprache mit diesem Vitas gefunden hatte oder darin, dass er doch nicht mehr nach oben, in das Zimmer mit der Eisentür, gegangen war, um von Egle Taurage selbst zu erfahren, mit wem ihr älterer Bruder ihn verwechselt hatte?

15

Vitas Taurage entfernte sich nicht weit von der Mytnaja-Straße. Er parkte seinen Wagen am Gartenring.

Nachdem er sich aus dem fremden Shiguli in seinen eigenen VW gesetzt hatte, schaltete er sofort das Radio ein. Wagner inspirierte ihn und half ihm beim Nachdenken. Und es gab einiges, worüber er nachdenken musste.

Das Erste, was Vitas nach dem Gespräch mit Kolossow in den Kopf kam, war: Die Polizei ist überall gleich. Offensichtlich ist es in allen Ländern eine ganz besondere Sorte Menschen, die von der stürmischen Strömung des Lebens zur Polizei gespült wird: geistig minderbemittelte Kraftprotze, die in der hölzernen Sprache ihrer Protokolle reden, Bier und Wodka trinken, wie angestochen in ihren billigen Autos durch die Gegend rasen und aus dem nichtigsten Anlass der Umwelt ihre Macht demonstrieren.

Die Russen bildeten in dieser Hinsicht keine Ausnahme. Vitas Taurage hatte in seinem bunten Leben genügend Vergleichsmaterial sammeln können. Die Polizei der deutschen Stadt Duisburg zum Beispiel, in der er einige Jahre verbracht hatte und die er aus einer ganzen Reihe von Gründen überstürzt verlassen musste, war noch schlimmer. Als illegalen Einwanderer hielt man Vitas dort einen vollen Monat in Haft. Die finnische Polizei war faul und wortkarg, aber gnadenlos: Ohne lange Diskussionen nahmen die Polizisten Vitas die mühevoll erworbene Lizenz zum Handel mit Gebrauchtwagen weg und schoben ihn ab.

Am harmlosesten war die Polizei von Amsterdam. Doch auch in dieser relativ liberalen Stadt musste Vitas drei Tage hinter Gittern schmoren, während die Polizei sich mit der Einwanderungsbehörde verständigte. Und seine Zellengenossen – ein Pole, zwei Nigerianer und ein Türke aus Sarajewo – prügelten ihm nachts in der Zelle die Seele aus dem Leib, nachdem sie herausbekommen hatten, dass Vitas Geld bei sich hatte.

Auch Amsterdam musste er verlassen. Zurück nach Hause fahren. Und dann …

Vitas drehte Wagner lauter und zündete sich eine Zigarette an. Nachdenklich schaute er aus dem Fenster auf den von Lichtern überfluteten Gartenring. Nicht ein einziges Mal hatte er bisher bedauert, aus Litauen nach Moskau zu seiner Schwester Egle gezogen zu sein. Im »Roten Mohn« konnte man sich durchaus ein Polster für Notzeiten verdienen.

Seine Schwester allerdings machte ihm Sorgen. Mehr noch: Sie brachte sein kühles nordisches Temperament zum Kochen. Seine Schwester war offenbar verrückt geworden. Völlig durchgeknallt! Hatte vergessen, wer sie war. Hatte ihren Stolz verloren und wollte nicht begreifen, dass ein Mitglied der Familie Taurage, die vor einigen Jahrhunderten über Land in ganz Samogitien und Tausende von Drushinen gebot, die die alte livonische Stadt Insterburg stürmte, nicht so tief sinken darf, sich in eine unterwürfige Sklavin ihrer animalischen Instinkte zu verwandeln.

Aber auf alle seine Vorhaltungen wiederholte Egle immer nur, dass sie diesen Mann liebe und nicht ohne ihn leben könne.

Jesus Maria! Was war das denn für ein Mann? Ein heruntergekommener Trinker, ein Gauner, der sein ganzes Geld beim Kartenspiel durchbrachte. Diesen widerlichen Gasarow liebt sie! Seine Schwester Egle, die kluge, schöne Egle, die zuhause von der ganzen Familie vergöttert und auf Händen getragen wurde, für die er, Vitas, der älteste Sohn der Familie, die Universität verlassen hatte und auf der Suche nach Arbeit durch halb Europa, durch Deutschland, Finnland, Schweden und die Niederlande gezogen war, nur damit es ihr an nichts fehlte und sie ihre Ballettschule besuchen konnte …

Vitas Taurage betrachtete das nächtliche Moskau, diese fremde Stadt. Sie war zu groß für ihn und seine Schwester. Er hatte sich in allen europäischen Großstädten, in denen er längere Zeit gewesen war, unwohl gefühlt. Und hier gab es noch nicht einmal ein Meer. Das Meer hatte er schon immer geliebt, dort war er ja aufgewachsen.

Er hatte davon geträumt, in diesem Sommer mit seiner Schwester ans Meer zu fahren. Großzügig hatte er ihr Geld für ihre Unkosten gegeben. Die Visa waren bereits ausgestellt, die Flugtickets gekauft. Da erfuhr er im allerletzten Augenblick, dass seine Schwester das Ticket heimlich verkauft und alles Geld Gasarow gegeben hatte, damit der seine Spielschulden bezahlen konnte. Auch alles übrige hatte sie ihm gegeben: Möbel und Hausrat zum Verkaufen, den Brillantring, den ihr Bruder ihr geschenkt hatte, ihren Arbeitslohn. Gasarow nahm sie aus wie ein Strauchdieb, wie ein schamloser Erpresser, wie ein erbärmlicher Gigolo. Er plünderte sie aus bis aufs Hemd und verspielte alles bis zum letzten Groschen, denn nicht einmal zum Kartenspielen hatte er genug Grips.

Und so ging es nun schon, seitdem er nach Moskau zu seiner Schwester gezogen war. Weder Bitten noch gute Worte, nicht einmal Drohungen halfen. Egle war wie verhext und erduldete von Gasarow alles mit einer Ergebenheit, die Vitas zur Weißglut brachte. »Ich liebe ihn«, wiederholte sie nur immer wieder wie eine auswendig gelernte Lektion.

Die letzten Takte der Walhalla waren verklungen. Vitas zündete sich eine zweite Zigarette an. Ein klarer, einfacher Gedanke kam ihm nach der Musik Wagners in den Kopf: Wenn Aligarch stirbt, wird Egle wieder wie früher sein. Ich, Vitas Taurage, werde ihn töten. Zerquetschen wie eine Ratte. Für meine Schwester.

In diesem Herbst war Gasarow bereits einmal zusammengeschlagen und mit gebrochenen Rippen vor der Sklifossowski-Klinik gefunden worden. Egle pflegte ihn gesund. Im »Roten Mohn« wurde gemunkelt, jemand habe Aligarch auf diese Weise klarmachen wollen, dass Schulden bezahlt werden müssen. Damals hatte er Glück gehabt, er überlebte.

Wenn er stirbt, dachte Vitas, und wenn auch mir etwas zustoßen sollte, wird Saljutow für meine Schwester da sein. Er hält sein Wort. Er hätte sich schon längst um sie gekümmert, wie es die Pflicht eines Mannes ist, wenn diese Klette Gasarow nicht wäre. Saljutow kann Egle eine Wohnung in Moskau kaufen, kann für ihren Unterhalt sorgen, er kann sie sogar heiraten (er ist ja verwitwet!). Nur er ist in der Lage, sie vor diesem Leben zu schützen, sogar vor seinem eigenen Spielkasino, einem Ort für Männer, an dem eine Frau aus der Familie Taurage nichts verloren hat.

Vitas seufzte: Ein fremdes Land, eine fremde Stadt. Fremdes Leben betrachtet man immer mit einer gewissen Distanz – ohne Mitleid und Bedauern.

Waleri Saljutow hielt sich seit vier Uhr nachmittags im »Roten Mohn« auf. Zuvor hatte er ein Gespräch mit Vertretern seiner Hausbank, der Promservis, geführt. Die finanzielle Situation des Kasinos war gar nicht schlecht, wenn man bedachte, dass das Jahr gerade erst begonnen hatte. Das freute ihn. Und das Kasino war wieder für Gäste geöffnet. Das freute ihn auch. Zum ersten Mal seit Monaten fühlte er sich wieder gut.

Saljutow konnte sich an keine Gelegenheit erinnern, bei der ihn die Mühen um Einrichtung und Organisation des Kasinos ermüdet oder belastet hätten. Im Gegenteil, er spürte dann immer einen ganz besonderen Zustrom von Kraft und Energie, fühlte sich rund zehn Jahre jünger. So war es zumindest früher gewesen, vor dem Tod seines Sohnes. Danach aber hatte sich alles geändert. Trauer und Schmerz hatten ihn fast zum Wahnsinn getrieben.

Aber heute war ihm viel leichter ums Herz. Auch der Schneesturm draußen hatte sich beruhigt. Es war frostig und klar. Purpurn ging die Sonne unter, eine sternklare Nacht brach an.

Er saß in seinem Büro im ersten Stock. Unten war bereits in allen drei Sälen, auch in dem neu eingerichteten Billardsaal, das Spiel im Gange. Hier im ersten Stock flackerte im Kaminzimmer des so genannten Gästeflügels hell das Feuer. Dort ruhten die Gäste sich im Wintergarten und im ovalen Salon auf Ledersofas aus und rauchten, bevor sie wieder in den Saal hinuntergingen und weiterspielten. Kellner servierten ihnen Kognak und Cocktails.

Saljutow prüfte aufmerksam die Rechnungen und sah den Jahreswirtschaftsbericht durch. Gleichzeitig horchte er mit fast krankhafter Neugier und Inbrunst auf die Geräusche des Kasinos – des »Hauses«, wie es im internen Kreis nur hieß.

In solchen Momenten erinnerte das »Haus« ihn an ein Orchester. Sich selbst sah er als den Dirigenten. Manchmal konnte er es kaum glauben: Wie hatte er allein das alles auf die Beine stellen können – dieses Haus aus einem vagen Wunschtraum zu Wirklichkeit werden lassen, aus einem papierenen

Architekturprojekt zu Backstein, Glas und Marmor, aus einer finanziellen Fata Morgana zu einem lukrativen Geschäft.

All die verschiedenen Klänge und Geräusche ... Mächtige Motoren, die auf der baumbestandenen Zufahrt brummten. Lebhafte Männerstimmen – das war der Portier, der am Eingang die Gäste begrüßte (ein neuer Portier, der gestern anstelle des Trottels Peskow eingestellt worden war). Das satte Knirschen von Schnee im Hof – dort fegte eine Putzkolonne den Parkplatz. In der Musik seines Hauses tönten auch noch andere Klänge, so leise, dass sie in der allgemeinen Harmonie fast untergingen – das Rascheln des Tuchs auf dem Spieltisch, wenn der durch nichts aus der Ruhe zu bringende Croupier mit seiner Spezialschaufel die Chips zusammenharkte, das Zittern des unter das Billardloch gespannten Nylongewebes, wenn die Kugel wie ein Fisch ins Netz fiel, das Knirschen der Kreide auf dem Holzschaft des Queue, das zarte Klingen der Kristallgläser, die die Theke der Bar schmückten, das Poltern und Klirren der Spielautomaten, das Quietschen des Wandpaneels, an dem das Rad der Fortuna befestigt war, das Herzklopfen der Spieler und das in ihren Schläfen pulsierende Blut, wenn sie über den Roulettetisch gebeugt darauf warteten, auf welche Nummer die Kugel fallen würde.

Alle diese Geräusche waren so vertraut und gleichzeitig so erstaunlich, so bekannt und doch so neu. Schmeichelnd, irritierend und erregend ...

»Waleri Wiktorowitsch, haben Sie einen Moment Zeit? Gerade kam ein Anruf! Für morgen sind Plätze bestellt worden, alles wie üblich. Wie sieht es mit dem Geld aus?«

Das war Gleb Kitajew, der das Büro betreten hatte, nicht ohne, wie immer, vorher höflich angeklopft zu haben.

»Ich habe mich mit der Bank verständigt. Morgen früh wird das Geld gebracht. Ruf wegen eines Wagens und zusätzlicher

Sicherheitskräfte an«, antwortete Saljutow. »Also werden wir morgen wieder ›full house‹ haben?«

»Ja, nicht übel, wie?« Kitajew lächelte. »Ich habe unsere Abende schon vermisst, Waleri Wiktorowitsch.« Er rieb sich wie im Vorgefühl von etwas Angenehmem die Hände. »Und es gibt noch ein paar andere Neuigkeiten für Sie.«

»Welche?« Saljutow setzte sich in das Ledersofa in der Ecke seines Büros und bot Kitajew den Sessel gegenüber an.

»Ich habe gestern und heute früh zusammen mit Technikern unser Überwachungssystem kontrolliert«, sagte Kitajew. »Das Versagen der Kamera im Vestibül war ein Zufall. Hinter einem Wandpaneel hatte sich ein Kabel gelöst. Auch in Bezug auf den Garderobier habe ich alles überprüft. Zurzeit ist er krank geschrieben, der Arzt hat mir die Diagnose bestätigt: ein Magen-Darm-Virus. Er war schon an jenem Abend krank.«

»Und welchen Schluss ziehst du aus deinen Nachforschungen?«, fragte Saljutow.

»Es sind alles Zufälle. Niemand hat die Kamera absichtlich beschädigt. Da hatte der Täter einfach Glück. Vielleicht hat er auch vom Garderobier oder einem der Sicherheitsleute gehört, dass ein Teil des Vestibüls eine Zeit lang nicht überwacht wurde.«

»Deine Schlussfolgerung, Gleb.«

»Die ist einfach, Waleri Wiktorowitsch: Es ging überhaupt nicht um Teterin. Das Opfer hätte jeder beliebige andere sein können. Es war einfach der Ort, der sich gut für einen Schuss aus einer Pistole mit Schalldämpfer eignete.«

»Hast du jemanden in Verdacht?«, fragte Saljutow.

Kitajew schwieg einen Augenblick. Dann sagte er: »Ich habe eine ganz frische Information: Milowadse ist zur Generalstaatsanwaltschaft bestellt worden. Für morgen.«

»Gut«, sagte Saljutow. »Danke, Gleb.«

Kitajew wartete auf einen Kommentar zu seiner »frischen« Information, aber vergeblich.

»Also, ich gehe dann, ich bin unten in der Wachstube.« Er erhob sich.

»Sei so nett, rufe Philipp an. Sag ihm, ich bitte ihn, morgen Abend hierher zu kommen. Wenn es ihm passt.«

»Natürlich. Wissen Sie, ich habe selbst seit langem den Eindruck, dass Ihr Sohn sich mit Ihnen aussprechen will. Und dass es ihm Leid tut, aber … Schuld ist sein Charakter, der so stolz und widerspenstig ist. Da schlägt er übrigens ganz Ihnen nach, Waleri Wiktorowitsch.«

»Danke für das Kompliment, Gleb.«

»Übrigens hat Marina wieder angerufen. Sie wollte wissen, ob es Ihnen gut geht«, teilte Kitajew mit, als er schon die Türklinke in der Hand hielt. »Sie sagte, Pawlik hätte heute etwas erhöhte Temperatur gehabt.«

»Und wie geht es Walerik?«

»Der Kleine ist putzmunter. Um den Älteren muss man sich auch keine übertriebenen Sorgen machen: siebenunddreißig sieben. Marina sagte, sein Shetlandpony sei krank geworden und man hätte den Tierarzt rufen müssen. Der Junge ist einfach aufgeregt, hat Angst um seinen Liebling.«

»Hat Marina sonst noch etwas gesagt?«

»Sie fragte, wann Sie kommen. Ich habe geantwortet, dass … dass ich es nicht weiß.« Kitajew sah Saljutow an. Der betrachtete das Muster des Perserteppichs auf dem Boden. Dann blickte er auf.

»Egle hat sich nicht gemeldet«, sagte Kitajew rasch. »Weder gestern noch heute. Vitas ist fuchsteufelswild. Er meint, Gasarow sei wieder bei ihr.«

»Ruf meinen Sohn an«, sagte Saljutow leise. »Jetzt sofort.«

»Ich habe Vitas' Telefonnummer diesem Major Kolossow

gegeben, er hat einfach nicht locker gelassen. Und vielleicht ist es gar nicht mal schlecht, wenn er sich Vitas vorknöpft. Zumindest begreift er dann endlich, wo sein Platz ist. Der Bursche schlägt allmählich über die Stränge. Er nutzt es aus, dass seine Schwester ... Sie lassen ihm viel zu viel durchgehen, Waleri Wiktorowitsch.«

»Du selber hast mir doch zugeredet, er könne uns hier nützlich sein.«

»Ja, das habe ich, und seine Aufgabe erfüllt er ja auch. Aber er ist reichlich frech geworden, und vielleicht treiben die Bullen ihm ja seinen Hochmut aus.«

»Du bist ein Intrigant, Gleb.«

»Was bleibt einem anderes übrig, wenn man sich tagtäglich mit Miliz und Staatsanwaltschaft herumschlagen muss.« Kitajew lächelte unfroh. »Also vergessen Sie nicht, was ich Ihnen über die Kamera gesagt habe. Denken Sie in einer stillen Minute darüber nach.«

»Das werde ich tun, Gleb. Ganz bestimmt.«

Saljutow nickte ihm zu. Die Musik des »Hauses« ... Auch dieses Zwiegespräch gehörte dazu: Kitajews heiser-besorgter Bass, das Quietschen des mit Saffianleder bezogenen Sessels unter seinem Gewicht.

Auf dem roten Teppich, vor dem Sofa, funkelte etwas auf. Saljutow bückte sich und fuhr mit den Fingern durch den dichten Flausch. Es war eine Stecknadel. Wie sie auf den Teppich in seinem Büro gekommen war, blieb rätselhaft.

Sternklare Nächte in einer Großstadt sind eine Seltenheit. Solche Nächte zu verschlafen ist eine Sünde. Der Vater hatte oft erzählt, er habe, als er so jung war wie seine Söhne, oft nächtelang nicht geschlafen. Der Sinn stand ihm nicht nach Schlaf.

Der Vater ist schon lange nicht mehr jung. Aber in dieser

Nacht schläft er auch nicht. Philipp Saljutow, der es sich auf dem gemütlichen Ecksofa in der kleinen, holzvertäfelten Küche bequem gemacht hatte, warf einen Blick auf die aus einem Porzellanteller gemachte Wanduhr. Jetzt, um halb eins in der Nacht, ist der Vater bestimmt noch wach. Im Kasino geht es um diese Zeit hoch her.

Philipp horchte: Nebenan hörte man leise Stimmen. Diese Wohnung in der Pjatnizkaja-Straße hatte der Legionär durch eine Annonce gefunden. Ihm hatten es vor allem die drei Meter hohen Decken, das große Badezimmer, der stille Innenhof und die bequeme Zufahrt aus beiden Richtungen angetan.

Philipp Saljutow dagegen gefiel der Blick aus dem Fenster auf den hohen Glockenturm der renovierten Kirche und die Einrichtung – die Wohnung wurde möbliert vermietet, mit allem möglichen Inventar, darunter eine Sammlung alter Türschlösser, die an Haken aufgereiht den ganzen schäbigen Flur schmückten.

Philipp dachte daran, wie er und sein Bruder Igor in der Kindheit davon geträumt hatten, ganz allein, ohne Erwachsene, zu leben. Am liebsten auf einer unbewohnten Insel im Indischen Ozean. Das war so lange her … Igor war tot. Philipps älterer Bruder war nun der Legionär.

Wieder horchte Philipp: Stimmen hinter der Wand, Geflüster.

Es geschah fast gleichzeitig: Das Telefon schrillte, und an der Wohnungstür wurde geklingelt. Philipp nahm das Telefon ab – es war Kitajew. Der Legionär öffnete die Tür. Draußen stand Shanna.

Während Philipp mit Kitajew telefonierte, beobachtete er gleichzeitig die beiden an der Tür. Shanna sagte: »Hallo, kann ich reinkommen?« Und der Legionär antwortete: »Hallo, natürlich, bitte.« Philipp hätte eigentlich sofort gehen und die beiden allein lassen sollen. Aber draußen war es Nacht und eiskalt. Und außerdem war es unmöglich, Gleb Kitajew zu unterbrechen, der ihm durchs Telefon ins Gewissen redete und ihm zusetzte, er solle zur Besinnung kommen und seinen Vater um Verzeihung bitten.

Um Verzeihung bitten – wofür?

Philipp fiel ein, wie er sich in der Kindheit einmal heftig mit seinem Bruder gestritten und sogar geprügelt hatte. Igor war älter und im Recht, Philipp war an allem schuld, doch heute, nach so vielen Jahren, konnte er sich nicht mehr erinnern, worin seine kindliche Schuld bestanden hatte. Er hätte den ersten Schritt tun, sich entschuldigen müssen, aber er brachte es nicht fertig. Nachts weinte er, schwieg aber beharrlich. Igor selbst kam ihm entgegen. Er war immer nachgiebig gewesen. Vielleicht war diese Nachgiebigkeit (»Rückgratlosigkeit«, wie es Igors Frau Marina manchmal nannte) tatsächlich eine Art Charakterfehler, im Leben nur hinderlich.

Aber Philipp liebte seinen Bruder mit allen seinen Schwächen und Fehlern. Niemand stand ihm näher. Als Igor starb, tat sich in seinem Leben ein schwarzes Loch auf, eine Leere, die dann der Legionär ausfüllte.

Doch bald darauf verliebte der Legionär sich Hals über Kopf und hatte für Philipp kaum noch Zeit. Dann trat die Liebe wieder etwas zurück, wie das Meer bei Ebbe, er begann sogar zu zweifeln – war das wirklich ein echtes Gefühl oder nur ein primitiver Trieb, verstärkt durch ein handfestes materielles Interesse?

Nachdem Philipp das Gespräch mit Kitajew beendet und versprochen hatte, morgen ins Kasino zu kommen, wenn sein Vater so sehr darauf bestehe, schlich er sich auf Zehenspitzen ins Wohnzimmer. Die Tür zum Nebenzimmer war nur angelehnt. Er wollte nicht spionieren, nein. Es interessierte ihn einfach nur, was sie wohl tun würden.

Philipp hatte schon mehr als einmal erlebt, dass ein Mann, der tausendmal wiederholt hatte: »Nein, nein, niemals!«, beim tausendersten Mal plötzlich »Ja« sagte. Und dass eine Frau, die man zum Teufel gejagt hatte, immer wieder zurückkam. Wie ein australischer Bumerang.

Ach, das Leben war schon schwierig. Er selbst war ja Zeuge gewesen, als die beiden sich scheinbar endgültig und für alle Zeiten getrennt hatten, dort, in der Bar »Cayo Coco«. Damals hatte der Legionär gesagt »nein, niemals«. Und Shanna hatte ihn einen Schuft und Taugenichts genannt und vorwurfsvoll von irgendwelchem Geld gesprochen. Es hatte ganz so ausgesehen, als wäre alles vorbei – basta, finito, adieu, die endgültige, allerletzte Aussprache.

Aber nun, nach nur drei Tagen …

Philipp spähte durch den Spalt der angelehnten Tür. Shanna hatte die Arme um den Legionär geschlungen, schmiegte sich an ihn, verbarg ihr Gesicht an seiner Brust und weinte. Der Legionär … er machte ein so dummes Gesicht, verwirrt, erstaunt, zärtlich. Er hatte seinen Arm um Shannas Schultern gelegt und küsste ihr Haar. (Diesmal hatte sie ihre platinblonde Perücke zu Hause gelassen, Gott sei Dank.) Sie hob ihr verweintes Gesicht zu ihm empor, und er küsste sie auf den Mund.

»Ich kann ohne dich nicht leben. Ich liebe dich … ich liebe dich wahnsinnig. Ich verliere noch den Verstand, ich sterbe …«, flüsterte Shanna. Philipp wunderte sich, dass sie imstande war, so zu sprechen, solche Worte zu finden, einen solchen Ton. Der Legionär löste vorsichtig die Umarmung und schob ihr gleichzeitig den Pelzmantel von den Schultern. Geräuschlos sank der Nerz wie eine Folie oder ein Fallschirm langsam aufs Parkett und umhüllte Shannas Füße. Sie trat mit dem Absatz ihres Wildlederstiefels auf den seidigen, schokoladenbraunen Pelz.

»Verlass mich nicht. Ich kann ohne dich nicht leben … Ich stürze mich aus dem Fenster, ich vergifte mich …«

Ihre sorgfältig manikürten, mit Ringen geschmückten Hände streichelten fieberhaft über den Körper des Legionärs. Sie verstrickten sich in seinen Haaren, liebkosten seine Schultern, glitten über den Pullover, strichen über Brust, Bauch, Hüften.

Philipp hatte schon immer geahnt, dass Shanna nicht nur eine glänzende Managerin und Geschäftsführerin, sondern auch eine begabte, erfahrene Liebhaberin war. Vor zehn Jahren war sein Vater verrückt nach ihr gewesen. Dann, nach einer oft stürmischen, lang währenden Beziehung, die friedlich und respektvoll geendet hatte und harmonisch in eine leicht ironische Freundschaft und stabile Geschäftspartnerschaft übergegangen war, hatte Shanna auch andere Männer. Mit jedem Jahr wurden ihre Freunde jünger, und Shanna wurde mit jeder neuen Beziehung hübscher und jugendlicher, bis …

Bis sie über den Legionär stolperte.

Philipp war fest überzeugt, dass jeder Mensch in seinem Leben einmal unverhofft über irgendetwas stolpert. Wenn es jemandem noch nicht passiert war, bedeutete das nur, das es noch vor ihm lag. Er selbst erlebte es jetzt, mit fünfundzwanzig.

Was hatte Shanna mit ihren zweiundvierzig Jahren schon alles hinter sich: eine frühe, unglückliche Ehe und Scheidung, Anstellungen in einem Kaufhaus und in einer Handelskooperative, die Bekanntschaft mit seinem Vater, ihr Zusammenleben in dem alten Haus (das war noch zu Lebzeiten seiner Mutter gewesen, die aber aufgrund ihrer Psychose von alledem nichts mitbekam), die friedliche, einvernehmliche Trennung, dann die aktive Teilnahme an allen Bauprojekten und anderen Geschäftsvorhaben des Vaters, die Gründung des »Roten Mohn«, den Kauf einer Dreizimmerwohnung in Krylatskoje und den Bau einer Datscha in Judinka, zwei erfolgreiche Schönheitsoperationen, den Ersatz ihres geliebten Renault durch einen BMW, Urlaube, die sie in Nizza oder auf den Kanaren verbrachte – und nach alldem, nach einem schon zur Hälfte verflossenen und für eine Frau außergewöhnlich erfolgreichen Leben stolperte Shanna über den Legionär.

»Ich kann ohne dich nicht leben. Ich stürze mich aus dem Fenster, ich vergifte mich ...«

Und Philipp sah und begriff sehr deutlich – auch der Legionär, obwohl er es um nichts in der Welt zugegeben hätte, war über diese Frau gestolpert. Im Grunde liebte der Legionär nämlich das Melodrama. Und trotz all seiner ungestümen Proteste – »nein, nein, niemals« – inszenierte er es in seinem Leben wieder und wieder.

Es gibt Männer, dachte Philipp, die sind von Geburt an für ein melodramatisches Leben bestimmt. Es gibt auch Frauen, die ohne Melodramen nicht leben können. Wenn sich solche Menschen begegnen, sagt die Umwelt: Das ist Schicksal.

Es tat ein bisschen weh, sich einzugestehen, dass der Legionär offenbar nicht ganz der Mensch war, der er auf den ersten Blick zu sein schien. Dass er so leicht seine scheinbar ein für allemal gefassten Beschlüsse und gegebenen Worte zurücknahm, sich so kampflos, so ohne Widerstand ergab und in ihren Händen, unter ihren erfahrenen, zärtlichen Berührungen, ihren Küssen wie Wachs dahinschmolz ...

Philipp fiel ein, wie Tante Polina ihm einmal vor langer Zeit, als er noch Student war und zum ersten Mal nicht zu Hause übernachtete, gesagt hatte, er müsse Frauen gegenüber etwas vorsichtiger sein. Denn eine verliebte Frau sei zu allem fähig. Eine verliebte Frau sei wie ein Panzer (genau dieses sonderbare Bild hatte die Tante benutzt), dem ein Mann, auch der selbstbewussteste, nichts entgegensetzen könne.

»Ich will dich … Lieber … ich will dich so wahnsinnig … ich liebe dich …«

Der Legionär nahm sie direkt im Stehen, noch halb bekleidet. Shanna umklammerte mit ihren Beinen seinen Körper, legte sich eng um ihn wie Efeu. Mit jedem Stoß seiner Hüften bog sie sich weiter zurück und umfasste dabei mit den Armen seinen Hals. Es sah aus, als würden sie gleich auf den Teppich fallen und als wolle sie unbedingt unter ihn zu liegen kommen, damit der Legionär sie mit dem ganzen Gewicht seines durchtrainierten, starken jungen Körpers bedeckte.

Aber er hielt stand. Gemeinsam kamen sie zum Höhepunkt. Dann, ohne einander loszulassen, mit ineinander verschlungenen Armen, Beinen, Fingern und Lippen, fielen sie auf das Sofa.

Philipp verließ seinen Posten hinter der Tür. Langsam schlenderte er in die Küche und setzte sich auf die schmale Eckbank, schaute zum dunklen Fenster hinaus auf die winterlichen Sterne über dem grünen, zeltförmigen Glockenturm der Kirche.

Hinter der Wand hörte man Flüstern, das rhythmische Quietschen von Sprungfedern, einen leisen Aufschrei, Stöhnen …

Philipp wühlte in den Tasche seiner Jeans und fand dort statt der gesuchten Zigaretten, die dort sowieso nie gesteckt hatten, eine zerknitterte Stange Erfrischungsbonbons.

Er wollte noch einmal in Ruhe über alles, was er gesehen hatte, nachdenken. Auch darüber, wieso Shanna heute so spät abends bei ihnen aufgetaucht war. Offenbar hatte sie sich ein paar Tage freigenommen.

Im Haus in der Mytnaja-Straße, in dem Zimmer mit der Eisentür, betrachtete niemand die Sterne am Himmel. Die Fenstervorhänge waren fest zugezogen. Nur eine kleine Stehlampe brannte.

Egle Taurage – dieselbe, die Nikita Kolossow nur flüchtig hinter dem Rücken ihres erzürnten Bruders gesehen hatte und mit der er bislang noch kein Wort hatte wechseln können – war in dieser Nacht ebenfalls wach.

Neben ihr auf dem Sofa schlief Gasarow. Er war erst nach Mitternacht aufgetaucht. Mit einem großen Strauß weißer Chrysanthemen, einer Tüte voller Lebensmittel und zwei Flaschen spanischem Wein.

Blumen und Wein gab es immer dann, wenn Gasarow beim Kartenspiel etwas Geld gewonnen hatte oder wenn er sich mit Egle nach einem ihrer regelmäßig wiederkehrenden Zerwürfnisse versöhnen wollte.

Diesmal war es eine Geste der Versöhnung. Sie hatten sich nicht gesehen und auch nicht miteinander telefoniert, seitdem im »Roten Mohn« der Mord geschehen war.

Gasarow war damals sehr eifersüchtig gewesen …

Egle stützte sich auf den Ellbogen, streckte den Arm aus und berührte seine Wange. Er schlief auf dem Rücken, nackt, vom Bettlaken nur notdürftig bedeckt. Sie hatten sich geliebt, und Egle spürte ihn noch in sich.

Wie immer an solchen Tagen der Versöhnung, nach langen Tagen voller Kummer, Tränen, Kränkungen und Vorwürfe, nach Tagen beiderseitiger Unnachgiebigkeit und Stummheit, Einsamkeit und Leere, zog es sie mit einer so wilden, unbezwingbaren Macht zueinander, dass Egle in nüchterneren, ruhigeren Minuten darüber erschrak. Das Verlangen war so unüberwindlich und ungestüm wie in den ersten Tagen ihrer Beziehung vor zwei Jahren.

Kennen gelernt hatten sie sich bei einer Party in einem Nachtklub, die von Saljutows ältestem Sohn Igor und seiner Frau Marina zur Taufe ihres zweiten Kindes gegeben wurde. Gasarow hatte damals noch seine eigene Firma und war mit Igor Saljutow geschäftlich verbunden, stand wegen seiner verhängnisvollen Leidenschaft für das Glücksspiel bereits an der Grenze zum Ruin und zu katastrophalen Schulden.

Egle war bei dieser Party kein Gast gewesen. Sie musste arbeiten – tanzen und die eingeladenen Gäste unterhalten. Nach dem Abschluss der Ballettschule hatte sie dem klassischen Ballett Adieu gesagt und war Profi-Tänzerin geworden, die in Nachtklubs und bei privaten Feiern mit Ausdruckstanz, spanischen und lateinamerikanischen Tänzen auftrat.

An jenem Abend hatte Gasarow sie angesprochen. Später schwor er, es sei Liebe auf den ersten Blick gewesen. Egle glaubte ihm nur zu gern. Von ihrer Seite war es sofort klar: Das war Liebe. Die Liebe, von der man so oft in Büchern liest und die man im Kino sieht, die aber an einem selbst immer vorüberzugehen scheint.

In jener Nacht verließen sie gemeinsam die Party und trennten sich von da an nicht mehr. Als Gasarow später gezwungen war, seine Wohnung zu verkaufen, um seine Schulden zu bezahlen, nahm Egle ihn bei sich auf. Damals kannte Egle Waleri Saljutow noch nicht. Sie kannte nur seine Söhne, die häufig in den Klubs verkehrten, in denen sie auftrat – Igor, der später bei einem Autounfall ums Leben kam, und Philipp, der ihr nach dem Begräbnis seines Bruders sagte, dass sie mit Gasarow doch nur Schiffbruch erleiden werde. Es sei besser für sie, ihn zu verlassen, solange sie noch jung sei und »sich leicht einen akzeptablen Mann angeln« könne.

So hatte Philipp sich ausgedrückt – »sich leicht einen Mann angeln«.

Ihr Bruder Vitas, ihr ständig mit allem unzufriedener Bruder Vitas, hatte ein noch harscheres Urteil über ihre Beziehung zu Gasarow gefällt. Daran war sie zum Teil selbst schuld: Einmal hatte sie sich bei ihrem Bruder beklagt, als Gasarow sie wieder einmal nach Strich und Faden ausgeplündert hatte, das ganze Geld weg war, das sie für Miete und Telefon zurückgelegt hatte, für Essen, Benzin und den Friseur.

Zuerst erkundigte Vitas sich einfach nur teilnahmsvoll. Er fragte sie freundlich aus, wie ein Bruder eben. Und sie erzählte ihm naiv die Wahrheit (es waren gerade wieder einmal Tage voller Streit, Vorwürfe und auswegloser Verzweiflung). Ihr Bruder geriet in Harnisch. So zornig hatte Egle ihn noch nie erlebt. Als Gasarow auftauchte, gab es eine heftige, abstoßende Szene zwischen ihnen. Egle kamen immer noch die Tränen, wenn sie daran zurückdachte.

Damals erfuhr sie auch, dass ihr Bruder ständig eine Pistole bei sich trug und ohne zu zögern fähig war, sie einem anderen Menschen an die Schläfe zu setzen, ja, dass er sich kaum zurückhalten konnte abzudrücken.

Seitdem waren ihr Bruder und Gasarow Feinde. Egle stand ganz auf der Seite des Mannes, den sie liebte und mit dem sie Tisch und Bett im Zimmer hinter der Eisentür teilte. Wieder berührte sie mit den Fingerspitzen die Wange des schlafenden Gasarow. Unrasiert, stachlig, braungebrannt, heißblütig, ungestüm, stark, zärtlich, verrückt. Mein Geliebter …

Vitas hatte ihn ein Krebsgeschwür genannt, einen schmierigen Gigolo, einen Gauner und Nichtstuer. Einen Mühlstein am Hals seiner Schwester. Armer, kleiner, wütender Bruder, der den starken Mann markierte. Wie schlecht dachte er vom Liebsten seiner Schwester! Von dem Mann, der Tag und Nacht all ihr Sinnen und Trachten beherrschte, dem Mann, von dem sie Kinder wollte – einen Jungen, ein Mädchen und noch einen Jungen, dem sie immer eine ergebene und zärtliche Frau sein würde, dem geliebten Helden ihres Herzens, dem sie, Egle Taurage, ihre Gedichte widmete.

Ja, ja – Gedichte! Zwei Hefte hatte sie schon vollgeschrieben, mit Gedichten auf Russisch und auf Litauisch. Niemand wusste davon. Nicht einmal er. Denn sicher würde er sie nur auslachen …

Egle richtete sich halb auf, beugte sich über Gasarow und küsste ihn auf den Mund. Er wachte auf, umarmte sie, noch halb im Schlaf, und zog sie an sich.

Das waren ihre Nächte des Friedens und der Liebe. Sie kamen regelmäßig nach den Tagen der Tränen, Kränkungen und Vorwürfe, nach den Tagen der Spielverluste, Rechnungen, Besäufnisse und der verzweifelten, stumpfen Einsamkeit.

Auch das gehörte zum Leben. Und dagegen konnte sie nichts tun, höchstens aufhören zu atmen. Die anderen – ihr Bruder, Waleri Saljutow, sein Sohn Philipp, Gleb Kitajew – verstanden das nicht. Sie waren einfach nicht fähig, es zu verstehen, obgleich sie ihr, Egle, sicher wirklich nur Gutes wünschten. Jeder auf seine Art.

In dem schönen, großen und komfortablen Haus in Iljinskoje, das mit Tiefgarage, Satellitenschüssel, Sauna, Billardsaal, überdachtem Swimmingpool, Sportsaal, Terrassen und Wintergärten ausgestattet war, herrschte in dieser Nacht ebenfalls ungewöhnliche Stille.

Das Haus lag auf einem anderthalb Hektar großen Waldgrundstück, das Landschaftsarchitekten und Gärtner mit vereinten Mühen in einen gepflegten englischen Park verwandelt hatten. Eine hohe Steinmauer mit einem Stacheldraht darauf umgab es. Nachts ließ die Wache die Rottweiler von der Kette, damit kein ungebetener Gast in den Park eindringen und die Ruhe der Hausbewohner stören konnte.

Das Haus war von Waleri Saljutow gebaut worden. Früher hatte die ganze Familie Saljutow darin gewohnt. Aber nun waren von der Familie nur Tante Polina, die kleinen Enkel und die Witwe Marina geblieben.

Der Herr des Hauses war in den letzten anderthalb Monaten nur selten aufgetaucht. So selten, dass die Hunde ihn nicht mehr erkannten und ihn aus ihrem Zwinger am Tor verbellten wie einen Fremden.

Marina war noch nicht zu Bett gegangen. Sie saß unten in der Halle in einem Sessel vorm Kamin und starrte in die rot glühenden Kohlen. Erst zum Abendessen war sie nach Iljinskoje zurückgekehrt. Sie hatte sich vom Chauffeur Ravil durch die Geschäfte fahren lassen, hatte in der Galerie »Aktjor« und bei Tiffany vorbeigeschaut.

Bei ihrer Rückkehr erwarteten sie unerfreuliche Neuigkeiten: Pawlik, ihr älterer Sohn, hatte plötzlich Fieber bekommen. Grund dafür war natürlich wieder das Shetlandpony, das sein Großvater ihm zum Geburtstag geschenkt hatte. Das Pony hinkte, und man hatte einen Tierarzt aus Moskau geholt. Der empfindsame Pawlik durchlitt die Krankheit seines vierbeinigen Freundes mit der ganzen Ernsthaftigkeit seiner vier Jahre. Seit dem frühen Morgen saß er heulend im Kinderzimmer, ohne auf das gute Zureden seines Kindermädchens zu achten. Das Kindermädchen meinte, er hätte sich das Fieber »angeheult«.

Der jüngere Sohn, der zweijährige Walerik, der seinem Großvater zu Ehren so hieß, zappelte beim Abendbrot ebenfalls nervös herum und wollte nicht essen. Das Kindermädchen erklärte: »Er ist aufgeregt, leidet mit seinem Brüderchen. So ein Knirps, aber schon so viel Herz und Gefühl.« Die Jungen hingen tatsächlich sehr aneinander. Sie spielten immer zusammen, trotz der zwei Jahre Altersunterschied.

Marina dachte daran, dass die Kinder nach dem Tod ihres Vaters fast gar nicht geweint hatten. Sie alle – Waleri Wiktorowitsch, das Kindermädchen, Ravil, der Wachmann Fjodor, der mit im Haus wohnte, und sie selbst – hatten den Kindern vorgelogen, der Papa sei nur weggefahren und käme bald wieder.

Marina hatte große Angst, Tante Polina, die schon ganz senil war, könnte sich eines Tages Pawlik gegenüber verplappern und der würde begreifen, dass es eine Lüge war und der Vater niemals mehr nach Hause kommen würde.

Tante Polina ging Marina schon lange auf die Nerven. Zum Abendbrot war sie aus ihrem Zimmer gekrochen und, begleitet von einer Pflegerin, zum Tisch gehumpelt.

»Nun, was sagst du?«, hatte sie sich mit knarzender Stimme erkundigt und Marina mit feindseligem Blick fixiert.

»Was soll ich denn sagen, Polina Sacharowna?«

»Tu nicht so scheinheilig! Du denkst doch nur an eins – wann ich endlich sterbe! Keine Angst, ihr werdet es noch erleben! Bald, bald werdet ihr mich los sein.«

So ging das jeden Tag, jeden Morgen, jeden Abend. Beim Frühstück, beim Mittagessen, beim Abendbrot. Immer der gleiche Dialog. Marina spürte, dass ihre Nerven gespannt waren wie Drahtseile. Aber die Tante krächzte wie eine alte Grille immer weiter: »Keine Angst, ihr werdet es erleben. Dann seid ihr mich los. Ihr werdet alle anderen überleben. Und sie alle vergessen. Keiner von euch besucht das Grab meines geliebten Igor. Mich werdet ihr auch bald unter die Erde bringen. Und wenn ich dann tot bin, werdet ihr alles, was ich besitze, wegwerfen ... So sind sie, die Reichen! Meinen Teppich, meine Kleider, mein gutes Kostüm. Alles, alles wird auf dem Müll landen.«

Es waren nicht viele Besitztümer, die Polina in ihrem Zimmer, in das nicht einmal die neugierige Dienerschaft hineindurfte, eifersüchtig bewachte: zwei Koffer unter dem Bett und ein alter, zusammengerollter, mottenzerfressener Teppich in der Ecke hinter dem Schrank.

In den Koffern bewahrte sie alte Popeline-Kleider, Strickjacken und das »gute« Kostüm auf. Den Teppich hatte sie vor rund dreißig Jahren als Prämie für gute Arbeit erhalten.

Früher hatten alle Bewohner des Hauses hinter der steinernen Mauer, in dem allein das mit rosa Marmor gekachelte Bad im Erdgeschoss fünfzehntausend Dollar gekostet hatte, die Launen der alten Tante Polina mit Fassung getragen, sogar mit Humor. Aber inzwischen war von den Bewohnern des Hauses nur noch Marina bei der Tante geblieben. Und ihre Geduld ging allmählich zu Ende.

Marina stocherte mit dem Schürhaken in den verglimmenden Kohlen. Dann griff sie wieder nach dem Telefon, um noch einmal im »Roten Mohn« anzurufen, wählte die vertraute Nummer aber nur zur Hälfte. Sie warf das Telefon in den Sessel neben sich, holte ihre Zigaretten heraus und begann zu rauchen.

Vor anderthalb Stunden hatte sie bereits im Kasino angerufen und mit Kitajew gesprochen. Sie hatte ihm alles mögliche erzählt, Wahres und Ausgedachtes – nur einer einzigen Frage wegen, die sie erst ganz am Ende des Gesprächs gestellt hatte, wie zufällig: ob Waleri Wiktorowitsch beabsichtige, heute Abend nach Hause zu fahren?

Kitajew räusperte sich und sagte, er wisse es nicht, sei nicht im Bilde. Das sagte er jedes Mal, wenn sie im Kasino anrief.

Es war zum Verrücktwerden.

16

Gleb Kitajew war kategorisch gegen all diese albernen Spielchen zum Swjatki-Fest.[6] Die gesamte Organisation des Feiertages, die Auswahl und das Engagement der Künstler und Musiker war ihm übertragen worden, dabei hatte er auch so schon genug Verpflichtungen. Seiner Meinung nach lenkte dieser unnütze Schnickschnack die Gäste nur vom eigentlichen Zweck ihres Besuchs ab. Und die Idee, im Restaurant ein »Betrunkene-Dame«-Turnier zu veranstalten, schmeckte entschieden nach einem billigen Rummelplatzvergnügen.

Aber er konnte nichts machen. Shanna bestand darauf, dass im »Roten Mohn« Swjatki gefeiert wurde. Ihr konservatives Publikum, erklärte sie, liebe das nationale russische Kolorit. Shanna behielt bei ihren Disputen in Saljutows Büro stets die Oberhand. Und ständig hatte sie neue Ideen zur, wie sie sich ausdrückte, »Individualisierung des Geschäftsimages«. »Betrunkene Dame« als traditionelle russische Volksbelustigung zum Swjatki-Fest war ihr neuester Einfall.

Kitajew stritt mit ihr, bis er heiser war, aber Shanna gab nicht nach. Saljutow hörte sich ihren Wortwechsel ungerührt

[6] Als »Swjatki« bezeichnet man die beiden Wochen von Heiligabend (6. Januar) bis zum Dreikönigsfest (19. Januar), eine Zeit, die mit vielen altrussischen, teils heidnischen Traditionen, Spielen und Ritualen verbunden ist.

wie immer an und erklärte dann, Shanna habe vermutlich Recht, und sie sollten ruhig ihren Rat, die Gäste zu unterhalten, zu befolgen.

Shanna genoss das uneingeschränkte Vertrauen und den Respekt Saljutows. Aus Gerüchten, die im Kasino zirkulierten, wusste Kitajew, dass Saljutow und sein treuer Pit-Boss einst eng befreundet waren, sogar mehr als nur befreundet. Es hieß, ihr Verhältnis habe noch zu Lebzeiten von Saljutows Frau begonnen. Und nach ihrem Tod habe er die energische, attraktive Shanna beinahe geheiratet – nur die Rücksicht auf seine Söhne habe ihn davon abgehalten.

Ja, alte Liebe rostet nicht. Und wenn ein Mann hoch in den Fünfzigern ist und eine Frau über vierzig, dann sind die Zerwürfnisse der Jugend längst bedeutungslos geworden.

Gleb Kitajew hatte Shanna in diesen Tagen aufmerksam beobachtet. Schließlich musste er mit ihr noch über die seltsame Aussage des inzwischen entlassenen Portiers Peskow sprechen. Natürlich hätte dieses heikle Gespräch eigentlich Saljutow selbst führen sollen. Kitajew machte dem Chef gegenüber auch ein paarmal entsprechende Andeutungen, die Situation von Shanna Basmanjuk bedürfe in einigen Punkten der Klärung. Aber Saljutow reagierte auf seine Anspielungen nicht. In der Dienstbesprechung in Saljutows Büro stritten sie alle drei ausschließlich über die Gestaltung des Swjatki-Festes und ob zusätzliche Unterhaltungsangebote angebracht seien oder nicht.

Kitajew nahm sich daraufhin vor, selbst mit Shanna über den Abend des fünften Januar zu sprechen, doch bis jetzt hatte er sich nicht dazu durchringen können. Irgendetwas an Shannas Benehmen hielt ihn von direkten Fragen ab. Es war etwas, was er früher nie an ihr bemerkt hatte. Deshalb beschloss der vorsichtige Chef des Sicherheitsdienstes im »Roten Mohn«, vorläufig lieber keine direkten Fragen zu stellen und den Pit-Boss des Spielklubs nur zu beobachten.

Allerdings – bei diesem Gewühl und in dieser Hektik war das kaum möglich!

Das Balalaika-Orchester und der in der Eiseskälte schon heiser gewordene Chor schmetterte vorm Eingang »Kalinka«. Im Vestibül am Fortuna-Brunnen stand ein adretter, rotwangiger Ordner in Smoking und Fliege und mit einem Mikrofon in der Hand. Er lud die Gäste des Kasinos mit lauter, freudiger Stimme ein, das Restaurant zu besuchen, wo eben jetzt »das in der Welt einzige internationale ›Betrunkene-Dame‹-Turnier« beginne.

Die eine Hälfte des Restaurants war als improvisierter Dameklub eingerichtet worden. Auf den mit allerlei scharf gewürzten Häppchen gedeckten Tischen waren Spielbretter aufgestellt. Statt der Damesteine standen darauf kleine Schnapsgläser mit Rotwein, Weißwein und Wodka. Gespielt wurde »Schlagdame«. Jeder Spieler versuchte, seine »Steine« möglichst schnell an den Gegner abzugeben, der sie dann austrinken musste. Sieger war derjenige, der am schnellsten seine »Steine« losgeworden war und am wenigsten trinken musste. Das Spiel verlief sehr temperamentvoll, die beschwipsten Verlierer schieden aus, und die Sieger spielten weiter, eine zweite, dritte, fünfte Runde, bis der Champion feststand.

Das Resultat war, wie Kitajew schon befürchtet hatte, dass der größte Teil der Gäste sich im Restaurant drängte und nicht an den Spieltischen, sich bestens amüsierte und ausgiebig den alkoholischen Getränken und Snacks vom reich bestückten kalten Buffet zusprach.

Gegen neun Uhr abends begann die Lage sich etwas zu bessern. Die sehnlichst erwarteten betuchteren Kunden trafen ein, die schon im Voraus Plätze und Spiele bestellt hatten. Kitajew empfing sie gemeinsam mit dem Portier und den Wachmännern auf der Vortreppe. Im Großen Spielsaal wartete Saljutow persönlich auf sie. Es waren alles alte Stammkunden: der Gouverneur von Nertschinsk, sein jüngerer Bruder, der Gouverneur des Kreises Ochlomsk, ihr alter Spielpartner, der Baumwollkönig Sultankul Mamedow aus einer der mittelasiatischen Republiken, der Vorsitzende des Direktorengremiums der Firma »Wostokenergo«, der Parlamentspräsident des Bezirks Ussurien-Taiga, der »Zedern-Oligarch« von Priamurje.

Diese höchst respektablen Gäste interessierten sich nicht für solchen Firlefanz wie »Schlagdame« mit Besäufnis und kostenlosem Buffet und begaben sich ohne Umschweife in den Spielsaal, wo schon alles vorbereitet war.

Als letzter traf in einem silbernen Daimler und in Begleitung seiner persönlichen Leibwache Kerim Balijew ein, und Kitajew wies seine Leute sofort an, Vitas Taurage ausfindig zu machen und ihm mitzuteilen, er werde schnellstens gebraucht. Kerim Balijew war der achtundzwanzigjährige einzige Sohn und Erbe eines erfolgreichen Ölfabrikanten aus Kasan und eine der kostbarsten Eroberungen, die der »Rote Mohn« im letzten Jahr gemacht hatte. Balijew war vor seinem strengen und konservativen Vater, der den Sohn zu einem rechtgläubigen Moslem erziehen wollte, nach Moskau geflohen und ließ jetzt in der Hauptstadt die Puppen tanzen.

Zu Hause in Kasan, unter den Augen des Vaters, rührte Balijew keinen Alkohol an – es war ja vom Koran verboten. In Moskau hatte er damit keine Probleme. Aber spielen, richtig um große Summen spielen konnte er nur, wenn er sich zuvor in der Bar in die richtige Stimmung gebracht hatte und ihn weder große Verluste noch der Zorn seines empörten Erzeugers mehr schreckten.

Balijew in die nötige Stimmung bringen, ihn geschickt zum Spiel animieren, zu einer riskanten Partie Bakkarat, das konnte nur einer – Vitas Taurage. Balijew und er hatten sich angefreundet. Balijew glaubte aufrichtig, Vitas sei ein aufstrebender Filmschauspieler, und für Künstler hatte er eine große Schwäche.

Vitas erschien auf den Ruf der Wachmänner hin sehr schnell. Wie immer ähnelte er mit seinem blendenden Aussehen und seinem eleganten Anzug tatsächlich einem Leinwandhelden. Er begrüßte Balijew mit einer herzlichen Umarmung und führte ihn sofort in die Bar, um das Wiedersehen zu begießen. Kitajew atmete auf: In ungefähr einer halben Stunde würde Vitas den Sprössling des Kasaner Ölproduzenten ebenso zuverlässig in den Spielsaal dirigieren, und sie würden mit dem Spiel beginnen.

In diesem Augenblick klingelte Kitajews Handy, und der Wachposten vom Dienstboteneingang teilte mit, Philipp sei mit seinem Freund eingetroffen. Kitajew machte sich auf, um Saljutow junior zu begrüßen.

Wie üblich war Philipp mit seinem Schatten, dem im ganzen »Roten Mohn« verhassten Legionär, erschienen und wollte sofort nach oben zu seinem Vater ins Büro. Doch Kitajew redete ihm zu, ein wenig zu warten: Der Vater wolle ihn zwar tatsächlich gern sehen, aber im Augenblick sei er beschäftigt, wichtige Leute seien gekommen, und Philipp möge ein Weilchen warten, bis der Vater wieder Zeit habe. Philipp war einverstanden, machte auch keine Szene oder drohte mit augenblicklicher Abreise (wie Kitajew befürchtet hatte).

Die schlechte Beziehung zwischen Vater und Sohn war für Kitajew äußerst belastend. Es war längst an der Zeit, diesen dummen Streit zu beenden, und Kitajew bemühte sich nach

Kräften darum, denn dieser unsinnige Konflikt schadete dem Kasino merklich und untergrub die Kontinuität und Stabilität dieses Familienunternehmens.

Kitajew kam nicht dazu, diese wichtigen Gedanken zu Ende zu denken. Aus dem Vestibül rief schon wieder ein Wachmann an und teilte mit, es sei ein »problematischer« Gast erschienen, der Kitajew persönlich zu sprechen verlange, weil die Wache ihn daran hindere, den Spielsaal zu betreten.

Kitajew stieß einen Fluch aus und setzte sich in Bewegung, um in Erfahrung zu bringen, wer da jetzt wieder aufgetaucht war. Am Eingang zum Vestibül erblickte er den neuen Portier, an dessen Namen er sich nur vage erinnerte, und diesen Major der Miliz – Kolossow. Ihm wurde heiß: Das hatte ihm gerade noch gefehlt! Was wollte die Miliz schon wieder hier? Etwa noch mal eine Durchsuchung oder eine Ausweiskontrolle?! Bei diesen Gästen?!

Ausgerechnet jetzt legten auch noch Chor und Orchester im Hof in einer Lautstärke, die die Fensterscheiben erklirren ließ, mit einem neuen Lied los: »Und von des Panzerfahrers Ende weiß zu Haus die Lie-hiebste nichts«. Das war doch zum ...! Kitajew fehlten die Worte. Ein herbeigeeilter Wachmann flüsterte ihm rasch zu, dieses Lied habe der Gouverneur von Nertschinsk bestellt, den es an seine Jugend und an seine geliebte Division erinnere und vor dem Spiel inspiriere.

Kolossow stand immer noch an der Tür, zusammen mit dem Portier, der ihn nicht durchlassen wollte.

»Guten Abend, worum geht es?«, fragte Kitajew unwirsch.

»Guten Abend, ich dachte, ich nehme Ihre Einladung an und komme mal auf einen Sprung vorbei. Aber Ihre Wache ist unerbittlich«, antwortete Kolossow mit einem, wie es Kitajew schien, unguten Lächeln.

»Lassen Sie ihn durch.« Kitajew schob den Portier beiseite

und forderte Kolossow auf: »Treten Sie ein. Ich dachte schon, es handele sich um eine neue Durchsuchung.«

»Aber nein, ich hatte nur Lust, mal beim Spiel zuzuschauen. Die pure Neugier. Beim letzten Mal bin ich dazu nicht gekommen«, sagte Kolossow.

»Aber selbstverständlich, darf ich bitten.« Kitajew maß ihn mit einem misstrauischen Blick, als frage er sich, ob er tatsächlich allein gekommen sei. »Gibt es Neuigkeiten über unseren Verdächtigen?«

»In den nächsten Tagen wird Anklage gegen Maiski erhoben«, teilte Kolossow bereitwillig mit. Allerdings verschwieg er dem aufgeregten Kitajew ein wichtiges Detail: Er nannte ihm nicht den Anklageparagrafen.

»Darf ich bitten«, wiederholte Kitajew unzufrieden. »Sie sind heute Abend selbstverständlich unser Gast. Speisen und Getränke gehen auf unsere Rechnung. Machen Sie sich keine Sorgen, das ist keine Form der Bestechung, sondern bei uns so Brauch.«

»Ein großartiger Brauch«, lächelte Kolossow und horchte auf den Chor. »Die singen ganz schön laut, was?«

»Legen Sie ab.« Kitajew schob ihn zur Garderobe. Da sah er plötzlich in der Menge Gasarow und Egle Taurage vorbeigehen. Offensichtlich waren sie auch gerade erst gekommen. Wann genau, das war Kitajew in dem Durcheinander entgangen. Er wollte Egle schon ansprechen – er hatte ihr einiges zu sagen. Aber sie verschwand zusammen mit Gasarow im Restaurant, aus dem man brüllendes Gelächter und Gläserklirren hörte. Aligarch ist nicht dumm, der lässt sich die kostenlose Bewirtung nicht entgehen, dachte Kitajew verdrossen. Na, was soll's, zum Teufel mit ihnen allen! Mit diesem Major von der Kripo, der seine alte Lederkluft gegen eine Pelzjacke und einen neuen Anzug mit pfauenbunter geblümter Krawatte ausgetauscht hat, mit diesem dummen Mädchen und ihrem Galan … Sie konnten ihm alle gestohlen bleiben, jetzt, wo sich im Großen Saal so wichtige Leute am Spieltisch versammelten und ein richtiges Spiel begann.

Eigentlich müsste er jetzt natürlich Saljutow informieren, dass Egle gekommen war und mit ihr wieder dieser verfluchte Aligarch. Aber Kitajew konnte sich nicht entschließen, dem Chef an einem solchen Abend die Stimmung zu verderben. Zum Teufel mit ihnen allen! Sie würden auch ohne ihn zurechtkommen. Freilich, dachte er mit einem Anflug von Besorgnis, Vitas ist heute ebenfalls hier, und er und Aligarch – das wusste jeder im Kasino – hassen sich bis aufs Blut …

Kitajew bahnte sich einen Weg durch die Menge im Vestibül zum Großen Saal. Was auch immer geschah, hier war jetzt sein Platz, im Spielsaal. Schon von der Tür aus sah er, dass die Gäste bereits am Kartentisch saßen. Er begegnete Shannas Blick. Wie immer beobachtete sie die Gäste und die Croupiers mit dem Gleichmut eines Buddha und der Scharfsichtigkeit eines Adlers. Sie lächelte kaum merklich und nickte ihm zu: Alles in Ordnung, gleich fangen wir an.

Als Letzter setzte sich Kerim Balijew an den Tisch. Er war schon stark angetrunken. Ein gewandter Kellner, dem man nicht zweimal erklären musste, wie dieser Stammkunde zu bedienen war, stellte ihm sofort einen doppelten Kognak auf das grüne Tuch.

Kitajew ließ seinen Blick schweifen – wo steckte Vitas? Sein Kunde war schon hier. Aber da eröffnete der Croupier das Spiel, die Einsätze wurden gemacht. Augenblicklich trat alles andere in den Hintergrund. Selbst die Zeit schien wie durch Zauberei stehen zu bleiben.

Und dann …

Ein Geräusch, durch die Wände gedämpft, aber trotzdem

noch sehr laut. Mehr als das, ohrenbetäubend! Alle hörten es – im Spielsaal ebenso wie im Restaurant, wo schon der Sieger der »Betrunkenen Dame« feststand, im Billardsaal, in der Automatenhalle, im Vestibül …

Gleb Kitajew erstarrte, konnte nicht glauben, was er hörte …

Es war ein Schuss. Und er krachte im ersten Stock des Hauses.

17

Im ersten Augenblick schien es Nikita, als hätte niemand richtig begriffen, was passiert war. Dann hörte man hysterische Frauenschreie, Lärm, Schimpfen, Getrampel. Das Publikum strömte scharenweise ins Vestibül. Nikita mischte sich unter die Menge und hielt nach Kitajew Ausschau – wo war er, wo waren seine Männer?!

An der Kasse für die Ausgabe der Chips und an der Garderobe herrschte dichtes Gedränge und Geschubse. Viele Stammgäste, die sich noch an den jüngsten Besuch der Miliz erinnerten, versuchten, möglichst schnell ihre Chips umzutauschen, ihre Mäntel zu holen und sich aus dem Staub zu machen, um nicht erneut in einen Kriminalfall verwickelt zu werden. Die verwirrten, erschrockenen Kassierer wussten nicht, wie sie sich verhalten sollten. Die Wachleute rannten ziellos durchs Vestibül und waren im Zweifel, ob sie die Gäste nach draußen lassen durften oder nicht. Und nur das Balalaika-Orchester und der Chor, die beim Singen den Schuss nicht gehört hatten, schmetterten munter weiter ihr Lied.

Kolossow nahm im Laufschritt die Marmortreppe zum ersten Stock. Beim letzten Mal war Kitajew sein Führer gewesen: geradeaus, nach rechts durch den Wintergarten in den Bankettsaal, wo Saljutow sie empfangen hatte. Aber jetzt drangen aus dem gegenüberliegenden Flügel laute, aufgeregte Stimmen. Von dort hörte man auch das herzzereißende, verzweifelte Weinen einer Frau.

Nikita durchquerte rasch den Flur, trat durch eine weit aufgerissene Tür, vor der sich viele Menschen drängten, und kam in einen gemütlichen Aufenthaltsraum, der mit dunkelgebeizter Eiche vertäfelt war. Den Fußboden bedeckte ein dicker orientalischer Teppich. An den Wänden standen teure Ledersofas und Sessel. Die niedrigen Tische waren mit Flaschen bestückt, aus denen die Gäste sich selbst etwas zu trinken eingießen und Cocktails mischen konnten. In einem offenen Kamin brannte ein Feuer. Auf dem Teppich aber, mit dem Kopf fast das glühend heiße Kamingitter berührend, lag mit dem Gesicht nach unten ein Mann im dunklen Anzug. Sein blondes Haar war blutverschmiert. Zwei Schritte von dem Mann entfernt lag eine Pistole.

Kolossow war nicht der erste am Tatort: Im Zimmer befanden sich bereits Kitajew, Saljutow (offenbar waren die beiden über eine der Dienstbotentreppen, die Nikita nicht kannte, heraufgekommen) und etwa fünf Männer des Sicherheitsteams, die schweigend einen aufgeregten, brünetten jungen Mann von der Tür wegdrängten. In der ersten Aufregung erkannte ihn Nikita nicht, aber dann sah er, dass es sich um den Mann mit dem seltsamen Spitznamen Aligarch handelte – Georgi Gasarow.

Aligarch versuchte verzweifelt gestikulierend irgendetwas zu erklären. Aber niemand beachtete ihn. Alle Blicke waren auf den Getöteten gerichtet, auf die Pistole und auf die verzweifelt schluchzende blonde Frau im blauen, tief dekolletierten Abendkleid, die sich mit ausgebreiteten Armen auf dem Teppich geworfen hatte. Nikita erkannte auch sie zuerst nicht. Als er das verweinte, verzerrte Gesicht aufmerksamer betrachtete, begriff er, dass er Egle Taurage aus der Wohnung in der ungastlichen Mytnaja-Straße vor sich hatte.

Inzwischen hatten die Wachleute auf Kitajews Anweisung hin fast alle Gaffer nach draußen in den Flur gedrängt. Nur zwei Frauen hatten sie in das Kaminzimmer hineingelassen – die bleiche, entsetzte Shanna Basmanjuk und eine große, schlanke Brünette in einem eleganten schwarzen, mit Pelz abgesetzten Hosenanzug und einem aparten schwarzen Hut.

»Bitte treten Sie zurück!«, befahl Nikita noch von der Türschwelle aus und schob die Wachleute ohne viel Zeremonien beiseite. »Machen Sie Platz.«

Er trat zu dem auf dem Teppich liegenden Mann, beugte sich hinunter und schaute dem Toten ins Gesicht. Es war Vitas Taurage. Nikita berührte die schluchzende Egle behutsam an der entblößten Schulter: »Bitte beruhigen Sie sich und stehen Sie auf, ich muss alles untersuchen.«

Aber Egle, die vor Schluchzen kaum Luft bekam, hörte nicht auf seine Worte. Da schaute Kolossow sich um, als wolle er jemanden bitten, sich um das Mädchen zu kümmern. Und sofort stürzten zwei Männer herbei: Saljutow und Gasarow. Der Letztere hatte sich mit einem Ruck aus dem Griff der Wache losgerissen und wollte Egle vom Boden heben.

»Rühr sie nicht an, du!«, sagte Saljutow in eiskaltem, zornigen Ton. »Die Hände weg!«

Die Wache packte Gasarow und drückte ihn gegen die Wand. Saljutow bückte sich, hob das schluchzende Mädchen auf seine Arme und trug es zur Tür. Die Menge im Flur wich schweigend vor ihnen auseinander. In eben diesem Moment fing Nikita zufällig den Blick der hochgewachsenen Brünetten im schwarzen Hosenanzug auf, einen Blick, der ihn schockierte. Jetzt fiel ihm auch wieder ein, dass er sie hier im Kasino schon gesehen hatte und dass es Marina, die Witwe von Saljutows ältestem Sohn, war. Von ihr hatte ja auch der ehemalige Portier des »Roten Mohn«, Peskow, gesprochen, als er sich an gewisse »Sonderbarkeiten« am Abend des fünften Januar erinnert hatte.

Wieder war Kolossow von der Schönheit dieser Frau frappiert und ... von dem glühenden Hass, der aus ihrem Blick sprach. Dabei schien dieser vernichtende, wütende Blick gar nicht konkret einem der Anwesenden zu gelten (den an ihr vorbeischreitenden Schwiegervater mit dem Mädchen in den Armen schaute sie gar nicht an, wandte den Kopf nicht in seine Richtung). Marina Saljutowa blickte an den Menschen vorbei ins Kaminfeuer. Als gelte ihr Hass diesem Feuer, dem Kamin, dem luxuriösen Perserteppich und dem auf dem Teppich liegenden Toten.

»Alle Außenstehenden verlassen umgehend den Raum!«, kommandierte Kolossow und fügte an Kitajew gewandt hinzu: »Sie bleiben bitte hier. Ich rufe jetzt ein Einsatzkommando vom Revier.« Er zog sein Handy aus der Jackentasche. »Inzwischen werden wir hier gemeinsam alles untersuchen. Ich habe einige Fragen an Sie.«

»Was Gasarow betrifft ...« Kitajew beugte sich dicht zu ihm und flüsterte: »Er war schon hier im Raum, als wir kamen ...«

Nikita warf einen Seitenblick auf den von Sicherheitsleuten umringten Aligarch, der in finsteres Schweigen verfallen war, nachdem Saljutow mit Egle den Raum verlassen hatte.

»Den nehme ich mir später vor, soll er vorläufig irgendwo im Kasino unter Bewachung bleiben.«

Als Kolossow endlich mit Kitajew allein war, drehte er die Leiche um und durchsuchte sie sorgfältig: Autoschlüssel, Brieftasche, Handy. Vorsichtig klopfte er das Jackett ab: Unter der Achsel trug Vitas Taurage eine leere Pistolentasche aus braunem Kalbsleder.

»Aha.« Nikita zeigte Kitajew seine Entdeckung. Dann nahm er ein Taschentuch aus seiner Hosentasche und ergriff damit vorsichtig die auf dem Teppich liegende Pistole: eine TT, im Patronenrahmen steckten vier Patronen, aus der Mündung roch es deutlich und scharf nach Pulver.

»Ist Ihnen diese Pistole bekannt, Gleb Arnoldowitsch?«

»Ja.« Kitajew nickte mürrisch.

»Wem gehört sie?«

»Ihm, Vitas.«

»So. Interessant.«

Nikita betrachtete die Wunde im Genick des Toten. »Eine Schusswunde, aber trotzdem … Etwas stimmt hier nicht.«

Vorsichtig betastete er das Genick. Sofort war seine Hand voller Blut. Oberhalb der Schusswunde, direkt auf dem Scheitel, waren die Schädelknochen gesplittert.

Und da erblickte Nikita zwischen den Holzscheiten im Kamin etwas Dunkles. Er griff nach dem Schürhaken und stocherte in den Scheiten, bis der seltsame dunkle Gegenstand auf den Teppich fiel. Es war die Bronzestatuette eines sich aufbäumenden Pferdes auf einem schweren gusseisernen Postament. Das Metall hatte sich im Kamin stark erhitzt.

»Wo kommt das Ding her, ist es aus diesem Raum?«, fragte er.

Kitajew nickte, schaute suchend umher und zeigte dann auf ein Podest aus Holz, das in der Ecke zwischen den Sesseln stand und mit einer ganzen Kollektion von Skulpturen beladen war.

»Alles Bronzegüsse aus Kasli«, erklärte er heiser.

»Aha.« Nikita betastete erneut vorsichtig die Wunde auf dem Scheitel des Toten: Der Schädel war eingeschlagen. Darunter war eine weitere Schusswunde, ein Steckschuss. Die Kugel war also noch im Kopf. Aber die Hülse … Wo war bloß diese Hülse?

Er drehte den Körper wieder um, durchsuchte den Toten

noch einmal, tastete den Teppich ab, schüttelte ihn sogar auf. Etwas klirrte. Eine Patronenhülse rollte übers Parkett. Kolossow hob sie auf.

»Was bedeutet das alles?«, fragte Kitajew.

»Ich glaube, danach müssen Sie jetzt nicht mich fragen«, antwortete Kolossow, »und Gasarows Erklärungen brauchen wir vorläufig auch noch nicht. Mit ihm unterhalten wir uns später.«

Kitajew blickte erschüttert auf den toten Vitas.

»Sorgen Sie dafür, dass bis zur Ankunft des Untersuchungsführers niemand das Kaminzimmer betritt, dass nichts berührt und eine Wache aufgestellt wird«, ordnete Nikita an und erinnerte sich verschwommen, dass er genau die gleichen Befehle erst vor wenigen Tagen gegeben hatte. »Und jetzt lassen Sie uns zu Saljutow gehen. Ich denke, mittlerweile wird er die Rolle des guten Samariters wohl zu Ende gespielt haben.«

18

Waleri Saljutow war in seinem Büro. Allein. Egle Taurage war nicht bei ihm. Das überraschte Nikita. Er hatte damit gerechnet, Zeuge einer romantischen Szene zu werden, obgleich er bisher nur eine höchst vage Vorstellung davon hatte, was den Besitzer des »Roten Mohn«, einen reifen, älteren Mann, mit diesem blutjungen Mädchen verband, der Schwester von Vitas Taurage, den sie dort im Kaminzimmer so untröstlich beweint, aber erst am Vorabend, vor Kolossows Augen, unbarmherzig aus dem eigenen Zimmer geworfen hatte.

Unklar war vorläufig auch, welche Rolle in diesem verworrenen Beziehungsknäuel Gasarow-Aligarch spielte, der von der Kasino-Wache gleich neben Taurages leblosem Körper festgenommen worden war, den Saljutow vor allen Anwesenden beschuldigt und den Gleb Kitajew ganz eindeutig für die Rolle des Sündenbocks ausersehen hatte.

Macht nichts, das finde ich alles raus, dachte Kolossow forsch. Ihr werdet schon noch nach meiner Pfeife tanzen, ihr Hundesöhne.

Saljutow saß am Schreibtisch, tief in Gedanken versunken, und blickte erschrocken hoch, als Nikita Kolossow und Kitajew polternd sein Büro betraten. Kolossow war entsetzt: Der Chef des »Roten Mohn« sah aus wie ein todkranker Mann. Aber es war wohl kaum das vorzeitige Ableben von Vitas Taurage, das ihn so mitgenommen hatte. Kolossow beschloss, jetzt sei es Zeit, mit offenen Karten zu spielen.

»Waleri Wiktorowitsch, was geht hier vor?«, fragte er scharf und setzte sich unaufgefordert in den Sessel gegenüber von Saljutow. »Begreifen Sie, was in Ihrem Kasino geschieht?«

Saljutow zündete sich eine Zigarette an, und Nikita sah, dass seine Hände verräterisch zitterten. Gleb Kitajew schloss die Bürotür und lehnte sich, wie schon beim letzten Mal, mit dem Rücken dagegen.

»Warum haben Sie mir verschwiegen, dass Sie an dem Tag, an dem Teterin erschossen wurde, einen Termin bei der Staatsanwaltschaft hatten, wegen des Mordes im Haus an der Moskwa?«, fragte Kolossow.

»Ich dachte, es sei nicht meine Sache, die Miliz darüber zu informieren«, antwortete Saljutow leise.

»Wessen Sache denn? Sollte etwa der Generalstaatsanwalt mich Ihretwegen anrufen? Ging es in diesem Verhör um einen gewissen Tengis Milowadse, genannt Chwantschkara? Ja oder nein?«

Saljutow wechselte einen Blick mit Kitajew. Der fuhr mit der Hand verzweifelt durch die Luft: Was habe ich Ihnen gesagt?!

»Nein, man hat mich nicht nach Milowadse gefragt«, erwiderte Saljutow.

»Aber Sie vermuteten, dass die Sprache noch auf ihn kommen würde? Das stimmt doch? Das haben Sie vermutet?«

»Ja, ich habe daran gedacht.«

»Das heißt, Sie hätten dem Staatsanwalt einiges über diesen Mann erzählen können und über seine mögliche Beteiligung an dem Mord, den die Generalstaatsanwaltschaft untersucht?«, fragte Nikita. »Und Sie sind nicht erstaunt über einen so merkwürdigen Zufall, dass ausgerechnet am Tag Ihres Verhörs beim Untersuchungsführer in Ihrem Kasino ein Mord geschieht, ein Mord, der auf den ersten Blick unmotiviert wirkt, als dessen Resultat aber das Kasino geschlossen wurde und Sie fast Ihre Lizenz verloren hätten, wären da nicht Ihre guten Beziehungen gewesen?«

»Ich habe es Ihnen ja gesagt, Waleri Wiktorowitsch!« Kitajew löste sich von der Tür. Seine Stimme klang erregt, fast schreiend. »Aber Sie haben immer nur gezögert, geschwankt, gewartet!«

»Gleich kommen die Männer von der Spurensicherung«, sagte Nikita langsam, »aber ich kann Ihnen auch ohne Experten sagen, wie Vitas getötet worden ist. Wieder so ein seltsamer, untypischer Mord ... Ich denke, es war so: Man hat ihn drüben im Kaminzimmer zuerst mit dem Bronzepferd niedergeschlagen. Als er betäubt am Boden lag, hat man ihn durchsucht, die Pistole aus seiner Pistolentasche genommen – diesmal, beachten Sie, gab es keinen Schalldämpfer – und ihm aus nächster Nähe in den Hinterkopf geschossen. Und beachten Sie auch, der Mörder hat sich nicht um das Risiko gekümmert, das er durch diesen lauten Schuss einging, der im ganzen Haus zu hören war. Ich habe fast den Eindruck, dass er das ganz bewusst getan hat und durch den Krach möglichst viel Aufmerksamkeit auf diesen Mord ziehen wollte. Er hätte es ja auch einfacher haben können: Nachdem er schon einmal mit der Bronzeskulptur zugeschlagen hat, schlägt er ein zweites Mal noch stärker zu, und das war's.

Und nun, verehrter Waleri Wiktorowitsch, möchte ich Sie fragen: Haben Sie eine Ahnung, weshalb diese sonderbare Vorstellung ausgerechnet heute Abend in Ihrem Kasino stattgefunden hat? Könnte der Grund vielleicht sein, dass sich heute viele wichtige Personen hier versammelt haben und ein öffentlicher Skandal und ein Mord in Anwesenheit dieser Leute für den ›Roten Mohn‹ das Ende bedeuten?«

»Heute Morgen wurde Milowadse zum Verhör in die Generalstaatsanwaltschaft bestellt«, antwortete Kitajew anstelle Saljutows. »Ich … ich habe etwas Derartiges erwartet. Bei Gott.«

Kolossow blickte Saljutow lange an. Dann sagte er: »Wissen Sie, Waleri Wiktorowitsch, ich glaube, jemand hat Ihrem Kasino den Krieg erklärt. Mit dem Mord an Teterin wollte man Ihr Geschäft ruinieren und Sie um die Lizenz bringen, aber das ist nicht geglückt. Jetzt aber, nach diesem neuen Mord, wird das Kasino garantiert geschlossen werden. Da helfen auch Ihre Beziehungen nicht mehr. Milowadse selbst ist nicht unter Ihren heutigen Gästen, er war auch am fünften Januar nicht da, das heißt, er selbst kann Teterin und Taurage nicht erschossen haben. So drängt sich ein anderer Schluss auf.«

»Was habe ich Ihnen gesagt!«, fuhr Kitajew erregt hoch. »Einen Maulwurf haben wir hier, einen Maulwurf! Der macht für Chwantschkara die Drecksarbeit!«

»Ich habe das Kaminzimmer untersucht. Dort konnte sich nach dem Schuss niemand verstecken«, fuhr Kolossow fort. »Der Schütze hatte nur zwei Möglichkeiten zu entkommen: in den Flur und von da aus auf die Treppe, wo er leicht in der Menge, die auf den Schuss hin zusammengeströmt war, untertauchen konnte, oder aber …« – er schwieg einen Moment – , »oder er konnte, vorausgesetzt, er hat Nerven aus Stahl, bei der Leiche bleiben, die Pistole auf den Teppich und das Bronzepferd in den Kamin werfen und erklären, er sei als Erster ins Zimmer gerannt, als außer ihm dort noch keiner war.«

»Genau das behauptet Gasarow ja!«, schrie Kitajew. »Ich sagte Ihnen doch, er war es, er war schon dort! Die Wache ist in der Tür mit ihm zusammengestoßen. Er sagte, er habe einen Schuss gehört, sei in den Raum gestürzt, und da, auf dem Teppich …«

»Gasarow werden wir uns sehr gründlich vorknöpfen«, versicherte Nikita, »aber zuerst möchte ich von Ihnen wahrheitsgemäße Antworten auf meine Fragen nach Vitas Taurage hören. Vorhin bei der Untersuchung haben Sie mir zu verstehen gegeben, dass es für Sie kein Geheimnis war, dass Taurage eine Pistole bei sich trug. Was hatte er hier bei Ihnen eigentlich zu tun?«

»Sie sagen das, als hätten Sie mich im Verdacht, ihn engagiert zu haben, um meine Konkurrenten aus dem Weg zu räumen«, bemerkte Saljutow mit einem schiefen Grinsen.

»Zerstreuen Sie meine diesbezüglichen Zweifel.«

»Ach, eine Rotznase war er … Ein unreifer Bengel, der ständig den starken Mann markierte … Tausendmal hab ich ihm gesagt, sei vorsichtig mit der Knarre, spiel nicht mit dem Feuer! Er hat hier im Kasino gearbeitet.«

»Als was?«, erkundigte sich Nikita.

»Er war einer unserer fest angestellten Spieler«, erwiderte Saljutow. »Wenn ein Abend nicht in Schwung kam, so war es seine Aufgabe, die Gäste zu animieren und das Spiel anzuheizen. Daran ist nichts Kriminelles. Alle Kasinos haben solche fest angestellten Spieler. Nun, im Grunde sind es natürlich Lockvögel.«

»Und tragen in allen Kasinos diese Lockvögel Pistolen unter der Achsel?«

»Ich sage ihnen die Wahrheit. Vitas Taurage war von mir nur für die genannte Aufgabe engagiert worden.«

»Wie lange arbeitete er schon für Sie?«

»Ein halbes Jahr.«

»Mir hat er aber gesagt, er trete in Werbefilmen auf und studiere außerdem an irgendeiner Fernsehakademie.«

»Ja, er hat tatsächlich mal bei einem privaten Werbestudio gearbeitet. Das war sein erster Job hier in Moskau.«

»Aha, so ist das. Und dann kam er zu Ihnen, um sich als professioneller Spieler zu verdingen. Hat ihn jemand empfohlen?«

»Ohne Empfehlung hätte ich ihn gar nicht vorgelassen«, antwortete Saljutow trocken.

»Und wer war es, der ihn empfohlen hat?« Nikita ließ nicht locker.

Saljutow zündete sich eine neue Zigarette an. Er schwieg. Sein Schweigen war beredter als alle Worte.

»Arbeitet seine Schwester Egle auch hier im Kasino?«, fragte Kolossow ohne Umschweife.

»Nein.«

»Taurage hat also, wenn ich Sie recht verstehe, die zahlungskräftigen Gäste zum Spielen animiert. Und damit dem Kasino Gewinn gebracht. Woher bekam denn er selbst die Mittel zum Kartenspiel und zum Roulette?«

»Woher? Aus der Kasse«, knurrte Kitajew. »Er erhielt die Chips bei uns an der Kasse, machte möglichst hohe Einsätze, kurbelte das Spiel an ... Seine Gewinne und Verluste gingen nie weiter als bis zur Kasse.«

»Wenn seine Mitspieler dabei waren, zahlte man ihm an der Kasse seinen Gewinn aus, um keinen Verdacht zu wecken, und er gab das Geld später zurück. Von mir bekam er ein Gehalt«, erläuterte Saljutow.

»Auf dem Videoband vom fünften Januar hat Ihre Kamera ihn auf der Treppe aufgenommen, als er gerade aus dem ersten Stock kam«, sagte Kolossow. »Mir hat Taurage nicht gesagt, was er da oben gemacht hat, vielleicht können Sie mir helfen?«

»Er war bei mir, wir mussten über Geldangelegenheiten sprechen«, antwortete Saljutow.

»Ich vermute, Taurage wurde von jemandem erschossen, der genau wusste, dass er eine Pistole bei sich trug«, meinte Kolossow nachdenklich. »Der Mörder selbst hatte diesmal vermutlich gar keine Waffe dabei. Die Pistole, mit der er Teterin erschossen hat, hat er inzwischen vielleicht schon weggeworfen. Oder irgendwo für bessere Zeiten versteckt. Mir scheint, Vitas Taurage wurde heute nur deshalb als Opfer ausgewählt, weil er eine Pistole hatte, mit der man schießen und so die Aufmerksamkeit auf den Mord lenken konnte.«

»Auf der Waffe könnten doch Fingerabdrücke sein oder auf der Türklinke des Kaminzimmers«, brummte Kitajew mürrisch.

»Wird überprüft«, versicherte Nikita. »Bei Fingerabdrücken ist es wie beim Roulette: Entweder hat man damit Glück oder nicht. Meistens nicht.«

»Was sollen wir unsererseits nun tun?«, fragte Saljutow.

»Tja, das Kasino wird wohl geschlossen werden. Faktisch ist es schon geschlossen.« Nikita horchte: Draußen hörte man Polizeisirenen heulen. »In dieser Etappe hat derjenige, der Ihrem Unternehmen den Krieg angesagt hat, einen Sieg errungen.«

»Aber was sollen wir unternehmen?«, wiederholte Saljutow. »Ich möchte Ihren Rat hören, Nikita Michailowitsch.«

»Nun, Sie werden uns wieder helfen.« Kolossow sprach nachdenklich, als sei er noch unsicher, was er nun tun solle. »Sie geben uns eine Liste aller Mitarbeiter des Kasinos und genauere Informationen zu allen Stammgästen, wenn es solche gibt, und davon bin ich überzeugt.«

»Gut, was noch?«

»Wo befanden Sie selber sich zur Zeit des Mordes?«

»Im Großen Saal. Ich begrüßte die Gäste.«

»Wer war dort noch bei Ihnen? Wen haben Sie gesehen, wer war die ganze Zeit da und hat sich nicht entfernt?«

Saljutow überlegte einen Moment.

»Alle Croupiers waren da, zwei Kellner, ein Wachmann der Dienst habenden Schicht und ... der Pit-Boss des Spielsaals war auch noch da, Frau Basmanjuk.«

»Herrn Kitajew haben Sie im Saal nicht gesehen?«

Saljutow blickte Kitajew an. Der fletschte nur finster die Zähne: Also wirklich, was denn noch!

»Ich habe an der Tür gestanden, Shanna hat mich gesehen, wenn Sie Zeugen brauchen«, sagte er zu Kolossow. »Ich hielt Ausschau nach Vitas, den ich herbestellt hatte, der aber nicht erschienen war.«

»Er war nicht gekommen, weil jemand ihn oben im Kaminzimmer zurückgehalten hat«, antwortete Kolossow. »Wie standen er und Gasarow zueinander?«

»Denkbar schlecht«, antwortete Kitajew rasch. »Sie hassten einander bis aufs Blut, der Grund war Vitas' Schwester Egle.«

»Wieso, lebt sie etwa mit Gasarow zusammen?«, wunderte sich Kolossow naiv.

Kitajew warf Saljutow einen raschen Blick zu und nickte dann.

»Der könnte leicht so ein Maulwurf sein«, sagte er giftig. »Um seine Spielschulden zurückzukriegen, tut er alles. Gut möglich, dass er sich Chwantschkara aus freien Stücken angeboten hat. Und außerdem ... Teufel, warum habe ich daran nicht schon eher gedacht!« Kitajew schlug sich mit der Hand vor die Stirn. »Er ist ja ein Landsmann von Milowadse – sie stammen beide aus dem Kaukasus. Vitas hat gedroht, Gasarow umzubringen, wenn er ihn noch ein einziges Mal bei seiner Schwester antrifft. Vermutlich hätte auch Gasarow die Hand nicht gezittert, wenn sich eine Gelegenheit zur Rache geboten hätte, zur Abrechnung ...«

»Welch bequemer Verdächtiger. Der kommt ja wie gerufen.« Kolossow blickte Saljutow an. »Sind Sie derselben Meinung, Waleri Wiktorowitsch?«

Aber Saljutow kam nicht mehr dazu zu antworten. Ohne anzuklopfen, stürmten die Männer des Einsatzkommandos, angeführt von Untersuchungsführer Sokolnikow, ins Büro.

19

Katja und Kolossow trafen sich wieder in der Mittagspause. Sie stieß mit ihm zusammen, als er gerade die Treppe hinunterhastete, in seine Lederjacke und einen dicken, warmen Wollschal eingemummt.

»Guten Tag, Nikita«, grüßte Katja.

»Hallo«, brummte er, lief ein paar Stufen weiter und blieb dann plötzlich stehen, drehte sich um.

»Entschuldige, ich war in Gedanken.« Er lockerte den fest um den Hals geschlungenen Schal ein wenig. »Gehst du essen?«

»Nein, heute nicht. Es schneit zu heftig.«

»Hör mal.« Kolossow sah etwas verwirrt aus. »Ich wollte mich wegen einer Sache mit dir beraten.«

»Was für eine Sache?« Katja spitzte sofort die Ohren.

»Kann man von der Haarfarbe auf den Charakter einer Frau schließen?«

»Was?«, fragte Katja verblüfft.

»Also, wir haben eine Blondine und wir haben eine Brünette. Kann man das als Ausgangspunkt nehmen, um etwas über ihren Charakter und ihre Neigungen zu sagen?«

»Nur nach dem äußeren Schein?«

»Ja. In groben Zügen natürlich.«

Katja klimperte mit den Augen wie eine Puppe: Höchst interessant. Der Chef der Mordkommission hat vor lauter nicht identifizierten Leichen und landesweit gesuchten Serienkillern offenbar ein wenig den Durchblick verloren.

»Wahrscheinlich schon, obwohl du ja selber weißt, wie trügerisch das Äußere eines Menschen sein kann«, sagte sie. »Wozu brauchst du das überhaupt?«

»Wozu?« Er blickte sie immer noch so rätselhaft an. »Weißt du was, Katja. Ich bin gerade sehr in Eile, aber gegen fünf komme ich zurück. Bist du dann noch da?«

»Ja, natürlich.«

»Dann komme ich zu dir. Um fünf. Also abgemacht«, Kolossow lief weiter, »ich muss unbedingt mit dir reden.«

»Über Blondinen und Brünette?«, fragte Katja laut und biss sich sofort auf die Zunge. Gerade kam langsam und würdevoll ein beleibter, höchst ehrbar aussehender General in Uniform die Treppe herauf. Wie ein Eichhörnchen huschte Katja in ihre Etage und lief eilig, mit geschäftigem Gesichtsausdruck, über den Korridor zurück in ihr Büro. Aber innerlich platzte sie fast vor Neugier. Was war geschehen? Was hatte Nikita im Sinn?

Kolossow fuhr inzwischen zum Milizrevier von Skarabejewka. Dort saß der von Sokolnikow für drei Tage in Untersuchungshaft genommene Georgi Gasarow. Man hatte ihn in dieselbe Zelle einquartiert, in der zuvor Maiski gesessen hatte. Maiski war am Vorabend entlassen worden, nachdem er sich schriftlich verpflichtet hatte, die Stadt vorläufig nicht zu verlassen.

Der »Rote Mohn« war nun schon seit zwei Tagen geschlossen. Die Staatsanwaltschaft hatte für die Dauer der Ermittlungen den Spielbetrieb gestoppt und bereits einen Antrag auf Entzug der Lizenz gestellt.

Die Leiche von Vitas Taurage war zur gerichtsmedizinischen Untersuchung in die Anatomie geschickt worden, und die Ergebnisse der Autopsie bestätigten Kolossows Vermutungen voll und ganz. Aber auch sonst gab es viel nervenzerrendes Hin und Her, und ihm brummte schon der Schädel.

Besondere Eile, mit Gasarow zu sprechen, hatte er eigentlich nicht. Sollte der ruhig erst einmal im eigenen Saft schmoren. Telefonisch hatte er bereits einen »Zellen-Rapport« erhalten.

Im Unterschied zu dem erfahreneren Maiski, der auch im Gefängnis den Kopf nicht hängen ließ, litt der Spieler Aligarch heftig und führte sich in der Zelle »gewalttätig und aggressiv« auf. Kaum hatte die eiserne Tür sich hinter ihm geschlossen, begann er durch die Essensklappe die Wächter zu beschimpfen. Die ganze Nacht hämmerte er mit Fäusten und Absätzen gegen die Tür, fluchte, brüllte, verlangte nach dem Staatsanwalt, dem Untersuchungsführer, dem Rechtsanwalt, forderte eine Begründung für seine Festnahme, schrie, er sei unschuldig, er habe niemanden ermordet, und behauptete (das hatte der mit ihm in der Zelle sitzende V-Mann in seinem Rapport als psychologische Nuance im Benehmen des Verdächtigen besonders hervorgehoben) »Saljutow versuche auf diese schändliche Weise, ihn loszuwerden und sich an ihm zu rächen«.

Dass Gasarow in der Zelle den Namen des Kasinochefs aussprach und vor Zeugen von einer offenen Rechnung zwischen ihm und Saljutow redete, war ein interessantes Detail, das man im Auge behalten musste. Mit dem Verhör dagegen brauchte man sich nicht so zu beeilen – hätte Kolossow die Freiheit gehabt, so hätte er den Verdächtigen sogar noch länger in der aufmerksamen Obhut des V-Manns gelassen, bis er von diesem ein klares Signal erhalten hätte, dass der Kunde »reif« sei.

Aber Untersuchungsführer Sokolnikow wollte nicht warten. Er brauchte die Ergebnisse aus dem Verhör Gasarows sofort. Wie er erklärte, hing davon seine weitere Strategie für diesen Fall ab; er plante unter anderem Gegenüberstellungen mit den Sicherheitsleuten des Kasinos. Und obwohl Kolossow es überhaupt nicht mochte, wenn er sich abhetzen musste – gegen diese Argumente der Staatsanwaltschaft konnte er nichts einwenden.

Auf der Fahrt nach Skarabejewka rief er sich die Fragen ins Gedächtnis, die er Aligarch gleich stellen wollte. Anschließend würde er Sokolnikow die Ergebnisse telefonisch mitteilen und dann endlich zur Klärung der »Frauenfrage« schreiten, die ihm seit vorgestern keine Ruhe ließ.

Die Wache brachte Gasarow ins Sprechzimmer – eine Kammer, schmal wie ein Etui. Gasarow trug immer noch denselben schwarzen Anzug, den er am Abend im Kasino angehabt hatte, jetzt aber ohne Krawatte. Auch die Schuhbänder hatte die Wache ihm bei der Durchsuchung weggenommen. Der Anzug hatte nach der Nacht im Gefängnis völlig die Fasson verloren. Nikita dachte: Schwarz ist jetzt im »Roten Mohn« eine Art interne Uniform. Alle Männer tragen korrekte schwarze Anzüge von teuren Schneidern, alle Frauen schwarze, dekolletierte Abendkleider. Der Chef ist in tiefer Trauer, die Witwe seines Sohns trägt ebenfalls Trauerkleidung – sehr schicke übrigens. In Schwarz gehen die Wachmänner, schwarz ist die Uniform des Portiers. Nur die Croupiers im Spielsaal sehen in ihren Jacketts wie rote Krebse aus, und auch diese Egle fällt aus dem Rahmen. Mit ihrem dunkelblauen Seidenkleid und ihren goldblonden Haaren ähnelt sie einer Nixe.

Nach der Lektüre des »Zellen-Rapports« erwartete Nikita auch beim Verhör von Gasarow dieselbe Aggressivität, die er in der Zelle an den Tag gelegt hatte. Aber Gasarow benahm sich völlig anders. Er schaute sich kurz in dem engen Kämmerchen um, blickte den am Tisch sitzenden Kolossow an, setzte sich auf den Stuhl, holte seine Zigaretten hervor (die hatte man ihm bei der Durchsuchung nicht weggenommen) und bat fast schon liebenswürdig: »Wenn ich Feuer haben dürfte.«

Nikita reichte ihm sein Feuerzeug. Gasarow steckte sich eine Zigarette an und atmete durch.

»Na, und nun?«, fragte er. »Übrigens, wer sind Sie eigentlich?«

Er sprach mit einem leichten, wohlklingenden kaukasischen Akzent. Nikita betrachtete ihn interessiert: ein gutaussehender junger Mann, groß, dunkelhaarig, braungebrannt. Er erinnerte sich, mit welcher Geringschätzigkeit Gennadi Obuchow von Aligarch gesprochen hatte, offenbar konnte er ihm die gescheiterte Anwerbung nicht verzeihen. Auch Kitajew hatte nichts Gutes über ihn gesagt. Und dann das wutverzerrte Gesicht von Vitas Taurage, als der Kolossow mit Gasarow verwechselt hatte …

»Kolossow, Leiter der Mordkommission. In welchem Fall ich ermittle, können Sie sich sicher denken. Ich fange bei Ihnen gleich mit den üblichen Fragen an, wenn Sie nichts dagegen haben. Wo in Moskau wohnen Sie?«

»Meine Adresse steht in meinem Pass, aber den haben Ihre Leute ja eingezogen«, sagte Gasarow.

»Ja, die haben wir überprüft, aber die dort angegebene Wohnung haben Sie vor einem halben Jahr verkauft. Wo leben Sie jetzt? Nicht zufällig in der Mytnaja-Straße 14, Wohnung 7?«

»Zufällig doch.«

»Allein?«

»Mit meiner Frau.« Gasarow stieß einen kunstvollen Rauchkringel aus.

»Ihre Frau ist, wenn ich mich nicht irre, Egle Taurage – die Schwester von Vitas Taurage?«

»Ja.«

»Aber in Ihrem Pass ist kein Stempel vom Standesamt.«

»Wer braucht einen Stempel? Wir sind auch ohne Stempel Mann und Frau.«

»Verstehe.« Kolossow nickte. »Womit verdienen Sie sich Ihren Lebensunterhalt?«

»Mal so, mal so, wie's gerade kommt. Geschäfte.«

»Besuchen Sie den ›Roten Mohn‹ häufig?«

»Manchmal.«

»Ihre Frau arbeitet dort?«

»Sie hat dort niemals gearbeitet und wird es auch nie tun.«

»Ich verstehe.« Kolossow nickte wieder nachgiebig. »Sie fahren also einfach ab und zu mit ihr zusammen dorthin, um sich einen netten Abend zu machen. Spielen Sie?«

»Natürlich. Wozu sonst fährt man dorthin?«

»Mit Erfolg?«

»Unterschiedlich.«

»Am Abend des fünften Januar, als der Angestellte Teterin ermordet wurde, waren Sie da im ›Roten Mohn‹?«

»Ja.«

»Allein oder zusammen mit Egle Taurage?«

»Allein.« Gasarow räusperte sich.

Nikita schwieg eine Weile. Das war die erste Lüge. Er erinnerte sich deutlich an die Szene auf dem Video, wo die beiden gemeinsam im Spielsaal zu sehen waren: Das Mädchen redete ihm offensichtlich zu, das Spiel zu beenden, er aber wollte nicht auf sie hören.

»Kannten Sie den verstorbenen Teterin?«, fragte er Gasarow.

»Ja. Alle Stammgäste kannten ihn.«

»Haben Sie ihn am Abend des fünften Januar gesehen?«

»Meinen Sie damit, ob ich die Toilette aufgesucht habe?

Ja, das habe ich. Aber glauben Sie mir, auf den Alten habe ich gar nicht geachtet, ob er hinter seinem Tisch saß oder nicht … wenn der Durchfall einen plagt …«

»Durchfall ist eine tückische Sache«, pflichtete Nikita mitfühlend bei. »Im Volksmund heißt er die Bärenkrankheit. Kommt gewöhnlich, wenn man Angst hat.«

»Angst?«

»Nun, du hast zum Beispiel auf so einen armen alten Opa geschossen, der fällt mausetot um und sein Gehirn spritzt in alle Richtungen. Da kommt dann alles zusammen – die schwachen Nerven, der Schreck über die Tat, die Furcht vor der Strafe«, zählte Kolossow an den Fingern auf. »Da ist es kein Wunder, wenn du den ganzen Abend aufs Klo rennen musst.«

»Was wollen Sie damit sagen? Dass ich Teterin getötet habe?«

»Sie selber haben doch von dem Durchfall angefangen. Ich suche nur nach einem Grund für Ihr Unwohlsein an jenem Abend.«

»Jetzt hör mal, du … Machst du dich etwa über mich lustig?« Gasarow funkelte mit seinen Augen, die schwarz wie die südliche Nacht waren. Gleich zieht er noch einen Dolch, so wie seine kriegerischen Vorfahren, dachte Nikita. »Willst du mich verhöhnen? Erniedrigen?«

»Aber nicht doch.« Kolossow seufzte traurig. »So kommt kein vernünftiges Gespräch zwischen uns zustande.«

»Was nervst du mich denn mit diesem Opa? Überleg doch mal – wozu sollte ich den umbringen?«

Nikita schwieg listig. Bei sich dachte er: Ach, Aligarch, vielleicht weißt du es wirklich nicht, oder vielleicht spielst du auch nur den Dummen – das Motiv liegt in diesem Fall doch auf der Hand …

»Na schön, und wie sind Sie dann ins Kaminzimmer und neben die Leiche von Vitas Taurage gekommen?«, fragte er. »Ganz zufällig?«

»Natürlich! Ich habe den Schuss gehört. Es hat derartig gekracht, dass ich fast taub geworden bin. Wie ich ins Zimmer gerannt bin, lag er auf dem Boden, daneben die Pistole, und es stank wie in einer Pulverkammer. Ich wollte um Hilfe rufen, ich dachte, dieser Idiot hat sich erschossen. Aber da drehten mir auch schon Saljutows Wachhunde die Arme auf den Rücken.«

»Wo befanden Sie sich, als Sie den Schuss hörten?«

»Im Wintergarten.«

»Und Sie haben niemanden gesehen – im Flur, auf der Treppe –, als Sie ins Kaminzimmer liefen?«

»Niemanden, nur ... ihn eben.«

»Sie meinen den Toten? Und Sie glaubten, Vitas habe sich erschossen?«

»Ja, zuerst jedenfalls. Seine Pistole lag auf dem Teppich, ich habe sie gleich wiedererkannt.«

»Sie haben diese Pistole schon früher bei ihm gesehen?«

»Es gab mal so eine Gelegenheit, ja«, antwortete Gasarow finster.

»Können Sie das genauer schildern?«

»Na, was soll ich drum rum reden, Sie kriegen den ganzen Klatsch ja doch zu hören. Ich habe mich mit ihm gestritten. Geprügelt haben wir uns, die Schnauze eingeschlagen. Da hat er seine Knarre gezogen.«

»Was Sie nicht sagen. Na, und aus welchem Grund sollte Taurage sich Ihrer Meinung nach plötzlich erschießen?«

»Ich dachte, vielleicht hat er beim Spiel verloren, vielleicht schuldet er Papa Saljutow einen Haufen Geld. Oder vielleicht hat seine Frau ihn betrogen.«

»Aber Taurage hat nicht Selbstmord begangen. Man hat ihm zuerst eine Bronzefigur über den Kopf geschlagen und ihn anschließend mit seiner eigenen Pistole erschossen.«

Gasarow starrte Kolossow an.

»Und wofür haben Sie mich verknackt?«

»Vorläufig hat man Sie noch nicht verknackt, sondern nur festgenommen. Gegen Sie liegen die Aussagen der Security-Männer vor, die Sie neben der Leiche angetroffen haben.«

»Aber ich erkläre dir doch schon die ganze Zeit auf gut Russisch …«

»Dem Untersuchungsführer kamen Ihre Erklärungen offenbar nicht überzeugend vor. Und ich … ich bin mir noch nicht sicher. Was hatten Sie dort oben denn zu suchen?«

»Nichts Besonderes. Ich wollte mich ausruhen, einen klaren Kopf bekommen. Ich bin in den Wintergarten gegangen, um ein Weilchen im Stillen zu sitzen.«

»Wovon ausruhen? Sie waren doch gerade erst mit Ihrer Frau im Kasino eingetroffen. Wo war sie übrigens? Im Spielsaal? Dort begann ja wohl gerade ein wichtiges Spiel. Wieso haben Sie nicht daran teilgenommen?«

»Das war nicht meine Clique.«

»Vielleicht haben Sie oben jemanden gesucht? Zum Beispiel Vitas Taurage?«, fragte Nikita.

»Was zum Teufel sollte mir der?«

»Aber vielleicht haben Sie dort auch gar nicht Taurage gesucht, sondern jemand anders?« Kolossow blickte Gasarow hoffnungsvoll an. »Vielleicht … Egle, Ihre Frau?«

Gasarow wurde bleich.

»Hör mal, du«, sagte er heiser, »worauf spielst du eigentlich an?«

»Vielleicht hatten Sie den Verdacht, sie könne Saljutows Geliebte sein?«

Nach dieser Frage erwartete Nikita einen wilden Ausbruch südlichen Temperaments. Aber Gasarow ließ nur den Kopf hängen.

»Ich würde ihn eigenhändig erwürgen, wenn da etwas wäre. Aber da ist nichts. Hast du kapiert? Nichts. Aber du … ein Mistkerl bist du, mir, dem Ehemann, solche Fragen zu stellen. Du nutzt es aus, dass du jetzt das Sagen hast …« Gasarow stieß einen ellenlangen Fluch aus. »Und ich muss mich hier von dir demütigen lassen.«

»Gebrauch gefälligst mal deinen Verstand! Du bist in einen Mord verwickelt!« Kolossow verlor allmählich die Geduld. »Gegen dich haben fünf Zeugen ausgesagt. Aber dir gefallen meine Fragen nicht – du fühlst dich gedemütigt, du lieber Himmel. Dir wird man noch ganz andere Fragen stellen!«

»Ich spucke auf die Aussagen dieser Lakaien, kapiert?« Gasarow schlug sich mit der geballten Faust aufs Knie. »Die sagen aus, was Saljutow befiehlt. Sind auf der Pistole meine Fingerabdrücke?«

»Nein«, seufzte Nikita. »Nur die Abdrücke von Taurage. Aber vielleicht warst du ja so schlau und hast Handschuhe getragen?«

»Und wohin habe ich die Handschuhe dann getan? Etwa verschluckt?! Ich bin doch von Kopf bis Fuß durchsucht worden.«

»Aber dort brannte ein Kaminfeuer, erinnerst du dich? Im Kamin haben wir die Bronzefigur gefunden. Dem Metall macht das Feuer nichts. Aber Leder wäre von den Flammen rasch vernichtet worden.«

»Ach, geh doch zum Teufel!« Gasarow wandte sich ab.

»Reg dich ab. Ich bin mir ja noch gar nicht sicher, was ich von all dem halten soll.« Kolossow stützte das Kinn auf die Faust. »Ich gebe zu, es hat mich überrascht, wie schnell du uns dort im Kasino präsentiert wurdest. Fertig verpackt und zugestellt – hier bitte, quittieren Sie. Und diesen Maiski hat man uns ganz genauso serviert. Die Aussagen gegen ihn wurden netterweise auch gleich mitgeliefert. Kennst du Maiski eigentlich?«

»Ja. Und ich sage dir: Der würde nie einen Mord begehen. Dazu fehlt ihm der Mumm. Manchmal verkauft er Drogen und verleiht Geld auf Zinsen. Damit man gleich am Spieltisch seine Verluste wieder reinholen kann. Zinsen auf den Gewinn.«

»Hat er dir auch was geliehen?«

»Ein paarmal, ja.«

»Und du hast wahrscheinlich gleich alles wieder verspielt. Das geliehene Geld samt den Zinsen.« Nikita seufzte. »Man erzählt von dir, dass du in letzter Zeit eine Menge Pech hast.«

»Gerede. Wer sagt denn so was?«

»Obuchow. Kennst du den?«

Gasarow fixierte Kolossow wachsam.

»Obuchow aus der RBOV, der Regionalverwaltung für die Bekämpfung des organisierten Verbrechertums. Ihr habt euch doch erst gut verstanden, aber irgendwie ist die Sache dann in eine Sackgasse geraten.« Nikita grinste spöttisch. »Leider. Wäre doch nicht nötig gewesen.«

Gasarow schwieg.

»Wir haben uns schon vor dem Mord an Taurage für dich interessiert. Wir haben nämlich eine bestimmte Theorie über das Kasino und über den Grund, warum die Leute dort abgeschossen werden wie die Hasen. Und du passt ganz hervorragend in diese Theorie.«

»Was für eine Theorie?«

»Vielleicht kannst du mir das später selber sagen. Kommst von allein drauf. Aber vielleicht musst du auch gar nicht draufkommen, sondern erhältst von der Staatsanwaltschaft eine ausführliche Anklageschrift, in der alles drinsteht.«

»Aber ich habe Taurage nicht getötet! Es gab einen Streit, ja. Wegen meiner Frau. Er hat mich gehasst. Aber ich … Wie hätte ich Egle einen solchen Schlag zufügen können? Ihren eigenen Bruder zu töten? Eher hätte ich mir die Hand abhacken lassen! Sie ist doch meine Frau und seine Schwester. Wie hätte ich so etwas tun können, wie hätte ich ihr danach in die Augen sehen können? Ich liebe sie doch, verstehst du?«

Sein temperamentvoller, überschwänglicher Monolog war bühnenreif. Nikita lauschte geduldig.

»Kehren wir lieber zu Teterin zurück«, schlug er vor. »Erinnere dich genau an jenen Abend. Hast du nichts Ungewöhnliches bemerkt?«

Gasarow atmete nach seinem Gefühlsausbruch heftig. Er zuckte die Achseln – nein.

»Niemand hat an jenem Abend im Kasino etwas Seltsames bemerkt, aber trotzdem ist Teterin umgebracht worden«, sagte Kolossow. »Wir haben Aussagen gegen Saljutows Sohn Philipp. Kennst du ihn?«

»Ja. Ein kalter Fisch. Ich mag solche Leute nicht.« Gasarow schüttelte den Kopf. »Meinen Sie das Geschwätz, das der Portier Peskow über ihn verbreitet hat?«

»Weißt du Näheres?«

»Näheres nicht. Ich hab allerdings mit Philipp und einem Freund von ihm später zusammengesessen, in der Bar, und wir haben über die Sache geredet. Lipa hat noch gesagt, dass er wahrscheinlich an jenem Abend als letzter Teterin lebend gesehen hat.«

»Lipa … Was für ein komischer Spitzname.« Kolossow grinste. »Was seinen Freund betrifft … Das ist doch dieser Legionär, oder? Wie heißt der eigentlich mit normalem Namen?«

»Keine Ahnung.« Gasarow zuckte die Achseln. »Alle nennen ihn Legionär. Er hat in Tschetschenien gekämpft, im ersten Krieg. Das stimmt, da lügt er nicht, in solchen Dingen kann man mich nicht hinters Licht führen. Die richtigen Namen galten bei den Söldnern nichts. Er ist eine zwielichtige Gestalt. Ich hatte nicht viel Kontakt zu ihm.«

»Also, wenn du über Peskows Aussagen Bescheid weißt, dann weißt du vielleicht nicht nur, was er uns über Philipp erzählt hat, sondern auch, was er über Shanna Basmanjuk gesagt hat. Er will gesehen haben, dass sie an jenem Abend aus der Herrentoilette kam.« Kolossow beobachtete seinen Gesprächspartner genau. Der hörte mit sichtlich wachsendem Interesse zu. »Oder ist das für dich neu?«

Gasarow schwieg, als ob er über etwas nachdenken müsste, dann sagte er: »Du hast also eine Theorie, sagst du. Soll ich dir mal eine andere Theorie verklickern? Ich liefere dir eine Idee – und du lässt mich dafür raus, okay? Schließlich bin ich nur festgenommen, nicht verhaftet, das hast du selbst gesagt. Und ich habe keine Lust, hier als Unschuldiger für nichts und wieder nichts zu schmoren. Also, machen wir ein Spielchen: mein Wort gegen deins?«

»Ich habe aber im Moment die besseren Karten. Fünf Zeugenaussagen gegen dich. Da musst du schon im großen Stil dazukaufen, Aligarch.«

»Kein Problem, das riskiere ich.«

»Und was für eine Theorie ist das?«

»Sag mir zuerst – akzeptierst du meine Bedingungen?«

Kolossow überlegte einen Augenblick.

»Na gut. Ich akzeptiere. Den Untersuchungsführer werde ich hoffentlich rumkriegen. Letztlich entkommst du uns ja doch nicht.«

»Also, meine Theorie sieht folgendermaßen aus. Vergiss

aber nicht, ich beschuldige niemanden. Ich spreche nur einfach meine Vermutungen laut aus. Ich weiß nicht, wie es beim Bruder meiner Frau aussieht, aber den alten Teterin hätte Shanna ohne weiteres um die Ecke bringen können.«

Nikita spitzte überrascht die Ohren. Die Sache nahm eine Wendung, an die er bisher noch gar nicht gedacht hatte.

»Du hast mich nach dem Legionär gefragt«, fuhr Gasarow fort, »seinen Namen kenne ich wirklich nicht. Aber dafür weiß ich etwas anderes: Er ist schon seit einem Jahr mit Shanna zusammen. Sie ist hoffnungslos in ihn verknallt. Aber jetzt will er mit ihr Schluss machen, das heißt, er hat schon mit ihr Schluss gemacht, unmittelbar vor Neujahr. Sie ist völlig ausgeflippt, hat ihn auf Schritt und Tritt verfolgt. Er hat sich vor ihr versteckt. Da hat sie, kannst du dir das vorstellen, mich gebeten, ihn ausfindig zu machen. Na, natürlich hab ich nicht nein gesagt. Eine verzweifelte Frau, da muss man doch helfen. Aber das war schon danach. Nach dem fünften Januar. In einer Bar hab ich ihn entdeckt, zusammen mit Philipp Saljutow, mitten in der Nacht. Ich hab Shanna sofort angerufen. Ob du's glaubst oder nicht – sie kam augenblicklich angebraust, um drei Uhr nachts. Vorher war sie völlig aufgelöst: Der Legionär ist verschwunden, wo kann er nur stecken? Zu Hause ist er nicht, ans Telefon geht keiner. Im Kasino hat sie ihm natürlich auch aufgelauert. Aber da gibt es überall Augen und Ohren, du verstehst. Und was glaubst du, was ihr passiert, wenn Kitajew oder Saljutow erfahren, dass sie was mit dem Legionär hat?« Gasarow fuhr sich mit der Handkante über die Kehle. »Sie fliegt im hohen Bogen aus dem ›Mohn‹ raus, da helfen ihr auch keine früheren Verdienste. Nun, ich denke, an jenem Abend hat sie ihn im Kasino gesehen. Aber es gab keinen Ort, wo sie ohne Zeugen mit ihm reden, sich aussprechen konnte, außer der Toilette, begreifst du? Und aus diesem Grund ist sie dorthin gegangen, vielleicht hat sie ihn dort gesucht, vielleicht auch angetroffen. Der alte Teterin war ein hinterfotziger Kerl, ein ganz gerissener Alter. Anständige Leute hat Saljutow im ›Mohn‹ nicht auf der Gehaltsliste, das kannst du mir glauben. Vielleicht ist es ihm geglückt, etwas aufzuschnappen. Er hat sofort seinen Vorteil gerochen und Shanna angehauen, hat ihr gedroht, sie bei Saljutow zu verpfeifen und für sein Schweigen Geld verlangt. Shanna ist eine temperamentvolle, resolute Frau. Die brächte es glatt fertig, ihm das Maul endgültig zu stopfen.«

Kolossow schnaubte verächtlich: blödsinnige Theorie.

»Und warum drohte Shanna die Entlassung, wenn ihre Beziehung zu diesem Typ bekannt geworden wäre? Gibt es etwa eine Vorschrift, die den Angestellten des Kasinos verbietet, Kontakte zu den Gästen zu unterhalten?«

»Nein, aber Saljutow hätte das als persönlichen Verrat betrachtet! Shanna gehört zu seiner Mannschaft. Und den Legionär kann er auf den Tod nicht ausstehen. Er wirft ihm vor, einen schlechten Einfluss auf Philipp zu haben. Der hat ja Vaters Moneten für so einen teuren Schlitten verjubelt. Dazu angestiftet hat ihn angeblich der Legionär. Wegen dieser Sache ist Saljutow stocksauer auf ihn und eifersüchtig wahrscheinlich auch. Aber er kann nichts machen – Philipp und der Legionär sind unzertrennlich, sie sollen sich ewige Freundschaft geschworen haben und Blutsbrüder sein. Also wenn Saljutow zu Ohren käme, dass Shanna mit dem Legionär in die Kiste geht, dann … Glaub mir, dann wäre sie geliefert.« Gasarow legte seine Hand aufs Herz. »Und wenn Teterin das mitgekriegt hat und versucht hat, sie zu erpressen – dann hatte Shanna gar keine andere Wahl. So wie ich sie kenne, schreckt sie vor Blut nicht zurück.«

»Aber hätte der Legionär nicht auch diese Wahl gehabt?«, fragte Kolossow.

»Dazu kann ich nichts sagen. Es waren Shannas Probleme, nicht seine. Ihretwegen ein Mord? Für ihn war die Beziehung ja sowieso zu Ende.« Gasarow schnaufte geringschätzig. »Mehr will ich dazu nicht sagen. Sonst heißt es nachher noch – so ein Mistkerl, die eigene Haut will er retten und reißt dafür alle anderen in die Scheiße.«

»Kann Shanna denn überhaupt mit einer Pistole umgehen?«

»Wieso, ist es etwa so schwer, auf den Abzug zu drücken? Im Übrigen habe ich nur gesagt, was ich denke. Die Schlüsse musst du selber ziehen. Wie steht es mit unserer Abmachung?«

»Die habe ich nicht vergessen. Aber deine Frist läuft erst morgen Abend ab. Ich werde versuchen, bis dahin die Staatsanwaltschaft davon zu überzeugen, dass ein Gasarow in Freiheit uns nützlicher ist als ein eingesperrter.«

Gasarow horchte misstrauisch auf und zog ein finsteres Gesicht – als ahne er die Falle.

»Verstehst du, was ich meine?«, fragte Kolossow leise. »Obuchow hast du damals abblitzen lassen. Aber ich bin nicht er. Ich akzeptiere keine Abfuhr von dir. Bei den Trümpfen, die ich gegen dich in der Hand habe, ist das mein Spiel. Du hast noch genügend Zeit, alles gründlich zu überdenken und dann die einzig richtige Entscheidung zu treffen, mein Lieber.«

20

Nikita verspätete sich um eine Viertelstunde. Katja hatte im Büro des Pressezentrums geduldig auf ihn gewartet. Sie hatte nicht die geringste Ahnung, worüber er sprechen wollte und was diese Blondinen und Brünetten zu bedeuten hatten. Den Mord im Spielkasino hatte sie längst vergessen. Und so war sie unangenehm überrascht, als Nikita wieder auf dieses Thema zurückkam und ihr bedrückt mitteilte, dass in diesem Kasino mit dem seltsam proletarisch klingenden Namen »Roter Mohn« ein weiterer Mord geschehen sei. Nachdem sie den ganzen Tag vor Ungeduld und Neugier fast vergangen war, fühlte sie nur Langeweile und Enttäuschung, als das Wort »Kasino« fiel. Vielleicht deshalb, weil das für sie alles so weit weg war, als wäre es auf dem Mond passiert – unendlich weit entfernt von der Welt, in der sie selbst lebte.

Ja, wenn dieser Fall erfolgreich aufgeklärt würde, könnte er eine echte Sensation sein, und jede Zeitung würde ihr die Story aus den Händen reißen. Aber nicht einmal die Aussicht darauf verlockte sie. Das ist nicht mein Fall, dachte sie. Ich will die Details gar nicht wissen. Wie soll ich ihm bei so einem Fall aus der Welt des Mondes helfen?

»Es interessiert dich überhaupt nicht, wie?«, fragte Kolossow.

Katja hätte beinahe den elektrischen Wasserkocher fallen lassen. Nikita war hungrig wie ein Wolf aus Skarabejewka gekommen, und sie hatte sofort alle Teevorräte des Pressezentrums aus dem Schrank gekramt.

»Nein, wieso, es interessiert mich schon, nur … Du weißt doch, über die Mafia schreibe ich keine Reportagen. Ich kann diese Geschichten nicht ausstehen.«

»Vielleicht war es die Mafia, vielleicht aber auch nicht«, sagte Kolossow.

»Also Saljutow, der Besitzer des ›Roten Mohn‹, und seine Leute haben den Verdacht, dass im Kasino jemand arbeitet, der von ihrem Feind gekauft ist, von diesem, wie heißt er doch … Chwantschkara?« Katja musste einen Moment überlegen, bis ihr der Spitzname von Milowadse wieder einfiel. »Und der in seinem Auftrag im Kasino einen Mord begeht? Habe ich das richtig verstanden?«, fragte sie, als Nikita seinen Bericht beendet hatte und sich über das Gebäck und die Reste des Sandkuchens aus dem Kühlschrank des Pressezentrums hermachte. »Und diesem sogenannten Maulwurf war es ganz egal, wen er umbrachte, Hauptsache, Saljutows Geschäft war damit ruiniert und er verlor seine Lizenz?«

»Mhm, das ist augenblicklich die Haupttheorie.«

»Und das Ziel von alledem ist die Absicht, Saljutow einzuschüchtern und ihm die Möglichkeit zu nehmen, über diesen Milowadse-Chwantschkara irgendwelche entlarvenden Aussagen im Zusammenhang mit einem anderen Mord zu machen, dessen Auftraggeber eventuell Milowadse sein könnte?«

»Ja. Genauer gesagt, Saljutow soll nicht eingeschüchtert werden, ihm soll grundsätzlich die Lust auf fremde Geheimnisse vergehen, er soll froh sein, wenn er aus der Bredouille wieder herauskommt und das Geschäft, in das er so viel Geld gesteckt hat, retten kann.«

»Weißt du, Nikita, das ist alles irgendwie zu kompliziert«, sagte Katja.

»Aber trotzdem logisch.« Er seufzte. »Und vor allem, im Kasino glauben sie selber, dass das der Grund für die Morde ist. Aber weißt du, was mich stört? Jeder, von dem ich dir erzählt habe – ob er nun im Kasino angestellt ist oder ob er Gast ist – könnte der von Milowadse gekaufte Mann sein. Abgesehen natürlich von Saljutow selbst und vielleicht noch seinem Sohn und Erben. Aber einige der Verdächtigen haben außer diesem Hauptmotiv für den Mord auch noch andere, rein persönliche Motive. Zum Beispiel Gasarow-Aligarch. Über ihn hat man mir im Kasino gesagt: Er könnte durchaus der von Chwantschkara bezahlte Auftragskiller sein, aber Vitas Taurage hätte er auch aus persönlichen Gründen, wegen dessen Schwester Egle, ermorden können. Oder diese Shanna Basmanjuk. Plötzlich kommt da so eine Liebesgeschichte zum Vorschein. Offenbar hat sie eine Affäre mit einem der Kasino-Gäste. Teterin, dieser armselige Tropf, könnte sie damit erpresst haben, und deshalb hat sie ihn getötet. Ist doch auch ein Motiv, wenn auch ein ziemlich bescheuertes. Übrigens, Katja, sag mir eins«, Kolossow goss sich etwas heißen Tee nach, »hältst du es grundsätzlich für möglich, dass eine Frau, die nicht mehr ganz jung ist, materiell keine Sorgen hat, klug und geschäftstüchtig ist, sich soweit vergisst, dass sie einem jungen Kerl bis in die Herrentoilette nachläuft?«

»Aber Gasarow hat doch gesagt, sie hätten sich zerstritten und die Kasino-Toilette sei der einzige Ort gewesen, wo sie mit ihm sprechen konnte, ohne die Aufmerksamkeit Außenstehender zu erregen.«

»Ja, aber prinzipiell, kannst du dir das vorstellen? Diese letzte Grenze überschreiten … den Rubikon gewissermaßen … Was die weibliche Selbstachtung betrifft, meine ich.«

Katja maß Kolossow mit einem Blick: Rubikon, was du nicht sagst.

»Na, wo's einen überkommt«, sagte sie. »Dass Liebende sich in öffentlichen Toiletten treffen, steht schon bei Henry Miller. Alles eine Frage von Temperament und Gefühl. Das haben wir nicht immer unter Kontrolle.«

»Das weiß ich auch. Wer ist Henry Miller?«

»Ein Schriftsteller, den du mal in deiner freien Zeit lesen solltest, aber möglichst bald, sonst bist du für solche Bücher zu alt.« Katja seufzte. »In diesem Fall darf man wohl nichts ausschließen. Aber aufgrund der Indizien und Details vermutest du doch sicher selbst, dass beide Morde von ein und derselben Person begangen wurden. Und nun das: Jemand von diesen Leuten kann des einen Mordes verdächtig sein, und für den anderen hat er ein Alibi, und umgekehrt.«

»Wer immer es war, ein Ziel hat er jetzt erreicht. Das Kasino ist geschlossen worden. Und diesmal werden Saljutow all sein Geld und seine Beziehungen zu den Behörden nicht helfen. Eine kriminelle Spielhölle – wer von unseren mächtigen Politbossen will sich da die Finger schmutzig machen?« Nikita schnaufte unwillig. »Mir tut der Mann direkt Leid.«

»Saljutow?«

»Ja. Heute musste er zum Verhör zur Staatsanwaltschaft.«

»Ja, und?«, fragte Katja.

»Na, ich weiß nicht, was deren Oberboss, dieser General, da ausbrütet. Von meiner Seite kann ich nur sagen: Wenn der ›Rote Mohn‹ zugemacht wird, werden wir diesen Fall nie aufklären. Der Maulwurf geht wieder in Deckung, und an uns bleiben zwei unaufgeklärte Mordfälle hängen. Wenn aber das Kasino weiter laufen würde wie zuvor, dann … dann hätten wir doch wenigstens so eine Art Operationsfeld.«

»Aber ihr legt doch nicht die Hände in den Schoß, oder? Diesen Gasarow zum Beispiel habt ihr festgenommen.«

»Den lasse ich bald wieder frei.« Kolossow seufzte tief auf. »Ich hab's ihm versprochen.«

»Wird der Untersuchungsführer das erlauben?«, fragte Katja ungläubig.

»Draußen ist er uns ja nützlicher als in der Zelle. Wir werden beobachten, was er unternimmt, mit wem er sich trifft, welche Kontakte er anknüpft. Du darfst nicht vergessen: Wenn er der Maulwurf ist, kann er uns zum Auftraggeber der Morde führen. Das wird auch die Staatsanwaltschaft begreifen – wenn nicht sofort, dann doch sehr bald.«

»Also ist es doch nur eine Auseinandersetzung innerhalb der Mafia«, sagte Katja enttäuscht, »ziemlich verzwickt zwar, aber ...«

»Das heißt, du willst mir nicht helfen?«

»Nikita, wie könnte ich dir dabei denn helfen?«, fragte Katja ehrlich verwundert. »Ich war noch nie in meinem Leben in einem Spielkasino und werde wohl auch nie eins besuchen.«

»Habe ich dich etwa gebeten, das Kasino in Augenschein zu nehmen? Das mache ich schon selbst. Nein, es geht mir um eine ganz andere Frage, in der ich ein völliger Laie bin. Es geht um die weibliche Natur. Die Seele, meine ich. Sofern Frauen eine haben, natürlich.«

»Ich verstehe dich nicht ganz, Nikita.«

»Ich mache es kurz: Mit der männlichen Hälfte des Kasinos komme ich allein klar. Aber im ›Mohn‹ gibt es drei Frauen: Saljutows Schwiegertochter Marina, diese Egle Taurage und die Angestellte Shanna Basmanjuk. Verhören wird man sie alle drei, aber die Verhöre, da bin ich mir sicher, werden nicht viel bringen, nur den Aktenberg anschwellen lassen. Ich möchte dich, Katja, bitten, dir diese Frauen mal näher anzuschauen. Zumindest die beiden jüngeren – Saljutows Schwiegertochter und diese Egle. Sieh sie dir an, mach dir ein Bild von ihnen. Mit etwas Glück lernst du sie vielleicht sogar näher kennen.«

»Wie stellst du dir das vor? Ich kenne sie bisher nicht einmal vom Sehen!«

»Wie – das werden wir gemeinsam überlegen. Einverstanden?«

Katja war verwirrt. Fast hätte sie mit einer bissigen Bemerkung geantwortet, aber dann brummelte sie doch nur: »Also, ich weiß nicht … wenn du meinst, das nützt was …«

»Na, wenn nichts dabei herauskommt – auch gut. Ich sage dir ehrlich, Katja, allein werde ich aus denen nicht schlau. Das sind für mich Geschöpfe von einem anderen Stern.« Er seufzte. »Und Sokolnikow wird auch nichts Gescheites zuwege bringen. Für dich ist die Welt des Kasinos, wie du sagst, so weit weg wie der Mond, aber für mich ist eure Welt, die Welt der Frauen, Alpha Zentauri.«

»Glaubst du im Ernst, Saljutows Schwiegertochter könnte ein Maulwurf sein?«, fragte Katja spöttisch.

»Ich weiß nicht. Nein.« Kolossow schüttelte den Kopf. »Gesehen habe ich diese Marina erst zweimal, und auch da nur flüchtig. Es ist etwas Ungewöhnliches an ihr. Etwas Seltsames … Schön ist sie wie ein Fotomodell, aber … irgendwas stimmt nicht mit ihr. Allerdings hat sie ja erst vor kurzem ihren Mann verloren, das hat sie sicher sehr mitgenommen …«

»Sie ist die Brünette?«, fragte Katja.

»Ja. Die Blondine ist Egle Taurage. Bei ihr blicke ich überhaupt nicht durch: Wer ist sie, was tut sie im Kasino? Sie lebt mit Gasarow zusammen, der bezeichnet sie als seine Frau. Und Saljutow … Der nimmt sie vor Gasarows Augen, in aller Öffentlichkeit, in seine Arme.«

»Aber da stand sie durch den Tod ihres Bruders unter Schock. Vielleicht wollte Saljutow sie nur beruhigen.«

»Du hast die beiden nicht gesehen – ihn und Gasarow. Ob der Alte auf Gasarow eifersüchtig ist? Jedenfalls ist das alles ziemlich seltsam. Wenn so ein Nymphchen um einen fast Sechzigjährigen, der ihr Vater sein könnte, herumschwirrt, steckt meist nichts Gutes dahinter.«

»Glaubst du, diese Egle ist Saljutows Geliebte?«

»Tja, was kann sie im Kasino sonst sein, wenn sie dort nicht angestellt ist und der Boss ihr derartige Aufmerksamkeit schenkt?«, fragte Kolossow finster grinsend. »Ich vermute, er ist scharf auf sie, und Gasarow stört ihn dabei. Vielleicht hat sich Egles Bruder ja auch deswegen mit Gasarow überworfen, weil er sein Schwesterchen lieber in Saljutows Bett legen wollte, um von dem dann entsprechend belohnt zu werden.«

»Du wirst geschmacklos! Sie ist sicher auch sehr schön?«

»Ja, sie sieht ganz passabel aus. Sogar sehr passabel.«

»Vielleicht hat Saljutow sich in sie verliebt? Liebe kennt keine Altersgrenzen. Aber was nützt es zu spekulieren. Sehen wir uns diese geheimnisvollen Damen gemeinsam näher an. Allerdings, Nikita … Tiefschürfende Persönlichkeitsstudien darfst du von mir nicht erwarten, zur Psychoanalytikerin tauge ich nicht.«

»Wunderbar.« Kolossow erhob sich rasch von seinem Stuhl. »Morgen fangen wir an. Bitte fahr nirgendwohin und bleib nach der Arbeit noch hier. Wenn sich etwas ergibt, müssen wir improvisieren.«

Katja zuckte misstrauisch die Achseln. Sie konnte sich ihre Aufgabe und Rolle bei der geplanten Aktion absolut nicht vorstellen. Improvisieren … Was sollte sie über einen völlig unbekannten Menschen sagen, auf den sie vielleicht nur einen flüchtigen Blick werfen konnte?

21

Nikitas Bemerkung über das Improvisieren ließ Katja keine Ruhe. Die ganze Nacht tat sie kein Auge zu und wälzte sich von einer Seite auf die andere. Nicht die finsteren Geheimnisse des »Roten Mohn« beunruhigten sie, nicht die mysteriösen Morde, auch nicht die Schachzüge der geplanten Operation. Nein, die Frage, die ihr den Schlaf raubte, war viel subtiler: Wenn wirklich alles auf die Schnelle improvisiert werden musste, was sollte sie in so einem Fall anziehen?

Krawtschenko schlief noch wie ein Murmeltier, als Katja um halb fünf Uhr morgens, von Überlegungen und Zweifeln zermürbt, leise aus dem Ehebett schlüpfte, auf Zehenspitzen zum Schrank schlich, eine Sporttasche herauszog und dann in tiefster Finsternis ihre Garderobe durchmusterte.

Die Idee, die ihr gekommen war, war so einfach wie genial: Sie musste nur so viele Sachen wie möglich mitnehmen, um dann abhängig von der Situation das Passende auszuwählen. Schließlich war die Aufmachung bei so einer Operation schon der halbe Erfolg! Zuerst landete ein sportliches Outfit auf dem Boden der Tasche (für den Fall, dass sie irgendwo im Grünen, im Schoß der Natur, »improvisieren« musste). Danach packte Katja ein Businesskostüm ein, dann kam die Reihe an ein Abendkleid mit passenden Schuhen. In diesem Moment flammte im Zimmer Licht auf. Krawtschenko war aufgewacht und hatte die Nachttischlampe angeknipst.

»Aha«, äußerte er bei Katjas Anblick nachdenklich. »Wie darf ich das verstehen? Scheidung und Wiederannahme des Mädchennamens?«

»Ich bin plötzlich aufgewacht … und konnte nicht wieder einschlafen, und da fiel mir ein, dass so viele Sachen in die Reinigung müssen.« Katja zog rasch den Reißverschluss der Sporttasche zu. »Auch welche von dir. Hab ich dich geweckt? Das tut mir Leid.«

Krawtschenko wälzte sich auf dem Bett herum und warf die Decke zurück.

»Was ist denn noch?«, fragte Katja streng. »Wieso guckst du so unzufrieden?«

»Na weißt du! Da wacht man mitten in der Nacht auf und sieht, wie die eigene Frau heimlich ihre Sachen packt. Und sich auch noch beschwert, wie ich gucke.«

»Ich hab dir doch erklärt, das kommt alles in die Reinigung.« Katja kehrte ins Bett zurück, schlüpfte unter die Decke und zog Krawtschenko an sich.

»Wirklich, Katja, wo willst du hin?«

»Nirgends. Das ist nur eine Maskerade für einen Kriminalfall«, seufzte Katja und schmiegte sich noch enger an die vertraute breite Brust ihres Göttergatten. »Ein Mord. Genauer gesagt schon zwei. Ich soll mir eine der Zeuginnen ansehen.«

»Mord? Wo?«

»In einem Spielkasino, es heißt ›Roter Mohn‹«, erwiderte Katja.

»Das in der Rubljowka?« Krawtschenko stieß einen Pfiff aus. Offenbar hatte er von diesem Ort schon gehört. »Und was ist das für eine Zeugin?«

»Die Schwester eines Ermordeten und gleichzeitig die Freundin eines Verdächtigen. Sie verkehrt auch in diesem Kasino. Na, du verstehst, um so eine Frau kennen zu lernen, muss ich entsprechend aussehen, nicht wie irgendeine Landpomeranze.«

»Da solltest du noch viel mehr in die Tasche stopfen. Wann darf man dich zurück erwarten?«

»Keine Ahnung, vermutlich wird es länger dauern.« Katja küsste Krawtschenko auf den Hals. »Schlaf, Liebling, es ist noch früh. Mach das Licht aus.«

Krawtschenko knipste die Lampe aus.

»Du bist verrückt«, sagte er. »Eine Abenteurerin.«

Katja tastete im Dunkeln nach seinen Lippen und legte ihm die Hand auf den Mund.

»Verrückt«, wiederholte er, »und ich bin bekloppt, mir das alles anzuhören und zu erlau... Und wage es nicht, mich zu küssen und mir den Mund zuzuhalten, ich bin noch nicht am En...«

Es fiel ihr nicht schwer, weitere freche Bemerkungen zu unterbinden.

Den folgenden Tag im Büro verbrachte Katja mit Warten. Mal starrte sie das Telefon an, mal sah sie nach ihrer Tasche im Schrank. Jeden Moment konnte er kommen, der Anruf aus der Mordkommission. Die Operation beginnt, man setzt ihr kurz die Lage auseinander, und sie entscheidet, was sie am besten anzieht. Aber es verstrich eine Stunde, eine zweite, eine dritte. Die Mittagspause ging vorüber, es folgten zwei lange, langweilige Stunden – und allmählich wurde Katja böse. Was sollte das heißen! Den ganzen Tag saß sie hier schon wie angeleint und wusste nicht einmal, worauf sie wartete! Dabei hatte sie mehr als genug eigene Arbeit. Womöglich musste diese »Improvisation« erst noch einen Monat in der Mordkommission reifen? Sollte sie dann vielleicht einen ganzen Monat hier neben ihrem Schrank sitzen und warten?

Der Arbeitstag war zu Ende. Katja setzte sich im verwaisten Büro des Pressezentrums auf eine Fensterbank und starrte trübsinnig auf die verschneite dunkle Nikitski-Gasse und die Fenster des Zoologischen Museums auf der anderen Straßenseite, die eins nach dem anderen verloschen. Er hat mich gebeten zu bleiben, dachte sie, und ich bleibe bis acht. Dann reicht es mir. Schließlich will ich hier nicht übernachten.

Viertel vor acht begann sie, müde und erbittert, sich langsam anzuziehen. Sie suchte schon nach dem Schlüssel, um das Büro abzuschließen, als plötzlich laut das Telefon schrillte.

»Katja, guten Abend, ich bin hier unten. Komm rasch runter, wir fahren gleich in eine Bar, in der Egle Taurage sitzt.«

Katja konnte gar nichts mehr erwidern, Kolossow hatte schon wieder aufgelegt. Sie zog rasch wieder ihren Pelzmantel aus und holte die Tasche aus dem Schrank. »Bar« hatte er gesagt. Was für eine Bar? Vielleicht ein Nachtklub? Was für eine Sorte Nachtklub? Nikita war das offensichtlich alles eins, dabei war so etwas doch wichtig. Die Atmosphäre spielte in solchen Fällen eine große Rolle.

Katja schüttelte die Sachen aus der Tasche, überlegte einen Augenblick und wählte dann das Abendkleid aus. Sie rannte zum Spiegel, um ihr Make-up zu erneuern. Dann zog sie ihren Mantel wieder an und steckte sich die Abendschuhe unter den Arm – die konnte sie im Auto anziehen. Im Laufschritt nahm sie die Treppe nach unten und wühlte unterwegs noch hastig nach dem Parfumfläschchen in ihrer Handtasche.

Auf dem Rücksitz von Kolossows Shiguli lümmelte sich ein finster aussehender junger Hüne.

»Darf ich vorstellen, Katja – Einsatzleiter Iwan Bindjushny. Wir beide haben gerade einen Schlachtplan ausgeheckt.«

Bindjushny drückte ihre Hand so vorsichtig, als sei sie aus Glas.

»Die Wohnung der Taurage wird observiert«, sagte er und schaute Katja finster und bedeutsam an. »Sie ist in den letzten Tagen nicht aus dem Haus gegangen, nicht einmal Telefonanrufe hat sie beantwortet. Aber heute Mittag kam sie plötzlich zu uns aufs Revier und wollte den Chef sprechen. Hat ihn gebeten, Gasarow zu entlassen, und geschworen, er sei am Tode ihres Bruders unschuldig. Sogar ein Alibi hatte sie sich für ihn zurechtgelegt. Na, wir haben sie freundlich hinauskomplimentiert: Die Ermittlungen dauern noch an. Sie ist nach Moskau zurückgekehrt und durch die Straßen geschlendert. Jetzt ist sie in einer Bar in der Suworow-Straße gelandet und trinkt seit sechs Uhr abends Gin.«

Egle Taurage saß allein an einem Ecktisch. Die Bar hieß »Cayo Coco«. Ihre Füße hatten sie wie von selbst hergetragen – früher war sie hier oft mit Gasarow gewesen. Und noch früher, vor langer Zeit, war sie hier manchmal als Tänzerin aufgetreten. Bei einer solchen Gelegenheit hatte sie auch Igor Saljutow und seinen jüngeren Bruder Philipp kennen gelernt, die Stammgäste im »Cayo Coco« waren. Manchmal kamen sie zu zweit, manchmal zusammen mit Igors Frau Marina.

Hier konnte man still in einer Ecke sitzen, brauchte niemandem etwas zu erklären, konnte einfach dem Saxofonisten auf der kleinen Bühne zuhören und trinken, trinken. Gott sei Dank auf Kredit.

Egle erhob sich und ging unsicher schwankend auf die Theke zu. Der Barkeeper lächelte sie mitfühlend an. Sie bat um einen weiteren Gin Tonic. Da hörte sie hinter sich laute, erregte Stimmen. Egle drehte sich um.

»Ich hätte das gar nicht tun müssen!«

»Aber es hat dich ja auch niemand darum gebeten!«

»Man könnte ja denken, dass nur ich das gewollt hätte!«

»Ich will überhaupt nichts mehr von dir! Nichts!«

An einem Tisch gleich neben der Bühne saß ein Pärchen, das offenbar mitten in einer Beziehungsdiskussion steckte. Egle lächelte spöttisch. Ganz so wie wir … Wie albern und lächerlich das auf Außenstehende wirkt. Wie dumm …

Der junge Mann war ein richtiger Hüne. Wuchtig, quadratisch. Er erinnerte Egle an die Security-Männer im »Roten Mohn«. Der gleiche Typ, dachte sie. Seine Freundin, eine große junge Frau in einem schwarzen Abendkleid, sah gar nicht übel aus, sehr elegant. Wahrscheinlich hatte sie schon einiges getrunken. Auch wie ich, dachte Egle.

»Von mir aus hau doch ab!«, schrie das Mädchen so laut und wütend, dass sogar der gleichmütige Barkeeper hinter der Theke zusammenzuckte. »Ich halte dich nicht! Arrivederci!«

»Dann gehe ich!«. Der Mann schob polternd seinen Stuhl zurück.

»Dann geh doch!« Das Mädchen schlug mit der Faust auf den Tisch. »Und wage es nicht, mich noch einmal anzurufen!«

»Ich dich anrufen? Du selber wirst noch auf Knien angekrochen kommen, du dumme Gans!«

»Dreckskerl!«

Der Mann stand auf, ging zur Theke und bezahlte. Der Barkeeper setzte an, um ihm etwas Tröstliches zu sagen – mach dir keine Sorgen, das kommt schon wieder in Ordnung. Aber der junge Mann winkte nur ab und stürzte zum Ausgang. Als das Mädchen begriff, dass er es ernst meinte, schoss sie augenblicklich von ihrem Stuhl hoch.

»Wohin willst du? Komm zurück! Hörst du? Komm zurück!«

Ich verzeihe dir alles, fügte Egle in Gedanken hinzu. Mein

Gott, wie dumm sich das alles anhört. Und wie oft haben wir genauso gestritten …

Das Mädchen fiel auf den Stuhl zurück. Egle sah, dass sie sich nur mit Mühe beherrschte, nicht vor lauter Kränkung, Zorn und verletzter Eigenliebe loszuheulen.

»Nicht weinen, der kommt wieder«, sagte Egle laut. Das alles kannte sie aus eigener Erfahrung nur allzu gut. Eigentlich waren sie beide, dieses Mädchen und sie, Schwestern im Unglück. »Ein Paar Stiefel«, wie die Russen sagten.

Katja hatte zwar gehofft, dass irgendeine Reaktion erfolgen würde, zuckte nun aber doch zusammen: Du lieber Gott, es funktioniert! Und sie hatte schon Angst gehabt, Bindjushny und sie könnten mit ihrer »Szene« zu dick aufgetragen haben. Bindjushnys Stimme hatte sich angehört wie eine besoffene Trompete. Und auch sie hatte es – wenn auch mit einiger Mühe – geschafft, den munter aufspielenden Saxofonisten auf der Bühne zu übertönen. Sie hatten gerade erst eine Viertelstunde hier gesessen, da hatte Bindjushny ihr ein Zeichen gegeben – legen wir los mit unserer Komödie, solange unsere Verdächtige noch nicht zu betrunken ist. Aber in eben diesem Augenblick setzte der Saxofonist zu dem Foxtrott aus der Fernsehserie »Jeeves and Wooster« an. Als Katja ihre Beleidigungen herauskreischte, verfiel sie unwillkürlich in den Rhythmus dieses verflixten Liedes und erschrak nicht schlecht bei dem Gedanken, dass alles verlogen und unnatürlich wirken könne. Und dass Egle Taurage gleich wie der große Stanislawski rufen würde: »Ich glaube es nicht!«

Aber es funktionierte. Egle sprach sie von sich aus an, wollte sie trösten und aufrichten. Also musste sie die Komödie weiterspielen und durfte sich keine Blöße geben.

Melodramatisch schluchzte sie auf: »Dieser unselige Idiot hat mich in dieses Loch geschleift! Weißt du«, sie schaute Egle vertrauensvoll an, »wir wollten eigentlich zur Puschkinskaja, in die ›Garage‹, zum Tanzen. Aber er gibt ja keine Ruhe, ehe er nicht alle Kneipen abgegrast und sich bis zur Bewusstlosigkeit besoffen hat. Lässt mich glatt hier sitzen! Und ich ... hier, sieh mal«, Katja zeigte ihre in Abendschuhen aus Wildleder steckenden Füße, »ich habe die Stiefel im Auto gelassen. Und das Geld reicht nicht mal fürs Taxi. Schwein!« Erbittert schüttelte sie ihre Handtasche und kippte Schlüssel, Kosmetiktäschchen und ein paar zerknitterte Zehnrubelscheine auf den Tisch.

»Nur ruhig, ärgere dich nicht.« Egle setzte sich auf den Stuhl gegenüber Katja, die Beine versagten ihr plötzlich den Dienst. »Es gibt Schlimmeres. Wer ist er? Dein Mann?«

Katja dachte unwillkürlich: Diese Egle Taurage ist nicht nur sehr schön, sondern auch gutherzig – so lebhaft auf den Kummer einer ihr völlig unbekannten Frau zu reagieren.

»Wir leben zusammen«, antwortete Katja und schluchzte wieder auf. »Wie oft wollte ich ihn schon verlassen, dachte, jetzt reicht es, Schluss! Aber dann taucht er wieder auf, wirft sich auf die Knie, bittet um Verzeihung. Es ist einfach zum Verzweifeln! Verlassen kann ich ihn nicht, ertragen auch nicht. Und was machst du hier so allein? Hast du dich auch mit deinem Typ verkracht?«

»Den hat man eingebuchtet. Heute war ich bei der Miliz, sie lassen ihn nicht raus.«

»Eingebuchtet? Weshalb denn?«, fragte Katja flüsternd. »Drogen?«

»Mein älterer Bruder ist ermordet worden. Vor zwei Tagen.« Egle fuhr sich mit der flachen Hand übers Gesicht und wischte die Tränen, die ihr in die Augen traten, fort. »Und ihm will man den Mord in die Schuhe schieben. Aber er war es nicht, er hätte Vitas nicht töten können. Er ist unschuldig.«

Katja scharrte die zerknüllten Rubelscheine zusammen (sie hatten sie in Kolossows Auto aus allen ihren Portemonnaies herausgesucht – Kolossow hatte erklärt, das sei notwendig, des Kolorits wegen), nickte dem Barkeeper zu, und der brachte ihnen noch je ein Glas Gin und nahm das Geld an sich.

»Trink«, sagte sie. »Wie heißt du?«

»Egle.« Die Zähne des Mädchens stießen klirrend an den Rand des Glases.

»Erzähl mal der Reihe nach. Ich verstehe nicht, wieso glauben die Bullen, dein Freund könnte deinen Bruder ermordet haben?«

»Vitas hat ihn gehasst.« Wieder wischte sich Egle mit einer jähen Bewegung die Tränen weg. »Vitas war mein Bruder. Mit meinem Freund ... meinem Mann bin ich seit zwei Jahren zusammen. Klar, wir haben uns gestritten, so wie ihr, so wie alle es tun. Deiner trinkt, meiner spielt. Karten, Roulette. Und ständig hat er Schulden. Manchmal nimmt er auch mein Geld und verspielt es bis zur letzten Kopeke. Er hat kein Glück. Er ist hitzig und leichtsinnig. Meinem Bruder hat das irgendwann gereicht, er ist furchtbar wütend geworden und hat mich beschimpft. Ihn hat er auch beschimpft. Aber niemals, niemals hätte mein Mann ihn umgebracht! Ich kenne ihn doch. Er ist verrückt, ein kompletter Irrer, aber er ist nicht schlecht. Und er liebt mich. Niemals hätte er so etwas getan.«

»Du liebst ihn wohl sehr?«, fragte Katja.

»Wahnsinnig.« Egle fasste sie am Arm. »Ich schreibe ihm sogar Gedichte, kannst du dir das vorstellen? So was ist mir noch nie passiert. Wenn er verurteilt wird und ins Gefängnis kommt, was wird dann aus mir? Dann kann ich mich nur noch aus dem Fenster stürzen. Oder von der Brücke springen.«

»Das schlag dir aus dem Kopf, hörst du? Deinem Freund wird nichts passieren. Sie werden ihn eine Weile festhalten und dann freilassen«, erklärte Katja überzeugt. »Und komm ja nicht auf solche Gedanken ... Sag mir lieber, was für Gedichte schreibst du ihm? Über die Liebe?«

»Über alles. Was für ein Mensch er ist. Willst du mal eins hören?«

»Gern«, nickte Katja.

»Warte, lass mich überlegen.« Egle holte tief Luft. »Das habe ich erst vor kurzem geschrieben:

Schön und schlank ist der Bergbewohner,
Dunkeläugig und sonnverbrannt.
Eine schwarze Perle in reichem Geschmeide,
Ein Brillant unter edlen Rubinen.
Ein goldner Adler des Himmels
Im Schwarme verschreckter Krähen.
Dort reitet er seines Wegs:
Ein Pferd, so leicht wie der Wind,
Und ein gemeißelter Schatten.
Mit Salomos Siegel ist sein Bild
Meinem Herzen auf ewig eingeprägt.
Wie könnte ich je ihn vergessen?«

Das müsste Nikita jetzt hören, dachte Katja, wie diese zarte, zerbrechliche, kleine Blondine den in U-Haft sitzenden Aligarch einen »Brillanten« und »goldenen Adler des Himmels« nennt. Wie viele unterschiedliche Worte es doch für ein und denselben Menschen gab! Für Kolossow war er ein Tatverdächtiger. Für die verliebte Egle eine »schwarze Perle«.

»Aber jetzt«, Egle schluchzte, »bin ich niemand. Ein Nichts. Früher habe ich Ballettunterricht genommen, habe als Tänzerin gearbeitet. Auch hier in dieser Bar. Aber das ist vorbei.«

»Und was machst du jetzt?«

»Nichts, ich lebe einfach. Geld habe ich überhaupt keins mehr. Georgi hat auch nichts, und dann spielt er noch. Wenn er gewinnt, können wir essen und trinken und Klamotten kaufen. Wenn er verliert, und das ist fast immer … Na, dann bleibt uns nur, andere Leute anzubetteln.«

»Anzubetteln? Wie meinst du das?«

Egle seufzte bitter auf.

»Sehr einfach. Ich kenne da einen Menschen. Er ist gut. Sehr gut. Älter als ich. Und unglücklich. Er hilft mir immer, wenn ich in Schwierigkeiten bin. Immer. Im Grunde ist es eine Art Almosen, aber … was soll ich tun? Ich muss leben. Wie hast du dich vorhin ausgedrückt – verlassen kannst du ihn nicht …«

»Und ertragen auch nicht«, ergänzte Katja. »Das ist wahr.«

Sie hätte zu gern gefragt: Wer ist dieser Mensch, der dir hilft? Doch nicht etwa Saljutow? Aber in diesem Moment fiel ein Schatten auf den Tisch. Katja hob den Kopf – zwei unbekannte junge Männer. Der eine groß und kräftig, mit recht angenehmem Äußeren, wäre da nicht seine eingeschlagene Nase gewesen. Der andere etwas kleiner, mager, blass und dem Aussehen nach erheblich jünger. Der Größere trug eine Motorradjacke mit Nieten, sein Begleiter einen teuren braunen Alpakamantel mit gewaltigem Pelzkragen, der an seiner schmächtigen Gestalt wie der Gehrock seines Urgroßvaters wirkte.

»Hallo«, sagte der Große, »hier steckst du also. Du hast schon Nerven, Egle. Wer ist das – eine Freundin von dir?«

»Philipp … Ich weiß nicht, was ich tun soll.«

Egle wandte sich nicht an den Sprecher, sondern an den Jungen im Mantel. Katja begriff, wer die beiden waren.

»Wenn du kannst, hilf mir … Er ist doch unschuldig.«

»Ich würde dir ja gern helfen, aber was kann ich tun?«, sagte Philipp Saljutow leise.

Sie blickte ihn eine Weile an, dann machte sie eine resignierte Handbewegung. Beinahe hätte sie dabei noch das Gleichgewicht verloren und wäre gefallen.

»Wir müssen sie nach Hause bringen«, sagte Philipp zu seinem Begleiter (Katja erinnerte sich, dass Kolossow ihn nur unter dem Spitznamen »Legionär« kannte).

Der andere beugte sich zu dem Mädchen hinunter: »Komm, Egle, steh auf, du kannst dich auf mich stützen. Ich besorge ihr ein Taxi«, sagte er zu Philipp, »wir können sie hier nicht so hilflos hängen lassen.«

Philipp nickte und sagte plötzlich zu Katja: »Was glotzt du mich so an, Puppe?«

»Der Kragen ist zu klein für dich«, fauchte Katja. »Der Schneider hätte noch mehr Pelz nehmen sollen.« Sie fasste Egle an der Hand. »Komm, lass uns gehen.«

Zusammen mit dem Legionär führte sie Egle nach draußen. Sofort kam ein Taxi angerollt – nachts standen sie abrufbereit vor der Bar.

»Setz dich ruhig mit rein, ich bezahle«, sagte der Legionär.

»Nicht nötig«, antwortete Katja.

Der Legionär schob Egle in den Wagen, nannte eine Adresse und gab dem Fahrer Geld. Katja wickelte sich fester in ihren Mantel. Nur in Pumps im Schnee herumzustehen war verteufelt kalt!

»Wenn du Lust hast, können wir ja noch tanzen gehen«, meinte der Legionär lächelnd.

»Und wo lassen wir deinen Grünschnabel?«

»Das ist mein jüngerer Bruder.«

Katja wusste genau, dass Philipp Saljutow nicht sein Bruder war. Warum sagte der Legionär nicht – ein Freund von mir, ein Bekannter?

Sie schaute sich um: An der Ecke des Nachbarhauses stand Kolossows Shiguli. Dort wurde sie ungeduldig erwartet. Es hatte ja auch niemand vorhersehen können, dass der Legionär und Philipp Saljutow heute Abend in dieser Bar auftauchen würden.

»Ich kann nicht, es ist zu spät, ich muss nach Hause«, antwortete sie, »ein andermal vielleicht.«

»Kann ich deine Telefonnummer haben?«

Und Katja gab ihm tatsächlich ihre private Telefonnummer. Die dienstliche konnte sie ihm nicht gut geben – ganz Moskau kannte die ersten drei Zahlen und wusste, zu welcher Behörde sie gehörten!

»Ich rufe dich an«, versprach der Legionär.

Langsam ging Katja über den glatten, vereisten Bürgersteig auf den Wagen zu. Der Legionär kehrte in die Bar zurück. Katja dachte später noch oft an diese Begegnung zurück. Sie sollten sich niemals wiedersehen. Es war eine verpasste Chance. Damals wusste sie das freilich noch nicht.

22

Der folgende Morgen begann für Kolossow mit einer wichtigen Konferenz. In der Nikitski-Gasse trafen ein: Untersuchungsführer Sokolnikow, Vertreter der Bezirks- und Generalstaatsanwaltschaft, die Leiter der Bezirks- und Regionalverwaltungen für die Bekämpfung des organisierten Verbrechertums sowie Gennadi Obuchow, Chef der Spezialabteilung »A« aus eben dieser RBOV. Eine derart hochkarätige Versammlung gab es nur in sehr wichtigen Fällen. Offenbar wurde der Fall des »Roten Mohn« an höherer Stelle schon zu dieser Kategorie gezählt.

Und richtig, auf der Konferenz wurde nur eine Frage besprochen – der Stand der Ermittlungen im Kasino-Fall. Obwohl alle Anwesenden zu Worte kamen und ihre Meinung äußerten, entstand doch der Eindruck, dass sowohl das RBOV wie auch die Generalstaatsanwaltschaft mit vielem zurückhielten.

Als Kolossow an der Reihe war zu berichten, gab er der Versammlung einen Überblick über die »von der Mordkommission in Angriff genommenen Maßnahmen«. Er beendete seinen Vortrag mit einer äußerst pessimistischen Prognose: Wenn der »Rote Mohn« seine Lizenz verlöre und schließen müsste, würde das »die Ermittlungen weit zurückwerfen«.«

»Und was schlagen Sie stattdessen vor?«, fragte ein Vertreter der Generalstaatsanwaltschaft unzufrieden. »Nach zwei

Morden, die im Kasino begangen wurden, diese Räuberhöhle wieder zu öffnen?«

»Es ist keine Räuberhöhle«, widersprach Kolossow. »Und ich persönlich meine, nur so kann man alle Verdächtigen im Blickfeld behalten. Außerdem haben wir auf diese Weise ein sehr wirksames Druckmittel gegen Saljutow, mit einer nicht zu unterschätzenden Perspektive für die Zukunft.«

»Was für eine Perspektive?«, fragte der Vertreter der Generalstaatsanwaltschaft mit gespielter Naivität und wechselte einen Blick mit dem Chef der Moskauer RBOV.

»Die Perspektive für eine engere Zusammenarbeit zwischen unseren Behörden und für eine gemeinsame Bearbeitung der Mordfälle im Kasino und im Haus an der Moskwa«, antwortete Kolossow und fing den billigenden Blick Obuchows auf.

Der Chef der Moskauer RBOV bat nach der Konferenz sowohl Kolossow wie auch den Leiter der Spezialabteilung »A« darum, noch etwas zu bleiben.

Das Material, das er ihnen zeigte, betraf Tengis Milowadse, genannt Chwantschkara. Nikita und Obuchow sahen Videofilme, in denen das Bürogebäude Milowadses und seine Privatvilla observiert wurden. Sie bekamen Berichte aus den Strafkolonien zu sehen, in denen der Parfumkönig von Moskau vor noch gar nicht so langer Zeit Haftstrafen zwischen fünf und zwölf Jahren Dauer hatte absitzen müssen.

Kolossow las diese Dokumente und Berichte und dachte: Wenn das alles ist, was sie gegen Chwantschkara in der Hand haben ... Das nützt uns so viel wie heiße Umschläge einem Toten. Vielleicht waren die Informationen, über die Saljutow verfügte, bis jetzt tatsächlich das einzige Verbindungsglied zwischen Chwantschkara und diesem Mord.

Er betrachtete die Fotos von Milowadse, die im Laufe der Observierung gemacht worden waren – ein korpulenter älterer Mann, aber immer noch eine attraktive, gepflegte Erscheinung. Sein Haar war zwar schon silberweiß, doch er trug noch modische, jugendlich geschnittene Sportjacketts von Gucci. Er war zum vierten Mal verheiratet, seine Frau war fünfundzwanzig Jahre jünger und hatte ihm bereits zwei Söhne – ein Zwillingspärchen – geboren.

Nur schwer konnte man sich vorstellen, dass dieser Mann der Auftraggeber für die Morde in Moskau und im »Roten Mohn« war. Doch gleich nach seiner ersten Vorladung bei der Generalstaatsanwaltschaft hatte sich Milowadse an das spanische Konsulat gewandt und ein Visum für sich und seine ganze Familie beantragt. Angeblicher Zweck der Reise: »Erholung«. In Spanien besaß er eine Immobilie – die Villa »Esmeralda« in dem kleinen Urlaubsort Lloret de Mar. Die Staatsanwaltschaft war zwar eigentlich nicht gewillt, Milowadse aus dem Land zu lassen, aber ohne wichtige Gründe konnte man ihn nicht festhalten. Man hätte schon konkrete Beweise für Milowadses Beteiligung an den Morden gebraucht. Und ein anderer Belastungszeuge als Saljutow (selbst wenn er nur ein indirekter Zeuge war) war weit und breit nicht in Sicht.

Nikita sah, dass die Moskauer, auch wenn sie wie üblich sehr wichtig und geheimnisvoll taten, seiner Anregung, die Fälle zusammenzulegen und gemeinsam zu bearbeiten, nicht abgeneigt waren. Aber vorläufig überlegten sie noch. Solange diese Überlegungen andauern, dachte er, ist es meine Aufgabe, den Maulwurf im Kasino zu suchen. Vielleicht ist das ja die Spur zu Chwantschkara, die sie trotz aller Bemühungen nicht entdecken können.

Nachdem er in sein Büro zurückgekehrt war, widmete er sich den aktuellen Aufgaben. Flüchtig ging er die Observierungsberichte über Taurages Wohnung in der Mytnaja-Straße und über den inzwischen entlassenen Gasarow-Aligarch durch. Erstaunlich, aber er hatte Untersuchungsführer Sokolnikow gar nicht überreden müssen. Am Morgen vor der Konferenz hatte Sokolnikow ihn beiseite genommen und ihm erklärt, er habe das gegen Gasarow gesammelte Beweismaterial geprüft, es für nicht ausreichend gehalten, um Mordanklage zu erheben, und sei daher gezwungen gewesen, den Verdächtigen zu entlassen. Dabei hatte Sokolnikow sich dauernd umgesehen, und Kolossow begriff, dass er sich ohne direkte Anweisung der Generalstaatsanwaltschaft niemals über die Aussagen der fünf Security-Männer des Kasinos hinweggesetzt hätte, auf die er gleich zu Beginn so vertraut hatte. Aber Kolossow ließ sich nicht anmerken, dass er merkte, woher der Wind wehte.

In den Observierungsberichten der letzten Nacht war zu lesen, dass Gasarow direkt aus dem Untersuchungsgefängnis nach Moskau gefahren war, an der Metrostation »Oktjabrskaja« ausgestiegen und von dort zu Fuß zur Mytnaja-Straße gegangen war. Als Egle Taurage aus der Bar nach Hause kam, wartete Gasarow schon auf sie. Die Nacht verbrachten sie gemeinsam und hatten laut Bericht die Wohnung um elf Uhr morgens immer noch nicht verlassen.

Kolossow ging zu den Verhören von Taurages Nachbarn in der Kommunalwohnung über. Sie bestätigten einstimmig, dass Gasarow ständig in der Wohnung lebe und dass es bei den Besuchen von Egles Bruder Vitas zwischen diesem und Gasarow, aber auch zwischen ihm und Egle, oft zu lautstarken Auseinandersetzungen gekommen sei. Die Nachbarn hatten mehr als einmal gehört, wie Vitas seiner Schwester vorgeworfen hatte, sie ließe ihrem Lebensgefährten alles durchgehen, er plündere sie aus bis aufs Hemd und lebe auf ihre Kosten wie ein »verfluchter Parasit«.

Kolossow registrierte ein interessantes Detail: Vitas stritt sich in Anwesenheit der Nachbarn mit seiner Schwester nicht in seiner litauischen Muttersprache, sondern auf Russisch, offenbar absichtlich, damit alle in der Wohnung verstanden, was er von Egles Liebhaber hielt.

Kolossow zündete sich eine Zigarette an und dachte nach. Katja hatte ihm ihren Eindruck von diesem Mädchen schon gestern im Auto mitgeteilt, als er und Bindjushny sie nach Hause gebracht hatten. Von ihrem Bericht war er ehrlich gesagt enttäuscht. Dabei hätte er selbst nicht richtig erklären können, was er von dieser »Brautschau« erwartet hatte.

Schön, gutherzig, etwas naiv und sehr ehrlich, das war Katjas Eindruck von Egle Taurage gewesen, außerdem hätte sie, ihrer Kleidung nach zu urteilen, keinen schlechten Geschmack und ... sie sei bis zur Besinnungslosigkeit in Gasarow verliebt. Genauso hatte Katja sich ausgedrückt: verliebt bis zur Besinnungslosigkeit.

Saljutow senior hatte Egle, nach Katjas Aussage, nur flüchtig erwähnt, als einen »guten Menschen«, der ihr helfe. Kolossow hatte gehofft, sie könne sich, betrunken wie sie war, über die Art ihrer Beziehung zu Saljutow verplappern. Er war felsenfest überzeugt, dass Egle mit Saljutow schlief und dieses Verhältnis vor Gasarow verbarg. Aber Katja teilte diese Überzeugung nicht. Man habe in Egles Augen lesen können, dass es für sie niemanden als Gasarow gebe.

In ihren Augen lesen ... also wirklich! Und dabei hatte sie gesagt, zur Psychoanalytikerin tauge sie nicht. Kolossow schnaubte, als er sich an diese Worte erinnerte. Ach, ihr Frauen! Wem ihr alles glaubt – blauen Augen, heißen Tränen, Liebesgedichten. Nein, zwischen der hübschen Blondine und Saljutow war garantiert etwas. Es konnte gar nicht anders sein! Egle hatte ja selbst gesagt: ein guter Mensch, der ihr hilft. Und was bedeutet das? Er gibt ihr Geld. Na, und wer würde wohl für ein solches Püppchen Geld herausrücken, ohne eine Gegenleistung zu erwarten?

Ungefähr diese Gedanken hatte er Katja gestern im Auto auseinander gesetzt. Und eine trockene Abfuhr erhalten: Du hast mich gebeten, sie mir mal anzusehen, ich habe sie mir angesehen und dir meine Eindrücke mitgeteilt. Versuch mir jetzt nicht etwas einzureden, was ich an dieser Frau nicht sehe. Wenn du so klug bist, Nikita, hättest du mit Bindjushny selbst in die Bar gehen und dir dein eigenes Bild machen sollen.

Kolossow zog es, nicht zu streiten. Katja fragte etwas verschnupft, wann die nächste »Brautschau«, die von Marina Saljutowa, stattfinden solle. Er antwortete ohne besonderen Enthusiasmus, hier handele es sich um einen erheblich komplizierteren Fall. Wie nämlich aus den Observierungsberichten hervorging, lebte Saljutows Schwiegertochter abgeschottet in Iljinskoje und ging fast nie aus dem Haus.

Katja bat ihn, sie mit den Ergebnissen der Observierung bekannt zu machen. Er versprach es. Damit trennten sie sich. Katja stieg vor ihrem Haus aus, Nikita sagte: »Danke für die Hilfe.« Und bekam zur Antwort: »Gern geschehen.«

Nun suchte er nach kurzem Zögern aber doch alle notwendigen Materialien über Marina Saljutowa heraus, um sie Katja zu geben. Sie würden sich mit der brünetten Schönen ja doch gemeinsam befassen müssen.

Da kam ein Anruf von der Pforte: Jemand wünsche dringend, Kolossow zu sprechen. Nikita stand auf. Wer mochte das nun wieder sein? Im Foyer erblickte er hinter dem Bogen des Metallsuchgeräts Gleb Kitajew. Der Sicherheitschef des »Roten Mohn« sah äußerst erregt aus.

»Guten Tag, Nikita Michailowitsch, entschuldigen Sie, dass ich Ihnen so ins Haus falle, aber die Angelegenheit duldet keinen Aufschub«, sagte er. »Nein, nicht in Ihrem Büro, lassen

Sie uns in meinem Wagen darüber sprechen, er steht gleich vor der Tür.«

»Was ist passiert?«, fragte Kolossow, als Kitajew ihn auf die Straße zog.

»Waleri Wiktorowitsch möchte Sie unbedingt sprechen«, flüsterte Kitajew, »er wartet im Auto. Die Sache ist die, vor einer Stunde bekam er einen Anruf aus der Staatsanwaltschaft, man schlägt ihm vor … Nein, das soll er Ihnen besser selbst erklären.«

An der Straßenecke parkte ein schwarzer Jeep »Toyota Cruiser« mit getönten Fensterscheiben. Kolossow setzte sich auf den Rücksitz neben Saljutow.

»Guten Tag. Ich brauche Ihren Rat«, sagte Saljutow. »Ich glaube, Sie werden mir eine ehrliche Auskunft geben.«

»Die Staatsanwaltschaft hat sich also schon bei Ihnen gemeldet?«, fragte Nikita und dachte bei sich: Schnelle Truppe, so rasch hatte ich damit nicht gerechnet.

»Ja, heute Morgen. Jakowlew, der Hauptuntersuchungsführer für besonders wichtige Fälle, hat mich zu Hause angerufen. Er hat mich schon beim letzten Mal verhört.« Saljutow zog ein Taschentuch aus seiner Manteltasche und zerknüllte es. »Er bat mich, oder eigentlich war es schon mehr ein Befehl, heute um zwölf bei ihm zu erscheinen. Er garantiert mir, dass der ›Mohn‹ wieder geöffnet wird, wenn ich einwillige, seine Fragen so erschöpfend wie möglich zu beantworten.«

»Fragen nach Milowadse«, sagte Kolossow.

»Ja.«

»Haben Sie Milowadse denn im Verdacht, an jenem Mord beteiligt gewesen zu sein?«

»Ich verdächtige niemanden, ich kann nur einige Ansichten äußern.«

»Nun, auch das reicht ja bisweilen aus, Waleri Wiktorowitsch. Und was möchten Sie von mir? Welchen Rat? Ob Sie auf diesen Handel eingehen sollen oder nicht?«

»Ja.« Saljutow blickte Kolossow an. »Ich möchte Ihre Meinung dazu hören.«

»Ich weiß nicht, Waleri Wiktorowitsch. Ihre Aussagen werden gebraucht. Sie sind wichtig. Aber … Sie können sich sicher auch die Folgen eines solchen Schrittes vorstellen. Ich übrigens auch, wenn ich an die beiden letzten Leichen denke.«

»Sie meinen, unser Haus könnte seinen Chef verlieren?«, fragte Saljutow mit spöttischem Lächeln.

»Genau das meine ich«, sagte Nikita. »Allerdings verspreche ich Ihnen, alles zu tun, damit es so weit nicht kommt.«

»Das tröstet mich. Sie wollen wohl prüfen, ob vor Ihnen ein Feigling sitzt?«

»Da gibt es nichts zu prüfen, Waleri Wiktorowitsch. Sie sind kein Feigling. Ein starker Mensch sind Sie, ein sehr starker, so, wie Sie alle Schicksalsschläge ertragen.«

»Und was würden Sie an meiner Stelle tun?«, fragte Saljutow.

»An Ihrer Stelle würde ich es bestimmt nicht zulassen, dass irgend so ein Mistkerl mich in die Knie zwingt und mein Geschäft ruiniert.«

Sie schwiegen. Nikita dachte: Jetzt müsste man ihn ganz unerwartet mit der Frage nach Egle Taurage konfrontieren.

Saljutow bat Kitajew um eine Zigarette. Der holte aus dem Handschuhfach widerwillig eine Packung »Davidoff«.

»Ich wollte damit aufhören, aber ich schaffe es einfach nicht. Meine eigenen habe ich absichtlich nie dabei. So muss ich bei Gleb schnorren.« Saljutow bot Kolossow ebenfalls eine Zigarette an. »Was soll ich Jakowlew sagen? Helfen Sie mir, mit dieser Sache fertig zu werden.«

»Das ist unsere Arbeit. Ich glaube, wir werden noch mehr als ein Gespräch über dieses Thema führen.« Kolossow schaute auf seine Uhr: »Es wird Zeit für Sie. Dort kommt man besser nicht zu spät.«

Der schwarze »Toyota Cruiser« verschwand im dichten Verkehrsstrom. In sein Büro zurückgekehrt, forderte Kolossow sofort die Daten der Ausweiskontrolle an, die nach dem Mord an Teterin im Kasino durchgeführt worden war. Die Liste war beeindruckend: Dutzende von Namen und Adressen. Aber im Moment brauchte Nikita nur einen einzigen Namen – den des Mannes mit dem Spitznamen Legionär.

Dass dieser Typ gemeinsam mit Philipp Saljutow plötzlich im »Cayo Coco« auftauchen würde, das hatten natürlich weder er noch Bindjushny oder Katja erwartet. Kolossow hatte ihn in der Dunkelheit zunächst gar nicht erkannt, er hatte ihn ja zuvor nur einmal im Kasino gesehen, und auch das nur flüchtig.

»Legionär« schrieb er sich in sein Notizbuch, unterstrich das Wort dick und setzte ein Fragezeichen dahinter. Wirklich, was wussten sie schon über diesen Burschen? Nur, dass er der Busenfreund von Philipp Saljutow war und, laut Aussage seines Vaters und Gleb Kitajews, einen enormen Einfluss auf Philipp hatte. Glaubte man Gasarow, hatte der Legionär in Tschetschenien gekämpft und war anschließend Autorennen gefahren. Was wusste man sonst noch über ihn? Eigentlich nichts, außer dass er ein Verhältnis mit dieser Basmanjuk haben sollte, die seine Mutter hätte sein können. Und dass Gasarow-Aligarch ihn beiläufig als »zwielichtige Gestalt« bezeichnet hatte. Aber Aligarch war selbst kein Engel. Was konnte er am Legionär so zwielichtig finden?

Nikita rief im Vorzimmer seines Chefs an und fragte die Sekretärin, ob Gennadi Obuchow noch im Präsidium sei. Während die Verbindung zum Leiter der Spezialabteilung »A« hergestellt wurde, fasste er im Geist die Fakten zusammen. Ein ehemaliger Tschetschenienkämpfer – der sollte ja wohl mit einer Waffe umgehen können. Ein Rennfahrer – das musste ein kaltblütiger, mutiger, ja waghalsiger Mann sein, gewohnt, sein Geld auf riskante Weise zu verdienen. Die Art, wie die beiden Morde im Kasino begangen worden waren, ließen auf einen kühnen, furchtlosen und kaltblütig-berechnenden Menschen schließen. Was ergab sich daraus?

Dass man diesen Legionär dringend genauer unter die Lupe nehmen musste. Wie konnte es nur sein, dass sie in all den vergangenen Tagen nicht einmal seinen richtigen Namen festgestellt hatten!

Obuchow meldete sich am Telefon.

»Gut, dass ich dich noch antreffe«, sagte Kolossow. »Beantworte mir eine Frage: Ist in dieser Datenbank, die du mir letztes Mal vorgeführt hast, in Bezug auf Saljutows Kasino noch so ein Typ von der Sorte Gasarows registriert?«

In normale menschliche Sprache übersetzt bedeutete das: Hat das RBOV für seine Zwecke im Kasino noch jemand anderen angeworben?

»Wer konkret interessiert dich?«, fragte Obuchow.

»Mich interessiert ein gewisser Legionär.«

»Nein, der ist mir unbekannt. Bei uns ist er nicht registriert. Wer ist das denn?«

»Ein Freund von Philipp Saljutow.«

»Ach, so ein Milchbubi?«, brummte Obuchow enttäuscht.

»Nein, er ist schon an die dreißig. Soll sogar in Tschetschenien gewesen sein.«

»Nein, über den haben wir nichts. Wie ist denn sein Familienname?«

»Haben wir noch nicht festgestellt. Na gut, habt ihr denn

vielleicht etwas über Kitajew und eine gewisse Shanna Basmanjuk?«

»Das sind Mitarbeiter von Saljutow«, erwiderte Obuchow sofort. »Sie haben zusammen mit ihm angefangen. Kampfgefährten gewissermaßen, Mitglieder seiner Mannschaft. Strafrechtlich bisher nicht in Erscheinung getreten. Kitajew ist Saljutow bedingungslos ergeben, er gehört fast zur Familie – kaum vorstellbar, dass er gegen ihn arbeiten könnte. Obwohl … kommt drauf an, für wen und wie viel gezahlt wird. Wem kann man heute noch trauen? Was diese Basmanjuk angeht, habt ihr über die denn irgendwelche Erkenntnisse oder Fakten?«

»Nein, nein, außer verworrenen Zeugenaussagen nichts. Wir überprüfen sie gerade.«

Wenn man jemanden nach dem Legionär fragen könnte, überlegte Kolossow, nachdem er sich von Obuchow verabschiedet hatte, dann ja wohl zuerst seinen Freund Philipp und diese Tussi aus dem Kasino. Beide werden natürlich nicht die Wahrheit über ihn sagen, denn der eine ist sein Freund und die andere seine Geliebte, wenn es stimmt, was Gasarow behauptet. Es ist aber irgendwie angenehmer, sich mit einer Dame zu unterhalten. Außerdem muss Madame Basmanjuk mir sowieso noch einige andere Fragen beantworten.

Er kehrte zu seiner Liste zurück und suchte Shannas Adresse und Telefonnummer heraus. Soll ich ihr eine Vorladung schicken oder sie anrufen? Oder soll ich ihr vielleicht heute Abend einen unerwarteten Besuch abstatten? Der Überraschungsfaktor kann bei solchen Gesprächen sehr nützlich sein.

»Nikita, hallo, träumst du? Ich wollte mir das versprochene Material abholen.«

Kolossow zuckte zusammen und schaute von seinen Papieren hoch. Katja. Frisch, vergnügt, herzlich. Sie war so leise ins Büro gekommen, dass er sie gar nicht gehört hatte. Tja, da hatte er ja seinen Überraschungsfaktor im Umgang mit Frauen …

»Die Informationen über Marina Saljutowa meine ich«, erklärte Katja. »Wie wir es gestern verabredet hatten. Hast du's etwa vergessen?«

»Nein, ich habe alles herausgesucht.« Er stand auf und reichte ihr eine Mappe. »Guck's dir an, dann wirst du selbst begreifen, dass man an die Witwe viel schwieriger herankommen wird als an diese Taurage.«

»Na, dann tschüs, träum weiter. Ich erwarte deinen Anruf.«

Und fort war sie. Kolossow setzte sich wieder an seinen Schreibtisch. Im Büro hing noch der Duft ihres Parfums. Frauen …

Entschlossen griff er zum Telefon. Ja, so musste man vorgehen. Er wählte die Dienstnummer von Shanna Basmanjuk. Zwar war das Kasino geschlossen, aber die Dame musste ja an ihrem Arbeitsplatz sein. Saljutow zahlte seine hohen Gehälter wohl kaum fürs Nichtstun.

»Hallo, ich höre.«

»Shanna Markowna?«, fragte er mit strenger, grabestiefer Stimme.

»Ja, ich bin es. Wer spricht?«

»Kolossow, Major der Miliz, Mordkommission. Wir haben im Zusammenhang mit den beiden Mordfällen im Kasino einige Fragen an Sie. Kommen Sie bitte ins Präsidium.«

»Jetzt sofort?«

Ihre Stimme klang verändert, gleichsam geschrumpft, als sei sie plötzlich an Angina erkrankt.

»Morgen um zehn. Bringen Sie Ihren Pass mit, ich stelle Ihnen einen Passierschein aus.«

Er legte auf und wählte sofort eine weitere Nummer – die der technischen Abteilung. Schon seit mehreren Tagen wurden die Telefone des Kasinos abgehört. Aber jetzt konnte es nicht schaden, auch die Privatnummern der Bürgerin Basmanjuk »anzuzapfen« – ihr Telefon zu Hause und ihr Handy. Wem würde diese Shanna Markowna wohl heute Abend noch erzählen, dass sie so unerwartet und energisch zur Miliz bestellt worden war?

23

Die Observierungsberichte, die Kolossow Katja so großzügig überlassen hatte, strotzten nur so von Partizipien: Schicht übernommen, Schicht übergeben, Zielperson eingetroffen, Zielperson abgefahren. Alle Berichte widmeten sich fast ausschließlich der Beschreibung des Tagesverlaufs der Angestellten, ihrer Ankunft in und ihrer Abfahrt aus Iljinskoje – Stubenmädchen, Krankenpflegerinnen, Wachleute. Der Kasino-Besitzer Saljutow selbst war entweder tagsüber gar nicht observiert worden oder die Berichte über ihn lagen noch, wie Katja vermutete, im Safe der Mordkommission, und sie hatte nur unvollständige Informationen bekommen, aus denen sie sich mühevoll zusammenreimen musste, dass Saljutow in diesen Tagen sein Haus in Iljinskoje gewöhnlich um halb neun verließ und erst nach Mitternacht dorthin zurückkehrte. Katja kam gar nicht auf die Idee, dass der Chef des »Roten Mohn« in den letzten anderthalb Monaten nach dem Tod seines ältesten Sohnes nur ein einziges Mal in Iljinskoje übernachtet hatte. Hätte ihr jemand gesagt, dass er alle anderen Nächte entweder in einem Zimmer des Landhotels »Desna« oder aber in seinen Privaträumen im Kasino verbracht hatte, so hätte sie sich für diese Tatsache bestimmt interessiert und versucht, den Grund dafür herauszubekommen. Aber die Spezialisten, die die Villa in Iljinskoje überwachten, argwöhnten auch nichts dergleichen. Und auch Kolossow ahnte nichts davon.

Bei der Lektüre der Berichte fiel Katja auf, dass Saljutows Wache in den letzten Tagen erhöhte Sicherheitsvorkehrungen rund um die Villa in Iljinskoje traf. Offensichtlich war Saljutow nach dem zweiten Mord im Kasino ernstlich auch um sein privates Umfeld besorgt und bemühte sich, seine Enkel, seine Schwiegertochter und die bei ihnen lebende greise Tante zu schützen. Zu Katjas großem Bedauern waren die Informationen über Saljutows Familie äußerst spärlich – nur die nötigsten Angaben zur Person, sonst nichts.

Marina Saljutowa verließ das Haus tatsächlich fast nie. Im Zeitraum der Observierung war sie nur einmal nach Moskau gefahren, wo sie etliche teure Geschäfte am Kutusowski-Prospekt besuchte. Begleitet wurde sie vom Chauffeur Ravil Rachimow und dem Leibwächter Fjodor Palzew. Verschiedene exklusive Modeboutiquen, ein Juweliersalon und eine Weinhandlung für französische Markenweine – das waren die Orte, die Marina bei ihrem kurzen Rundgang aufsuchte. In jedem Geschäft verbrachte sie fünf bis fünfzehn Minuten, nirgends kaufte sie etwas, sondern schaute sich die Waren nur an. Und überall folgte ihr der Leibwächter auf den Fersen. Katja schob diese öde Aufzählung seufzend beiseite. Da fiel ihr Blick plötzlich auf eine kurze Mitteilung, die mit der Hand auf das Formular eines Verhörprotokolls geschrieben war. Es handelte sich um die inoffizielle Befragung der Krankenpflegerin Serafima Polunina, die kurz nach dem ersten Mord (laut Datum am sechsten Januar) durchgeführt worden war, noch bevor man angeordnet hatte, das Haus in Iljinskoje zu observieren.

Auch darin ging es, wie in den vorhergehenden Berichten, vorwiegend um die tägliche Routine. Die Krankenpflegerin erzählte von Saljutows Enkeln und seiner alten Tante Polina, für deren Pflege sie eingestellt worden war.

Katja las den Absatz, der ihr Interesse geweckt hatte, noch einmal: »Unsere Madame ist nach dem Tod ihres Mannes ganz trübsinnig geworden, aber trotzdem achtet sie immer noch sehr auf ihr Aussehen. Vielleicht sogar noch mehr als früher. Manchmal setzt sie sich in ihrem Schlafzimmer vor den Spiegel und schaut sich nur immer an ... Jeden Donnerstag fährt sie um zehn Uhr morgens die Kinder zum Sportklub nach Krylatskoje. Ein sündhaft teurer Klub ist das, Fitness-Center heißt das heute ja wohl ... Die Kinder haben einen Privattrainer, der mit ihnen im Schwimmbecken herumplantscht, und Madame kommt auch nicht zu kurz ...«

Katja kramte im Schrank und grub ein Adressbuch von Moskau aus. Ein Sportklub in Krylatskoje, ein teurer Fitnessklub ... Tatsächlich! »Planet Atlantis«, Fitness-Center. Sport- und Trainingsräume, Schwimmbecken mit Meereswasser und Aquapark, Kosmetiksalon, Sauna, Solarium. Hydromassage, Aromatherapie, spezielle Sportprogramme für Kinder, Bowling, Tennis, Minifußball, östliche Kampfsportarten. Morgen war ja Donnerstag, also ...

Katja griff zum Telefon, wählte die Dienstnummer von Krawtschenko – besetzt! Wie immer! Sie wählte seine Handynummer.

»Ja doch!«

»Ich bin's, Wadim, hallo.«

»Hallo«, brummte Krawtschenko, »lange nicht gesehen, ma chère.«

»Es geht um etwas Ernstes, Wadim. Erinnerst du dich, du hast mir doch mal von dem Klub ›Atlantis‹ erzählt?«

»Und?«

Der Sportklub »Planet Atlantis« war einer der teuersten und angesagtesten Klubs Moskaus, die Mitgliedskarte kostete ein Heidengeld. Einmal hatte Krawtschenko Katja erzählt, dass die Sekretärin seines Arbeitgebers Tunigunow, eine Dame von fünfzig, die sich um ihre Gesundheit und schwindende Schönheit heftige Sorgen machte, ihrem Chef ein königliches Geburtstagsgeschenk entlockt hatte – eine Klubkarte für den »Planet Atlantis«. Krawtschenko hatte das ganz neidisch berichtet und dabei nicht versäumt, Katja mitzuteilen, dass die Sekretärin viele Jahre lang Tunigunows Geliebte war und sich selbst dann, als der aufgrund seines vorgerückten Alters »lieber für sich leben wollte«, seine Zuneigung und Freundschaft wie auch seine Großzügigkeit zu erhalten wusste. Als Unterpfand erhielt sie verschiedene Geschenke – darunter auch eine Jahreskarte für diesen Klub.

»Besorg mir ganz schnell diese Karte, nur für einen Tag, für morgen«, sprudelte Katja heraus. »Wie du das anstellst, ist mir egal, aber ich muss sie haben. Es geht um diesen Kasino-Fall, ich hab dir doch davon erzählt. Wenn möglich, ruf dort an und erkundige dich, ob Marina Saljutowa – schreib das auf, ihr Vatersname ist Lwowna – diesen Klub besucht und wann sie gewöhnlich kommt. Wenn es tatsächlich immer donnerstags ist, dann brauche ich unbedingt morgen eine Karte. Frag doch diese … du weißt schon, wen ich meine, erfinde irgendeine Ausrede.«

»Und wenn ich für dieses kümmerliche Stückchen Plastik meinen Körper und mein gutes, zärtliches, liebendes Herz opfern muss? Was soll ich tun? Jedes Opfer auf mich nehmen?«

»Ja, opfere dein liebendes Herz. Und den Körper auch.«

»Und wenn alles nichts nützt?«

»Dann komm mir heute Abend besser nicht unter die Augen«, fauchte Katja und legte auf.

Eine Stunde später rief Krawtschenko zurück. Mit bescheidenem Stolz erstattete er Bericht: Kann mir etwa jemand widerstehen? Zum Glück ist es keine Namenskarte. Tunigunows Sekretärin leiht sie dir großmütig für einen Besuch aus, allerdings bittet sie dringend darum, nicht Bowling zu spielen. Für die Kegelbahn werde nämlich eine Extra-Rechnung ausgestellt, und die sei gesalzen.

»Weißt du, manchmal staune ich wirklich über dich, Wadim«, wisperte Katja leise und innig.

»Wie meinst du das?«, fragte Krawtschenko misstrauisch.

»Manchmal kann ich einfach nicht glauben, dass ein so toller Mann, der selbst das Unmögliche möglich machen kann, auf den man sich in jeder Situation verlassen kann, mein Ehemann ist …«

Krawtschenko räusperte sich.

»Hm, ja … Übrigens, morgen habe ich frei, ich werde um acht Uhr früh abgelöst, sodass ich dich dorthin bringen kann, natürlich nur, wenn du möchtest.«

»Aber ja doch, ich möchte. Tausend Küsse. Bis morgen.«

Sofort danach rief Katja bei Kolossow an und berichtete ihm die Neuigkeit.

»Morgen früh halte ich schon eine Mitgliedskarte in Händen«, prahlte sie. »Und ausgerechnet morgen ist Donnerstag. Das ist unsere Chance. Ich bleibe morgen zu Hause, dann können eure Leute mich telefonisch benachrichtigen, sobald die Saljutowa mit ihren Kindern nach Krylatskoje fährt.«

»Abgemacht«, antwortete Kolossow. »Falls etwas dazwischenkommt, ruf mich an. Ich bin morgen Vormittag im Präsidium und verhöre Shanna Basmanjuk.«

Der erwartete Anruf kam am nächsten Morgen um Punkt neun. Krawtschenko war gerade von der Arbeit zurückgekommen und wollte wie gewöhnlich nur noch essen und schlafen. Katja, schon im passenden sportlichen Outfit, kochte gerade in der Küche Kaffee und briet Würstchen und Toast mit Käse.

Sobald sie Krawtschenko erblickte, ließ sie alles stehen und liegen, ergriff ihren vollgestopften Rucksack und fasste den übernächtigten Krawtschenko, der schon bereute, dass er sich auf diese ganze Sache eingelassen hatte, fest am Arm.

»Jekaterina Sergejewna, sind Sie bereit?«, erkundigte sich am Telefon eine unbekannte jugendliche Baritonstimme. »Ich rufe vom Auto aus an. Unsere Zielperson fährt soeben über die Rubljowka zur Ustinow-Straße, in zwanzig Minuten werden wir an Ort und Stelle sein.«

»Ist sie allein oder hat sie die Kinder dabei?«, fragte Katja schnell.

»Den Kleineren hat sie bei sich. Sie fährt ohne Bodyguard, nur mit Chauffeur.«

Um halb zehn, als Katja und Krawtschenko schon im Auto saßen, rief Gennadi Obuchow bei Kolossow an.

»Nikita, kennst du schon die Neuigkeit?«, erkundigte er sich geheimnisvoll. »Heute ist eine gewisse Person verhaftet worden.«

»Milowadse? Schon?«, fragte Nikita. »Dann war das Gespräch, das Saljutow gestern in der Staatsanwaltschaft geführt hat, also von Nutzen.«

»Das weißt du auch schon?«, brummte Obuchow. »Ja, der arme Kerl ist gestern gleich nach unserer Konferenz angerufen worden. Und mir scheint, deine Ausführungen haben dabei auch eine gewisse Rolle gespielt.«

»Ich habe nicht damit gerechnet, dass alles so schnell geht«, gestand Kolossow. »Andererseits, wozu es auf die lange Bank schieben … Weißt du auch, wohin man Milowadse gebracht hat?«

»Ins Lefortowo-Gefängnis. Höchstwahrscheinlich wird man ihn demnächst Saljutow gegenüberstellen. Man sollte die Suche nach dem Maulwurf beschleunigen, er käme uns jetzt sehr zustatten … Ich will dir mal was sagen«, Obuchow machte eine Pause. »Behalte den ›Mohn‹ jetzt besonders gut im Auge. Nicht, dass dort schon wieder was passiert. Chwantschkara ist kein Dummkopf, der weiß längst, wer ihn verpfiffen hat. Er hat auch registriert, dass seine bisherigen Warnungen nicht beachtet worden sind. Aber jetzt stellt sich die Sachlage anders dar. Jetzt geht es um seinen Kopf, um seine Freiheit. Und er wird selbst vom Gefängnis aus seine Maßnahmen treffen.«

Katja erkannte Marina Saljutowa sofort. Die Witwe gab ihre Kleider an der Garderobe ab und half ihrem Sohn beim Ausziehen. Ein Leibwächter war tatsächlich nicht zu sehen. Das Kind, ein Knirps von zwei Jahren, der in seiner roten Steppjacke wie ein kleiner Gartenzwerg aussah, zappelte die ganze Zeit unruhig herum. Marina griff nach der schweren Sporttasche, hob sie mit Leichtigkeit hoch, nahm ihren Sohn bei der Hand und ging zur Rezeption, um dort ihre Karte abzugeben. Katja zog rasch ihre Jacke aus, gab sie an der Garderobe ab und ging ebenfalls zur Rezeption. Die Angestellte lächelte sie mit routinierter Liebenswürdigkeit an und teilte ihr mit, dass das Wasser-Aerobic wie üblich um halb elf beginne und die Sauna seit zehn geöffnet sei. In dem geräumigen, leeren Umkleideraum, der mit Spiegeln, Teppichen und üppig wuchernden Grünpflanzen dekoriert war, hielt Katja sich, wie jeder Neuling, etwas zu lange auf und verlor Marina im Labyrinth der Spinde und Schließfächer aus den Augen. Erst am Schwimmbassin sah sie sie wieder. Bewundernd schaute sie die biegsame, hochgewachsene, schlanke Gestalt an. Ja, Nikita hatte Recht gehabt: Die brünette Witwe sah aus wie ein Top-Model aus der Werbung. Der zielstrebige, fließende, selbstsichere Gang, die gerade Haltung und die weiche, ausdrucksvolle Gestik ließen darauf schließen, dass sie in nicht allzu ferner Vergangenheit vielleicht tatsächlich eins gewesen war.

Dem Aussehen nach hätte man sie für etwa achtundzwanzig halten können, und der Gedanke, dass eine so junge, blühende Frau schon Witwe war, mutete Katja seltsam an.

Marina trug einen weißen Badeanzug, der im Rücken tief ausgeschnitten war. Sie hielt ihren Sohn fest an der Hand, während sie ihm halblaut etwas erklärte und im Takt zu ihren Worten ihre weiße, mit einem durchbrochenen Muster verzierte Badekappe schwenkte. Katja stieg ins Wasser. Zu dieser noch verhältnismäßig frühen Stunde waren kaum Schwimmer im Bassin. Nur auf der letzten Bahn schwamm mit mächtigen, ungelenken Butterfly-Zügen ein korpulenter Mann, der nach der Sauna rot wie ein Krebs war. Es machte Katja so viel Spaß, in diesem türkisblauen, kristallklaren Wasser zu schwimmen und zu tauchen, dass sie fast vergessen hätte, wozu sie an diesen märchenhaften Ort gekommen war.

In der Mitte des Beckens schwammen auf luftgefüllten Plattformen lauschige Inselchen mit tropischen Pflanzen. Kleine Wasserfälle plätscherten. Die Morgensonne schien durch die Glaswand der Fassade ins Becken. Hier in dem warmen, türkisfarbenen Wasser konnte man gar nicht glauben, dass dort draußen, hinter der Glasscheibe, eisiger Frost herrschte und ein beißender Nordwind wehte.

»Verzeihen Sie, Marina Lwowna, dass ich etwas zu spät komme. Hallo, Walerik, grüß dich. Wie steht's? Lernen wir heute schwimmen?«

»Ja! Aber ich ganz allein!«

Ein älterer Mann kam auf Mutter und Sohn zugeeilt. Er trug einen Plastikstab und ein kleines Schaumstoffbrett. Das musste der Privattrainer für die Kinder sein. Er begrüßte Marina Saljutowa und beugte sich dann zu dem Jungen hinunter, der vor lauter Ungeduld und Vorfreude hin und her trippelte. Seine Kinderstimme war laut und kräftig, und sein entschiedenes »ich ganz allein« bewies, dass Saljutows Enkel kein schüchternes Mauerblümchen war.

Marina sprang ins Schwimmbecken und hob ihren Sohn vom Beckenrand herunter. Während der Trainer das Schaumstoffbrett ins Wasser ließ und den Stab in die Öffnung steckte, hielt sie das Kind an den Armen fest, obwohl es sich die ganze Zeit loszureißen versuchte und lauthals forderte: »Ich will alleine, bi-itte, Mama!«

Dieser selbstständige Knirps gefiel Katja sehr. Der hatte Charakter, das spürte man. Dabei war er doch noch so ein kleiner Krümel! Wozu musste der überhaupt schon schwimmen lernen? Aber der Trainer und Marina hatten darüber offenbar eine andere Meinung. Marina ließ ihren Sohn los, der sich inzwischen wie ein Klammeräffchen in das Brett gekrallt hatte. Der Trainer zog ihn an der Stange vorsichtig durchs Wasser und wies ihn an, auf die »Beinarbeit« zu achten.

Der Kleine schwamm prustend und schnaufend, strampelte wie wild mit den Beinen und verspritzte jede Menge Wasser. Als er an Katja vorbeischwamm, verschluckte er sich plötzlich, ließ das Brett los und begann wild zu zappeln. Das Schaumstoffbrett wurde sofort von einer Welle fortgespült. Noch einen Moment, und das Kind wäre untergegangen wie ein Stein. Katja, die ihm näher war als seine Mutter, stieß sich mit einem Ruck vom Rand ab, packte den winzigen, weichen Körper von unten und drückte ihn an die Wasseroberfläche. Der jüngste Saljutow schnaufte und hustete: »Lass mich los! Ich tauche! Geh weg!«

Wie eine Kaulquappe schlüpfte er aus dem Griff ihrer Hände.

»Haben Sie keine Angst, ihm passiert schon nichts«, sagte Marina, die zu Katja geschwommen kam.

»Ich hab mich so erschrocken.« Katja holte tief Luft.

»Er kommt immer wieder hoch, wie ein Gummiball. Und er kann es gar nicht leiden, wenn man ihm helfen will, dann fängt er sofort an zu brüllen. Wir sind ja schon so selbstständig«, lächelte Marina und wandte sich an den Trainer: »Wassili Iljitsch, üben Sie bitte weiter mit Walerik. Ich mache mir inzwischen ein bisschen Bewegung.«

Der Trainer zog sich aus und sprang direkt vom Beckenrand kopfüber ins Wasser. Geduldig begann er, mit dem jüngsten Saljutow am Rand des Bassins »richtige Bewegungen im Wasser« einzuüben. Katja beobachtete Waleriks Mutter. Wie eine raublustige Schwalbe tauchte sie blitzschnell unter und ebenso leicht wieder auf. Ein gelenkiger, kräftiger, vollkommener Körper. Wie geschaffen für die Liebe. Saljutows ältester Sohn hatte einen exquisiten Geschmack, dachte Katja.

Ein junges Mädchen im Dress des Fitness-Klubs näherte sich dem Schwimmbecken – die Kinderanimateurin. Der Trainer reichte ihr den Kleinen aus dem Wasser hoch, und sie wickelte ihn in ein Frotteetuch. Die Schwimmstunde war zu Ende. Marina schwamm zu dem Mädchen, und sie besprachen etwas miteinander. Das Mädchen nahm den Kleinen an die Hand und führte ihn in den Umkleideraum.

Im Schwimmbecken begann inzwischen ein neues Programm: Wasser-Aerobic. Die Trainerin gab den drei molligen Damen, die zu den Übungen erschienen waren, aufblasbare Gürtel. Marina Saljutowa war in der Sauna verschwunden. Katja zögerte, ihr zu folgen. Sie war unsicher geworden. Nun waren sie schon eine volle Stunde geschwommen, aber sie hatte beim besten Willen keinen Vorwand für ein Gespräch finden können. Nicht einmal der Zwischenfall mit dem Kind hatte genutzt. Katja musste sich eingestehen: Die junge Witwe war aus anderem Holz geschnitzt als Egle Taurage. Unwillkürlich verglich sie die beiden Frauen: die zerbrechliche, weinende, betrunkene Egle, die so schüchtern und hilflos wirkte, und diese sonnengebräunte, durchtrainierte Löwin im supermodischen Badeanzug von Gaultier. Was war Nikita an ihr eigentlich so seltsam vorgekommen? Jedenfalls hatte die Witwe auf ihn offensichtlich großen Eindruck gemacht.

Shanna Basmanjuk kam eine Viertelstunde zu spät zum Verhör.

»Bitte entschuldigen Sie, mein Wagen wollte heute Morgen nicht anspringen. Ich musste ein Taxi nehmen.«

Ihre Stimme klang erregt, ihr Blick war gehetzt. Kolossow erhob sich höflich von seinem Schreibtischstuhl. Genau genommen war es ihre erste Begegnung, sah man einmal von dem Abend des »Betrunkenen Dame«-Turniers ab. Aber der zählte nicht wirklich. Außerdem … An jenem Abend hatte er, wenn auch nur flüchtig, eine extravagante, kühle Blondine mit einer üppigen Lockenmähne in einem erstklassig geschnittenen, eng anliegenden schwarzen Kostüm gesehen. Nun stand auf der Schwelle seiner Tür eine Frau im Balzacschen Alter mit kurzen braunen Haaren, bekleidet mit einer modischen italienischen Jacke aus honigfarbenem Nerz und Lederhosen. Dieser grundlegende Imagewechsel verblüffte Kolossow so, dass er fast einen Pfiff ausgestoßen hätte. Ihm wollte absolut nicht in den Kopf, wozu sie sich ihre wunderschönen blonden Haare hatte abschneiden und färben lassen.

Shanna knöpfte mit einer eleganten Bewegung ihre Pelzjacke auf. Darunter trug sie einen sehr jugendlichen orangefarbenen Pulli.

»Darf ich Ihnen behilflich sein?« Kolossow nahm ihr galant den Nerz ab und hängte ihn in den Schrank. »Guten Tag, Shanna Markowna, ich wollte schon längst einmal mit Ihnen reden.«

»Mit mir? Tatsächlich?« Shanna lächelte gezwungen.

Nikita rückte einen Stuhl für sie heran. Dann setzte er sich wieder. Auf dieses Verhör hatte er sich den ganzen Morgen vorbereitet. Vor einer Stunde waren ihm die Berichte über die gestrige Abhöraktion ihrer Telefonverbindungen auf den Tisch gelegt worden. Leider hatten sich seine Hoffnungen nicht bestätigt: Sie hatte gestern Abend niemanden mehr angerufen, um von ihrer unerwarteten Vorladung bei der Kripo zu erzählen.

»Entschuldigung, darf auch ich Sie etwas fragen?« Sie blickte Kolossow etwas unsicher an. »Auf der Fahrt zu Ihnen hat mich Waleri Saljutow angerufen und mir gesagt, ich solle heute wie üblich ins Kasino kommen. Ich war sehr erstaunt, ich dachte, wir müssten wohl etwas länger als nur eine Woche ohne Arbeit herumsitzen. Schließlich ermitteln Sie doch noch.«

»Nein, das Kasino ist wieder geöffnet worden. Die Ermittlungen werden dadurch nicht beeinträchtigt«, antwortete Nikita. Insgeheim fluchte er: Immer dasselbe! Hätte ich mit der Abhöraktion doch etwas gewartet. Aber dieses verfluchte Stundenlimit bindet einem ja Hände und Füße!

»Seltsam, ich dachte …« Shanna Basmanjuk kramte in ihrem Täschchen, holte eine Zigarette und ein Feuerzeug heraus und begann zu rauchen. »Oje, ich habe gar nicht um Erlaubnis gebeten. Darf ich?«

Kolossow hob nur die Arme: Der Wunsch einer Dame ist

mir Befehl. Dann zündete er sich selbst ebenfalls eine Zigarette an.

»Shanna Markowna«, sagte er, »lassen Sie uns zunächst Ihren Tätigkeitsbereich im Kasino enger eingrenzen. Ich habe gehört, dass man Sie dort ›Pit-Boss‹ nannte.«

»Ach, das hat nicht viel zu bedeuten, ich bin nur eine gewöhnliche Angestellte.« Shanna Markowna lächelte. »Unser echter Pit-Boss ist Kitajew. Der hat wirklich für alle und alles die Verantwortung. Mein Bereich sind die Spielsäle. Genauer gesagt, der Große Saal: die vier Kartentische, der Roulettetisch und das Glücksrad.«

»Gehört es zu Ihrem Aufgabenbereich, das Spiel an den Tischen, die Spieler und die Croupiers zu überwachen?«

»Ja.«

»Auch die Gewinne und Verluste?«

»Ganz recht.«

»Und die Zinker?«

»Wer?« Shanna Basmanjuk lächelte wieder. »Ach, die gibt es nur in Romanen über die Moskauer Unterwelt.«

»Wie, Falschspieler tauchen bei Ihnen nicht auf? Das glaube ich nie im Leben«, meinte Kolossow. »Ein Beispiel aus der jüngsten Vergangenheit. Der verstorbene Vitas Taurage – war er etwa kein waschechter Falschspieler?«

»Aber nein, wo denken Sie hin!«, rief Shanna temperamentvoll.

»Wie? Ist das denn kein typischer Betrügertrick – den Leuten das Hirn vernebeln, sie zum riskanten Spiel zu animieren, geschickt die Einsätze hochzutreiben und sie dann bis auf die letzte Kopeke auszunehmen? Und alle wissen Bescheid, sowohl die Croupiers wie Sie, der Pit-Boss. Alle, außer dem unglücklichen, vertrauensseligen Gast.«

»Na, so unglücklich sind solche Leute nun auch wieder

nicht. Wir zwingen keinen mit Gewalt zum Spiel«, antwortete Shanna. »Und Taurage hat nichts Ungesetzliches getan. Spieler wie ihn gibt es in jedem Kasino. Bei uns genauso wie im Ausland. Ich war in Monte Carlo, in Baden-Baden … Ja, ich gebe zu, ihre Aufgabe ist es, den Kunden zum Spiel zu animieren, um dann im nötigen Moment das gewisse Quäntchen Risiko, Hasard hineinzubringen. Aber entschuldigen Sie – eben darum geht es ja beim Spiel. Mal hat der eine Glück, mal der andere. Taurage hat immer im Interesse des Kasinos gehandelt. Niemals, dafür verbürge ich mich, hat er unseren Gästen gegenüber unlautere Mittel angewandt.«

»Aber Ihre Croupiers … Ich habe gehört, dass es ihnen untersagt ist, mit den Gästen zu streiten, Abmachungen zu treffen und außerhalb der Arbeit Kontakte zu ihnen zu pflegen?«

»Natürlich. Als Croupiers nehmen wir gewöhnlich Frauen. Sie sind aufmerksam, konzentriert und genau. Sie haben bessere mathematische Fähigkeiten. Und schließlich wirken Frauen sympathischer und sind geduldiger. Wissen Sie, manchmal hat man es mit so einem Streithahn zu tun. Er sieht, dass er verliert, und fängt an zu bocken und zu randalieren. Ist der Croupier ein Mann, dann erträgt er das nicht lange, das habe ich viele Male beobachtet, und explodiert. Meine Mädels dagegen haben ihre Nerven immer unter Kontrolle.«

»Und wenn Ihnen als der Aufsicht Führenden zu Ohren kommt, dass eins ihrer Mädel … also Ihrer Croupiers … außerhalb des Dienstes enge, sehr enge Kontakte zu einem Stammkunden unterhält? Wie werden Sie dann vorgehen?«

»Nun, das würde ich Waleri Wiktorowitsch berichten und darauf bestehen, dass die betreffende Mitarbeiterin entlassen wird. So etwas verbieten unsere Regeln kategorisch. Und das ist auch völlig richtig, denn …«

»Und wenn Waleri Saljutow plötzlich erfährt, dass auch sein Pit-Boss sich in einer solch delikaten Situation befindet?«, fragte Nikita leise, sehr leise. »Was dann?«

Shanna Basmanjuk spannte sich an und beugte sich vor.

»Ich verstehe Sie nicht.« Ihre Stimme klang mit einem Mal brüchig, so wie schon am Telefon, als sei sie erkältet.

»Ich will es Ihnen gern erklären, Shanna Markowna. Aber zunächst wäre ich sehr dankbar, wenn Sie mir zwei Fragen beantworten könnten. Sie erinnern sich an den Abend, an dem der erste Mord geschah?«

»Natürlich. Ich hatte ja Dienst, es war meine Schicht.«

»Sind Sie an jenem Abend um etwa halb neun in die Herrentoilette im Vestibül gegangen?«

»Wozu sollte ich die Herrentoilette aufsuchen?«

»Hatten Sie nicht einige Tage vor dem Mord eine Auseinandersetzung persönlicher Art mit einem Kunden des Kasinos, einem gewissen Legionär?«, antwortete Nikita einschmeichelnd und ziemlich unlogisch mit einer Gegenfrage.

Shanna Markowna hielt seinem Blick stand. Nervös, aufgeregt, erschrocken, aber ohne auszuweichen, ohne ihren Blick zu senken.

»Das ist schon Ihre dritte Frage«, sagte sie.

»Es wird auch eine fünfte und eine zehnte geben. Warum auch nicht? Schließlich ermitteln wir in zwei Mordfällen.« Kolossow stand auf. »Und einiges wissen wir bereits. Also, ich frage Sie noch einmal: Waren Sie an jenem Abend in der Herrentoilette?«

»Nein!«

»Wir haben die Aussage eines Zeugen, der Sie gesehen hat.«

»Was für ein Zeuge? Das ist eine Lüge! Ich bin nicht dorthin gegan… Na, vielleicht war ich mal kurz im Raucherraum.

Dort ist ja auch ein Raucherraum, und meine Zigaretten waren zu Ende. Sie sehen selbst, ich kann keine Minute ohne … Ich dachte, ich kann mir bei einem der Männer eine schnorren.«

»Wie halten Sie denn dann den ganzen Arbeitstag oder besser die Arbeitsnacht im Spielsaal aus? Die Spieler dürfen rauchen, aber den Angestellten ist es doch, soweit ich weiß, strengstens verboten? Ach, Shanna Markowna, so eine auf die Schnelle erfundene Lüge flößt kein Vertrauen ein. Erst recht nicht, wenn es um zwei Morde geht. Also, Sie waren in der Toilette. Sie wollten – gehen wir mal von Ihrer Darstellung aus – Sie wollten sich dort Zigaretten besorgen. Nun, und? Haben Sie Teterin dort sitzen gesehen?«

»Nein, ich habe ihn nicht gesehen. Er war nicht im Raucherraum. Ehrenwort, er war dort nicht!« Shanna Markowna presste die geballten Fäuste an ihren orangefarbenen Pulli. Nikita fielen die zahlreichen goldenen Ringe an ihren Fingern auf. »Er war nicht da, es war überhaupt niemand im Raucherraum. Keine Menschenseele.«

»Keine Menschenseele? Dann haben Sie also den Legionär dort auch nicht gefunden, obwohl Sie sich auf der Suche nach ihm die Hacken abgelaufen, das ganze Kasino durchsucht und sogar in der Toilette nachgesehen haben, sobald Sie erfahren hatten, dass er zusammen mit Philipp Saljutow im ›Roten Mohn‹ eingetroffen war?«

Shanna richtete sich gerade auf.

»Sie fantasieren, mein Lieber«, sagte sie kalt. »Das ist kein Verhör, das ist eine Provokation!«

»Es ist eine Provokation, dass ich über Ihre Beziehung zu diesem Mann im Bilde bin? Übrigens, wie lautet eigentlich sein richtiger Name?«

Shanna Markowna wandte sich demonstrativ ab.

»Oder wollen Sie behaupten, dass Sie den Namen des Mannes, der mehrere Monate in Ihrer Wohnung gelebt hat, nicht kennen?«

»Sie fantasieren«, wiederholte Shanna. »Und um dieses Thema ein für allemal abzuschließen: Ja, ich kenne diesen Mann, aber nur als engen Freund von Philipp Saljutow. Die beiden jungen Leute waren mehrmals im Kasino, immer gemeinsam. Und im Kasino ist der Mann, über den Sie mir derart impertinente Fragen stellen, allen nur unter seinem Spitznamen Legionär bekannt.«

»Sehr schade, dass Sie nicht die Wahrheit sagen wollen.«

»Ich habe keine Ahnung, welche Wahrheit Sie hören wollen!« Shanna begann zu schreien. »Was soll das alles eigentlich?«

»Das ist ein offizielles Verhör, genauer gesagt, vorerst nur die Einleitung dazu.« Kolossow griff in die Schreibtischschublade, holte ein Formular heraus, legte es auf die Tischplatte und strich es mit wichtiger Miene glatt. »Vielleicht sollte ich Sie zunächst offiziell warnen, dass Sie für Falschaussagen juristisch zur Verantwortung gezogen werden.«

»Warnen Sie mich, wovor Sie wollen«, antwortete Shanna gehässig.

»Tja, in diesem Fall …« Kolossow schob das Formular beiseite. »So habe ich mir unser Gespräch nicht vorgestellt, Shanna Markowna. Sie weigern sich also strikt, über den Legionär zu sprechen?«

»Aber ich weiß ja gar nicht, wer er ist!«, schrie Shanna so aufrichtig, zornig und leidenschaftlich, dass sofort klar war – sie log und würde weiterlügen und alles mit Schaum vor dem Mund abstreiten. Natürlich gab es hundert Wege, sie jetzt in die Enge zu treiben. Aber das würde Zeit in Anspruch nehmen. Und Nikita wollte aus diesem interessanten Verhör so viel wie möglich herausholen. Deshalb beschloss er, Großmut walten zu lassen, einen Schritt zurückzuweichen, das Gespräch wieder zur Ausgangsposition zu lenken, um dann mit einer anderen Taktik anzugreifen.

»Warum schreien Sie denn so? Wir haben Hinweise, dass Sie zu einem Gast des Kasinos, der den Spitznamen Legionär trägt, intime Beziehungen unterhalten. Bin ich verpflichtet, diese Hinweise zu überprüfen? Ja, das bin ich. Und ich frage Sie ganz offen danach, ohne irgendwelche Tricks. Ich lege meine Karten auf den Tisch. Aber Sie schreien mich gleich so an. Nun gut, Sie kennen ihn also nicht näher. Ich war ja selbst im Zweifel – würde eine so interessante Frau wie Sie sich mit einem so windigen Gauner einlassen? Außerdem ist er ja auch noch gar nicht trocken hinter den Ohren, er könnte Ihr Sohn sein … Und würde eine so interessante Frau wie Sie sich derart vergessen, dass sie wegen so einem grünen Jungen durch ganz Moskau irrt, ihn in Bars und auf Männerklos sucht …«

»So ein Schwachsinn.« Shanna Basmanjuk knipste nervös mit ihrem Feuerzeug und zündete sich eine neue Zigarette an. »Ein phänomenaler Schwachsinn ist das!«

»Ich darf also folgende Aussage zu Protokoll nehmen: ›Den Kasinogast mit Spitznamen Legionär kenne ich nicht näher.‹« Kolossow kritzelte eifrig in das Protokollformular. »›Ich kenne ihn nur als Freund von Philipp Saljutow.‹ Ist es so richtig?«

Shanna beobachtete misstrauisch, wie er schrieb.

»Wie konnten Sie überhaupt auf so einen Gedanken kommen!«

»Na ja, er ist doch ein ganz attraktiver Bursche«, brummte Kolossow friedfertig. »Ich habe ihn im Kasino gesehen. Er ist also mit Philipp befreundet? Kitajew hat mir angedeutet, Saljutow sähe diese Freundschaft gar nicht gern. Stimmt das?«

Shanna schwieg wachsam, als vermute sie in dieser Frage eine neue, verborgene Falle.

»Ja, das ist richtig«, sagte sie schließlich widerwillig. »Soweit ich weiß, ist Waleri Wiktorowitsch der Meinung, sein Sohn könne bei der Wahl seiner Freunde etwas vorsichtiger sein.«

»Vielleicht fühlt er sich nach dem Tod seines Bruders einsam?«

Shanna Markowna hob langsam den Kopf und sah Kolossow an. In ihrem Blick lag plötzlich ein neuer, veränderter Ausdruck.

Katja betrat den Umkleideraum der finnischen Sauna. Sie schaute sich um – alles hier war aus freundlichem, hellem Holz. An den Wänden Regale aus Kiefer, auf denen sich frische Frotteehandtücher, Bademäntel, Massagehandschuhe und Badekappen stapelten. Außerdem stand dort eine Menge verschiedener Porzellanflakons, Kästchen und Dosen.

Marina Saljutowa zog ihren Badeanzug aus, warf ihn auf eine Bank, ging zum Regal, nahm ein Porzellandöschen und einen schmalen Flakon mit einem eingeschliffenen Glasstopfen heraus. Katja betrachtete neugierig die Fläschchen im Regal, las die Etiketten – Aroma- und Heilöle. Marina mixte sich etwas in einer Porzellantasse zusammen. Unentschlossen berührte Katja eins der Porzellandöschen.

»Salz«, hörte sie Marina sagen. »Salz und Öl für ein Peeling. Ein ausgezeichnetes Mittel, probieren Sie es mal.«

Katja drehte sich rasch um. Marina saß auf einer Bank und rieb sich genussvoll mit einer stark duftenden Mixtur ein. Ihre Haut glänzte wie poliert.

»Ich bin zum ersten Mal hier«, sagte Katja.

»Das ist ein tolles Peeling für die Haut vor der Sauna«, versicherte Marina. »Mischen Sie es zu gleichen Teilen und nehmen Sie es mit hinein. Ich reibe Ihnen dann damit den Rücken ein, und Sie mir.«

Katja bereitete sich eine Mischung aus dem aromatischen Salz und aus Mandelöl zu, nahm sich ein Handtuch und einen Leinenhandschuh aus dem Regal und folgte Marina in die Sauna.

Puh, das war ja wie in der Sahara! Die trockene Gluthitze nahm ihr den Atem und zog ihr die Haut im Gesicht zusammen. Katja schöpfte etwas von dem kühlen Ölgemisch und rieb es sich auf die Haut.

»Danach fühle ich mich wie neugeboren.« Marina setzte sich auf eine Bank, fast direkt neben den heißesten Stein. »Wie eine Schlange, die sich gehäutet hat.«

»Sind Sie oft hier?«, fragte Katja. Das Sprechen fiel ihr schwer, in dieser Höllenglut klebte einem die Zunge am Gaumen fest.

»Einmal in der Woche fahre ich mindestens hierher, zusammen mit den Kindern. Im Herbst waren wir noch öfter hier. Kommen Sie, ich reibe Ihnen jetzt den Rücken ein.«

Mit geschickten Händen massierte sie Katja den Rücken. Anschließend streckte sie selber sich auf der Bank aus, und Katja war an der Reihe. Marinas Körper war straff und durchtrainiert, kein Gramm überflüssiges Fett, keine einzige Falte.

»Uff, ich kann nicht mehr, ich fühle mich schon wie geröstet.« Katja atmete schwer.

»Halten Sie noch ein bisschen aus. Drüben ist die Dusche und ein Becken für Hydromassage.« Marina zeigte auf die Tür.

»Danach muss ich mich unbedingt wiegen.« Katja schaute kritisch an sich herunter. »Ist es wahr, dass man nach der Sauna sofort ein halbes Kilo weniger hat?«

»Möglich … So, jetzt unter die Dusche und ins Massagebecken!«

Unter den warmen Strahlen der Dusche wusch Katja sich das Salz und das Öl ab. Auf der Haut spürte sie ein angenehmes Prickeln.

»Donnerstag vormittags ist man hier fast ganz allein«, erklang Marinas Stimme durch das Rauschen des Wassers. »Auch das Massagebecken ist meistens frei.«

»Kommen Sie nur zum Schwimmen, oder nehmen Sie hier auch noch an anderen Sachen teil?«, erkundigte sich Katja.

»Ich trainiere noch Kendo.«

»Oh, wirklich?«

»Sie haben hier ausgezeichnete Trainer, Frauen, die das in Japan gelernt haben. Allerdings muss man zuerst einen Einführungskurs mitmachen, der ziemlich öde ist – über die Philosophie des Zweikampfs und den Kodex der Samurai. Aber andererseits gehört das ja irgendwie zum Kolorit, nicht wahr?«

»Sicher. Aber mit Wasser-Aerobic kann ich doch mehr anfangen«, meinte Katja lächelnd.

»Ab nächster Woche nehme ich darin auch ein paar Stunden. Ich muss in Form kommen.« Marina schlug sich auf die runde, braungebrannte Hüfte. »Sonst fängt mein Mann an zu murren, ich ließe mich gehen.«

»Meiner schimpft auch immer mit mir, ich wäre zu faul«, sagte Katja mechanisch.

Das warme Wasser rauschte wie Regen. Marina ging zum Becken für die Hydromassage. Katja stellte die Dusche ab und trat an den Beckenrand. Das Becken war nicht sehr tief – ein heißes, heilkräftiges Wannenbad.

»Haben Sie eine Familienkarte?«, fragte Katja, während sie ins Wasser stieg.

»Ja, mein Mann hat sie gekauft. Ich interessiere mich für keine Sportart im besonderen. Hier kann man alles mal ausprobieren. Body-Shaping, Steppen, Aerobic, asiatischen Kampfsport, Trainingsgeräte, Schwimmen.«

»Ist er ... Ihr Mann ... nimmt er auch Unterricht in Kendo?«, fragte Katja.

»Oh nein. Er zieht einfachere Sachen vor«, antwortete die Witwe. »Das, was wir beide hier machen – Sauna, Schwimmen, Heimtrainer.«

Katja schöpfte heißes Wasser und betrachtete die Witwe von Saljutows ältestem Sohn, die sich dehnte und reckte und die kräftigen Wellen der Hydromassage genoss. Durch den schwülwarmen Dunst sah Katja ihr Gesicht, ihr dichtes, nasses Haar, das ihr offen auf die Schultern fiel. Mit einem Mal schien ihr ein kalter Hauch durch den warmen Nebel zu wehen und das Wasser im Bassin abzukühlen. Als hätte der Nordwind sich heimlich in dieses Aqua-Paradies eingeschlichen.

»Sagen Sie, Shanna Markowna, arbeiten Sie schon lange bei Waleri Wiktorowitsch?«, fragte Kolossow.

»Ziemlich lange«, antwortete Shanna.

»Waren Sie auch schon bei ihm zu Hause, kennen Sie seine Angehörigen?«

»Ja. Allerdings gehe ich dort nicht so ein und aus wie zum Beispiel Kitajew. Der gehört fast schon zur Familie, wie es sich übrigens auch für einen guten Wachmann ziemt. Aber ich kenne die Familie von Waleri Wiktorowitsch.« Shanna blickte Kolossow an. »Waleri Wiktorowitsch hat vor einigen Jahren seine Frau verloren. Er hat sich große Mühe gegeben, alles für das Haus und die Kinder zu tun. Leider passierte dann dieser tragische Unfall mit Igor ... Nach Igors Tod hat sich alles verändert. Früher war es ein lebhaftes, fast schon etwas liederliches Haus, jetzt herrscht dort eine solch drückende, schwere Atmosphäre, dass …«

»Wieso war sein Haus liederlich?«, unterbrach Nikita, der sich an die Fotos von Saljutows Villa erinnerte, an die finstere, mit Stacheldraht gesicherte Steinmauer.

»Als die Söhne heranwuchsen, war das Haus ständig voll junger Leute. Der Älteste, Igor, war immer und überall Anführer, eine echte Stimmungskanone. Er war wirklich ein netter Kerl, wären nur diese Alkoholprobleme nicht gewesen. Dann hat er geheiratet, seine Frau Marina hat er sehr geliebt. Eine schöne Frau, aus guter Familie. Na, dann kamen wieder lauter junge Paare, dauernd wurde gefeiert, eine Party nach der anderen.«

»Heutzutage wollen die Kinder gewöhnlich für sich leben, vorausgesetzt natürlich, sie können es sich leisten.«

»Ja, aber ausgerechnet kurz vor Igors Hochzeit hatte Waleri Wiktorowitsch den Bau seines neuen Hauses in Iljinskoje fertig gestellt. Er hat eine Menge Geld investiert, aber es hat sich gelohnt. Es sollte für die ganze Familie sein. Und Marina, Igors Frau, wollte unbedingt dort wohnen. Sie war ganz begeistert von dem Haus. Kein Wunder!« Shanna schnaubte. »Waleri Wiktorowitsch hat sie nach Strich und Faden verwöhnt, mit Geschenken überschüttet. Regelrecht angebetet hat er sie. Zur Geburt seines ersten Enkels hat er ihr eine Brillantbrosche geschenkt. Er ist überhaupt ein sehr großzügiger Mann.«

»Ja, das habe ich bemerkt. Aber jetzt ist Saljutow wahrscheinlich über den Tod seines Sohnes sehr deprimiert?«

»Deprimiert ist gar kein Ausdruck! Er war ja die ganze letzte Zeit kaum zu Hause, können Sie sich das vorstellen? Manchmal hat er in seinem Büro im Kasino sogar übernachtet. Er hielt es zu Hause nicht aus, das hat er mir selbst gestanden. Alles dort erinnerte ihn an Igor … Es gibt nichts Schlimmeres, als den Sohn zu verlieren. Ich war bei Igors Beerdigung und erschüttert, wie schwer die Familie daran trug.« Shanna schüttelte den Kopf. »Und diese Alte raubt ihnen noch zusätzlich den letzten Nerv…«

»Diese Alte?«, fragte Nikita.

»Polina Sacharowna, Saljutows Tante. Sie hat ihn aufgezogen, seine Mutter hat er schon früh verloren. Soweit ich mich an sie erinnern kann, war sie früher eine ganz vernünftige Frau. Sie hat auch Saljutows Kinder großgezogen und sich um seine Frau Regina gekümmert, als die krank wurde, aber inzwischen … Wahrscheinlich fordert das Alter seinen Tribut, sie ist ja schon über achtzig.« Shanna erzählte jetzt bereitwillig, im Ton einer routinierten Klatschbase. »Stellen Sie sich vor, bei Igors Beerdigung fing sie auf einmal an, irgendwelchen Unsinn über einen alten Familienskandal zu schwätzen. Angeblich hätten die Eltern von Waleri Wiktorowitsch mit ihrer Heirat ihre Schwester in den Selbstmord getrieben. Allen Anwesenden war auch so schon schwer genug ums Herz, und dann kommt diese Alte mit ihren Tiraden – ein Fluch laste auf der Familie … Die Schwester habe vor ihrem Tod Saljutows Eltern und ihre ganze Nachkommenschaft verflucht. Wer will sich ausgerechnet bei einer Beerdigung so ein Zeug anhören? Kein Wunder, dass Waleri … Waleri Wiktorowitsch in den letzten Monaten kaum noch zu Hause war.«

»Wohnt Philipp jetzt auch nicht mehr in Iljinskoje?«, fragte Nikita.

»Es scheint so.« Shanna beugte sich tief über ihre Handtasche und suchte nach Zigaretten. »Aber ich … ich kenne seine Adresse nicht.«

Ich frage dich ja auch gar nicht danach, dachte Kolossow.

Natürlich kennst du die Adresse. Aber eher würdest du dir die Zunge abbeißen, als sie zu nennen …

»Ich habe von Kitajew gehört, dass Saljutow seinem jüngeren Sohn vor einigen Monaten eine große Geldsumme für den Kauf einer Wohnung gegeben hat«, sagte er.

»Ja, das wollte er wohl tun«, sagte Shanna.

»Und Philipp hat dieses Geld offenbar ohne Erlaubnis für einen teuren ausländischen Wagen ausgegeben und die Papiere auf den Namen seines Freundes ausstellen lassen …«

Shanna schwieg.

»Nun gut. Ich wollte Sie noch etwas fragen, Shanna Markowna …«

»Ja?« Sie blickte auf, in ihren Augen erschien wieder dieser seltsame angespannt abwartende Ausdruck.

»Können Sie schießen?«

»Wie bitte?«

»Na, mit einer Pistole?«

»Nein.« Sie schüttelte den Kopf. »Ich, schießen? Blödsinn! Ich habe noch nie in meinem Leben geschossen.«

»Also, als Sie gegen halb neun am Abend des fünften Januar in die Herrentoilette im Vestibül gingen, um Zigaretten zu holen, war Teterin nicht dort?«

Sie sah ihn an, ihre Augen funkelten zornig. Kolossow seufzte verstohlen – was für eine Frau! So ein Temperament, so ein Feuer – ein Vulkan!

»Ich habe ihn nicht gesehen«, antwortete sie, jede Silbe betonend. »Und entschuldigen Sie, aber wenn Sie noch weitere Fragen dieser Art an mich haben, dann, fürchte ich, werden wir warten müssen, bis mein Anwalt kommt.«

»Vorläufig habe ich keine Fragen mehr.« Kolossow lächelte sie strahlend an. »Ich danke Ihnen für das Gespräch, es war mir eine Freude, Ihre Bekanntschaft zu machen.«

Bei sich dachte er: Nein, ich werde nicht auf das Vergnügen verzichten, persönlich bei der Gegenüberstellung dieser heißblütigen Dame mit dem Legionär anwesend zu sein. Letzteren musste man allerdings erst noch finden.

Katja stand an der Rezeption im Foyer des »Planet Atlantis«. Die Angestellte vermerkte ihren Besuch auf der Karte. Von Marina Saljutowa hatte Katja sich bereits verabschiedet. Sie war in die Kinderkrippe gegangen, um ihren Sohn abzuholen. Die beiden kamen gerade wieder die Treppe herunter zur Garderobe: eine große, schlanke, schwarzhaarige Frau und ein Kind. Marina hatte Katja ebenfalls bemerkt und winkte ihr zum Abschied noch einmal zu. Da klingelte ihr Handy.

»Ja, wir sind fertig und auf dem Weg nach unten«, teilte sie dem Anrufer laut und lebhaft mit.

Katja holte ihre Jacke aus der Garderobe. Marina zog fürsorglich ihren Sohn an, der ihr atemlos den Inhalt eines Trickfilms erzählte, den er in der Krippe gesehen hatte. Lautlos glitt die Glastür auseinander, und ein massiver Mann in einem langen schwarzen Kaschmirmantel betrat das Foyer. Er nickte der Angestellten an der Rezeption lässig zu und begab sich dann zu Marina. Dem Aussehen nach mochte er gut fünfzig sein. Die kurzen dunklen Haare waren schon stark ergraut. Sein Gang war langsam und schwer – so gehen Menschen, die ihr ganzes Leben gewöhnt sind, im Auto oder in einem gepolsterten Chefsessel zu sitzen. Der Junge erblickte ihn als Erster – er riss sich von der Hand der Mutter los, stürzte dem Mann entgegen und warf sich in seine Arme.

»Hallo! Ich hatte solche Sehnsucht! Wo warst du?«

Der Mann hob ihn auf seine Arme und küsste ihn. In diesem Augenblick, mit dem Kind auf dem Arm, kam er Katja sehr alt und sehr müde vor …

Marina Saljutowa ergriff ihre Tasche.

»So, wir sind fertig, fahren wir.« Sie wandte den Blick nicht von dem Mann mit dem Jungen auf dem Arm.

Der Mann nahm ihr die Tasche ab. Marina machte einen raschen Schritt nach vorn und legte ihm die Hände auf die Schultern. Wenn er sich nicht rasch abgewandt hätte, hätten ihre Lippen die seinen berührt. So aber traf ihr Kuss seine glatt rasierte, nach teurem Eau de Cologne duftende Wange.

Sie verschwanden hinter der Glastür. Katja folgte ihnen langsam und sah, wie sie in einen schwarzen Jeep stiegen. Hätte sie sich besser mit ausländischen Automarken ausgekannt, hätte sie gewusst, dass es sich um einen »Toyota Cruiser« handelte. Der Wagen setzte sich in Bewegung. Katja stand noch immer auf den Stufen zum »Planet Atlantis«, ohne die Kälte und den stechenden Wind zu bemerken.

Jemand rief sie halblaut beim Namen. Aus einem bescheidenen dunkelblauen Shiguli winkte man ihr zu: Steigen Sie ein.

Katja ging auf das Auto zu und öffnete die Tür.

»Ich habe Sie heute Morgen angerufen«, sagte der junge Mann, der neben dem Fahrer saß. »Ist alles gut gegangen? Setzen Sie sich, wir bringen Sie nach Hause.«

»Und was ist mit Marina?«

»Ihr folgt ein anderer Wagen.«

»Wer war das, der sie abgeholt hat?«, fragte Katja, obwohl sie die Antwort schon kannte.

»Saljutow. Ihr Schwiegervater.« Der Einsatzmann drehte sich zu Katja um, die auf den Rücksitz geklettert war. »Ihr Chauffeur hatte eine Autopanne, hat eine Weile schimpfend an seinem Wagen gewerkelt, aber ohne Erfolg, und dann offenbar seinen Chef angerufen. Saljutow hat daraufhin seine Schwiegertochter und seinen Enkel sofort selbst abgeholt. Ein fürsorglicher Mann.«

»Ja, fürsorglich«, echote Katja. »Entschuldigen Sie, aber kann man vom Auto aus im Präsidium anrufen?«

24

Doch Katja erreichte Kolossow nicht, unter keiner seiner verschiedenen Telefonnummern meldete er sich. Auch bei ihr zu Hause herrschte Grabesstille: Krawtschenko schlief und merkte nicht einmal, dass sie zurückgekommen war. Bevor sie ins Büro fuhr, machte sie ihm das Mittagessen warm und holte sein geliebtes Apfelkompott, das sie schon am Vorabend gekocht hatte, aus dem Kühlschrank. Krawtschenko nahm nichts Kaltes zu sich (außer Wodka, wie er immer sagte), weil er Angst vor Angina hatte.

Als Katja ihre Vorbereitungen in der Küche beendet hatte, war es schon zwanzig nach drei. Sie ließ eine Notiz für Krawtschenko zurück, dass alles gut verlaufen sei und sie ihm am Abend alle Neuigkeiten erzählen würde, und fuhr zur Arbeit, in der Hoffnung, den Chef der Mordkommission dort anzutreffen. Doch Nikita blieb verschwunden. Er tauchte an diesem Tag auch nicht mehr auf – wie sich herausstellte, hatte er dafür wichtige Gründe.

Saljutow fuhr um halb drei zum »Roten Mohn«. Am Nachmittag hatte das Wetter sich jäh verschlechtert, ein Schneesturm kam auf. Die Wettervorhersage im Radio warnte vor starken Schneefällen in Moskau und bat die Autofahrer, besonders aufmerksam und vorsichtig zu fahren.

Saljutow setzte sich selbst ans Steuer, obwohl Marina ihn

bat, jetzt besser nicht zu fahren und zu Hause zu bleiben. Aber er berief sich auf wichtige Geschäfte.

Auf dem Weg zum »Mohn« dachte Saljutow nur daran, was ihn dort erwarten würde ... im »Haus«. Das gestrige Verhör bei der Staatsanwaltschaft verdrängte er aus seinem Bewusstsein. Seine Entscheidung war gefallen, was sollte er weiter darüber grübeln? Heute Morgen um zehn hatte Kitajew ihn angerufen und ihm aufgeregt mitgeteilt, dass Chwantschkara verhaftet worden sei. Saljutow wollte wissen, woher er diese Nachricht habe, noch dazu so schnell? Kitajew wurde verlegen, brummelte erst etwas offensichtlich Unwahres und verstummte dann ganz. Offenbar hatte der Sicherheitschef in Milowadses Umfeld einen eigenen V-Mann, einen Maulwurf, dessen Namen er nicht einmal dem eigenen Chef preisgeben wollte. Saljutow fragte nicht weiter nach. Was soll's, dachte er, dafür ist ein Sicherheitsdienst da, seine eigenen und fremde Geheimnisse zu hüten.

Diese Nachricht hatte auf seinen Tagesplan keinerlei Einfluss. Als allerdings der Chauffeur Ravil aus Krylatskoje anrief und von der Autopanne berichtete, fuhr Saljutow selbst zum Fitness-Center, um Marina und den Jungen abzuholen.

Unterwegs rief er Shanna Basmanjuk an und bat sie darum, heute ins Kasino zu kommen, wie üblich. Shanna war höchst verwundert – haben wir denn heute schon wieder auf? So schnell? Saljutow antwortete knapp: Ja, wir haben geöffnet. Aber nicht ab halb eins, wie sonst, sondern ab vier Uhr. Das Personal braucht erst noch Zeit, um die Räume nach dem erneuten Besuch – beinahe hätte er gesagt, »Überfall« – der Miliz aufzuräumen. Shanna sagte »Gut«, und damit war ihr Gespräch zu Ende. Saljutow hatte keine Ahnung, dass er seinen Pit-Boss auf dem Weg zur Nikitski-Gasse erwischte. Shanna hatte mit keinem Sterbenswörtchen erwähnt, dass die Kripo sie zum Verhör vorgeladen hatte.

Und so kam er also um halb drei im »Roten Mohn« an. Kitajew empfing ihn im Vestibül, und zunächst machten sie einen Rundgang durchs ganze Gebäude. Überall – im Vestibül, in den Spielsälen, im ersten Stock – wurde fieberhaft geputzt und aufgeräumt. Im Kaminzimmer, in dem Vitas Taurage ermordet worden war, säuberten Angestellte den Teppich von Blutflecken und schrubbten das Parkett. Trotzdem ordnete Saljutow an, diesen Raum vorläufig noch zu schließen, um bei den Kasino-Besuchern keine schlimmen Erinnerungen zu wecken.

Er ging in sein Büro, knipste die Tischlampe an und zog die schweren seidenen Vorhänge auf. Von unten, aus dem Restaurant, drang Musik herauf: Das Jazzensemble probte. Es war von Kitajew engagiert worden und passte eigentlich gar nicht zu den Traditionen des »Roten Mohn«. Aber Kitajew hatte Saljutow erklärt, nach solchen Ereignissen müsse man etwas für die Stimmung der Gäste und der Angestellten tun. Zwei, drei Abende sollten die Musiker spielen, und dann, wenn die ganzen Unannehmlichkeiten allmählich in Vergessenheit gerieten, konnte man ja wieder zur respektablen, wohl gesitteten Ruhe zurückkehren, wie sie für das Kasino typisch war.

Die Jazzmusiker wiederholten immer wieder die ersten Takte eines munteren Foxtrotts. Saljutow hatte keine Ahnung, was für ein Stück das war, aber er fand, es passe erstaunlich gut zum »Haus«. Es entsprach genau der besonderen Atmosphäre, die er jedes Mal spürte, wenn er die Schwelle überschritt, und der Musik, die das »Haus« selbst hervorbrachte und die niemand hören konnte außer ihm, dem Hausherrn.

Im Takt der Melodie trommelte er mit den Fingern auf das Fensterbrett. (Hätte Katja das Stück hören können, so hätte sie diesen Foxtrott aus »Jeeves And Wooster« sicher erkannt; es war derselbe, der in der Bar in der Suworow-Straße erklungen war und ihren vorgetäuschten Streit mit Bindjushny und ihr rührseliges Gespräch mit Egle fast schon parodistisch untermalt hatte.)

Draußen schneite es in großen, dichten Flocken. Eine frühe Dämmerung hüllte die Kiefernallee ein. Man hörte laute Stimmen, Gelächter, Schimpfen – eine Elektrikerbrigade kontrollierte das Neontableau. Zwei Arbeiter hatten eine Leiter erklommen und wechselten die durchgebrannten Birnen aus. Auf dem Parkplatz vor dem Kasino flammten Scheinwerfer auf. In ihrem gelben Licht konnte man gut den ganzen Eingang überschauen. Weiter hinten versank alles in einem nebligen Schneeschleier – die Allee, die Chaussee. Plötzlich kreischte eine Autohupe, und aus dem Schneesturm tauchte wie aus einem Gazeschleier ein gelbes Taxi auf und hielt vor dem Eingang zum Kasino.

Saljutow, der durchs Fenster die Elektriker beobachtete, rief im Großen Saal an und bat den Wachmann, Shanna auszurichten, sie möge zu ihm ins Büro kommen.

»Entschuldigen Sie, Waleri Wiktorowitsch, aber Shanna Markowna ist noch gar nicht da«, antwortete der Wachmann.

Saljutow schaute auf die Uhr: drei Minuten vor drei. Nach den Regeln des Kasinos mussten die Angestellten eine Stunde vor der Öffnung des Kasinos an ihrem Arbeitsplatz sein. Shanna war also etwas spät dran. Na ja, heute war ja auch ein besonderer Tag. Und dann noch dieser Schnee. Sicher gab es überall Staus …

Aus dem Taxi stieg eine Frau in einem kurzen Pelzjäckchen. Da ist sie ja, dachte er, wenn man vom Teufel spricht … Aber einen Augenblick später merkte er, dass es gar nicht Shanna, sondern Egle Taurage war. Sie beugte sich hinunter und bezahlte den Taxifahrer. Im Schneenebel auf der Allee leuchteten in einiger Entfernung die Scheinwerfer eines sich nähernden Autos auf.

Egle richtete sich wieder auf und hob den Kopf. Saljutow wusste, sie schaute zu seinen Fenstern empor. Zu den Fenstern seines Büros. Seine Silhouette war im Licht der Lampe deutlich zu sehen. Und sie wusste, dass auch er zu ihr hinunterblickte.

Als dieser energische Bursche von der Kripo namens Kolossow, der eigentlich noch ein rechter Grünschnabel war, ihm hier im Büro Fragen über Vitas stellte, hatte Saljutow die ganze Zeit darauf gewartet, dass er ihn auch über dessen Schwester befragen würde. Und Kolossow hatte tatsächlich gefragt. Seine Frage hatte ziemlich nebulös geklungen, doch der Sinn war klar: Die Miliz wollte wissen, ob er, Saljutow, mit der Schwester des ermordeten Vitas ins Bett ging und wenn ja, wie viel er ihr dafür zahlte. Saljutow schaute aus dem Fenster. Egle … Wer war sie hier in seinem »Haus«? Im Grunde niemand. Und alles. Das war doch gar nicht so schwer zu verstehen, aber sie verstanden es nicht. Niemand verstand es, nicht einmal die Menschen, die ihm am nächsten standen – Kitajew, Shanna. Und dieser Kolossow von der Kripo würde es genauso wenig begreifen …

Er hatte Egle zum ersten Mal hier in der Bar gesehen. Das war im Sommer gewesen. Sie kam gemeinsam mit Gasarow ins Kasino. Sie lebten zusammen, und wie er später erfuhr, liebte sie ihn sehr.

Er, Saljutow, wusste damals nur, dass Egle eine gute Bekannte seiner beiden Söhne war. Zuerst hatte Igor sie kennen gelernt, weil er zu jener Zeit gerade in irgendwelchen Geschäftsbeziehungen zu Gasarow stand. Später überlegte Saljutow manchmal: Ob Igor oder Philipp mal was mit ihr hatten? Nein, eher wohl nicht … Das Mädchen hatte ja nur Augen für Aligarch. Philipp war sowieso noch feucht hinter den Ohren, der wäre ihr gar nicht gewachsen gewesen, er hatte nicht das entsprechende Temperament. Und Igor liebte seine Frau Marina. Sie ihn allerdings nicht. Sie gab sich auch gar keine Mühe, das zu verbergen. Aus diesem Grund trank er mehr und mehr und wurde allmählich zum Alkoholiker. Und wenn er sich betrank, war er impotent. Das ging bei ihnen schon seit langem so. Es war ein Teufelskreis. Aber dann war Igor gestorben. Sein Ältester, sein Erstgeborener.

Nein, Egle war mit seinen Söhnen nicht im Bett gewesen, da war sich Saljutow sicher. Und mit ihm war sie auch nie intim gewesen. Und würde es auch nicht mehr sein, weil … weil es inzwischen unmöglich war. Der Tod seines Sohnes hatte alles verändert, zunichte gemacht, in seinem »Haus« wie auch bei ihm selber, dem Besitzer. Hier im Kasino tratschten alle, vom Wachmann bis zum Portier, über seine Beziehung zu Egle, aber sie kannten die Wahrheit nicht.

Er hatte Egle in der Bar des Kasinos gesehen. An diesem Abend hatte Aligarch Pech im Spiel und war dem Kasino viertausend Dollar schuldig geblieben. Bis um fünf Uhr morgens hatte er am Spieltisch ausgeharrt, in der Hoffnung, das Geld zurückzugewinnen, aber er hatte kein Glück. Er trank und schrieb Schuldscheine. Das entsprach den Regeln – Schuldscheine zu schreiben, wenn die Taschen leer waren. Und Kitajew befolgte ebenfalls die Regeln, wenn er ihm sagte, die Schulden müssten binnen drei Tagen zurückgezahlt werden, danach werde das Kasino ihm »den Geldhahn zudrehen«.

Kitajew war wegen des Geldes nicht übermäßig besorgt, viertausend Dollar waren für den »Roten Mohn« eine Bagatelle. Aber für Aligarch war es eine Katastrophe. Er hatte das Geld dann auch nicht mehr gebracht. Stattdessen kam sie.

Egle. Und bat Saljutow, sie zu empfangen. Das war gegen die Regeln – er mischte sich niemals in Geldstreitigkeiten ein. Diese Dinge wurden von Kitajew geregelt, er verstand sich darauf. Aber in diesem Fall übertrat Saljutow seine eigenen Regeln – er bat sie zu sich ins Büro.

Saljutow erinnerte sich deutlich: Sie musste all ihren Mut zusammennehmen. Man merkte, wie sie sich verzweifelt bemühte, den Eindruck einer Femme fatale auf ihn zu machen, einer Draufgängerin und Herzensbrecherin. Sie sagte irgendetwas, schwatzte drauflos … Er aber schaute sie an – diese dichten, flachsblonden Haare, diese blauen Augen, dieser kaum hörbare, kindlich wirkende baltische Akzent.

Egle flehte ihn an, Gasarow zu schonen. Er antwortete, er würde ihr ja gern entgegenkommen, aber die Kasino-Regeln seien nicht von ihm geschrieben. Und sie … sie bemühte sich weiter, die Tapfere zu spielen, versuchte sogar zu scherzen, mit ihm zu flirten. Aber ihre Lippen zitterten, ihre Stimme brach. Er aber sah nur, wie jung sie war – kaum älter als sein Sohn Philipp …

Sie blickte ihn fragend an und sagte dann, sie sei bereit, mit ihm ins Bett zu gehen, so oft er wolle, wenn er dafür Aligarch die Schulden erlasse. Einmal, zweimal, fünfmal, zehnmal – so oft er Lust habe. Sie warf ihm dieses »ins Bett gehen« hin wie einen Fehdehandschuh. Und er hob den Handschuh auf und sagte – fangen wir doch gleich an, hier auf dem Ledersofa – und schloss die Bürotür ab.

Sie schob die schmalen Träger ihres kurzen Seidenkleidchens von den Schultern (es war Juli, und man konnte die Hitze nur mit einer starken Klimaanlage ertragen), streifte ihr Kleid ab wie einen Strumpf und ließ es auf den Boden fallen. Mit hängendem Kopf stand sie so vor ihm, und purpurne Röte stieg ihr nach und nach in die Wangen, bedeckte Hals und

Brust. So erröten nur sehr junge blonde Mädchen und Kinder – flammend wie Mohn. Den Femmes fatales, Draufgängerinnen, Herzensbrecherinnen und Brünetten ist das nicht gegeben.

Er hob ihr Kleid auf, gab es ihr zurück und sagte ihr, sie solle sich wieder anziehen. Er sagte, in Zukunft solle sie erst gut überlegen, bevor sie eine solche Dummheit mache. Niemand sei es wert, dass man sich derart für ihn aufopfere ... Dann sagte er noch, sie könne seine Tochter sein, und einem so jungen Mädchen stünde es schlecht zu Gesicht, sich zu benehmen wie eine hartgesottene Hure, die sich für Geld dem ersten Besten anbiete. Egle begann zu weinen und zog sich hastig wieder an. Schluchzend sagte sie, er könne alles mit ihr tun, was er wolle, wenn er nur Gasarow nicht »den Geldhahn zudrehe«.

Und erst in diesem Augenblick wurde ihm klar, wovor sie sich fürchtete. Weshalb sie sich ihm anbot. Und da bat er sie, sich auf das Sofa zu setzen, das Sofa hier in der Ecke seines Büros. Er selbst setzte sich neben sie und sprach zu ihr.

Im Grunde hatten seine Worte keine Bedeutung, wichtig war der Ton. Er wusste ihn zu treffen. Er schaute sie an, und in seinem Herzen erwachte mit Macht jenes vergessene und scheinbar längst begrabene Gefühl wieder, das er mit Worten nicht richtig ausdrücken konnte, ein Gefühl, das am ehesten der nicht heilen wollenden Wunde seiner Kindheit ähnelte.

Zwei Wochen später kam Egle noch einmal. Er empfing sie, sie legte ihm fünfhundert Dollar auf den Tisch und sagte, gestern habe Gasarow im »Golizyn« sechshundert Dollar beim Roulette gewonnen. Sie bringe ihm dieses Geld, um seine Schulden zu begleichen. Er nahm das Geld nicht. Stattdessen lud er sie völlig unerwartet zum Essen in ein schickes japanisches Restaurant ein. Anschließend brachte er sie nach Hause in die Mytnaja-Straße.

Danach sahen sie sich mehrmals hier im »Haus«. Er wies Kitajew an, Aligarch in Ruhe zu lassen und ihn nicht wegen seiner Schulden zu bedrängen. Aligarch hatte inzwischen offenbar gemerkt, dass die Angelegenheit geregelt war, und war wieder im »Roten Mohn« aufgetaucht.

Ende November lud er Egle noch einmal zum Essen ein. Es war der dreiundzwanzigste, Marinas Geburtstag. Am Vorabend hatte sein Sohn Igor ihn eingeladen – er hatte zusammen mit Marina eine Party für seine Freunde im »Zeppelin« organisiert. Aber Saljutow lehnte die Einladung ab und erklärte, aus dem Alter, in dem man die halbe Nacht durch Kneipen zieht, sei er heraus. Dann rief Marina an und wollte wissen, wann er käme. Er antwortete auch ihr ausweichend, erfand irgendeine Ausrede … Im Grunde genommen hatte er Egle an jenem Abend nicht zuletzt deshalb zum Abendessen eingeladen, um einen Anlass zu haben, nicht zu Sohn und Schwiegertochter fahren zu müssen. Beim Abschied, schon vor ihrem Haus, gab er Egle Geld. Sie nahm es an und sagte: »Vielen, vielen Dank.« Er wusste, dass sie es nicht für sich nahm.

Ein paar Tage später, am siebenundzwanzigsten November, verunglückte Igor. Mit Kitajew zusammen fuhr Saljutow zur Miliz und dann ins Leichenschauhaus, um den Toten zu identifizieren. Morgens um halb fünf kehrten sie in den »Roten Mohn« zurück. Er konnte damals nicht nach Hause fahren. Er konnte es einfach nicht.

Das Kasino war schon geschlossen. Niemand war dort, keine Menschenseele außer …

… Egle Taurage saß auf einem Stuhl neben der Tür zu seinem Büro. Die Männer des Sicherheitsdienstes sagten, sie habe sich strikt geweigert, nach Hause zu fahren. Sie hatten deshalb sogar Kitajew angerufen, er hatte überlegt und dann gesagt, lasst sie in Ruhe. Aligarch war an jenem Abend nicht im Kasino gewesen. Sie aber saß vor seiner Tür wie ein treuer Hund. Das war ein grober Vergleich für eine junge Frau, aber es war der einzig richtige Ausdruck. Und er erlaubte ihr zu bleiben. Obwohl er in diesem Augenblick eigentlich niemanden sehen wollte. So verbrachte sie den ganzen Vormittag bei ihm. Hier auf dem Sofa hatte sie gesessen. Und ihre Gegenwart hatte ihm wahrscheinlich das Leben gerettet …

Saljutow blickte aus dem Fenster seines Büros auf Egle hinunter. Dieser Typ von der Kripo hatte unbedingt wissen wollen, in welcher Beziehung er zu ihr stünde. Dabei war das doch so einfach zu begreifen. Aber um es zu erklären, dafür fehlten in unserer reichen Sprache die Worte. Zumindest konnte er, Saljutow, nicht die richtigen finden.

Das grelle Licht durchschnitt die Dämmerung wie ein scharfes Rasiermesser. Aus dem Nebelschleier der Schneeflocken tauchte abrupt ein Auto auf. Quietschend fuhr es direkt bis zum Eingang des Kasinos, machte dort eine jähe Kehrtwendung und stoppte für einen Moment. Schüsse krachten, einer, dann ein zweiter, ein dritter. Sie barsten laut knallend in der Luft wie unsichtbare Feuerwerkskörper. Saljutow sah, wie das Auto in Richtung Allee davonraste. Er sah, wie die hohe Leiter unter Gepolter umfiel und die Arbeiter in eine Schneewehe stürzten, er sah den Portier, der ganz kopflos aus dem Kasino herausgerannt kam, die Security-Männer, die, tief im Schnee einsinkend, vom Parkplatz herbeiliefen. Er sah die sich rasch entfernenden roten Rücklichter und … er sah sie, Egle, mit dem Gesicht nach unten auf den Stufen zum Kasino liegen.

Weit ausholend und wuchtig schlug er mit der Faust gegen die Fensterscheibe. Das Klirren und Brechen des Glases hörte er nicht, spürte keinen Schmerz. Er spürte überhaupt nichts – nur diesen verzehrenden Wind, der ins Zimmer fegte und ihm den Mund wie mit einem Eisknebel verstopfte.

25

Als Kolossow von dem Mord erfuhr, war er binnen einer Viertelstunde am »Roten Mohn«. Mit eingeschalteter Sirene jagte er den ganzen Weg über die Gegenfahrbahn und riskierte bei diesem Schneesturm jeden Moment einen Frontalzusammenstoß. Am Eingang des Kasinos empfing ihn Bindjushny. Das Einsatzkommando aus Skarabejewka war schon eingetroffen, und Bindjushny untersuchte die Blutspuren auf den Treppenstufen.

Egle Taurage lag im Großen Saal des »Roten Mohn« auf dem mit grünem Tuch bezogenen Spieltisch, neben dem Roulette. Um den Tisch drängten sich in tiefem Schweigen die Angestellten des Kasinos sowie Kitajew und Saljutow. Das Gesicht des Mädchens war ruhig und bleich. An der Tür stand, an den Pfosten geklammert, die Kassiererin der Geldwechselstelle und schluchzte: »Mein Gott, wann nimmt dieser Albtraum denn endlich ein Ende?«

Der Gerichtsmediziner, der zusammen mit dem Einsatzkommando gekommen war, befasste sich mit einer für ihn ungewöhnlichen Tätigkeit – er leistete einem der Elektriker erste Hilfe. Beim Sturz von der Leiter hatte der Mann sich schwer am Bein verletzt.

Für Egle Taurage kam medizinische Hilfe zu spät. Sie war tot. Unterstützt von Bindjushny, zog Nikita ihr vorsichtig den mit Blut und Schnee verschmierten, durchnässten Pelzmantel aus. Drei Schusswunden im Rücken, zwei davon Durchschüsse.

Nikita ließ seinen Blick durch den Saal wandern: Seltsam, aber das war tatsächlich das erste Mal, dass er mitten im großen Spielsaal des »Roten Mohn« stand. Er betrachtete die Wände, die mit gebeizter Eiche vertäfelt waren, die schweren weichen Vorhänge, die massiven, grün bezogenen und mit Kreide linierten Kartentische, die bunten Schalen für die Chips, die trübgelben Lampen an der Decke, die die Tische beleuchteten und in den Ecken des geräumigen, niedrigen Saales schummrige Schatten warfen. Trotz Klimaanlage und Lufterfrischern hing noch immer der Geruch nach teurem Tabak, Alkohol und dem herben Bohnerwachs für das spiegelblanke Parkett in der Luft.

In diesem fensterlosen, nur von Soffittenlampen beleuchteten Saal war die Zeit erstarrt wie erkaltete Lava. Aber so muss es ja auch sein, dachte Nikita unwillkürlich. Hier ist alles so geplant und so eingerichtet, dass niemand mehr an die Zeit denkt. Das Spiel hat kein Ende und keinen Anfang, das Spiel dauert bis in alle Ewigkeit. Es ergreift und unterwirft dich.

»Offenbar wieder Pistolenschüsse«, stellte Bindjushny fest, während er die Wunden an Egles Körper untersuchte. »Aus nächster Nähe. Sie wollte gerade zur Tür hinein, als man aus einem heranfahrenden Auto auf sie geschossen hat.«

»Ist das Auto identifiziert worden?«, fragte Kolossow.

»Nach Aussagen der Augenzeugen war es ein ausländischer Wagen. Die einen sagen, ein Volvo, die anderen meinen, es sei ein BMW gewesen. Eine dunkle Farbe – schwarz oder dunkelblau.«

»Was wollte sie hier?«, fragte Kolossow und blickte auf Egle.

Bindjushny schwieg.

»Was wollte sie hier?« Nikita hob die Stimme, er wandte sich jetzt an Saljutow. »Wissen Sie, warum sie hergekommen ist?«

Aber auch Saljutow schwieg.

»Ist Gasarow hier?«, fragte ihn Kolossow.

»Nein«, antwortete Kitajew für seinen Chef. Er räusperte sich und trat vor. »Niemand war hier, nur unsere Angestellten. Kein einziger Gast.«

»Ich habe den Taxifahrer, der sie hergebracht hat, als Ersten verhört«, flüsterte Bindjushny ihm zu. »Er sagt aus, es sei ein BMW gewesen. Angeblich ist der Wagen hinter ihnen von der Chaussee gekommen. Auf der Allee will er ihn bemerkt haben – und das bei diesem Schneesturm. Er sagt, die Taurage habe ihn in der Mytnaja-Straße angehalten. Sie ist also von zu Hause hierher gefahren. Hier ist sie dann ausgestiegen, wollte bezahlen, und in dem Moment kommt plötzlich dieser Wagen von der Allee, wendet bei vollem Tempo, und dann fallen die Schüsse. Der Taxifahrer hat nicht gesehen, wer geschossen hat, er sagte, ihm sei vor Schreck schwarz vor Augen geworden ... Die Beschreibung des Wagens habe ich schon an die Verkehrspolizei weitergeleitet.«

»Der Taxichauffeur hat auch nicht gesehen, wer am Steuer des Wagens saß?«, hakte Kolossow nach.

»Nein, ich habe ihn gehörig in die Mangel genommen, aber er versichert, er habe nichts gesehen.«

»Vielleicht schauen Sie sich mal das Video an?«, meinte Kitajew. »Den Film aus unserer Kamera überm Eingang?«

»Den Film?« Nikita blickte zu Saljutow hinüber, der den leblosen Körper anstarrte, der auf dem Tisch ausgestreckt lag, und nichts gehört zu haben schien. »Waleri Wiktorowitsch, wären Sie so freundlich, mit uns in die Wachstube zu gehen, um das Video anzusehen?«

»Gehen Sie nur schon, ich komme sofort nach«, antwortete Saljutow leise.

Aber er erschien dann doch nicht mehr. Kitajew holte das Band und schaltete den Monitor ein. Auf dem Bildschirm flimmerte es, dann begann die Aufzeichnung. Die Bildqualität war miserabel – das Objektiv der Kamera war vom Schnee verklebt. Aber einiges konnte man doch erkennen.

»Da, da kommt das Taxi.« Kitajew, der gespannt auf den Monitor starrte, wies mit dem Finger auf das Bild. »Egle kann man nicht sehen, die geöffnete Tür verdeckt sie. Das sind unsere Elektriker, sie reparieren das Tableau. Da ... da ist der Wagen ... Jetzt wendet er, bremst und ...«

Es war ein BMW, ohne Zweifel.

»Kann man das Bild vergrößern?«, fragte Nikita.

Kitajew klickte auf die Maus und zoomte das Bild heran. Ja, ein dunkler BMW, ein älteres Modell, ungefähr aus den frühen Neunzigern.

»Teufel noch mal ...« Kitajew runzelte die Stirn.

»Haben Sie diesen Wagen schon früher einmal hier gesehen?« Kolossow nahm die Maus selbst in die Hand und holte das Bild so nah wie möglich heran: einen Teil des Kofferraums, ein Hinterrad und ... die letzte Zahl des Kennzeichens, eine »3«.

»Ich kann mich natürlich irren«, Kitajew warf Kolossow einen nervösen Blick zu, »aber ein dunkelblauer BMW, Baujahr 94, Kennzeichen WSchtsch-63 – das ist der Wagen von Frau Basmanjuk. Sie hat ihn letztes Jahr gekauft.«

Nikita drückte auf die Standbildtaste.

»Bitte holen Sie sie her«, bat er.

»Sie ist noch gar nicht da. Aus irgendeinem Grund ist sie heute nicht zur Arbeit gekommen.« Kitajew starrte wie gebannt auf den Bildschirm. »Ich dachte zuerst, sie verspätet sich und wollte sie anrufen. Später war mir dann nicht mehr nach Telefonieren zumute.«

»Haben Sie Ihre Handynummer im Kopf?«

Kitajew zog sein Notizbuch heraus und diktierte ihm die Nummer. Nikita wählte die genannten Zahlen. »Der Teilnehmer ist im Augenblick nicht erreichbar, bitte versuchen Sie es später noch einmal.«

»Wo ist sie bloß?«, fragte Kitajew leise. »Wenn das wirklich ihr Wagen war, wo ist sie dann selber?!«

Bindjushny, der während des ganzen Gesprächs geschwiegen hatte, begann wieder zu telefonieren und eine genauere Beschreibung des gesuchten Wagens durchzugeben.

»Um wie viel Uhr war das Verhör zu Ende?«, flüsterte er Kolossow in einem passenden Moment zu.

»So etwa kurz nach eins. Sie hat gesagt, Saljutow habe sie am Morgen angerufen und gebeten, zur Arbeit zu kommen, aber als sie losfahren wollte, sei der Wagen wegen der Kälte nicht angesprungen.«

»Der Wagen muss unbedingt gefunden werden«, sagte Kolossow, »und die dazugehörige Dame ebenfalls.«

»Meinst du, sie ist der Maulwurf?«, fragte Bindjushny, dem der Schweiß auf der Stirn stand.

»Ich meine gar nichts!« Nikita merkte, noch eine Sekunde, und er würde explodieren. Was hatten sie da für einen Bock geschossen! Einen geradezu kapitalen Bock! Und dabei hatte Obuchow ihn doch gewarnt …

Auf dem Bildschirm flimmerte pulsierend grauer, trüber Schnee.

26

Katja erfuhr von Egles Tod noch am selben Tag, am späten Nachmittag. Vergeblich versuchte sie, Kolossow anzurufen. Mehrmals ging sie hinunter zur Mordkommission. Aber dort wollte keiner mit der Sprache heraus. Schließlich hatte der diensthabende Milizionär Mitleid und verriet ihr, in der Rubljowskoje-Chaussee sei ein Mord passiert, und der Chef habe dringend dorthin fahren müssen. Katja fragte: Wo, im Kasino? Der Diensthabende nickte, zögerte einen Moment und reichte ihr dann die Telefonnotiz. Und so erfuhr Katja, dass Egle Taurage tot war.

Langsam ging sie in ihr Büro zurück. In den Ohren klangen ihr noch die Worte des Diensthabenden: »Den Mann will einer wirklich fertig machen. Am helllichten Tag hat man direkt vor seinem Kasino ein Mädchen erschossen, vom Auto aus. Vermutlich seine Geliebte oder Sekretärin … Der arme Kerl hat wahrlich keine ruhige Minute mehr. Offenbar ist er jemandem gründlich in die Quere gekommen.«

Mit dem »armen Kerl« war Saljutow gemeint. Eben der Mann, über den Katja mit dem Chef der Mordkommission reden wollte.

Aber daraus wurde nichts …

Abends erzählte sie Krawtschenko alles, was sie im »Planet Atlantis« erlebt hatte. Er hatte den ganzen Tag geschlafen und war nun munter und frisch und freute sich schon darauf, im Fernsehen Hockey zu gucken. Aus diesem Grund hörte er Katja nur mit halbem Ohr zu.

»Na, und was hältst du von all dem?«, fragte sie.

»Was? Wovon?« Krawtschenko drückte auf den Knöpfen der Fernbedienung herum.

»Von Saljutow und der Witwe seines Sohnes!«

»Vielleicht hat diese Hübsche nicht alle Tassen im Schrank?«, brummte Krawtschenko.

Katja wartete, was noch kommen würde.

»Ihr Frauen seid sowieso schwer zu begreifen«, sagte er. »Immer müsst ihr lügen. Ihr merkt es selber schon gar nicht mehr.«

»Wann habe ich dich schon mal angelogen?«, fuhr Katja entrüstet hoch und vergaß auf der Stelle das wichtige Thema, das sie mit ihrem Gatten besprechen wollte.

»O Gott, bloß das nicht wieder«, stöhnte Krawtschenko. »Wenn du wirklich meine Meinung wissen willst – ich finde, du solltest dich nicht in fremde Angelegenheiten einmischen. In diesem ›Mohn‹ sind schon drei Menschen umgebracht worden. Das dritte Opfer hat man aus einem fahrenden Auto erschossen. Keine üble Handschrift, wie? Das allein zeigt schon, mit wem man es hier zu tun hat. Aber du erzählst mir irgendein Gewäsch über eine übergeschnappte Tussi, die ihren toten Mann für lebendig hält und …«

»Marina Saljutowa hält ihren Mann nicht für lebendig! Als sie mir von ihrem Ehemann erzählte, dachte sie dabei nicht an Igor Saljutow, davon bin ich überzeugt!«

»An wen denn sonst?«, fragte Krawtschenko. »Ehrlich, Katja, halt dich da raus. Mord im Spielkasino, das ist kein Thema für eine Frau. Also, wenn ich noch mal was vom Kasino höre, werde ich zum wilden Stier. Habe ich mich klar genug ausgedrückt?«

Katja seufzte. Genauso gut hätte sie mit einem Tauben reden können. Taub, stumm, blind, und geistig zurückgeblieben!

Ohne ein weiteres Wort reichte sie Krawtschenko beleidigt die Klubkarte des »Planet Atlantis«.

»So ist es viel besser. Frag mich nur immer um Rat«, sagte er und widmete sich voll und ganz seinem geliebten Hockeyspiel.

Als Katja am nächsten Morgen ins Büro kam, lief sie zuerst hinunter zur Kripo, um die Neuigkeiten zu erfahren. In Kolossows Büro wurde laut gestritten. Katja drückte die Türklinke hinunter – abgeschlossen! Offenbar wurde in der Mordkommission gerade die traurige Bilanz des gestrigen Tages gezogen, wobei auch stärkere Ausdrücke fielen, und aus Scham hatte man sich eingesperrt, um die schmutzige Wäsche nicht vor aller Augen und Ohren zu waschen.

Katja beschloss zu warten. Sie musste Kolossow heute unbedingt sprechen, koste es, was es wolle. Sie schlenderte den engen, gewundenen Korridor hinunter zum Wartezimmer, wo ein Sofa und Stühle standen.

Auf dem Sofa saß ein attraktiver, südländisch aussehender junger Mann mit tragischem Gesichtsausdruck. Derart tragisch, dass man eigentlich gar nicht mehr nach seinem Namen zu fragen brauchte. Aber Katja wollte sich doch lieber vergewissern.

»Sind Sie Georgi Gasarow?«, fragte sie.

Er schnellte hoch wie eine Sprungfeder. Vermutlich glaubte er, Katja käme aus dem Sekretariat und wolle ihn jetzt zu einem der Chefs hereinbitten.

»Also du bist Aligarch.« Katja musterte ihn ungeniert. »Ach, warum konntest du dein Mädchen nicht besser schützen!«

Gasarow starrte Katja verblüfft an.

Schwere, schnelle Schritte. Katja sah sich um: Wie ein Panzer bei der Attacke stampfte Bindjushny über den Korridor. Vor Kolossows Büro blieb er stehen und donnerte mit der Faust an die Tür, die sich augenblicklich öffnete. Dabei zeigte sich, dass so früh am Morgen noch gar keine Dienstbesprechung im Morddezernat stattfand. Durch die Tür konnte Katja flüchtig sehen, dass graublaue Rauchschwaden wie Gewitterwolken im Büro hingen. Mitten im Raum saßen außer Nikita ein korpulenter Mann mit einer Hornbrille und einer Aktentasche sowie eine Frau von etwa fünfundvierzig Jahren, die sehr schick und teuer gekleidet war und, wie Katja mit geübtem Blick sofort registrierte, eine italienische Perücke, Farbton »Lichtblond« trug. Trotz des dick aufgespachtelten Make-ups sah man auf den Wangen der Blondine dunkle Flecken der Zornesröte.

Katja kam nicht dazu, auch nur ein Wort zu sagen: Bindjushny stürmte wie ein Tornado ins Zimmer, schlug sofort die Tür hinter sich zu und sperrte schlüsselklirrend wieder ab.

Hätte Katja alle Materialien im Fall »Roter Mohn« gekannt, so hätte sie sofort gewusst, wer diese blonde Frau war: Shanna Basmanjuk. Bei ihr war der Anwalt Boris Grzymailo, den sie inzwischen alarmiert und um seinen juristischen Beistand gebeten hatte.

Katja schaute sich nach Gasarow um. Er stand jetzt an die Wand gelehnt. »Eine schwarze Perle in reichem Geschmeide, ein goldener Adler des Himmels«, fiel Katja unwillkürlich wieder ein. Nein, dachte sie, Egle hatte wirklich Talent, sie besaß die wichtigste Gabe eines Dichters – die Gabe zu träumen.

Als Iwan Bindjushny ins Büro stürzte und Kolossow wie ein Verschwörer die Neuigkeit ins Ohr flüsterte, war dessen spontaner Gedanke: Nehmen diese verfluchten Überraschungen denn gar kein Ende!

Den ganzen vergangenen Abend und die ganze Nacht hatte er nichts anderes getan, als die ständig neuen, überraschenden Wendungen dieses Falles zu resümieren und sie mit dem einzigen eindeutigen Faktum zu verbinden – dem zweiten Mord im Kasino. Die erste Überraschung war das unerwartete Auftauchen Shanna Basmanjuks im »Roten Mohn« gewesen. Sie wäre fast schon zusammen mit dem geheimnisvollen BMW zur Fahndung ausgeschrieben und für das nächste Opfer gehalten worden – aber um fünf Uhr nachmittags fuhr die bestrickende Shanna höchstpersönlich vorm Kasino vor, in einem altersschwachen Shiguli, der wie ein Gespenst aus dem Schneesturm auftauchte.

Kolossow sprach zu dieser Zeit gerade mit Waleri Saljutow im Spielautomatensaal. Im angrenzenden Großen Saal untersuchten der Gerichtsmediziner und der Untersuchungsführer die Leiche. Als Nikita, Kitajew und Bindjushny das Videoband zu Ende gesehen hatten und in den Spielsaal zurückgekehrt waren, stand Saljutow noch immer neben der Leiche des Mädchens, als halte er Totenwache. Nikita kam sein Benehmen anfangs gekünstelt, wie eine absichtliche Pose, vor.

»Waleri Wiktorowitsch, auf zwei Worte.« Er legte Saljutow die Hand auf die Schulter. »Ich muss mit Ihnen allein sprechen.«

Saljutow schaute Kolossow an, als ob er aus einem Traum aufwache, und ging dann mit schweren, langsamen, schlurfenden Schritten in die Automatenhalle. Es war der Gang eines alten Mannes. Nikita schaltete das Diktafon in seiner Tasche ein. Später, als er schon im Auto saß und zurück nach Moskau fuhr, hörte er die Aufzeichnung dieses Gesprächs ab. Es war nur eine kurze Unterhaltung, trotzdem kam Nikita etwas daran ungewöhnlich vor. Aber noch begriff er nicht, was ihn daran so stutzig machte.

Frage Kolossows: Waleri Wiktorowitsch, ist es richtig, dass sich alles vor Ihren Augen abgespielt hat?

Antwort Saljutows: Ja, ich habe alles aus dem Fenster meines Büros gesehen.

Frage: Ist Ihnen bekannt, warum Frau Taurage zum Kasino gefahren ist, noch bevor es geöffnet hatte?

Antwort: Diese Frage hätte nur sie selbst beantworten können.

Frage: Hat sie Sie vor ihrer Ankunft angerufen?

Antwort: Nein. Mich hat sie nicht angerufen.

Frage: Was haben Sie da an der Hand für einen Verband? Sind Sie verwundet?

Antwort: Mit mir ist alles in Ordnung. Ich habe mich nur versehentlich an der Hand verletzt.

Frage: Haben Sie gesehen, wer geschossen hat?

Antwort: Nein, ich habe nur den Wagen gesehen. Einen dunklen BMW.

Frage: Waleri Wiktorowitsch, erinnern Sie sich an die Aussage des Portiers Peskow?

Antwort: Ja, ich erinnere mich.

Frage: Er hat ausgesagt, dass am fünften Januar gegen halb neun Uhr abends Frau Basmanjuk aus der Herrentoilette kam, in der kurz darauf der ermordete Teterin gefunden wurde. Haben Sie mit ihr über diese Aussage Peskows gesprochen?

Antwort: Nein, das habe ich nicht getan.

Frage: Bedeutet das, Sie glauben der Aussage Ihres Portiers nicht?

Antwort: Peskow ist nicht fähig zu lügen.

Frage: Wie ist dann Ihr Schweigen zu verstehen? Soll das

heißen, Sie schließen es aus, dass Frau Basmanjuk etwas mit den Morden zu tun haben könnte?

Antwort: Ja, das schließe ich aus.

Frage: Tengis Milowadse ist Ihnen besser bekannt als mir. Vielleicht haben seine Wege sich irgendwann mit denen Ihres Pit-Bosses gekreuzt? Sie kennen Frau Basmanjuk doch schon ziemlich lange?

Antwort: Ihre Wege haben sich nie gekreuzt. PAUSE. Sind Sie wirklich hundertprozentig sicher, dass Milowadse hinter diesen Verbrechen steckt?

PAUSE.

Antwort Kolossows: Milowadse ist heute Morgen von der Staatsanwaltschaft festgenommen worden und sitzt jetzt in Untersuchungshaft. Sie müssen Ihre Aussagen wahrscheinlich noch einmal bei der Gegenüberstellung mit ihm wiederholen. Aber nach der heutigen Tragödie …

Frage Saljutows: Sagen Sie mir bitte ehrlich – ist diese Theorie Ihre einzige?

Antwort Kolossows: Es ist jedenfalls die wichtigste, Waleri Wiktorowitsch. Und sie erhärtet sich immer mehr. In Ihrer Umgebung gibt es jemanden, der gegen Sie arbeitet, genauer gesagt, gegen Ihr Kasino. Das ist nicht nur meine Meinung, das glaubt auch Kitajew. Er hält Milowadse für den Auftraggeber. Sind denn bei Ihnen, was das betrifft, Zweifel aufgetaucht?

Antwort Saljutows: Nein, das nicht … Ich habe keine Zweifel. Aber manchmal möchte man seine eigene Meinung von … von kompetenten Organen bestätigt hören.

In seinen Worten schwangen Bitterkeit und Spott. An dieser Stelle war das Gespräch unterbrochen worden – Shanna Basmanjuk war aufgetaucht.

Sie fanden sie im Spielsaal, wo sie wie angefroren stand und die Leiche anstarrte. Vor Schreck schien sie die Sprache verloren zu haben. Als Nikita gemeinsam mit Saljutow den Saal betrat, wies Shanna mit zitternder Hand auf das tote Mädchen und schrie: »Mein Gott, was geht hier vor?« Kolossow machte keine Anstalten, sich mit ihr, so wie mit Saljutow, an einen ungestörten Ort zurückzuziehen, und fragte sie direkt, in Anwesenheit des Gerichtsmediziners, des Untersuchungsführers und der erschrocken aus dem Foyer und dem Billardzimmer hereinspähenden Angestellten, warum sie zu spät zur Arbeit komme.

Shanna antwortete, und ihre Antwort war die zweite Überraschung dieses verrückten Abends. Sie blickte sich hilfesuchend um und sagte dann, dass ihr ... ein Unglück passiert sei. Aber verglichen mit diesem Albtraum (ein Blick zur Leiche auf dem Spieltisch) sei es nur eine Bagatelle. Kolossow fragte geduldig – was denn für ein Unglück? »Mein Auto ist mir direkt vor meiner Haustür gestohlen worden!«, rief Shanna. »Ich habe Ihnen heute Morgen doch erzählt, dass es nicht anspringen wollte. Als ich dann nach Hause kam, um mich umzuziehen und hierher zu fahren, stand es nicht mehr im Hof.«

Nikita schaltete wieder das Diktafon in seiner Tasche ein. Aus dem Augenwinkel beobachtete er, dass der Untersuchungsführer von seinem Protokoll aufblickte und gespannt auf ihr Gespräch horchte. Auch die Wachmänner, die Croupiers, die Kellner, der Portier und die Kassierer spitzten die Ohren. Kitajew ließ kein Auge von Shanna, bemühte sich aber, seine Gedanken und Gefühle durch nichts zu verraten. Nur einen der Anwesenden und dessen Reaktionen konnte Nikita nicht sehen – Saljutow. Ob mit Absicht oder durch Zufall, aber es hatte sich so ergeben, dass er hinter Kolossow stand.

Nikita fragte Shanna, wann sie entdeckt habe, dass ihr

Auto verschwunden war? Und ob sie ihren Wagen genauer beschreiben könne? Shanna antwortete rasch, sie habe einen dunkelblauen BMW, Kennzeichen WO-63, gewöhnlich parke sie ihn auf ihrem Stellplatz, aber in den letzten Tagen habe sie ihn auf den Hof vor ihren Hauseingang gestellt. Heute Morgen sei der Wagen nicht angesprungen. Sie habe gedacht, wegen dieser furchtbaren Kälte. So etwa um Viertel vor drei sei sie nach Hause gefahren, um sich vor der Arbeit umzuziehen, und da sei das Auto schon weg gewesen.

Kolossow wollte wissen: Wo hatte Shanna sich ab halb eins, als das Verhör bei der Kripo zu Ende war, aufgehalten? Er registrierte, dass Kitajew bei dieser Frage unwillkürlich zusammenzuckte und sichtlich auf der Hut war. Shanna erwiderte trocken: »Nach dem Verhör bei Ihnen war ich in der City und bin durch die Geschäfte gebummelt.«

Kolossow bat sie, die Geschäfte zu benennen. Sie warf ihm, ohne lange zu überlegen, ein Dutzend Namen hin – die »Manege«, das »Haus der Geschenke«, die Boutique »Christian Dior« in der Twerskaja, »Escada« usw. usw. Kolossow fragte, ob »diese furchtbare Kälte« bei einem so ausgiebigen Shopping nicht gestört habe? Sie antwortete noch trockener: Nein, ich bin abgehärtet. Er fragte: Ob sie ihre Einkäufe mit datierten Quittungen belegen könne? Sie antwortete, sie habe fast nichts gekauft, sondern sich nur umgeschaut und anprobiert.

An dieser Stelle räusperte sich Gleb Kitajew geräuschvoll. Shanna fuhr zusammen und fragte: »Aber was ist denn eigentlich los? Was hat das alles zu tun mit …?« Kolossow zuckte nur die Schultern und fragte, wann sie bei der Miliz den Diebstahl des Autos gemeldet habe? Und in welcher Abteilung sie angerufen habe? Shanna erwiderte, sie sei so verwirrt gewesen … und sie habe nicht zu spät zur Arbeit kommen wollen … Da hörte Nikita plötzlich hinter sich Saljutow flüstern:

»Es reicht, machen Sie Schluss mit dieser Farce. Zwingen Sie sie nicht, sich so zu erniedrigen und vor allen lügen zu müssen ... Bringen Sie sie nach oben in mein Büro.«

Kolossow zögerte einen Moment und sagte dann: »Bitte fahren Sie doch mit uns zu der Stelle, wo Ihr Auto gestohlen wurde, Shanna Markowna.«

Sie stiegen in den Dienst-Wolga und fuhren nach Moskau. Shanna zeigte ihnen den Parkplatz vor dem Eingang zu dem neunstöckigen Neubau, in dem sie wohnte. Gemeinsam sahen sie sich den Ort genauer an – Kolossow, Untersuchungsführer Sokolnikow, Bindjushny und ein Mann von der Spurensicherung. Letzterer machte ein Foto des Reifenprofils im Schnee. Nikita bat Shanna um den Fahrzeugschein und die Autoschlüssel. Sie kramte eine Weile in ihrer Wildlederhandtasche und händigte ihm die Schlüssel aus. Das war die nächste Überraschung.

Dann schlug Sokolnikow vor, nach oben in ihre Wohnung zu gehen, erklärte aber gleich, es handle sich nur um eine Formalität, nicht um eine Durchsuchung. Shanna sagte, bitte sehr, von mir aus. Ihre Wohnung war groß und hell, drei elegant eingerichtete Zimmer. Etwas Interessantes konnte Nikita darin nicht entdecken. Viel interessanter waren Shannas Augen. Augen, die genauso hartnäckig logen wie ihre flinke Zunge.

Sie kehrten in den »Roten Mohn« zurück und stiegen alle zusammen in die Wachstube hinunter, um sich noch einmal das Video anzusehen. Sokolnikow fragte Shanna, ob sie den Wagen im Film als ihren eigenen wieder erkenne. Sie antwortete, es könne sein, dass es sich um ihren Wagen handele, aber das Bild sei zu schlecht, um etwas Definitives zu sagen. Sokolnikow teilte ihr mit, dass aus diesem Wagen heute um fünfzehn Uhr Egle Taurage mit drei Pistolenschüssen getötet worden sei. Er bat Shanna noch einmal, genau zu überlegen, wo sie um diese Zeit gewesen sei. Sie antwortete, um diese Zeit sei sie gerade nach Hause gekommen und habe festgestellt, dass ihr Auto verschwunden war. Dann verstummte sie, schaute das Standbild auf dem Monitor an und sagte schließlich, sie werde auf weitere Fragen nur noch im Beisein eines Anwalts antworten.

Rechtsanwalt Grzymailo konnte erst gegen zehn Uhr abends aufgetrieben werden. Aber so spät am Abend eine schwache Frau zu verhören, mochte sie auch eine Lügnerin sein, das brachten weder Kolossow noch Sokolnikow übers Herz. Nach Hause zu fahren erlaubten sie Shanna allerdings auch nicht. Sie musste die Nacht auf dem Revier von Skarabejewka verbringen, auf einer Bank im Flur in der Gesellschaft ihres Anwalts. Die ganze Nacht berieten sich die beiden im Flüsterton. Um acht Uhr früh brachte man sie aufs Präsidium in die Nikitski-Gasse, wo auch Kolossow sich einfand, und das Verhör konnte fortgesetzt werden.

Im Laufe der Nacht hatte die Lage sich nicht wesentlich verändert, es waren aber einige neue Informationen und weitere Zeugen aufgetaucht. Morgens brachte man Georgi Gasarow zur Nikitski-Gasse. Die Nachricht von Egles Tod nahm ihn derart mit, dass Kolossow beschloss, das Verhör etwas aufzuschieben, um ihm Zeit zu geben, wieder zu sich zu kommen. Zusätzliche Informationen lieferte ihnen die Pförtnerin des Hauses Nr. 23, in dem Shanna Basmanjuk wohnte. Sie wusste nichts davon, dass Shanna im Laufe des Tages zurückgekommen war. Allerdings gab sie ehrlich zu, dass sie in der Zeit zwischen 14.45 Uhr und 15.30 Uhr nicht im Haus gewesen war – sie hatte ihre Enkelin aus der Musikschule abgeholt. Über den BMW konnte sie auch nichts sagen. Aber auf die Fragen nach Shanna antwortete sie bereitwillig, bezeichnete sie respektvoll als »eine selbstständige, wohlhabende, alleinstehende Dame«, erwähnte, sie sei immer sehr elegant und teuer gekleidet und eine starke Raucherin – sogar im Aufzug könne sie es nicht lassen. Und vor nicht allzu langer Zeit habe bei ihr »ein sehr ansehnlicher, sportlicher junger Mann« gewohnt, mit dem sie Shanna morgens und tagsüber oft gesehen habe, niemals aber abends oder nachts.

Diese Aussagen, so spärlich sie auch waren, lohnte es gründlich zu überdenken. Aber die Aussagen wurden erst morgens gemacht. Seine Gedanken versuchte Kolossow jedoch schon am Abend zuvor zu ordnen.

»Weißt du, mit einer so absurden Sache sind wir beide noch nicht oft konfrontiert worden, Iwan«, meinte er, als er mit Bindjushny zusammen im Auto saß und sich durch hohe Schneewehen zur Chaussee durchkämpfte.

»Redest du von den Ammenmärchen dieser angemalten Fregatte?«, fragte Bindjushny verschlafen.

»Sie ist keine Fregatte, sie ist eine Frau.« Kolossow seufzte träumerisch. »Durch und durch weiblich. Sie lügt auch auf die klassische weibliche Weise. Und sie ist wieder erblondet, wer hätte das gedacht … Ich Trottel habe geglaubt, sie hätte sich die Haare abgeschnitten und gefärbt. Dabei ist das eine Perücke! Lauter Metamorphosen, im Aussehen, im Benehmen, in den Aussagen. Aber das meine ich jetzt gar nicht.« Er seufzte erneut. »Mit absurd meine ich die ganze Situation.«

»Den Mord oder was?« Bindjushny runzelte die Stirn. »Was ist daran so absurd? Ich hatte es gleich im Gefühl, dass noch was passieren wird. Dass Chwantschkara sich rächen wird. Der kriegt doch sofort spitz, wer ihn verpfiffen hat.«

»Aber warum musste sein Maulwurf diesmal alles so absurd komplizieren, um für seinen Chef Rache zu nehmen?«, fragte Nikita. »Ich habe auch so etwas erwartet. Und Obuchow hatte mich vorgewarnt. Genau wie ich dachte er, jetzt sei unser Glücksrad-Chef selbst an der Reihe. Allerdings hat wohl niemand damit gerechnet, dass so schnell etwas passieren würde.«

»Du hast gedacht, es würde Saljutow persönlich an den Kragen gehen? Nicht doch. Der kostet nach Killertarifen einen ganzen Koffer voll Geld. Das ist keine Lusche wie dieser Vitas.« Bindjushny schnaufte verächtlich. »Nein, der Maulwurf hat eine andere Aufgabe – er soll mit allen Mitteln dafür sorgen, dass das Kasino geschlossen wird. Das Geschäft ruinieren oder den Besitzer aus dem Weg räumen – das sind zwei verschiedene Paar Schuhe, Nikita. Und die Preise dafür sind auch verschieden.«

»Aber warum musste er diesmal alles so kompliziert machen? Gut, man kann seine Logik verstehen: Der dritte Mord im ›Roten Mohn‹, damit ist das Kasino erledigt. Aus, vorbei, es kann dichtmachen. Da helfen alle unsere Winkelzüge und Tricks nichts mehr, keine Aussagen von Saljutow, so nützlich sie für uns sind, werden es retten. Die Lizenz ist verloren. Und die Kundschaft ist gründlich und auf lange Zeit abgeschreckt. Wer besucht schon einen Ort, an dem die Gäste reihenweise abgeschossen werden wie Rebhühner? Und das war es ja wohl, was unser Maulwurf bezweckte. Aber warum auf einmal so verzwickt? Vielleicht klingt es zynisch, aber was hätte für ihn einfacher sein können, als zum Kasino zu fahren und den ersten Besten, der ihm unter die Augen kommt, abzuschießen – einen Elektriker zum Beispiel oder den Portier. Die Wirkung, die Folgen wären die gleichen. Nimm den nächsten Bauern weg, so wie im Fall von Teterin. Aber nein, dieses Mal wählt unser Maulwurf einen viel schwierigeren Weg: Er sucht sich als Opfer Egle Taurage aus, beobachtet und verfolgt sie von der Mytnaja-Straße bis zum …«

»Woher weißt du, dass er sie schon von dort verfolgt hat?«

»Er? Oder vielleicht doch sie?«, fragte Nikita spöttisch. »Ich habe nachgedacht, Iwan, und mir ist folgende Idee gekommen. Wer heute Nachmittag um drei ausgerechnet Egle Taurage vor dem Kasino erwischen wollte, musste sich vorher ganz schön anstrengen. Erstens musste er in Erfahrung bringen, dass Egle heute zum Kasino fuhr, noch bevor es öffnete. Zweitens musste er wissen, dass das Kasino heute seinen Betrieb wieder aufnimmt, obwohl das noch gestern kaum jemand zu hoffen wagte. Und drittens ... musste es ihm irgendwie gelingen, einen so auffälligen Wagen wie einen BMW zu stehlen.«

»Vielleicht war es gar kein richtiger Diebstahl«, meinte Bindjushny, »sondern nur eine kleine Spritztour. Dafür brauchte er nur ein Duplikat des Schlüssels. Ihr die Karre zu klauen war gar nicht nötig, man brauchte sich nur reinzusetzen und loszufahren. Dass das Kasino wieder geöffnet wurde, wussten natürlich auch Kitajew und alle übrigen Angestellten, die heute Dienst hatten. Und die andere Schicht, die heute frei hatte, wusste es auch. Aber dass Egle Taurage zum Kasino fahren würde, das wusste ... Ja, wer außer Aligarch hätte das wissen können?« Bindjushny schlug sich mit der Faust aufs Knie. »Natürlich! Sie waren ja zusammen in der Wohnung, die Überwachung dort ist ja erst heute Morgen aufgehoben worden!«

»Und wie immer haben wir uns mit unserem Stundenlimit selbst ausgetrickst«, stellte Kolossow fest. »Bei der Überwachung genauso wie beim Abhören von Shanna Basmanjuks Telefonen. Eine Lektion für die Zukunft: Der Geizige zahlt doppelt.«

»Aber im Prinzip«, Bindjushny seufzte, »kommt nichts als Kuddelmuddel dabei heraus. Absurdes Zeug eben.«

»Na, einen Schluss kann man aber doch ziehen. Diesmal wollte er Egle Taurage und niemand sonst erwischen.«

»Vielleicht weil er wusste, dass er damit Saljutow besonders schmerzhaft treffen würde?«, mutmaßte Bindjushny. »Das Mädel war ja wohl seine Geliebte, wenn nicht alles täuscht. So konnte er mit einem Schlag sowohl seinen Geldbeutel wie sein Herz verwunden. Zwei Fliegen mit einer Klappe.«

»Er selbst bestreitet, dass Egle seine Geliebte gewesen ist. Genau wie Gasarow. Aber trotzdem, etwas hat die beiden verbunden. Und zwar sehr fest. Man braucht sich Saljutow ja nur anzusehen. Der Tod Egles ist ein schwerer Schlag für ihn, auch wenn er sich zusammenreißt. Ich glaube, die Wahrheit über seine Beziehung zu dem Mädchen wird er uns nicht sagen. Er verschweigt uns überhaupt eine Menge. Nicht dass er lügt, wie die Basmanjuk. Aber die ganze Wahrheit kriegt man auch nicht aus ihm raus. Über das meiste schweigt er sich aus.« Nikita seufzte. »Und ich finde einfach nicht die richtigen Worte, um ihn zum Reden zu bringen. Ich spüre nur, er sagt mir nicht alles.«

»Das spüre ich auch. Aber wir haben doch noch einen anderen Weg, um an Informationen zu kommen. Wir knöpfen uns diesen Aligarch vor, soll er erzählen, was er weiß!«

»Gasarow? Den werde ich morgen früh verhören. Aber weißt du, was ich mir noch überlegt habe?« Kolossow sah Bindjushny an. »Diese ganzen Absurditäten haben ihre eigene Logik. Urteile selbst: Um Egle Taurage zu töten, musste der Maulwurf in Erfahrung bringen, wann sein Opfer heute ins Kasino fahren würde, dass das Kasino wieder in Betrieb ist und dass ein gewisser BMW unbewacht auf dem Parkplatz steht. Vielleicht hat der Maulwurf sich aber gar nicht besonders angestrengt, um das alles herauszukriegen. Vielleicht hatte er einfach Glück – die Umstände ergaben sich so, und er hat sie ausgenutzt. Aber trotzdem ist es eine Spur. Eine Spur, die zu ihm führt. Wenn wir herauskriegen, wer alle diese drei Dinge wusste – dann haben wir mit großer Wahrscheinlichkeit unseren Maulwurf.«

»Na, und bei wem fangen wir mit unseren Nachforschungen an?«, fragte Bindjushny.

»Natürlich bei der Basmanjuk. Da haben wir schon zwei von den drei Dingen – das Kasino und den Wagen.«

»Aber Sokolnikow wird sie aufgrund solcher Indizien nicht festnehmen.«

»Ihre Festnahme brauchen wir vorläufig auch gar nicht. Untersuchungshäftlinge hatten wir schon mehr als genug – Maiski, Gasarow. Und was war das Ergebnis? Beide sind wieder frei, und wir sind keinen Schritt weiter, im Gegenteil. Nein, wir brauchen jetzt etwas ganz anderes.«

»Was?«

»Zum Beispiel müssen wir genau feststellen, wo sie gewesen ist, nachdem sie mein Büro verlassen hat.«

Am nächsten Morgen wurde das Verhör Shanna Basmanjuks fortgesetzt. Der Ton allerdings änderte sich erheblich. In Anwesenheit ihres Anwalts ging Shanna, die die auf dem Milizrevier verbrachte Nacht keineswegs moralisch in die Knie gezwungen, sondern im Gegenteil nur noch mehr erbittert hatte, zum Gegenangriff über. Ausrufe wie »Blödsinn! Quatsch!« wechselten mit rein rhetorischen Fragen wie »Welches Recht haben Sie überhaupt, so mit mir zu reden?« oder »Wie können Sie es wagen, mir nicht zu glauben?« Während des ganzen Verhörs beharrte sie darauf, sie habe, nachdem sie die Räumlichkeiten der Kripo verlassen habe, einen ausgedehnten Einkaufsbummel unternommen und erklärte Kolossow ins Gesicht hinein: »Ich bin nicht verpflichtet, Ihnen etwas zu beweisen. Sie sind es, der mir beweisen muss, dass ich diese Geschäfte nicht besucht habe.«

Je lauter und erboster sie schrie, desto ruhiger, trockener und lakonischer gab ihr Anwalt seine Kommentare dazu. Als Kolossow noch einmal mit beneidenswerter Geduld fragte, warum sie den Diebstahl des BMW nicht sofort der Miliz gemeldet habe, äußerte der Anwalt sich dazu überhaupt nicht. Man merkte ihm an, dass die Verteidigungsstrategie, die seine Klientin wählte – dreist und doch hilflos zu lügen – ihn stark irritierte. Aber in Kolossows Gegenwart blieb ihm nichts anderes übrig, als seine Klientin in allem zu unterstützen.

»Vielleicht haben Sie deshalb nicht sofort bei der Miliz angerufen, Shanna Markowna, weil Sie dachten, jemand habe sich Ihren Wagen nur ausgeborgt? Möglicherweise ein guter Bekannter? Ein Freund? Jemand, der Ihnen sehr nahe steht und häufig Gast im ›Roten Mohn‹ ist?«, fragte Kolossow. »Besitzen Sie eigentlich ein Duplikat der Schlüssel? Vielleicht sind Sie ja deshalb sofort ins Kasino gefahren, um sich zu überzeugen …«

Er kam nicht dazu, den Satz zu beenden. An die Bürotür wurde mit kräftigen Faustschlägen getrommelt, und Bindjushny erschien. Er sah aus, als habe er gerade einen Marathonlauf hinter sich. Die Nachricht, die er Kolossow ins Ohr flüsterte, war eine weitere Überraschung.

»Der Wagen ist gefunden worden«, teilte er mit. »Er steht an der Abfahrt von der Rubljowskoje-Chaussee zur Moskwa an Kilometerstein 15 und weist die typischen Merkmale eines Autodiebstahls auf: Die Alarmanlage ist abgeklemmt, die Beifahrertür aufgebrochen. Die Scheibe wurde eingeschlagen und die Zündkabel sind herausgerissen. Du siehst, Schlüssel oder Schlüsselduplikate wurden gar nicht benötigt. Vorausgesetzt natürlich, es handelt sich nicht um eine absichtlich gelegte falsche Fährte … Wir haben ja von ihr«, er wies mit einer raschen Kopfbewegung auf Shanna, die verstummt war und sich vergeblich bemühte zu verstehen, was sie an der Tür miteinander zu flüstern hatten, »die Fingerabdrücke. Ich will jetzt dorthin. Fährst du mit?«

»Ja, ich führe nur noch das Verhör zu Ende.« Kolossow öffnete die Tür und erblickte Katja im Flur. Sie stand in der Tür zum Wartezimmer und unterhielt sich mit … Gasarow. Verdammt, diesen Spieler hätte er um ein Haar vergessen!

»Wart hier mal einen Moment auf mich.« Kolossow schob Bindjushny ins Büro, trat in den Flur hinaus und schloss die Tür fest hinter sich.

Als Katja ihn sah, eilte sie ihm entgegen.

»Nikita, ich weiß schon alles. Gestern hab ich dich nicht erreichen können. Aber ich muss unbedingt mit dir sprechen.«

»Entschuldige, gleich.« Kolossow trat ganz dicht an Gasarow heran. »Warum ist Egle ins Kasino gefahren?«

Gasarow schwieg verwirrt.

»Hast du etwa schon vergessen, wer dich aus dem Knast geholt hat?«, fragte Kolossow.

Gasarow schaute ihn an, brachte aber immer noch kein Wort heraus.

»Also, nun hör mir mal zu.« Nikita mäßigte seinen scharfen Ton. »Ich bitte dich um eine wichtige Auskunft. Jemand ist ihr gefolgt, direkt von ihrer Wohnung aus … Warum ist sie ins Kasino gefahren? Wozu?«

»Sie wollte Geld holen«, sagte Gasarow leise.

»Was für Geld?«

»Für uns beide. Ich war ja völlig blank, als ich aus dem Knast kam. Und zu Hause war auch alles wie leergefegt. Ich hab versucht, mir Geld zu leihen«, Gasarow blickte Kolossow an, »hab einen Bekannten angerufen und ihn gebeten, mir zu helfen – aber er hat mich eiskalt abblitzen lassen.«

»Wen hast du angerufen?«

»Den Legionär.«

»Letztes Mal hast du doch gesagt, du kennst ihn kaum.«

»Tja, ich ... ich kenne ihn wirklich nicht gut ... Aber ein paarmal hat er mir finanziell aus der Klemme geholfen. Na, und da dachte ich ... Aber er sagt, tut mir Leid, ich hab kein Geld. Ich hab gesagt, vielleicht kannst du Lipa mal fragen. Philipp. Da sagt er mir nur grinsend: Was hat der denn schon? Da fragst du besser gleich den Herzkönig persönlich – er meinte damit Saljutow. Schick ihm doch mal deine Freundin. Der wird er jetzt bestimmt nichts abschlagen – im Gegenteil, er wird froh sein, sich von Vitas' Tod loskaufen zu können.«

»Wann genau haben Sie ihn angerufen? Und wo, unter welcher Telefonnummer?«

»Gestern Vormittag, ungefähr um zehn. Ich habe Philipps Handynummer angerufen.«

»Wie meinen Sie? Das verstehe ich nicht.«

»Philipps Handy ist immer beim Legionär. Philipp selbst beantwortet keine Telefonanrufe. Der Legionär ist sozusagen sein Anrufbeantworter.«

»Weshalb geht er denn nicht ans Telefon? Wie seltsam!« Katja, die kein Wort dieses improvisierten Verhörs verpasst hatte, zuckte erstaunt die Achseln.

»Was weiß ich? Er geht eben nicht ran, hat keine Lust. Der Legionär sagt ihm, wer dran ist, und wenn Philipp dann möchte, übernimmt er das Gespräch. Unser kleiner Boss Lipa, so ist er eben ...«

»Und dann haben Sie Egle gebeten, zu Saljutow ins Kasino zu fahren und ihn um Geld zu bitten?«, fragte Katja.

»Ich habe sie nicht gebeten! So tief ich bin ich noch nicht gesunken! Sie selber hat alles mitgehört, unser ganzes Gespräch, und dann im Kasino angerufen und gefragt, wann ungefähr man dort Saljutow erwartet.«

»Wen hat sie angerufen? Mit wem hat sie gesprochen?«, unterbrach Kolossow ihn rasch.

»Ich weiß nicht, ich glaube, mit einem von der Security. Mit diesem Uhu vermutlich ...«

»Mit wem?«

»Kitajew.« Gasarow warf Kolossow einen schiefen Blick zu. »Der weiß alles über seinen Chef, beobachtet ihn wie ein Uhu ... Er hat gesagt, Saljutow würde gegen drei im ›Mohn‹ erwartet. Sie war fest entschlossen zu fahren. Was sollte ich machen? Ich hatte nicht mal mehr Geld für Zigaretten!«

»Und warum war Egle so sicher, dass Saljutow ihr Geld geben würde?«, fragte Katja. »Hat sie ihn vielleicht früher schon mal um Hilfe gebeten?«

Gasarow schaute sie an und wurde plötzlich puterrot.

»Ich ... ich habe sie nicht dazu gedrängt ... Sie wollte es selbst. Er hat ihr mehrmals Geld gegeben. Ich hatte erst auch den Verdacht, dass sie mit ihm ... Aber sie hat mir geschworen, nein, da war nichts.«

»Aha, Saljutow hat ihr also das Geld einfach nur so gegeben, ihrer schönen Augen wegen«, bemerkte Kolossow spöttisch. »Ein echter Wohltäter.«

»Einen Moment«, unterbrach Katja ihn und wandte sich an Gasarow. »Sagen Sie jetzt die Wahrheit oder lügen Sie?«

Gasarow schwieg, dann antwortete er: »Ich sage die Wahrheit. Über sie könnte ich jetzt gar nicht ... ich könnte einfach nichts Unwahres sagen.«

27

Verklungen waren des Schicksals Fanfaren. Verklungen, verhallt ... Gleb Kitajew konnte sich nicht mehr erinnern, wo er diesen wunderbaren Vers gehört hatte. Aber das war auch nicht wichtig. Das tote Mädchen war aus dem Spielsaal ins Leichenschauhaus gebracht worden, die Miliz hatte sich zurückgezogen, die Angestellten hatten sich ebenfalls leise zerstreut. Alle hatten das Kasino verlassen. Wie die Ratten das sinkende Schiff. Der Kreuzer »Roter Mohn« ging mit einem riesigen Leck auf Grund. Von seiner ganzen vielköpfigen Mannschaft waren nur noch zwei an Bord geblieben – der Kapitän und sein erster Steuermann.

Seit langer, langer Zeit hatte Gleb Kitajew zwei Dinge nicht mehr getan: sich am Arbeitsplatz betrunken und sich an seine Zeit bei der Schwarzmeerflotte erinnert. Viele Jahre lang war der Dienst bei der Marine so weit weg gewesen wie die Wellen des Schwarzen Meeres, wie die Heimatstadt, in der er geboren und aufgewachsen war, mit ihren Boulevards, Kastanienbäumen und Stränden. Jetzt kam das alles plötzlich wieder hoch, vom Grunde seines Gedächtnisses, und er spürte wieder wie in seiner Jugend das schwankende Deck, den unsicheren Boden, der unter seinen Füßen nachgab.

Kitajew saß unten in der Wachstube. Allein. Betrunken. Als all diese Fanfaren verklungen waren und ihm klar wurde, dass dies das Ende war, hatte er die Schlüssel aus seiner Tasche genommen, die Schublade des Tisches aufgeschlossen, eine Flasche Wodka der Marke »Juri Dolgoruki« herausgeholt und sich betrunken.

Er saß in der bunkerähnlichen Wachstube wie im Laderaum eines untergehenden Schiffs. Er musste einen Weg finden, wie er sich aus diesem Grab befreien konnte. Irgendwo dort oben auf der Brücke, im ersten Stock, nicht weit entfernt von dem Kaminzimmer, in dem Vitas Taurage erschossen worden war, in einem Raum mit zugezogenen Vorhängen und verschlossener Tür, befand sich der Kapitän. Auch er hatte sein Schiff nicht verlassen, obwohl er wusste, dass es bald auf Grund gehen würde.

Kitajew erinnerte sich an Saljutows Gesichtsausdruck, als sie dieses Mädchen gemeinsam von der Straße in den Spielsaal trugen. Sie war bereits tot. Aber Saljutow wollte es nicht glauben, wollte irgendetwas tun. Aber was konnte er schon tun?

Ein solches Geschäft – ruiniert! Wie konnte das sein? Wie viel Hoffnung, wie viel Kraft und Arbeit steckten darin – und alles, alles war verloren …

Kitajew schaute auf den dunklen Monitor über dem Schaltpult. Alle Kameras waren ausgeschaltet. Wer brauchte sie jetzt auch noch? Selbst wenn der Chef das Kasino verkauft, dachte er, werden wir die Investitionen doch nicht wieder hereinbekommen. Wir sind am Ende. Aber wer auch immer daran schuld ist und das alles vernichtet hat – den bringe ich um. Sobald ich weiß, wer es war – bringe ich ihn um, lösche ihn aus. Reiße ihn mit diesen meinen Händen in Stücke.

Kitajew hob seine Hände vors Gesicht. Es gab einmal eine Zeit (sie lag allerdings schon lange zurück), da waren diese Hände immer voller Schwielen gewesen. Damals absolvierte er seine Militärzeit und schuftete anschließend als einfacher Handwerker auf der Schiffswerft. Jetzt hatte er keine Schwielen mehr, dafür steckte auf seinem dicken kleinen Finger ein eleganter Platinring mit einem Saphir.

Das Klingeln des Telefons zerriss die Stille der Wachstube. Nein, nicht alles war verstummt. Da war sie – die allerletzte Posaune.

»Ja, ich hö…«

»Gleb, komm bitte zu mir herauf.«

Der Chef. Der Kapitän. Er war noch an Bord. Und er war nicht betrunken.

Schwankend trat Kitajew ins Vestibül. Draußen herrschte graue, trübe Dämmerung. Es war schon Morgen. Er schaute auf seine Uhr – fast neun. Unbemerkt war die Nacht zu Ende gegangen.

Im leeren, hallenden Vestibül saß eine Frau auf dem Rand des Springbrunnens, eine Frau in einem langen Pelzmantel aus Silberfuchs. Das Haar fiel ihr in schwarzen Wellen über die Schultern. Auf dem Marmorfußboden neben ihr lag ein zerbrochenes Mobiltelefon. Es war hingefallen oder vielleicht auch absichtlich auf die Steinplatten geworfen worden.

»Sie sind noch hier, Gleb? Sagen Sie ihm, ich bin gekommen, ich will ihn sehen! Ich muss ihn sehen! Ich will ihm doch nur helfen.«

Kitajew bückte sich schweigend, hob das zerbrochene Handy auf, wog es kurz auf der Hand und warf es dann in den Springbrunnen. Zum Teufel damit …

Er fand Saljutow im Büro hinter seinem Schreibtisch sitzend. Der Vorhang vor dem Fenster mit der beschädigten Scheibe war fest zugezogen. Trotzdem herrschte im Raum klirrende Kälte. Aber Saljutow schien die eisigen Temperaturen gar nicht zu bemerken. Eine Flasche stand nicht auf dem Tisch. Insgeheim musste Kitajew grinsen: Bravo, Kapitän, du hältst dich tapfer.

»Hat mein Sohn angerufen?«, fragte Saljutow.

»Nein. Aber unten sitzt Marina. Warum haben Sie ihr nicht …«

»Woher hat sie es erfahren?«, unterbrach ihn Saljutow.

»Vermutlich hat jemand bei ihr angerufen und es ihr erzählt.«

»Wer?«

»Ich. Und es gibt noch etwas, was ich Ihnen nicht gesagt habe: Gestern Vormittag hat Egle mich hier im Kasino angerufen und gefragt, wann Sie kommen würden. Ich habe ihr gesagt, um drei. Sodass …«

»Richte ihr aus – Marina meine ich –, sie soll wieder nach Hause fahren.«

»Ja, aber …«

»Ich will niemanden sehen.«

»Ist das alles, was Sie mir sagen wollten?«

»Ja. Du kannst auch nach Hause fahren. Du siehst schlecht aus. Ruh dich aus. Und danke für alles, Gleb.«

Kitajew zuckte die Schultern und ging hinaus. Die Tür schlug hinter ihm zu, und der Schlüssel wurde im Schloss gedreht. Kitajew stieg nicht wieder hinunter ins Vestibül, sondern ging in den Wintergarten. Das trübe Licht der winterlichen Morgendämmerung sickerte durch die Panoramafenster. Kitajew seufzte, knöpfte sich die Hose auf und urinierte in den Philodendronkübel.

Im Büro erhob sich Saljutow von seinem Schreibtisch, nahm den an der Wand hängenden Stich mit einer Ansicht Dresdens herunter, wählte den Code und öffnete die Stahltür des eingebauten Safes. Im Inneren lagen dicke Päckchen grüner Banknoten. Aber er nahm nicht das Geld heraus, sondern etwas anderes: eine Pistole vom Typ Makarow ohne Registriernummer. Als die Miliz alle lizenzierten Waffen des Sicherheitsdienstes überprüft hatte, lag diese Pistole unbehelligt im Safe hinter der Ansicht von Dresden. Im Ladestreifen steckten nur noch drei Patronen. Aber das würde reichen. Vollauf.

Der dunkelblaue BMW war zum Revier in Skarabejewka gebracht worden, wo Kolossow, Bindjushny, Gennadi Obuchow und der Experte der Spurensicherung noch einmal genauestens das Wageninnere und die Spuren des Bruchs untersuchten. Geschosshülsen fanden sich im Wagen nicht. Dafür gab es etliche Fingerabdrücke. Sie abzunehmen und zu überprüfen würde einige Zeit in Anspruch nehmen. Obuchow wartete die Untersuchungsergebnisse nicht ab, nahm die Fingerabdruckkarten mit, bat darum, ihn anzurufen und fuhr zurück in seine Abteilung. Er war finster und wenig gesprächig.

Die Untersuchung ergab, dass die Fingerabdrücke im Wageninneren von Shanna Basmanjuk und einer weiteren, vorläufig nicht identifizierten Person stammten. Auf der zerbrochenen Scheibe, den Türen und den Zündkabeln konnte man keine Abdrücke entdecken. Das war nach Meinung des Experten sehr seltsam. Die daktyloskopischen Daten zu allen Abdrücken, die man am Tag der Ermordung Teterins den Gästen und den Angestellten des Kasinos abgenommen hatte, lagen bereits vor. Man verglich sie mit den Abdrücken aus dem Inneren des BMW.

»Diese Fingerabdrücke stammen von keiner der von uns am fünften Januar überprüften Personen«, teilte der Experte mit. »Und wir haben hier die Daten von fünfundsiebzig Personen. Es ist allerdings möglich, dass es jemandem gelungen ist, der Kontrolle zu entgehen. Oder diese Person war an jenem Abend überhaupt nicht dort.«

»Wer ist uns damals durch die Lappen gegangen?«, fragte Bindjushny Kolossow.

»Saljutow und sein Sohn Philipp. Der Sohn wurde während

der Kontrolle gerade von mir verhört, sein Vater war dabei anwesend. Und außerdem ... Ja, genau, der Portier Peskow! Der auch nicht. Er hat auch gerade zu der Zeit, als die Gäste überprüft wurden, seine Aussage gemacht.«

»Dann müssen wir uns schnellstens ihre Abdrücke besorgen und überprüfen.« Bindjushny stand vom Stuhl auf. »Ich fahre jetzt gleich zu Peskow und hole ihn her. Um Saljutow und seinen Sohn sollte sich auch noch heute jemand kümmern.«

»Weißt du, wen wir damals noch vergessen haben?«, sagte Nikita. »Die Witwe von Igor Saljutow – Marina. Ich selbst habe ihr ja damals erlaubt, nach Hause zu fahren. Sie hatte noch so eine Oma bei sich, na ja, die kann man wohl außen vor lassen. Aber die drei anderen müssen überprüft werden.«

»Und Peskow als vierter«, fügte Bindjushny hinzu. »Na, dann will ich mich mal lieber auf den Weg machen, bevor du mir noch jemanden aufhalsen kannst.«

28

Aber Bindjushny traf den ehemaligen Portier des »Roten Mohn« nicht zu Hause an. Peskows Frau erklärte, ihr Mann sei vor zwei Tagen zur Beerdigung eines Verwandten nach Jaroslawl gefahren. Ob das die Wahrheit oder eine Ausrede war, ließ sich nicht feststellen. Es war aber auch nicht mehr nötig, weil die Ereignisse sich plötzlich zu überschlagen begannen.

Während Bindjushny unterwegs zu Peskow war, schnappte sich Nikita den Spurenexperten und fuhr mit ihm zusammen zum x-ten Mal ins Kasino, in der Hoffnung, dort Saljutow anzutreffen, ihm – pro forma natürlich – die Fingerabdrücke abzunehmen und mit seiner Hilfe sanften Druck auf seinen Sohn und seine Schwiegertochter auszuüben, damit auch sie sich dieser simplen Prozedur unterzogen. Aber er kam gar nicht bis zum Kasino. Unterwegs beschloss er, Katja anzurufen. Ihm war eingefallen, dass sie noch gar nicht über die »Brautschau« in Krylatskoje gesprochen hatten. Im Prinzip hätte man das zwar auch auf morgen verschieben können – denn an der Sachlage änderte sich dadurch nichts. Solange nicht klar war, wer außer Shanna Basmanjuk am Steuer des BMW hätte sitzen können, kamen sie doch nicht von der Stelle. Aber Kolossow war gewohnt, sein Wort zu halten. Deshalb bremste er und nickte dem Experten zu – der verstand, stieg aus und machte eine Zigarettenpause. Kolossow griff nach dem Hörer und wollte gerade die Nummer des Pressezentrums wählen, als das Telefon plötzlich klingelte. Der Anrufer war Obuchow.

»Wo steckst du?«, fragte er lakonisch.

»Im Auto, auf der Chaussee. Warum?«

»Ich habe eine Neuigkeit für dich.« Vorhin hatte Obuchow noch kleinlaut und fast schon deprimiert ausgesehen. Jetzt aber schwang in seinem Tonfall Triumph und Überlegenheit. »Eben haben wir festgestellt, von wem die Fingerabdrücke aus dem BMW sind.«

»Was? Wie denn?«

»Immer der Reihe nach.« Obuchow grinste selbstzufrieden. »Die Abdrücke sind identifiziert, wir haben den Typ schon aus dem Archiv rausgesucht, sein Foto liegt vor mir. Komm am besten gleich vorbei, dann kannst du dich selbst dran ergötzen.«

»Aber wer ist es denn?«, fragte Kolossow ungeduldig. »Wer?«

»Laut unserer Datenbank handelt es sich um die Fingerabdrücke eines gewissen Nikolai Anatoljewitsch Djakow, zweiunddreißig Jahre alt, gebürtig aus Ladoschski, Kreis Leningrad. Früher Kommandeur einer Abteilung der Spezialeinheit ›Strahl‹, die gegen illegale Demonstrationen und Massenunruhen eingesetzt wurde. 1994 wurde er aus dem Dienst entlassen, weil er straffällig geworden war. Er hatte in betrunkenem Zustand ein älteres Ehepaar angefahren, die beiden hilflos zurückgelassen und Fahrerflucht begangen. Acht Jahre hat er abgesessen, nach seiner Entlassung zog er um nach Moskau. Bis vor kurzem arbeitete er hier als Fahrlehrer im Automobilklub ›Formel 3‹ und auch in anderen Klubs. Früher, vor seiner Haft, war Djakow Rennfahrer, von 1992 bis 1994 gehörte er sogar zur Auswahlmannschaft des

Innenministeriums. Kommt dir dieser Djakow bekannt vor, Nikita?«

Kolossow schwieg. Die Namensliste der Gäste und Angestellten des Kasinos, die am Tag von Teterins Tod zusammengestellt worden war, kannte er in- und auswendig. Ein Familienname Djakow tauchte darin nicht auf. Dafür konnte Nikita sich verbürgen.

Er schloss die Augen: eine von Menschen überflutete Straße. Losungen, Banner, Plakate. Fiebrige Ansprachen selbsternannter Redner, eine erregte, herandrängende Menge. Und ein Stück weiter auf derselben Straße – schweigsame, reglose Reihen uniformierter Männer: tief in die Stirn gezogene Helme mit Plastikvisieren, Gummiknüppel, Stahlschilde. Ein lautes, scharfes Kommando, und die Reihen setzen sich in Bewegung. Noch ein Kommando, und Hunderte von Gummiknüppeln schlagen dumpf, wuchtig, drohend an die Schilde. Wie in den Historienfilmen über das antike Rom – die gleichen Soldaten, der gleiche schwere, gemessene Schritt nägelbeschlagener Schuhe. Die gleichen dumpfen Schläge gegen die Schilde – jedoch mit Schwertern. Auf der Leinwand ist es die eiserne Legion, die angreift. Und hier die Spezialeinheit »Strahl«, die die Menge auseinanderknüppelt …

»Hat er in Tschetschenien gekämpft?«, fragte Kolossow.

»Er ist niemals dort gewesen. Dazu ist es nicht mehr gekommen, weil er verurteilt wurde«, antwortete Obuchow. »Ich nehme an, du hast schon erraten, um wen es sich handelt. Im Kasino kannten ihn alle nur unter seinem Spitznamen. Den wahren Namen hat er geheim gehalten. Und dafür hatte er seine Gründe.«

»Welche?«

»Weißt du, wie ich … wie wir festgestellt haben, um wessen Fingerabdrücke es sich handelt? Wir haben alle Materialien über die letzten Haftstrafen von Milowadse herausgekramt. Haben seine Kontakte überprüft, mit wem zusammen er gesessen hat, wo er seine letzte Strafe verbüßt hat. Wie sich herausstellte, war das in der Anstalt 165/84 bei Archangelsk – und zwar zusammen mit Djakow. Hätten wir dieses Material früher gekannt, dann hätten wir ihn sofort nach dem Mord an Teterin verhaftet. Aber leider wussten wir davon nichts«, sagte Obuchow. »Damals, am fünften Januar, hat er offensichtlich alles getan, um einer Ausweiskontrolle zu entgehen. Man muss schon sagen, ein geschickter Schachzug von Chwantschkara, seinen Maulwurf direkt in Saljutows Familie einzuschleusen. He, Kollege, du sagst ja gar nichts mehr? Hast du irgendeine Idee? Wir müssen diesen Maulwurf in die Finger bekommen, und zwar möglichst schnell. Vielleicht kann diese Basmanjuk, die Halterin des Wagens, uns etwas dazu …«

»Sie ist seine Geliebte«, sagte Kolossow. »Sie wird uns überhaupt nichts über ihn erzählen. Aber ich weiß, wer uns verraten kann, wo wir den Legionär zu suchen haben.«

»Meinst du Philipp Saljutow?«, brummte Obuchow misstrauisch. »Der doch wohl kaum, die beiden sind ja eng befreundet. Außerdem müsste man den erst mal selbst finden.«

»Nein, nicht Philipp. Den müssten wir lange bearbeiten, bevor er anfängt zu reden. Ich meine Kitajew. Er kann uns die Adresse sagen: Ich erinnere mich, dass er mir von einer Wohnung erzählt hat, die Philipp zusammen mit diesem Djakow gemietet hat …«

… Das dumpfe Getrappel von Lederschuhen. Gummiknüppel, die gegen Schilde schlagen. Tief in die Stirn gezogene Helme. Plastikvisiere, so weit heruntergelassen, dass man keine Gesichter mehr sieht. Eine stählerne Formation, die auf ihrem Marsch alles hinwegfegt. Eine Legion, in der sich der einzelne

Soldat hinter seinem Schild und seinem Visier nicht mehr als Mensch fühlt – nur als Legionär …

»Na, dann her mit Kitajew, soll er die Adresse dieser Wohnung rausrücken. Wir legen uns dort und an allen anderen Orten, an denen er auftauchen könnte, auf die Lauer.«

29

»Weißt du, Wadim, du hattest Recht«, sagte Katja zu Krawtschenko, als sie nach Hause fuhren. Den Anruf Kolossows hatte sie nicht mehr abgewartet. Anstelle des Chefs der Mordkommission hatte ihr Göttergatte Wadim Krawtschenko sich gemeldet. Er hatte eine gute Nachricht: Die Neujahrsreise, die sein alter Freund Sergej Meschtscherski mit seinen Schützlingen vom »Moskauer Geographischen Klub« unternommen und die sich über Gebühr in die Länge gezogen hatte, war zu Ende. Nach einem dreiwöchigen Treck mit Jeeps durch Nepal und Tibet waren sie jetzt wieder in Katmandu und warteten auf ihren Charterflug zurück in die Heimat.

Aus Katmandu war es Meschtscherski gelungen, Krawtschenko telefonisch zu erreichen. Er schwärmte ihm in den höchsten Tönen von der Reise vor, gab damit an, dass sie fünf buddhistische Klöster besucht, die alljährliche Zeremonie des Weißen Elefanten in Nepal gesehen und kilometerweise Videos mit Ansichten des Himalaya gedreht hätten.

Katja, die den Bericht über diese Heldentaten aus Krawtschenkos Mund hörte, empfand glühenden Neid: Was für ein Leben! Sergej hatte sich wirklich einen tollen Beruf ausgesucht. Sah man von kleineren Unannehmlichkeiten ab (wie zum Beispiel den häufigen Fehlinvestitionen und dem chronischen Geldmangel seines Reisebüros, das sich ausschließlich auf Extrem- und Abenteuerreisen spezialisiert hatte), so führte er ein wunderbares, erfülltes Leben. Sie dagegen …

»Na, und was ist sonst noch passiert? Wieso guckst du so sauer?«, fragte Krawtschenko.

»Du hattest Recht«, sagte Katja betrübt, »die ganze Sache in Krylatskoje war für die Katz. Völlig unnötig, niemand interessiert sich dafür.«

»Aber vielleicht hat das ja wichtige Gründe – woher willst du das wissen? Was ist es denn überhaupt, was du deinen Kollegen so dringend mitteilen willst?«

»Ich hätte mich nicht auf diese Komödie mit Egle Taurage einlassen dürfen. Wenn ich daran denke, was wir dort veranstaltet haben, in dieser Bar, wird mir glatt übel. Ich fühle mich, als wäre ich vor ihr schuldig.«

»Schuldig? Woran denn?«, fragte Wadim entrüstet. »Ewig quälst du dich mit solchen Gewissensbissen. Ich hatte dich ja gewarnt: Misch dich in diesen Fall nicht ein. Ein widerlicher Fall. Aber vor diesem armen Ding brauchst du dich wirklich nicht schuldig zu fühlen. Wenn hier jemand Schuld hat, dann der Besitzer dieses verfluchten Spielkasinos. Denn dieser ganze Totentanz findet ja nur seinetwegen statt. Er ist der Grund dafür. Er hat sie alle auf dem Gewissen – wenn dieser Spielhöllenkönig überhaupt ein Gewissen hat.«

»Du vergisst den Mörder«, sagte Katja. »Was ist mit seinem Gewissen? Also, du fragst, was ich meinen Kollegen unbedingt mitteilen will … Ja, langsam frage ich mich selber – was eigentlich? In diesem Fall scheint ja alles klar. Das Motiv liegt schon seit dem ersten Mord auf der Hand. Und trotzdem … Ich kann einfach nicht begreifen, warum der Mörder, dieser Maulwurf, so erpicht darauf ist, dass der ›Rote Mohn‹ geschlossen wird. Warum war er bereit, zu morden, zu verraten, den Maulwurf zu spielen? Weshalb hasst er Saljutow derart? Vielleicht gibt es dafür irgendeinen Grund? Vielleicht kennt Saljutow selbst noch einen anderen Grund – außer Geld und der alten Feindschaft gegenüber Milowadse –, aus dem jemand ihn so hassen und verfolgen kann?«

Krawtschenko schnaufte nur und zuckte die Schultern.

Wie spät es mittlerweile war, wusste Gleb Kitajew nicht. Immer noch lag trüber grauer Nebel vor den Fenstern des Vestibüls. Vielleicht war es ein endloser düsterer Morgen, vielleicht ein grauer Tag mit neuen Schneestürmen, vielleicht auch schon eine unerwartet frühe Abenddämmerung.

Die eine Flasche »Dolgoruki« war nur der Anfang gewesen. Saljutows Rat hatte Kitajew nicht befolgt. Er saß an der Bar vor einer ganzen Batterie von Flaschen.

Das Handy in der Tasche seines Jacketts, das er über den lederbezogenen Barhocker neben sich gelegt hatte, schrillte. Kitajew rührte sich nicht vom Fleck. Ihm war alles egal. Kaum war das Handy verstummt, klingelten die anderen Telefone – in der Verwaltung, im Raum der Wachmannschaft, unten in der Wachstube und oben in den Sälen – überall.

Als sie sich endlich beruhigt hatten, klingelte wieder das Handy in seiner Tasche. Hartnäckig und durchdringend. Kitajew streckte den Arm nach seinem Jackett aus.

»Ja? Was ist? Wer ist da?«

»Hier spricht Major Kolossow. Wir können bei Ihnen im Kasino niemanden erreichen. Was ist los? Warum geht niemand ans Telefon?«

Am liebsten hätte Kitajew diesen Bullen zum Teufel gejagt. Nur mit Mühe beherrschte er sich.

»Hier wird gestreikt.«

»Wissen Sie, ob Saljutows Sohn Philipp heute im Kasino gewesen ist?«

»N-nein, ich habe ihn nicht gesehen«, antwortete Kitajew und merkte, dass ihm die Zunge kaum noch gehorchte.

»Können Sie ihn ausfindig machen und sich mit ihm in Verbindung setzen? Jetzt gleich?«

»Ich?« Kitajew musste aufstoßen. »Wieso?«

»Sie haben mir doch von einer Wohnung erzählt, die Philipp zusammen mit dem Legionär gemietet hat. Kennen Sie die Adresse?«

»Wie-wieso?«

»Hören Sie mal, Sie sind ja betrunken!«

»Was geht das dich an«, schnauzte Kitajew grob in den Hörer. »Bin ich dir etwa Rechenschaft schuldig?«

»Kennen Sie nun die Adresse oder nicht?«

»Was wollen Sie von Lipa?« Kitajew bemühte sich, möglichst energisch zu sprechen, und stieß wieder auf.

»Jetzt streng gefälligst mal deine grauen Zellen an! Hast du verstanden, Kitajew!« Im Telefon polterte plötzlich eine ganz andere Stimme, ein resoluter Bariton. Offenbar hatte Kolossow am anderen Ende die Freisprechanlage eingeschaltet, und jemand anders mischte sich ins Gespräch ein. »Hier ist Major Obuchow. Vom RBOV, der Regionalverwaltung für die Bekämpfung des organisierten Verbrechertums. Na, wirst du wieder nüchtern? Raus mit der Adresse! Und auch mit allen anderen Adressen, falls es solche gibt, wo wir den Legionär zusammen mit dem Sohn deines Bosses finden könnten! Ist dir überhaupt klar, dass ich hier deine Arbeit erledigen muss, du … du … So was nennt sich nun Sicherheitschef!«

»Aber was ist denn los? Was ist passiert?«, fragte Kitajew. Sein Rausch war plötzlich verflogen, als habe sich ein Schleier gehoben, und er spürte, wie eine widerliche, klebrige Kälte sich von unten über seinen Rücken ausbreitete.

»Was passiert ist? Der Maulwurf saß direkt unter deiner Nase, und du hast ihn dir durch die Lappen gehen lassen!«, kläffte Obuchow. »Der Legionär hat zusammen mit Chwantschkara im Knast gesessen. Sie waren gleichzeitig im selben Straflager. Kapierst du? Er ist es, er ist euer Maulwurf. Und die ganze Zeit ist Saljutows Sohn in seiner Gewalt. Im Fall des Falles ist er das nächste Opfer. Also her mit der Adresse!«

Eine lange Pause folgte. Schließlich fand Kitajew seine Sprache wieder: »Natürlich, sofort ...«

Wenige Augenblicke später stürzte er wie von allen bösen Geistern gehetzt aus der Bar ins Vestibül und wollte die Treppe hinauf nach oben, ins Büro. Er durfte keine Sekunde mehr verlieren. Aber der Anblick, der sich ihm im Vestibül bot, ließ ihn wie angewurzelt stehen bleiben.

Die Eingangstür zum Kasino war sperrangelweit aufgerissen. In der Türöffnung sah Kitajew in einem Schleier aus Schnee und aschgrauer Dämmerung eine bekannte Gestalt: Saljutow. Er stand mit dem Rücken zu Kitajew auf den Stufen seines »Hauses«, nur im Jackett, ohne Mantel, und schien weder den Wind noch den Schnee zu bemerken. In der rechten, schlaff herabhängenden Hand hielt er einen matt glänzenden Gegenstand. Kitajew wollte seinen Augen nicht trauen – wie konnte das sein ... Nein, das war nicht möglich ... Das war nicht möglich!

Saljutow hob die Hand und setzte ungeschickt, als posiere er für eine Filmszene, die Pistole an seine Schläfe.

»Nicht! Waleri Wiktorowitsch, nicht!! Ich bitte dich, tu das nicht! Hör mich zuerst an!«

Er erkannte seine eigene Stimme nicht wieder. Niemals hätte er gedacht, dass er, Gleb Kitajew, überhaupt imstande wäre, derart zu schreien.

30

Trotz allem beschloss Katja, das einmal Begonnene zu Ende zu bringen und über die getane Arbeit Bericht zu erstatten. Nikita sollte sich ein für allemal hinter die Ohren schreiben, dass sie nicht zu den Leuten gehörte, die ihre kostbare Zeit sinnlos verplemperten.

Bevor sie sich wieder hinunter in die Mordkommission begab, studierte sie zunächst ihr Äußeres lange und kritisch in ihrem Taschenspiegel. Make-up, Outfit – alles bestens. Diese »Brautschau« hob ihre Laune sofort beträchtlich. Auch dass der Schnee, der ganz Moskau unter tiefen Verwehungen begraben hatte, endlich aufgehört hatte zu fallen, der Himmel sich aufklärte und eine kalte, schüchterne Sonne hervorlugte, trug zu ihrer guten Stimmung bei. Zufrieden klappte sie die Puderdose zu, warf sie in die Schreibtischschublade und stapfte entschlossen hinunter.

Kolossows Büro war offen, er selbst jedoch nicht zu sehen. Die ganze Szenerie – der aufgerissene Schrank, die auf den Stuhl geworfene Lederjacke, die Armeetasche, die Taschenlampe und die durchnässten Lederhandschuhe zeugten davon, dass der Chef der Mordkommission die letzte Nacht unter freiem Himmel verbracht hatte. Katja hängte die Jacke in den Schrank und legte die Handschuhe zum Trocknen auf die Heizung.

»Guten Tag, Katja.«

Sie drehte sich um. Kein Zweifel – er hatte eine schlaflose Nacht hinter sich: unrasiert, rote Augen, das Gesicht verwittert und verschwollen.

»Guten Tag«, antwortete sie und setzte sich. »Ich weiß nicht, Nikita, vielleicht hast du schon wieder zu tun, aber ich brauche bestimmt nicht mehr als zehn Minuten, und ich muss dich unbedingt ...«

»Sprich nur, ich bin ganz Ohr.« Kolossow setzte sich auf den Schreibtisch.

Er lauschte ihr wirklich aufmerksam, aber gleichzeitig auch irgendwie entrückt. Katja berichtete ihm genauestens von ihrer Begegnung mit Marina Saljutowa, bemühte sich, das Gespräch in der Sauna und die Szene im Foyer bis ins letzte Detail wiederzugeben, damit er begriff, was sie so stutzig und neugierig gemacht hatte. Kolosow unterbrach sie nicht und stellte ihr keine einzige Frage. Dieses dumpfe, fast gleichgültige Schweigen beunruhigte Katja.

»Mir scheint, das Benehmen Marina Saljutowas verlangt eine Erklärung«, fasste sie zusammen. »Diese beiden Umstände – dass sie im Gespräch mit mir von einem ›Ehemann‹ gesprochen hat, aber damit offensichtlich nicht den verstorbenen Igor meinte, und diese seltsame Szene im Foyer des Fitness-Centers mit ihrem Schwiegervater ... Du selber hast auch mal erwähnt, dass ihr Benehmen dir ungewöhnlich vorkommt. Ich wollte dich fragen, an was du dabei konkret gedacht hast?«

Er schien wie aus tiefen Gedanken aufzuwachen.

»An die Aussagen des früheren Kasino-Portiers Peskow. Er hat berichtet, ein Besucher habe in der Toilette die Leiche entdeckt und zunächst sei nicht klar gewesen, um wen es sich handelte. Anfangs sei das Gerücht umgegangen, in der Toilette habe sich jemand erschossen. Und laut Peskow hat diese Nachricht Marina einen schweren Schock versetzt. Sie sei völlig außer sich ins Vestibül gestürzt. Als sich dann herausgestellt habe, dass es gar kein Selbstmord war, dass ein Angestellter des Kasinos ermordet worden war, habe sie sich sofort beruhigt.«

»Was hat sie selbst denn eigentlich an jenem Abend im ›Roten Mohn‹ getan?«

»Die ganze Familie hatte sich dort versammelt. Es war der vierzigste Todestag des ältesten Sohnes. Eine Gedenkfeier.«

»Ein seltsamer Ort für eine Gedenkfeier – ein Spielkasino.« Katja zuckte die Achseln. »Ich glaube, Nikita, du solltest Marina Saljutowa verhören. Im Grunde wissen wir doch bis jetzt nicht, was das für eine Familie ist, was dort vor sich geht. Wie leben sie überhaupt, diese reichen, wohl versorgten Angehörigen des Kasino-Besitzers? Ich glaube …«

»Und ich glaube, der Zug ist abgefahren, Katja.«

Sie schaute ihn verständnislos an.

»Das Kasino ist am Ende. Ruiniert.«

Kolossow holte aus der Schreibtischschublade einen Packen frischer, gerade erst ausgedruckter Fotografien und legte sie auf den Tisch: ein Straßenrand, offenbar an einer Chaussee, beleuchtet von den Scheinwerfern der Patrouillenfahrzeuge, hohe Schneewehen, zwei deutliche Reihen von Fußspuren im tiefen Schnee und ein auf dem Boden liegender Mann in Tarnhose und Motorradjacke. Die erste Aufnahme zeigte den Mann in der Stellung, in der man ihn gefunden hatte – auf dem Bauch liegend, das Gesicht im Schnee vergraben. Die zweite Aufnahme zeigte den Körper umgedreht, während der Untersuchung. Man sah, dass die Arme des Toten vorn mit einem Strick gefesselt waren und sein Gesicht völlig zerschlagen war. In der linken Schläfe hatte er eine Schusswunde, auf der Haut und dem kurz geschnittenen blonden Haar sah man verkrustetes Blut. Die dritte Aufnahme zeigte das Gesicht des Toten in Großaufnahme. Katja zuckte entsetzt zusammen: Sie kannte den Mann. Allerdings hatte sie ihn nur einmal gesehen – in der Bar mit dem nach Schokolade und Kuba klingenden Namen »Cayo Coco«. Sie hatte ihm sogar ihre Telefonnummer gegeben.

»Mein Gott«, flüsterte sie, »das ... das ist er ja. Wie kann das sein? Warum?«

»Weil so alle Enden abgeschnitten und alle Spuren verwischt sind.« Kolossow bewegte die Finger wie eine Schere. »Die klassische Mafia-Methode bei internen Abrechnungen.«

»Was für Abrechnungen? Aber warum gerade er?«

Erst jetzt dämmerte es Nikita, dass sie ja noch gar nichts wusste. Nichts von dem, was ihn und Obuchow in den letzten vierundzwanzig Stunden beschäftigt hatte. Sie wusste auch nicht, dass alle Schlussfolgerungen, Mutmaßungen, Fallen und Festnahmen zu spät gekommen waren. Mit dem Tod des Legionärs, dem Tod des Maulwurfs, war man ihnen zuvorgekommen und hatte mit einem Schlag alle Enden in diesem Fall gekappt. Clever und routiniert, so wie es bei großen Abrechnungen großer Leute zu sein pflegt, wo ein fremdes Leben nichts zählt, wo alle Toten nur Bauernopfer sind.

Ja, Gleb Kitajew hatte sich besonnen und ihm und Obuchow doch noch die Adresse der von Philipp und dem Legionär gemieteten Wohnung gegeben. Kolossow wusste diese Adresse auswendig: Pjatnizkaja-Straße 37, Wohnung 8. Sofort war er zusammen mit dem Einsatzkommando dorthin aufgebrochen. Eine andere Einsatzgruppe fuhr inzwischen zu der Bar in der Suworow-Straße. Zwei weitere Kommandos bewachten die Wohnung von Shanna Basmanjuk in Krylatskoje und das Haus Saljutows in Iljinskoje, für den Fall, dass Philipp und sein Freund dort auftauchen sollten. Aber überall blieb es ruhig.

Das Kommando in der Pjatnizkaja-Straße wurde erst um fünf Uhr morgens abgezogen, als die Nachricht kam, dass man an der Rubljowskoje-Chaussee, Kilometerstein 12, eine frische Leiche mit den typischen Merkmalen eines Mafia-Mordes gefunden hatte: die Arme gefesselt, zwei Schüsse in die Brust und ein Kontrollschuss in die linke Schläfe. Schon da hatten Nikita und Obuchow das Gefühl, dass hier etwas faul war. Als dann die Ergebnisse der Daktyloskopie kamen und es feststand, dass es sich bei dem Ermordeten um Nikolaj Djakow, genannt der Legionär, handelte – da war ihnen endgültig klar, dass man ihnen zuvorgekommen war.

Es war das klassische Ende einer klassischen Mafia-Fehde, wie Obuchow sagte: Der Maulwurf war liquidiert, die Enden gekappt. Wer sonst konnte hinter all dem stehen als …

Kolossow sah Katja an: Mein Gott, was plappert sie da eigentlich? Von irgendwelchen Umständen, von der Familie, von Marina Saljutowa … Was spielte die Familie jetzt noch für eine Rolle? War es ihr denn nicht klar, dass der Kasino-Fall abgeschlossen war? Allerdings nicht von der Miliz. Sondern von dem Mann, der sogar noch aus dem Gefängnis heraus in der Lage war, seinem Gegner einen so vernichtenden, verblüffenden Schlag zu versetzen …

Katja gab ihm die Fotos zurück. In diesem Moment kam ein Milizionär mit irgendwelchen Papieren ins Büro.

»Sieh mal, Nikita Michailytsch, dieses Fax ist gerade von der Staatsanwaltschaft gekommen«, sagte er. »Eine Kopie des gestrigen Verhörs von Milowadse.«

Während Nikita das Protokoll des Verhörs las, stand Katja auf, um zu gehen, zögerte aber an der Tür.

»Er leugnet alles strikt ab.« Nikita schaute von dem Blatt Papier auf. »Alle Fragen nach Saljutow, nach dem Kasino und den Morden beantwortet er mit ›nein‹. An den Legionär und daran, dass er mit ihm zusammen drei Jahre im selben Straflager verbracht hat, will er sich nicht erinnern. Wer soll das sein?, fragt er den Untersuchungsführer. Natürlich ... bei der jetzigen Beweislage kann er seelenruhig das Unschuldslamm spielen.«

Katja öffnete die Tür. Es war also doch eine Mafia-Fehde. Und sie hatte einen Moment lang gedacht ... Nein, sie hatte sich wohl geirrt. Ihr fiel wieder ein, mit welchem Widerwillen sie beim allerersten Mal Nikitas Bericht über diesen Fall gelauscht hatte. Das alles war ihr so weit entfernt vorgekommen – wie auf dem Mond. Krawtschenko hatte Recht gehabt, ihr von dieser Sache abzuraten.

Sie ging den Flur hinunter. In ihrem Kopf trommelte es monoton: also doch die Mafia.

»Lassen Sie mich durch! Ich habe eine dringende Mitteilung zu machen. Ich muss den Untersuchungsführer sprechen oder Ihren Chef. Was heißt hier Passierschein und Ausweis ... Ich habe keinen Ausweis, den hab ich vergessen ... Lassen Sie mich endlich durch!«

Irgendwer randalierte an der Pforte. Als Katja an dem Raum vorbeikam, warf sie mechanisch einen Blick hinein. Wer schrie dort so laut? Abrupt blieb sie stehen, als sie neben dem Wachposten ... Philipp Saljutow erblickte. Er trug noch immer denselben Mantel, allerdings war das einstmals teure und elegante Stück inzwischen verschmutzt und zerknittert wie eine alte Decke.

31

Katja blieb unentschlossen stehen. Was sollte sie tun? Hineingehen? Wenn Philipp sie nun erkannte? Aber zurück in ihr Büro, während er hier bei der Kripo war – das ging erst recht nicht. Was wollte er hier? Wusste er schon vom Tod seines Freundes oder noch nicht?

»Warum lassen Sie ihn nicht durch?«, fragte sie den Sergeanten und trat ein.

Philipp Saljutow drehte sich um. Erleichtert seufzte Katja auf: Nein, er hatte sie nicht erkannt. Natürlich nicht! Dort in der Bar in der Suworow-Straße war es schummrig gewesen, außerdem hatte seine Aufmerksamkeit nicht ihr, sondern Egle gegolten …

Doch einen Augenblick später spürte sie noch etwas anderes – Unruhe, Unbehagen. Ihr Blick begegnete dem von Saljutows jüngerem Sohn, und ihr schien, als rolle eine trübe, starke, reißende Woge auf sie zu, die sie packte und mit sich zog. Philipps Blick erinnerte Katja an den Blick eines Rauschgiftsüchtigen, dem man seine Droge weggenommen hat – die gleiche hysterische, fieberhafte Ekstase. Ein Fixer auf Entzug.

»Bitte, lassen Sie ihn durch, Sergeant«, sagte Katja rasch zu dem Diensthabenden. »Hier, auf meinen Ausweis.«

Philipp schien Katjas Worte gar nicht zu hören. Sie musste ihn erst am Ärmel seines Mantels zupfen. Bei der Berührung spürte sie, dass die Wolle völlig durchnässt war. Überhaupt sah der ganze Mantel so aus, als hätte man ihn im Schnee gewälzt – die Schöße hingen schlaff herab, vorn fehlten mehrere Knöpfe.

»Zu wem wollen Sie?«, fragte Katja. »In welcher Angelegenheit?«

»Ich muss dringend Anzeige erstatten.« Philipp schaute sich misstrauisch um, als wisse er selbst nicht so genau, was er weiter tun solle. »Ich will mitteilen, dass … Ich will eine Aussage machen.«

»Wenn es so ist, kommen Sie mit.« Katja führte ihn über den schmalen Flur zur Mordkommission, öffnete die Tür zu Kolossows Büro, das sie erst vor fünf Minuten verlassen hatte, und ließ Philipp vorgehen.

Es folgte eine kurze Szene ohne Worte. Katja rückte für Saljutow junior gastfreundlich einen Stuhl herbei, während Kolossow ihn schweigend betrachtete, als sei er eine Statue im Museum. Dann holte sie die Schreibmaschine aus dem Schrank, stellte sie auf den Tisch, spannte ein Protokollformular ein und setzte sich dahinter. Auf diese Weise gab sie Kolossow zu verstehen, dass sie nicht zu gehen beabsichtigte und bei diesem Verhör die Rolle der Sekretärin spielen wollte.

Philipp hatte Kolossow wieder erkannt.

»Ich wollte zu Ihnen«, sagte er. »Ich muss eine Anzeige erstatten.«

»Zuerst einmal guten Tag, Philipp«, sagte Kolossow. »Setzen Sie sich und erzählen Sie. Ist etwas passiert?«

»Ja. Ich möchte mitteilen, dass mein Freund seit gestern verschwunden ist. Ich habe ihn schon überall gesucht. Aber er ist nirgends zu finden.« Philipp starrte wie hypnotisiert auf die vor Kolossow liegenden Fotos. »Sie haben doch von Anfang an diesen Fall bearbeitet, die Morde im Kasino meines Vaters ...« Er streckte plötzlich die Hand nach den Fotos aus. »Was ist das? Das ist doch ...«

Die Fotos flatterten aus seinen erschlaffenden Fingern wie ein sich auffächerndes Kartenspiel und fielen zu Boden. Sein Gesicht wurde aschfahl.

»Wo haben Sie ihn gefunden?«, fragte er dumpf. »Wann?«

»Heute Morgen um fünf an der Rubljowskoje-Chaussee«, antwortete Kolossow.

»Ich wusste es ... Ich habe gespürt, dass er tot ist.« Philipp bückte sich und hob die Fotografien auf. Als er sich aufrichtete, schien es Katja erneut, als überschwemme sie diese graue, trübe, berghohe Welle, die alles mit sich riss.

»Ich will eine Aussage machen«, sagte Philipp. »Ich weiß, wer es getan hat. Ich werde als Zeuge gegen ihn aussagen, hier und vor Gericht. Schreiben Sie das auf, dass ich alles sagen werde. Wieso schreiben Sie nicht?«

Katja fuhr zusammen, so laut hatte er geschrien. Sie beugte sich über die Schreibmaschine.

»Also wer hat den Legionär ermordet?«, fragte Nikita.

»Mein Vater.«

Als hätte man das Licht ausgeknipst und sofort darauf wieder angemacht. Hell, gleißend, blendend. Die beiden Männer standen einander gegenüber, nur der Schreibtisch trennte sie. Katja saß wie gelähmt an der Schreibmaschine.

»Was redest du da für einen Unsinn, Junge?«, sagte Kolossow leise. »Ist dir klar, was du gerade gesagt hast? Ist dir das klar?«

»Mein Vater hat ihn getötet«, wiederholte Philipp Saljutow störrisch. »Ich weiß es und kann es beweisen. Und bestimmt hat Kitajew ihm dabei geholfen. Er tut alles, was mein Vater ihm sagt. Er ist ihm ergeben wie ein Hund. Ein Hund!«

Er fiel auf den Stuhl und schlug die Hände vors Gesicht. Kolossow kam hinter dem Schreibtisch hervor, goss aus dem Teekocher etwas Wasser in ein Glas und beugte sich zu Philipp hinunter.

»Hier, trink. Beruhige dich ...«

Philipp stieß seine Hand zornig beiseite. Das Wasser bespritzte ihn und seinen ohnehin schon patschnassen Mantel.

»Sie glauben mir nicht, wie?«, schrie er. »Mein Vater hat ihn umgebracht! Ich kann es beweisen. Hier!« Mit einem Ruck riss er aus seiner Manteltasche ein Mobiltelefon und hielt es Kolossow hin.

Der nahm das Handy und wartete auf weitere Erklärungen.

»Der Legionär ist weggefahren. Wohin, mit wem, darüber hat er mir nichts gesagt. Hier, das Telefon hat einen Anrufspeicher.« Philipp drückte auf die Tasten. »Das ist die letzte Nummer, von der aus er gestern Abend angerufen worden ist – die Privatnummer meines Vaters. Er hat ihn gestern angerufen, verstehen Sie? Und nach diesem Anruf ist der Legionär weggefahren, ohne mir etwas zu sagen. Und jetzt dies!« Philipp wies auf die Fotos. »Er hat ihn getötet. Mein eigener Vater. Dieser Schuft ... Dieses Schwein ... Ich hasse ihn! Verhaften Sie ihn, stellen Sie ihn als Mörder vor Gericht! Ich werde Ihr Zeuge im Prozess sein – er hat ihn gemeinsam mit Kitajew ermordet! Das werde ich aussagen!«

Die Worte sprudelten unaufhaltsam, wie von selbst, aus ihm hervor. Nikita schaltete das Handy ein und überprüfte den Speicher. Die letzte gespeicherte Nummer notierte er sich.

»Haben Sie das Gespräch Ihres Vaters mit Ihrem Freund mitgehört?«, fragte er.

»Nein, ich war gerade nicht da ... Ich musste geschäftlich weg. Als ich zurückkam, war der Legionär schon nicht mehr in der Wohnung. Nur die Autoschlüssel lagen auf dem Tisch und dieses Handy ...«

»Das ist doch Ihr Handy, Philipp«, unterbrach ihn Kolossow. »Hat der Legionär es benutzt? Hat er die Anrufe für Sie entgegengenommen?«

»Ja doch, ja! Ist das denn jetzt noch wichtig? Ich habe Ihnen doch gesagt: Mein Vater hat ihn angerufen, irgendwohin bestellt, in eine Falle gelockt und zusammen mit Kitajew umgebracht.«

»Und haben Sie auch eine Ahnung, aus welchem Grund die beiden Ihren Freund umgebracht haben könnten?«

Philipp blickte auf die Fotos, die auf dem Schreibtisch lagen. Er schwieg.

»Wie, Sie kennen diesen Grund nicht? Und dass Ihr Legionär in Wirklichkeit Nikolaj Djakow heißt, wissen Sie auch nicht?«

»Doch, ich kannte seinen Namen«, antwortete Philipp. »Aber er wollte lieber Legionär genannt werden.«

»Und dass er früher bei einer Spezialeinheit des Innenministeriums gedient hat, wussten Sie das auch?«

»Ja, das hat er mir gesagt.«

»Und dass er sechs Jahre im Gefängnis gesessen hat?«

Philipp fuhr hoch: »Was? Wann? Weshalb?«

Katja beobachtete von ihrem Platz aus mit angehaltenem Atem seine Reaktion. Nein, er log nicht. Das war neu für ihn. Natürlich, wie konnte es auch anders sein. Wenn Djakow der Maulwurf gewesen war, Milowadses Mann, dann hatte er seine Vergangenheit sorgfältig verbergen müssen …

»Sie lügen!«, schrie Philipp zornerfüllt. »Sie lügen, ich glaube Ihnen nicht! Wann soll er gesessen haben? Er hat doch beim Ministerium gearbeitet, und dann war er im Krieg …«

»Der Legionär war niemals in Tschetschenien, Philipp«, antwortete Kolossow. »In der fraglichen Zeit hat er eine Haftstrafe in einem Straflager in der Nähe von Archangelsk verbüßt, wegen Trunkenheit am Steuer und fahrlässiger Tötung. Ich weiß nicht, was das für eine Freundschaft zwischen euch beiden war, dass ihr zusammengehalten habt wie Pech und Schwefel, und was für Märchen er dir aufgetischt hat, dass du bereit bist, seinetwegen deinen eigenen Vater ans Messer zu liefern und ihn völlig unbegründet, nur wegen irgendeiner Telefonnummer im Handy, des Mordes zu beschuldigen …«

»Völlig unbegründet?«, zischte Philipp. »Seine Telefonnummer im Handy reicht Ihnen also noch nicht? Ist Ihnen auch das zu wenig?« Er wies mit dem Kopf auf die Fotos. »Dann will ich Ihnen noch einen Beweis liefern: Womit ist der Legionär getötet worden? Mit einer Makarow? Ja? Mein Vater hat eine solche Pistole. Und ich weiß, wo er sie aufbewahrt. Übrigens, an dem Abend, als Sie mich wegen Teterin verhört haben, hat er diese Pistole verheimlicht und nicht abgegeben. Auch das weiß ich! Und ich kann Ihnen zeigen, wo sie war!«

»Moment, was sagst du, was für eine Pistole hat dein Vater?«, unterbrach ihn Kolossow.

»Eine Makarow! Sie liegt im Safe hinter einem Bild in seinem Büro im Kasino. Manchmal trägt er sie auch bei sich. Solange ich zurückdenken kann, hat er sie immer gehabt!«

Nikita setzte sich wieder an seinen Schreibtisch. Katja begann auf der Schreibmaschine zu klappern. Jetzt kam es darauf an, so schnell wie möglich zu tippen und kein Wort seiner Aussage auszulassen. Nachdenken konnte sie später.

Sie bemühte sich, Philipp nicht anzusehen. Sie konnte seinen Blick nur mit Mühe ertragen, er bereitete ihr physisches Unbehagen. Sie begriff selbst nicht recht, was sie empfand – Mitleid oder Widerwillen. Nikita hüllte sich in Schweigen. Nach dieser »Makarow«, die Philipp mit solch leidenschaftlichem, anklagendem Hass hinausgeschrien hatte, schienen ihm die richtigen Worte für die nächste Frage zu fehlen.

Schließlich stellte er sie doch: »Wo hielt sich Djakow auf, als Egle Taurage ermordet wurde, bei Ihnen?«

»Nein, er war weggefahren.«

»Wohin?«

Philipp schaute zu Boden. Seine ganze Haltung besagte: Was hat das jetzt noch für eine Bedeutung?

»Shanna hatte ihn angerufen«, sagte er schließlich leise, »so gegen eins. Sie … Die beiden hatten eine Beziehung. Sie bat ihn um ein Wiedersehen. Sie hatte an diesem Tag Dienst – sie hat gesagt, das Kasino sei wieder geöffnet worden und sie müsse zur Arbeit. Aber bis drei Uhr habe sie noch Zeit, und sie könnten sich irgendwo treffen. In einer Bar …«

»Und der Legionär ist zu diesem Treffen gefahren?«

»Ja, offenbar haben sie sich irgendwo in der City verabredet, sie rennt ja dauernd durch die Geschäfte.«

»Sagen Sie, Philipp, hat Ihr Freund manchmal Shannas Wagen benutzt?«, fragte Katja und unterbrach für einen Moment ihre Mitschrift.

»Ja. Wenn sie sich nicht stritten, also wenn sie zusammen waren«, Philipp hielt seinen Blick noch immer gesenkt, »dann hat sie ihn fast immer fahren lassen. Er war ein erstklassiger Autofahrer, schließlich ist er ja mal Rennen gefahren. Oder war das etwa auch gelogen?«

»Nein«, antwortete Nikita, »da hat er Ihnen die Wahrheit gesagt. Er war tatsächlich Rennfahrer.«

»Um wie viel Uhr ist er damals zurückgekommen?«, fragte Katja.

»Irgendwann abends. Wann genau, weiß ich nicht mehr … Er sagte, dass … Also, er war mit Shanna zusammen, sie hatten sich ein Hotelzimmer genommen. Ich dachte, er würde sie wie üblich zu uns mitbringen, und ich müsste mich gegen Abend mal wieder verdrücken. Aber er sagte, nein, sie ist nach Hause gefahren, um sich vor der Arbeit noch umzuziehen. Sie wäre schon spät dran gewesen …«

»Wie, Shanna war also auch früher schon bei Ihnen zu Hause?«, fragte Nikita.

»Ja, wenn sie nicht gerade Streit hatten.«

»Sie, Philipp, haben die Wohnung in der Pjatnizkaja-Straße gemeinsam mit Djakow gemietet?«

»Ja.«

»Und gestern haben Sie beide dort nicht übernachtet? Der Legionär ist am Abend nach diesem Telefonanruf weggefahren, wie Sie sagen, und Sie haben ihn dann die ganze Nacht gesucht?«

»Ich … ich habe die Nummer des Anrufers gesehen und sofort gewusst – es ist etwas passiert. Ich bin ins Kasino gefahren, aber es war niemand dort. Nicht einmal die Wache, alles war abgeschlossen. Ich habe überall angerufen, bei meinem Vater, bei Kitajew, alle Telefonnummern, die ich kannte, aber nirgends hat sich jemand gemeldet. Mehr konnte ich nicht tun. Ich bin dann zurück nach Hause und habe beschlossen, am Morgen zur Miliz zu gehen, um alles zu erzählen.«

»Wann?«

»Was, wann?«

»Wann sind Sie nach Hause zurückgekehrt?«

»In der Nacht, um drei Uhr früh etwa … Ich wusste einfach nicht mehr, was ich noch tun sollte.«

»Um drei?«

Katja starrte Nikita erstaunt an: Was hatte er plötzlich? Er sah aus, als hätte er ein Gespenst erblickt.

»Wie lautet eure Anschrift?« Kolossow beugte sich abrupt vor. »Pjatnizkaja-Straße Nummer …«

»Nummer 9, Wohnung 28.«

»Verdammt!« Nikita schlug krachend mit der Faust auf den Tisch. Katjas Schreibmaschine blieb nervös ruckelnd stehen. »Dann hat er uns eine falsche Adresse untergejubelt. Ach, verflucht …«

»Wer?« Philipp erhob sich etwas. »Mein Vater?«

32

»Katja, komm mal einen Moment mit nach draußen.« Ohne Philipps Frage zu beantworten, zog Kolossow Katja vor die Tür. »Na, was hältst du von dieser neuen Wendung? Wo hast du ihn eigentlich aufgegabelt?«

Katja berichtete flüsternd, wie Philipp sich an der Pforte aufgeführt hatte.

»Und was sollen wir deiner Meinung nach jetzt unternehmen?«, fragte Kolossow.

»Wir müssen sofort zu Saljutow fahren«, antwortete sie, »aber nicht nur zu ihm. Nikita, ich habe dir ja schon einmal gesagt: Von dieser Familie wissen wir so gut wie nichts. Und es ist eine seltsame Familie, um es vorsichtig zu formulieren, in der der Sohn den eigenen Vater anzeigt.«

Diesmal überlegte Kolossow nicht lange. Laut brüllte er Saljutow junior durch die Tür zu: »Philipp, komm mit und zeig uns, wo diese Makarow war.«

Philipp stand langsam auf. Kolossow rief auf dem Revier in Skarabejewka an und bat Bindjushny, mit seinem Wagen zum Haus der Saljutows in Iljinskoje zu fahren und sie dort in vierzig Minuten zu treffen.

Auf dem ganzen Weg von Moskau nach Iljinskoje sprachen sie kein Wort. Nikita steuerte den Wagen. Philipp schaute zum Fenster hinaus und betrachtete die verschneiten Vorstädte, den Wald und die Felder, die den Weg säumten. Katja beobachtete die beiden verstohlen. An der Ortseinfahrt von Iljinskoje, wo die Chaussee zum Haus der Saljutows abzweigte, erwartete sie Iwan Bindjushny. Nikita setzte ihn vertraulich flüsternd über die neue Wendung in Kenntnis. Dann fuhren sie mit beiden Autos weiter zum Eingangstor. Philipp stieg aus und tippte den Zahlencode für das Tor ein. Doch da tauchte schon ein Wachmann auf. Als er den Sohn seines Chefs in Begleitung irgendwelcher Unbekannter erblickte, war er sichtlich beunruhigt.

»Ist mein Vater da?«, fragte Philipp kurz.

»Nein, Waleri Wiktorowitsch ist nicht zu Hause.« Der Wachmann starrte sie nervös an. »Philipp Walerjewitsch, was … was ist denn los?«

»Wer ist zu Hause?«, unterbrach ihn Philipp.

»Alle – Polina Sacharowna, die Kinder, Marina Lwowna. Und alle Angestellten.«

»Er ist bestimmt im Kasino.« Philipp drehte sich zu Kolossow um. »Fahren wir dorthin!«

»Nein, zuerst wollen wir uns hier unterhalten.« Kolossow wandte sich an den Wachmann: »Ich möchte Marina Lwowna sprechen, richten Sie ihr aus, wir kommen von der Mordkommission. Hier ist mein Dienstausweis.«

Aber Philipp ließ dem Wachmann keine Zeit, den Ausweis in Augenschein zu nehmen – er schob ihn einfach zur Seite, griff sich die Fernbedienung und öffnete das Schiebetor selber. Beide Wagen rollten in den Hof.

Die prächtige dreistöckige Villa mit ihrem schweren Ziegelsteindach ähnelte ein wenig einem reichen Gutshof irgendwo in den bayrischen Alpen. Junge Lebensbäumchen standen zu beiden Seiten des in grauem Granit ausgeführten Eingangs. Aus dem verschneiten Garten, der hinter dem Haus lag, hörte man Kinderstimmen und Gelächter.

Katja wusste nicht, wie sie sich verhalten sollte: im Auto sitzen bleiben oder es riskieren, noch einmal der Witwe zu begegnen? Philipp hatte sie nicht wieder erkannt, aber so viel Glück würde sie bei Marina sicher nicht haben.

Nachdenklich blieb sie ein wenig hinter den anderen zurück und ging neben dem Wachmann her, der den drei Männern folgte. Im Garten gab es einen richtigen Kinderspielplatz: Eine hohe Rutschbahn aus Kunststoff war dort aufgebaut, daneben standen zwei imposante Schneemänner mit Eimern auf dem Kopf und Nasen aus Mohrrüben, ganz wie es sich gehörte. Auf einer im Schnee festgetrampelten Plattform trottete ein kleines Shetlandpony langsam im Kreis.

Die beiden jüngsten Saljutows wurden von einem Kindermädchen beaufsichtigt. Beim letzten Mal hatte Katja nur den kleineren Sohn gesehen. Jetzt waren beide Kinder zusammen: Der ältere – ein etwa fünfjähriger Junge in kurzer Steppjacke und einem Jockeyhelm auf dem Kopf – sattelte gerade geschickt das Pony und zurrte die Bauchriemen fest. Der jüngere – eben jener Walerik, der aussah wie ein Wichtel – beobachtete seinen Bruder mit sichtlicher Begeisterung, verfolgte jede seiner Bewegungen und schlug dabei mit seiner gelben Plastikschaufel in den Schnee, direkt vor die Schnauze des Pferdes.

Die Kinder erblickten Philipp. Der Ältere ergriff die Zügel des Ponys.

»Hallo, Philipp!«, schrie er freudig. »Guck mal, wie ich gleich über die Hindernisse reite!«

Philipp blieb stehen und beobachtete die Kinder angespannt. Seine beiden Neffen rannten ihm, begleitet von dem prustenden Pony, fröhlich hüpfend entgegen. Sie taten alles so synchron, dass man gleich merkte: Saljutows Enkelsöhne hingen trotz des Altersunterschiedes sehr aneinander. Und für Walerik, den jüngeren, war der große Bruder das Vorbild, dem er in allem nacheiferte.

Das Pony bockte plötzlich und blieb stehen, sein kleiner Herr spornte es vergeblich zur Eile an und zog am Zügel. Walerik rannte über den verschneiten Weg voraus, rollte wie ein kleiner Ball durch den Schnee und schwenkte dabei seine gelbe Schaufel, bis er mit vollem Schwung, vergnügt kichernd, an Philipps Knie stieß. Katja wartete darauf, dass der seinen Neffen auf den Arm nahm und in die Luft warf, wie damals Saljutow im Foyer des Fitness-Centers. Aber Philipp rührte sich nicht.

»Gehen wir ins Haus, dort wird sie sein«, sagte er nur abgehackt, schob das Kind beiseite und ging rasch auf den Hauseingang zu. Sie folgten ihm. Katja schaute sich um: Die beiden Kinder standen im Schnee und starrten hinter ihnen her. Das Pony, das wieder losgelassen worden war, trottete seiner Gewohnheit nach langsam und ernsthaft im Kreis herum.

Marina Saljutowa erwartete sie bereits auf der Vortreppe. Sie trug eine elegante, dunkelblaue Schaffelljacke. Ihr Haar war glatt zurückgekämmt und im Nacken zu einem dicken Pferdeschwanz gebunden. Neben ihr stand wie ein Schatten ein Leibwächter.

»Guten Tag, wollen Sie zu mir? Sie sind von der Miliz? Was ist passiert?« Ihr Blick huschte nervös über ihre Gesichter. Katja hielt den Atem an: Gleich würde Marina sie erkennen …

»Es ist doch etwas passiert, oder? Philipp?« Marina wandte sich erregt an ihren Schwager. »Betrifft es Waleri Wiktorowitsch?«

»Wo ist er denn eigentlich?« Kolossow trat vor. »Bitte regen Sie sich nicht auf, ihm ist nichts passiert, wir müssen ihn nur dringend sprechen.«

»Er ist sicher im Büro.« Marinas Blick blieb an Katja haften. In ihren Augen zeigten sich Erstaunen und Verwirrung.

»Dann ist er heute Morgen also ins Kasino gefahren?«, fragte Nikita.

»N-nein, nicht heute Morgen. Ich weiß nicht genau …«

»Hat er zu Hause übernachtet?«, warf Philipp kurz dazwischen.

Marina blickte ihn an.

»Was geht hier vor?«, fragte sie erschrocken. »Philipp, erklär es mir.«

»Hat Waleri Wiktorowitsch Sie heute angerufen?«, mischte sich Nikita ein, ohne ihr Zeit zu lassen, zur Besinnung zu kommen. »Nicht? Er hat nicht angerufen? Woher wissen Sie dann, dass er im Kasino ist?«

»Ich weiß es nicht … Gewöhnlich ist er dort … Er übernachtet manchmal im Büro.« Marina wandte ihren Blick immer noch nicht von Philipp. »Aber was ist denn los? Was wollen Sie von ihm? Philipp, was soll das alles bedeuten? Was hast du ihnen gesagt?«

Philipp warf den Kopf zurück, als hätte sie ihn geschlagen.

»Hör mal, mein Junge, geh dir ein bisschen die Füße vertreten«, sagte Kolossow rasch. »Wir müssen mit Marina Lwowna allein reden.«

Philipp grinste schief, ging um die Frau seines verstorbenen Bruders herum, als sei sie nur ein lebloser Gegenstand, riss die Tür auf und verschwand im Haus.

»Marina Lwowna, bitte beantworten Sie mir eine Frage«, sagte Kolossow mit gesenkter Stimme. »Sie waren am fünften Januar im Kasino, zur Gedächtnisfeier für Ihren verstorbenen Mann. Weshalb hat Sie damals das Gerücht, im Vestibül sei ein Selbstmord geschehen, derart erschreckt?«

»Was für ein Selbstmord?«, fragte Marina. »Damals ist doch einer unserer Angestellten erschossen worden!«

»Ja, aber das hat sich erst später herausgestellt. Als Sie ins

Vestibül gelaufen kamen, sprachen alle ringsum von Selbstmord, und wir haben Zeugenaussagen, dass diese Nachricht Sie zutiefst schockiert hat. Weshalb?«

»Sie verwechseln da etwas.« Marina lächelte nervös. »Ja, ich habe gehört, dass jemand ermordet worden sei, und natürlich war ich sehr erschrocken.«

Kolossow schaute sie aufmerksam an.

»Marina Lwowna«, sagte er freundlich, »ich verwechsele nichts. Sie sind völlig außer sich ins Vestibül gestürzt, Sie hatten Angst, es könne jemand sein, den Sie ...«

»Sie reden Unsinn!«, unterbrach ihn Marina heftig. »Nichts dergleichen ist passiert! Was hat er Ihnen da wieder für Märchen über mich erzählt!«

»Unter welchen Umständen ist Ihr Mann eigentlich ums Leben gekommen?«, wollte Katja wissen. Marina drehte sich zu ihr um.

»Es war ein Verkehrsunfall. Trunkenheit am Steuer«, sagte sie scharf. »Er hat sich betrunken ins Auto gesetzt und dann die Kontrolle über den Wagen verloren. Er ist auch vorher oft in einem solchen Zustand gefahren. Ich habe ihn tausendmal gewarnt, dass seine Trunksucht ihn irgendwann ins Grab bringt.«

»Igor Walerjewitsch war Alkoholiker?«, fragte Kolossow. »Schon seit langem? Hat er nicht versucht, vom Alkohol loszukommen? Katja, sei doch so gut und hole Philipp«, bat er, ohne die Antwort Marinas abzuwarten.

Katja öffnete die schwere Haustür und trat in eine riesige, dämmrige Halle. Eine breite Eichenholztreppe führte nach oben in den ersten und zweiten Stock. Unter der Decke drehte sich langsam ein gewaltiges Mobile, ein Kronleuchter, der einen erstarrten Wasserfall darstellte. Auf dem Fußboden lag ein dunkelblauer chinesischer Teppich. Mitten auf dem Teppich stand Philipp. Auf der Treppe erblickte Katja eine gebeugte alte Frau in einem schwarzen Kleid. Sie stützte sich mit der einen Hand auf einen Stock und klammerte sich mit der anderen fest ans Geländer.

»Du bist zurückgekommen?«, fragte sie Philipp mit krächzender Stimme. »Lange warst du nicht mehr hier, mein Junge.«

Er gab keine Antwort.

»Warum schweigst du?«, krächzte die alte Frau. »Worauf wartest du? Geh wieder fort. Du hast hier nichts verloren, Junge. Geh fort – dies ist ein verfluchtes Haus.« Sie drohte ihm mit erhobenem Stock. »Verflucht!«

»Kommen Sie, Philipp, das Gespräch ist zu Ende, es ist Zeit zu fahren«, sagte Katja.

Philipp schlug seinen Mantel zu. Er schaute die starr auf der Treppe stehende Frau an.

»Leb wohl, Tante Polja«, sagte er. Dann ging er zur Tür, ohne Katja anzusehen, als sei auch sie nur eine Sache, so wie diese Treppe, wie der Teppich auf dem Boden, wie die Witwe seines Bruders, und setzte sich ohne ein Wort des Abschieds an Marina in Kolossows Shiguli.

33

Auf der Rubljowskoje-Chaussee gerieten sie in einen ellenlangen Stau. Philipp schwieg mürrisch und schaute auf die verstopfte Straße. Katja saß neben ihm auf dem Rücksitz. Als sie sich umdrehte, sah sie gleich hinter ihnen Bindjushny in seinem Auto sitzen und bei offenem Fenster rauchen.

Es dämmerte schon, als sie das Kasino erreichten. Das Gebäude war hell erleuchtet. Zumindest war das Katjas erster Eindruck, als sie von der Allee aus die in Scharlachrot und Gold flimmernde Werbetafel an der Fassade erblickte: Ein gigantisches Kartenspiel spreizt sich zum Fächer, und wie aus einem Füllhorn purzeln Goldmünzen heraus, der Herzkönig, die Herzdame, der Karobube, das Karo-As. Dann läuft eine Welle über das leuchtende Bild, die Karten verwandeln sich in Blumen und fließen in eine riesige rote Mohnblüte zusammen, die sich vor den Augen des Betrachters öffnet.

Als sie näher kamen, verblüffte sie der Kontrast zwischen diesem leuchtenden Tableau und dem dunklen, toten Gebäude. In den meisten Fenstern des Kasinos brannte kein Licht. Im Erdgeschoss waren nur der Eingang und das Vestibül erleuchtet. Philipp Saljutow stieg die Stufen hinauf und läutete an der Tür. Ein Wachmann öffnete. Schweigend, ohne weitere Fragen zu stellen, ließ er sie hinein. Er hatte Kolossow und Bindjushny erkannt.

Nikita schaute sich um: Ja, das Kasino war geschlossen, das

war nicht mehr zu ändern. Aber dennoch lebte es. Die Türen der Bar waren weit geöffnet. Im Vestibül standen die Männer des Sicherheitsdienstes. Der marmorne Springbrunnen mit der Fortuna plätscherte leise. Aus dem Großen Saal hörte man gedämpfte Stimmen.

Schritte wurden laut – leichte Absätze, die über den Marmorfußboden klapperten. Eine Frau in einem schwarzen Kostüm kam ihnen aus dem Spielsaal entgegen – Shanna Basmanjuk, der Pit-Boss.

»Guten Abend«, begrüßte sie die Ankömmlinge gleichmütig. »Sie wollen zu Waleri Wiktorowitsch? Er ist seit heute früh im Kasino. Philipp ... du auch hier? Hallo.« Ihr Blick glitt über ihre Gesichter, blieb an Katja hängen, dann schaute sie wieder Philipp an. Kolossow hatte den Eindruck, als wolle sie Saljutows Sohn etwas fragen.

Sie weiß noch nicht, dass Djakow tot ist, dachte er. Wie wird sie sich verhalten, wenn sie es erfährt? Und wenn es stimmt, dass Saljutow ihn getötet hat – wie wird sie darauf reagieren? Wird sie wieder lügen? Oder endlich reden?«

»Shanna Markowna, wir müssen dringend Waleri Wiktorowitsch sprechen«, sagte er. »Es wäre gut, wenn auch Sie und Gleb Kitajew an dem Gespräch teilnehmen könnten. Gleb Arnoldowitsch ist doch hier? Bitte rufen Sie ihn.«

»Kitajew ist nicht da. Er ... er ist heute nicht erschienen«, antwortete Shanna. »Bitte kommen Sie mit.« Sie wies auf die Tür zum Großen Saal. »Waleri Wiktorowitsch ist dort drüben.«

Saljutow stand am anderen Ende des Saales neben dem Tisch mit dem Glücksrad. Gerade begann es sich zu drehen, als hätte ein unsichtbarer Croupier es in Gang gesetzt. Ein melodisches Signal erklang, und der Finger der Fortuna zeigte auf den Sektor »Joker«.

»Waleri Wiktorowitsch, wo ist Kitajew?«, fragte Nikita so laut, dass es im ganzen Saal zu hören war.

Saljutow zögerte einen Augenblick, bevor er antwortete: »Er ist weggefahren. Er arbeitet nicht mehr bei mir.«

»Seit wann?«

»Seit heute.«

»Und wo war er in der letzten Nacht?«

Saljutow gab keine Antwort. Er schaute seinen Sohn an.

»Waleri Wiktorowitsch, haben Sie eine Pistole vom Typ Makarow?«, stellte Nikita die nächste Frage.

Wieder antwortete Saljutow nicht, blickte immer nur Philipp an. Katja sah ihre Gesichter, und von neuem überwältigte sie dies Gefühl ... wie eine Welle, eine riesige, trübe Welle ...

»Ja, er hat eine Pistole!«, rief Philipp mit schneidender Stimme. »In einem Safe oben in seinem Büro. Ich zeige Sie ihnen, kommen Sie!«

Er wollte zur Tür, aber da versperrte Shanna ihm unerwartet den Weg.

»Was soll das heißen?«, rief sie empört. »Philipp! Was redest du? Wie kannst du es wagen?! Was hat das alles zu bedeuten?«

»Was?« Eine Grimasse verzerrte Philipps Gesicht. »Du fragst mich, was das bedeutet, Shanna? Weißt du etwa nicht mehr, dass er«, und er zeigte mit dem Finger auf seinen Vater, »immer eine Pistole hatte? Hast du vergessen, wie er uns beigebracht hat, damit zu schießen, damals beim Schaschlik in Sawidowo, wo wir im Wald auf leere Flaschen gezielt haben? Dir hat er es gezeigt, Igor, mir ...«

Shanna wollte ihm widersprechen, aber Philipp ließ sie nicht zu Wort kommen.

»Was glotzt du mich so an?«, schrie er gellend. »Als ob du

von seiner Pistole nichts wüsstest! Damit hat er heute Nacht Nikolaj ermordet! Starr mich nicht so an, du blöde Kuh! Hast du nicht gehört, was ich gesagt habe – der Legionär ist tot! Ermordet! Er hat ihn ermordet, mit dieser Makarow! Er und Kitajew … Zuerst haben sie ihn gefesselt«, er hielt der jäh erbleichten Shanna seine gekreuzten, zu Fäusten geballten Hände unter die Nase. »Genau so! Und dann haben sie ihn erschossen.«

Shanna wich zurück und wandte sich abrupt zu Kolossow um. Auf ihrem zu Tode erschrockenen Gesicht stand nur eine Frage: Das ist doch nicht wahr …? Aber was hätte Nikita ihr antworten können?

»Kommen Sie mit, ich zeige Ihnen den Safe, wo er die Pistole aufbewahrt«, sagte Philipp. Er wandte sich zur Tür und hätte dabei beinahe Katja umgestoßen. Im Saal zischte etwas, dann folgte ein Geräusch, als ob eine straff gespannte Saite reiße, und das Glücksrad drehte sich wieder gleichmäßig um seine eigene Achse. Man hörte einen tiefen Seufzer, und Shanna, die eiserne Lady, der Pit-Boss des Kasinos, fiel wie niedergemäht auf den Teppich. Saljutow griff mit der Hand in seine Jackentasche.

»Bemüh dich nicht, Philipp«, sagte er und zog die Pistole heraus. »Hier.« Er legte die Waffe auf das rote Tuch des Spieltisches neben einen Stapel Jetons.

Kolossow schritt langsam durch den Saal und nahm die Pistole in die Hand. Im Ladestreifen steckte nur noch eine Patrone. Katja beugte sich inzwischen über Shanna, klopfte ihr auf die Wangen und versuchte, sie wieder zu sich zu bringen. Es war eine tiefe Ohnmacht. Sie ging hinaus ins Vestibül, um die Wachmänner zu bitten, Shanna aufs Sofa zu heben. Iwan Bindjushny wechselte ein paar Worte mit Philipp und führte ihn aus dem Saal. Nikita blieb mit Saljutow allein zurück.

»Der Legionär wurde heute Nacht mit zwei Schüssen aus einer Makarow ermordet«, sagte er leise. »Die Täter, es waren zwei, haben die Geschosshülsen am Tatort zurückgelassen. Das heißt, die Experten können ohne Schwierigkeiten vergleichen und ihre Schlüsse ziehen.« Er schwieg. »Waleri Wiktorowitsch, was haben Sie nur getan? Warum?«

Saljutow antwortete nicht.

»Und wo ist Kitajew?«, fragte Kolossow scharf. »Sie waren doch zusammen mit ihm letzte Nacht an der Rubljowskoje-Chaussee. Wohin ist er verschwunden?«

»Ich war dort ... allein«, sagte Saljutow langsam. »Gleb hat nichts damit zu tun. Ich allein bin für alles verantwortlich.«

»Was haben Sie nur getan?«, wiederholte Nikita. Mitleid und Bitterkeit schwangen in seiner Stimme. »Diese Lynchjustiz, wozu?«

»Sie meinen, ich hatte keinen Grund, ihn zu töten?«, fragte Saljutow zurück.

»Doch, Sie hatten Gründe. Sie wollten sich rächen ... An dem Maulwurf.« Nikita blickte den Chef des »Roten Mohn« voller Bitterkeit an. »Kitajew hat Ihnen gesagt, dass wir ihn wegen des Legionärs angerufen haben. Und er hat Sie davon überzeugt, dass der Legionär für Milowadse arbeitet. Gestern, Waleri Wiktorowitsch, waren auch wir noch davon überzeugt. Wir hatten die Information bekommen, dass der Legionär zur selben Zeit im selben Gefängnis war wie Milowadse ... Das hat Ihnen Kitajew doch erzählt, nicht wahr? Er hat es von uns erfahren. Aber heute tauchte Ihr Sohn bei uns auf und sagte, der Legionär sei an dem Tag, an dem Egle Taurage ermordet wurde, mit Frau Basmanjuk zusammen gewesen. Die beiden haben seit langem ein Verhältnis. Sie hat es verheimlicht, weil sie fürchtete, sonst ihre Stelle zu verlieren ... Was wird sein, wenn sie wieder zu sich kommt und bestätigt, dass der Legionär den bewussten Tag mit ihr zusammen in einem Hotel verbracht hat und gar nicht … Sie verstehen? Dass er es gar nicht gewesen sein kann, der unter Ihrem Fenster aus dem gestohlenen BMW auf Egle Taurage geschossen hat?«

Nikita hielt inne, erschrocken über Saljutows Gesichtsausdruck. Sein Gesicht wurde zuerst purpurrot, dann wich plötzlich alle Farbe aus ihm. Nikita befürchtete schon einen Schlaganfall oder einen Herzinfarkt. Saljutow stützte sich schwer auf den Tisch, sein Rücken krümmte sich. Tiefer und tiefer beugte er sich über das rote Tuch. Aber plötzlich richtete er sich jäh wieder auf und schaute Kolossow fragend, abwartend an.

»Vielleicht gab es in diesem Fall gar keinen Maulwurf?«, sagte Nikita leise. »Vielleicht sind die Morde aus ganz anderen Motiven begangen worden?«

Vater und Sohn wurden in verschiedenen Autos untergebracht. Philipp saß zusammen mit Katja in Bindjushnys Shiguli, Saljutow wurde von Kolossow mitgenommen. Shanna, die sich von der Ohnmacht noch nicht wieder erholt hatte, blieb im »Roten Mohn« zurück, wo inzwischen ein Einsatzkommando aus Skarabejewka eingetroffen war. Noch vom Kasino aus hatte Nikita auch die Staatsanwaltschaft anrufen und Untersuchungsführer Sokolnikow informieren wollen, doch Katja hielt ihn zurück: »Ruf später bei der Staatsanwaltschaft an«, flüsterte sie. »Ich glaube, das wäre jetzt übereilt. Erst müssen wir einiges klarstellen.«

»Was denn?«, fragte er.

»Na, zum Beispiel, wie viele Pistolen in diesem Fall benutzt wurden.«

Mehr sagte sie vorläufig nicht. Sie ging zu Philipp und erklärte ihm höflich, dass auch er mit zurück zum Revier müsse, damit seine Aussage dort protokolliert werden könne.

»Oder haben Sie es sich vielleicht anders überlegt und möchten Ihre Aussage widerrufen?«, fragte sie ihn.

»Nein«, antwortete Philipp. »Ich sage es jetzt und ich werde es vor Gericht sagen, dass er der Mörder ist.«

»Warum vermeiden Sie eigentlich so sorgfältig das Wort ›Vater‹?«, erkundigte sich Katja.

»Er ist für mich kein Vater«, sagte Philipp verächtlich, setzte sich in Bindjushnys Auto und schlug die Tür zu.

Auf der Rückfahrt gab es auf der Rubljowskoje-Chaussee keine Staus mehr. Nikita war darüber heilfroh. Er hätte es kaum ertragen können, stundenlang nur in Gesellschaft des Kasinochefs, der starr wie eine Statue auf dem Rücksitz saß, warten zu müssen. Als sie die Brücke über die Glinka überquerten, begann es wieder zu schneien. Leichte Schneeflocken, schwerelos wie Daunen, tanzten im Licht der Straßenlaternen, erst vereinzelte, dann immer mehr. Am rostigen Geländer der Brücke, so kam es Nikita zumindest in der dichter werdenden Dämmerung vor, flatterte etwas Weißes im Wind. Irgendwelche Fetzen aus weißem Tüll ... Wie ein zerrissener Hochzeitsschleier. Aber wahrscheinlich war es nur Schnee.

Im Rückspiegel begegnete Kolossow dem Blick Saljutows. In seinen Augen las er nichts als Müdigkeit und Hoffnungslosigkeit.

Saljutow wandte sich vom Fenster ab. Die Brücke war längst in der Dunkelheit verschwunden. Aber trotzdem war sie noch immer hier und gegenwärtig. Und der Hochzeitsschleier, der sich am Geländer verhakt hatte, flatterte noch immer im Wind wie eine weiße Fahne, und dort in der Nacht brannte auf der Straße ein zertrümmertes Auto. Nur war es keine altmodische Hochzeitslimousine. Nein, Saljutow hatte immer, vom ersten Tag an, gewusst, dass es der BMW seines ältesten Sohnes Igor war, der auf der Chaussee loderte wie eine Fackel. Der BMW, den er damals sofort erkannt hatte … Den sie einmal alle zusammen im Autosalon am Kutusowski-Prospekt ausgesucht hatten, die ganze Familie, er, seine Söhne und Igors Frau, die schöne Marina, damals, als sie alle noch glücklich gewesen waren …

34

Unterwegs rief Kolossow im Präsidium an und setzte die Situation seinem Vorgesetzten auseinander. In der Nikitski-Gasse stand man schon bereit und erwartete sie. Wieder wurden Vater und Sohn Saljutow getrennt und in verschiedene Büros geführt: der eine als Tatverdächtiger, der andere als Hauptbelastungszeuge. Es war eine seltsame Situation: Selbst bei der Kripo, wo man schon alles mögliche gesehen hatte, rief ein Fall, in dem der Sohn den eigenen Vater anzeigte, sehr widersprüchliche Gefühle hervor.

Während der Diensthabende den Fahndungsaufruf für den verschwundenen Gleb Kitajew verfasste, nahm Nikita Katja beiseite und fragte sie: »Was meintest du mit den Pistolen?«

»Ich möchte wissen, wie viele Pistolen es in diesem Fall gegeben hat. Die eine Makarow, mit der der Legionär erschossen wurde, haben wir ja jetzt ...«

»Die zweite ist die TT, die Vitas Taurage gehörte und mit der er im Kasino erschossen wurde, aber ...«

»Aber – du sagst es«, meinte Katja. »Aber wo ist die Pistole, mit der Teterin und Egle ermordet wurden? Wir haben sie nicht. Wer hat sie dann? Hatte der Legionär sie? Ja, wenn er tatsächlich der Maulwurf war. Aber wenn nicht – wer hat sie dann?«

»Als wir nach dem Mord an Teterin die Patronenhülsen nicht fanden, war klar, dass der Mörder die Pistole nicht wegwerfen würde. Der Mord an Egle hat das bestätigt, aber ... aber ich verstehe nicht, Katja, was uns das jetzt hilft ... in unserer konkreten Situation«, sagte Kolossow langsam. »Worauf willst du hinaus?«

»Weißt du, als ich neben Philipp im Auto saß, dachte ich die ganze Zeit – ist dieser Fall mit der Schließung des Kasinos und der Verhaftung seines Besitzers eigentlich zu Ende?«

»Er wird zu Ende sein, wenn wir den Mörder haben.«

»Ja, den Mörder. Noch einen Mörder. Und davor habt ihr den Maulwurf gesucht ... Weißt du, Nikita, ich glaube, diese Geschichte ist doch schon zu Ende. Das Bild ist fertig. Es fehlt nur noch ein Pinselstrich.«

»Was für ein Pinselstrich? Nun sag schon. Sprich aus, was du denkst.«

»Wir haben die Pistolen zusammengezählt. Jetzt zähle ich die Fakten zusammen. Die Fakten im Leben Waleri Saljutows seit dem fünften Januar. Nur möchte ich zuerst erklären, was für mich zum Ausgangspunkt wurde.«

»Nicht nötig, das weiß ich schon«, sagte Kolossow. »Dein Gespräch mit Marina im Fitness-Center.«

»Nun, wenn du das schon weißt, dann lass uns zum Abend des fünften Januar zurückkehren. Als du mir von jenem Abend im Kasino erzählt hast, hast du immer wieder betont, dass der erste Mord ausgerechnet an dem Tag passiert ist, als Saljutow zum Verhör bei der Staatsanwaltschaft vorgeladen war, wegen Milowadse. Und du warst überzeugt, dass zwischen diesen beiden Ereignissen ein Zusammenhang besteht. Aber dieser Tag war für Saljutow auch aus anderem Grunde denkwürdig – es war der vierzigste Todestag seines Sohnes. Das ist unser erster Fakt. Der zweite: An diesem für die Familie so traurigen Tag war Marina zutiefst erschrocken, als sie hörte, dass sich im Kasino, wo alle Saljutows versammelt waren, jemand erschossen habe.«

»Es gab noch einen dritten Fakt, Katja«, warf Kolossow ein, »die Aussage des Portiers Peskow, dass er gesehen hat, wie …«

»Nein, warte. In meiner Liste kommt das erst ganz zum Schluss. Der vierte Fakt, Nikita, den ich besonders hervorgehoben habe, ist folgender: Um den Mord an Egle Taurage zu begehen, musste der Mörder erheblich kompliziertere Vorbereitungen treffen als vorher. Er brauchte genau diesen auffälligen dunklen BMW, der alle im ›Roten Mohn‹ und besonders natürlich Saljutow an den Wagen des verunglückten Igor erinnert hat …«

Nikita schwieg. Dann sagte er: »Na gut. Und warum rätst du mir, Sokolnikow vorläufig noch nicht anzurufen und die Verhöre aufzuschieben?«

»Weil Verhöre, in welcher Form auch immer, jetzt keine neuen Erkenntnisse mehr bringen«, antwortete Katja. »Das hat etwas mit Fakt Nummer Fünf zu tun: dem Mobiltelefon, das Philipp in der letzten Zeit nicht benutzen wollte. Er hat ja selber keine Anrufe mehr beantwortet, sondern diese Aufgabe seinem Freund übertragen. Nikita, ich glaube, wir brauchen jetzt kein Verhör, sondern ein Gespräch. Ein Gespräch zwischen Vater und Sohn. Und unsere Rolle dabei sollte sich darauf beschränken … Ihr habt doch diese speziell ausgerüsteten Büros mit Abhöranlagen. Wenn man es einrichten kann, lasst sie da miteinander reden. Ohne uns, ohne Staatsanwaltschaft. Zumindest versuchen könnte man es doch.«

Katja verstummte. Was würde er darauf sagen?

»Nun gut«, erwiderte Nikita schließlich. »Vielleicht hast du Recht. Ich bin einverstanden. Machen wir ein Experiment. Nur … auch er sollte damit einverstanden sein.«

»Philipp?«, fragte Katja rasch und argwöhnisch.

Nikita schüttelte den Kopf: »Sein Vater.«

Waleri Saljutow saß noch auf einem Stuhl in dem Büro, in das man ihn geführt hatte. Ein junger Sergeant bewachte ihn. Im Büro war es heiß. Das Oberlicht war fest geschlossen, das Fenster vergittert. Saljutow hatte seinen Mantel ausgezogen und ordentlich über die Stuhllehne gehängt, sich das Jackett aufgeknöpft und die Krawatte gelockert. Nun saß er da und wartete, was geschehen würde. Aber im Grunde war es ihm schon gar nicht mehr wichtig.

Als Kolossow das Büro betrat, stand er schwerfällig auf.

»Wir werden ein Gutachten über die bei Ihnen beschlagnahmte Pistole anfertigen lassen, Waleri Wiktorowitsch«, sagte Kolossow, »und über die Patronenhülsen, die wir am Kilometerstein 12, an der Stelle, wo der Legionär ermordet wurde, gefunden haben. Aber das ist noch nicht alles. Sie haben selbst gehört, was Ihr Sohn gegen Sie aussagt.«

Saljutow blickte Kolossow an. Er schaute diesen Major von der Kripo an … und sah den Legionär vor sich. Die beiden Männer hatten eine gewisse, rein äußerliche Ähnlichkeit miteinander. Vielleicht hatte es mit ihrer Jugend zu tun? Die Jugend ist wie ein Stempel, der mit den Jahren verblasst … Er musste daran denken, wie Kitajew im Auto dem Legionär mit der Faust ins Gesicht geschlagen hatte, außer sich vor Wut und Rachsucht. Und er, Saljutow? Er hatte ja eigentlich schon Schluss machen wollen, hatte sich die Pistole schon an die Schläfe gesetzt. Und alles wäre längst vorbei, wäre nicht Kitajew dazwischen gekommen mit seinem verzweifelten Geschrei, seinen flehentlichen Bitten und seinem betrunkenen, erregten Gerede davon, dass dieser Maulwurf wirklich existiere! Und dass es kein anderer als der Legionär sei …

Kitajew hatte ihm gesagt, er habe die Miliz absichtlich auf

eine falsche Spur geführt. Eine fiktive Adresse, wo sie den Legionär niemals finden würden. Denn dies sei ihre ganz persönliche Angelegenheit – Rache zu nehmen. Er selbst werde mit dem Maulwurf abrechnen, mit seinen eigenen Händen würde er diesen Hund in Stücke reißen. Jetzt gleich wolle er losfahren, keine Zeit verlieren, ihn aus seinem Loch zerren und kurzen Prozess machen.

Nein, der treue Gleb hatte ihn nicht gebeten mitzukommen. Er nahm immer alles selbst auf sich. Aber Saljutow war trotzdem mit ihm gefahren. Denn dieses Märchen vom Legionär als dem Maulwurf, das er so liebend gern glauben wollte, diese fantastischen Anschuldigungen Kitajews waren ja ein Ausweg! Die Rettung. Sie bewahrten ihn vor dem schrecklichen Eingeständnis der eigentlichen Wahrheit, die er, Saljutow, von Anfang an geahnt – nein, was sollte er heucheln – gekannt hatte. Nur hatte er nie den Mut gehabt, sich diese Wahrheit einzugestehen.

Auf der Fahrt nach Moskau hatte er von seinem Auto aus die Nummer seines Sohnes gewählt, die Nummer, die er selbst schon lange nicht mehr anrief, sondern Kitajew damit beauftragte. Und er hörte eine fremde Stimme – die Stimme des Mannes, an dem sie sich rächen wollten. Er sagte ihm, er habe schon längst einmal mit ihm über seinen Sohn sprechen wollen, weil dessen Benehmen und Lebensstil ihm große Sorgen machten. Er fragte den Legionär, ob sie sie sich jetzt gleich treffen und über Philipp sprechen könnten. Vielleicht würden sie einander ja verstehen. Der Reaktion nach zu urteilen, fühlte der Legionär sich geschmeichelt. Jedenfalls war er sofort mit einem Treffen einverstanden. Saljutow bat ihn zum Schluss noch, er möge Philipp vorläufig nichts davon sagen.

Sie holten ihn direkt vom Haus in der Pjatnizkaja-Straße ab. Sobald er im Auto saß, versetzte Kitajew ihm einen Schlag auf den Kopf und fesselte dem Bewusstlosen die Arme mit einem Strick. Als sie ihn auf der Rubljowskoje-Chaussee nach draußen in den Schnee zerrten, kam er wieder zu sich. Er versuchte etwas zu sagen, mit blutigen Lippen etwas herauszuschreien. Wahrscheinlich irgendetwas zu seiner Rechtfertigung … Aber Saljutow gab ihm keine Gelegenheit mehr dazu – zweimal schoss er mit seiner Makarow. Er schoss, weil er Angst hatte, sonst Dinge zu hören, die er nicht hören wollte, die seine Illusionen zerstören könnten.

Aber es hatte alles nichts genützt.

»Waleri Wiktorowitsch, was haben Sie? Ist Ihnen nicht gut?«

Saljutow hob den Kopf. Wovon redete er, dieser Major? Was wollte er denn noch?

»Sie haben selbst gehört, was Ihr Sohn ausgesagt hat«, wiederholte Nikita. »Er hat Sie des Mordes beschuldigt. Ich gebe zu, das ist für uns eine völlig unerwartete Wendung. Aber außer Nikolaj Djakow hat es ja noch drei andere Tote gegeben. Und diese Morde sind nicht von Ihnen begangen worden, Waleri Wiktorowitsch …«

Saljutow wartete, was er weiter sagen würde.

»Wollen Sie nicht erst mit Ihrem Sohn unter vier Augen sprechen, bevor ich die Staatsanwaltschaft benachrichtige?«, fragte Kolossow.

Es folgte eine lange Pause. Schließlich sagte Saljutow: »Ja.«

»Ich muss Sie darüber informieren, dass wir das Gespräch mithören und aufzeichnen werden. Sie können auch darauf verzichten«, sagte Nikita.

Saljutow gab keine Antwort.

35

Nikita kehrte zu Katja zurück.

»Gehen wir hinüber.«

Sie gingen den Flur hinunter zu einer Tür mit der Nummer 17. In diesem Raum arbeiteten drei Techniker. Außer den üblichen Computern standen hier noch etliche andere Geräte und Apparate. Nikita zeigte Katja, wohin sie sich setzen sollte, und nahm dann neben ihr Platz. Er reichte ihr ein Paar Kopfhörer, setzte selbst die gleichen auf und sah damit aus wie ein jugendlicher Rockmusik-Freak.

Ein leises Rauschen in den Hörern, wie bei einem alten Plattenspieler. Ein Knarren … Es hörte sich an wie das Knarren eines ausgetrockneten Parkettbodens. Katja blickte Kolossow an, der nickte. Wieder Schritte. Ein Stuhl, der knarrte. Das dumpfe Geräusch einer zuschlagenden Tür. Nervöses, angespanntes Schweigen …

»Wie hast du erfahren, dass ich ihn erschossen habe?«, ertönte Saljutows Stimme in ihren Kopfhörern.

Katja zuckte unwillkürlich zusammen – es kam ihr vor, als stünde der Mann direkt neben ihr, nur durch einen undurchdringlichen Vorhang verborgen, der ihn unsichtbar machte.

»Warum schweigst du?«

Eine lange Pause. Dann wieder die leise und unendlich müde Stimme Saljutows: »Du hast es erraten, Philipp? Du hast es gleich erraten, weil du es diesmal nicht warst? So wie bei den anderen … bei Teterin, Egle und ihrem Bruder. Sieh mich nicht so an, Philipp … Ich weiß alles. Und was hast du nun damit erreicht? Mein Geschäft hast du ruiniert. Dabei hätte das alles doch einmal dir gehört.«

»Ich brauche nichts von dir.« Ein Aufschrei Philipps.

Und dann wieder Saljutows Stimme – aufrichtig erstaunt, wie es Katja schien, die begierig auf jedes Wort lauschte: »Warum? Sag mir doch, warum?«

»Das weißt du nicht? Hast du wirklich keine Ahnung, mein ach so kluger und erfolgreicher Papa?«

Nikitas Gedanken hinkten dem Dialog hinterher. Wann kann Saljutow erraten haben, dass es Philipp war, fragte er sich. In seiner Erinnerung tauchte das Gesicht des Kasinochefs auf, als der zusammen mit ihm, Kolossow, den Aussagen des Portiers Peskow lauschte und anschließend auch beim Verhör Philipps dabei war … Hatte er es damals schon geahnt? Denn Peskow hatte ja bei seiner Aussage nicht gelogen. Aber auch Philipp hatte nicht gelogen: Er hatte Teterin wirklich in der Toilette gesehen. Und Shanna hatte ebenfalls die Wahrheit gesagt. Zumindest in diesem Punkt. Sie hatte Teterin nicht gesehen, als sie auf der Suche nach dem Legionär den Raucherraum der Herrentoilette betreten hatte. Sie hätte ihn auch gar nicht sehen können, denn zu dieser Zeit lag er bereits leblos, mit einer Kugel im Kopf, auf dem Boden der Toilettenkabine. Nein, Philipp hatte nicht gelogen, als er sagte, er habe als Letzter den alten Mann lebend gesehen. Er hatte ihnen nur nicht alles bis zu Ende erzählt!

Hatte das sein Vater begriffen, als er seinen Sohn damals beim ersten Verhör beobachtete? Oder geschah das erst viel später? Und bis dahin hatte Saljutow tatsächlich an die Existenz eines Maulwurfs in seinem Kasino geglaubt?

Nikita holte tief Luft, als er sich an ein wichtiges Detail erinnerte, das eigentlich die ganze Zeit offen zutage gelegen hatte, aber trotzdem unbemerkt geblieben war, weil sein wahrer Sinn verborgen gewesen war. Nur Katja war es aufgefallen. Im Zusammenhang mit diesem Detail hatte Saljutow ihn, Kolossow, gefragt: Ist die Theorie vom Maulwurf die einzige, der die Miliz nachgeht, oder gibt es auch noch andere? Nach Egles Ermordung hatte er das gefragt, nachdem er aus dem Fenster seines Büros den dunklen BMW gesehen hatte, der so verblüffend dem Wagen seines umgekommenen Sohnes ähnelte …

»Das weißt du nicht?«, wiederholte Philipp. Seine Stimme im Kopfhörer klang schneidend scharf. »Denk mal gut nach, Vater …«

Katja und Kolossow warteten.

»Ich trage eine Schuld vor dir«, drang Saljutows Stimme zu ihnen. »Ich trage eine große Schuld vor euch allen.«

»Und das sagst du so einfach, so ruhig?« Philipp brach in lautes Gelächter aus. (Katja zuckte zusammen – hätte er gebrüllt oder geflucht, es wäre weniger schrecklich gewesen.) »Du sagst, dass ich sie alle getötet habe! Und du selbst? Warst du es nicht, der Igor getötet hat?«

»Nein … nein! Das war ein Unfall …«

»Du lügst! Du belügst dich selbst. Du weißt es und hast es immer gewusst: Er hat es absichtlich getan. Es war ein Selbstmord. Das wissen alle, unsere ganze reizende Familie. Und du bist schuld an seinem Selbstmord. Hörst du?«, schrie Philipp. »Sie hat ihm damals alles erzählt, deine dreckige Schlampe! Sie hat ihm die Augen geöffnet, hat ihre Wut an ihm ausgelassen, an meinem Bruder, an ihrem Mann … Weil du sie sitzen gelassen hattest und dir stattdessen dieses Flittchen Egle angelacht hast! Hörst du? Sie hat Igor alles erzählt! Er hat mich vom Auto aus angerufen. Er hat mir gesagt, dass … dass Marina ihm gerade gestanden habe, sie liebe ihn nicht, er sei nicht ihr Mann, der einzige Mann, den sie immer geliebt habe und lieben werde – seist du. Was hast du getan, Vater? Was hast du meinem Bruder angetan? Was hast du uns angetan? Igor hat mir gesagt, er könne so nicht mehr leben … Ich wollte ihn zurückhalten, ihn retten, aber … Was schaust du mich so an? Das hast du nicht gewusst, nicht wahr? Ich habe mit meinem Bruder fünf Minuten vor seinem Tod noch gesprochen, fünf Minuten, bevor er den Wagen gegen einen Pfosten gefahren hat, und du … Ich hasse dich! Und du sagst mir, ich sei ein Mörder, aber was bist denn du? Du sagst, ich hätte alles zerstört, was du für uns aufgebaut hast … Ich wollte … ich wollte, dass das alles verbrennen sollte! Zur Hölle sollte es fahren, zusammen mit dir!«

Irgendetwas polterte laut – vielleicht ein zurückgestoßener Stuhl, der zu Boden fiel. Kolossow riss sich die Hörer vom Kopf und ging rasch hinaus. Katja wartete gespannt. Eine Minute, zwei – dann erklangen Schritte und laute Stimmen: die Wachsoldaten. Offenbar hatte Nikita beschlossen, dass es Zeit war, die beiden zu trennen, bevor noch ein Unglück geschah. Jemand kommandierte: »Kommen Sie mit! Ich sagte, kommen Sie mit, junger Mann!« Ein heiseres Protestgeheul … und Stille.

Dann hörte sie Nikitas Stimme. Sie begriff, dass man Philipp in den Flur geführt hatte und Saljutow und Kolossow nun allein waren.

»Waleri Wiktorowitsch, ist das wahr, was er gesagt hat? Über Sie und Marina?«

Saljutow schwieg. Was sollte er diesem Milizionär antworten, der sich wahrscheinlich für einen begnadeten Detektiv hielt und in Gedanken schon die Gratulationen für seinen Fahndungserfolg entgegennahm? Was? Wie sollte er diesem fremden Mann begreiflich machen, was in seiner Familie geschehen war?

Er hatte das alles nicht gewollt. Gott wusste, wie er sich bemüht hatte, wie er immer wieder dagegen angegangen war.

Aber als die junge Frau seines ältesten Sohnes in ihr Haus gekommen war, hatte er sich selbst nicht mehr erkannt. Er war wie verwandelt! Und Marina hatte alles gesehen und begriffen ... Sie war eine schöne, junge, selbstbewusste Frau, eine sehr, sehr schöne Frau ... Sie wusste, was sie vom Leben wollte. Sie selbst tat den ersten Schritt. Sie wollte ihn, nicht Igor. Und was sollte er heucheln, es gab Augenblicke, in denen er insgeheim stolz darauf war ... Haben wir unsere Gefühle immer unter Kontrolle? Aber wie sollte er das diesem jungen Milizionär erklären? Und wie sollte er es seinem Sohn erklären, der vor Hass ganz blind war und aus Hass zum Mörder geworden war?

Mehr als einmal hatte er einen Schlussstrich ziehen wollen. Als der erste Rausch der Leidenschaft vorüber war, versuchte er, ihre Beziehung zu beenden, alles wieder in die gewohnten Bahnen zu lenken, aber Marina wollte nichts davon hören. Sie hatte keine Bedenken, keine Angst. Sie lebte, wie man nur in der Jugend lebt – ohne Furcht, ohne Gewissensbisse, ohne an den morgigen Tag zu denken. Manchmal hatte er gemeint – ja, das ist die wahre Liebe, die alle Schranken überwindet.

Dann sagte sie ihm, dass sie schwanger sei. Und dass es sein Kind sei, das sie erwarte, nicht Igors ... Walerik wurde geboren, sein dritter, jüngster Sohn.

Wie oft hatte er versucht, mit ihr zu brechen. Aber sie hatte sich gesträubt, sie hatte gekämpft. Ihr Geburtstag, jener Tag im November, als er nicht nach Hause gekommen war, obwohl Marina überall angerufen hatte, wurde der Tag, an dem ihr Geduldsfaden riss. Mein Gott, wie eifersüchtig sie gewesen war! Aus Eifersucht, aus Wut und Jähzorn hatte sie ihrem Mann alles gestanden, ihm sogar von Walerik erzählt. Und dann ... dann musste er zusammen mit Gleb Kitajew in der Leichenhalle den verbrannten und verstümmelten Leichnam seines Sohnes identifizieren. Das war die Vergeltung, hatte er gedacht. Aber wie sich herausstellte, war es nur der Anfang. Die erste Anzahlung auf seine Schuld.

»Es ist wahr«, sagte Saljutow – und wunderte sich, dass dieser eine kurze Satz alles ausdrückte, worüber er gerade nachgedacht hatte.

»Wir haben das Gespräch mit Ihrem Sohn aufgezeichnet, wie ich es Ihnen angekündigt hatte«, sagte Kolossow. »Aber dieser Mitschnitt ist inoffiziell und hat keine Beweiskraft. Ich lasse jetzt den Untersuchungsführer holen. Werden Sie die Beschuldigungen gegen Ihren Sohn Philipp, er sei der Mörder von Teterin und Vitas und Egle Taurage, im Verhör bestätigen?«

Im anderen Zimmer lauschte Katja gespannt auf jedes Wort. Sie hörte Saljutow antworten: »Nein.«

Dann fügte er noch hinzu: »Das kann ich nicht.«

Wieder Schritte. Nikita sagte nichts, drängte ihn nicht. Er öffnete nur die Tür und rief die Wachsoldaten. Katja wollte schon die Kopfhörer abnehmen, aber einer der Techniker schüttelte den Kopf: Warte noch. Er drückte auf irgendwelche Knöpfe an seinen Apparaten. Im Kopfhörer ertönte wieder Kolossows Stimme: »Du bist von selbst zu uns gekommen, Philipp. Nicht wir haben dich geholt. Vielleicht hast du nicht daran gedacht, was du riskierst. Vielleicht war dir aber auch schon alles egal, und du wolltest nur noch, dass alles ein Ende hat ... Gleich wird der Untersuchungsführer eintreffen. Hier hast du Papier. Schreib die Wahrheit über die drei Morde auf – über Teterin, Taurage und seine Schwester. Gib den Ort an, wo du die Pistole und den Schalldämpfer versteckt hast. Schreib alles auf, die ganze Wahrheit.«

»Nein«, antwortete Philipp. »Nein!« Seine Stimme klang jetzt ganz wie die seines Vaters.

»Ja«, sagte Nikita, »ja, Philipp. Hier ist Papier und ein Stift. Anders kommst du hier nicht mehr raus. Das lasse ich einfach nicht zu.«

Katja wartete. Lange. Schließlich vernahm sie unterdrücktes Schluchzen.

Sie nahm die Kopfhörer ab und verließ den Raum. Im Flur hatten sich fast alle Mitarbeiter der Mordkommission versammelt. Sie rauchten und warteten. Jemand bot Katja eine Zigarette an, aber sie lehnte ab. Die Zeit verging. Schließlich kam Kolossow mit mehreren beschriebenen Blättern in der Hand aus dem Büro am Ende des Flurs, und sofort betraten die Wachsoldaten wieder das Zimmer.

Nachdem Katja das Präsidium verlassen hatte, ging sie durch die Nikitski-Gasse auf die hell erleuchtete Twerskaja zu. In dem rund um die Uhr geöffneten Lebensmittelgeschäft an der Ecke ging sie in die Abteilung für Backwaren. Im Geist zählte sie dabei das Geld nach, das sie noch im Portemonnaie haben musste, und suchte sich dann aus der Vitrine eine luftige, mit Sahnecreme verzierte Torte aus. Nachdem sie die Schachtel von der Verkäuferin entgegengenommen hatte, rief sie vom Handy aus Krawtschenko an, sagte, sie sei schon auf dem Weg nach Hause, und bat ihn, unterwegs noch irgendwo eine Flasche Sekt zu kaufen. Morgen war Samstag. Und wenn der Charterflug nicht schon wieder verschoben wurde, würde morgen der Weltenbummler Sergej Meschtscherski zurückkehren, von den Gipfeln seines Himalaya in ihr bescheidenes Tal hinuntersteigen.

Mit der Torte unterm Arm ging Katja zur Metro. Trotz der

eisigen Kälte und der späten Stunde waren die Straßen noch voller Menschen. Soweit man schauen konnte, strahlten überall gleißende Leuchtreklamen. Die abendliche Stadt ähnelte immer noch einem geschmückten Weihnachtsbaum. Aber je weiter man sich vom Zentrum entfernte, desto dunkler und ruhiger wurde es.

Im Kiefernwäldchen am Stadtrand war es ungewöhnlich dunkel und still. Kein einziges Fenster in dem Haus mit dem Ziegelsteindach am Ende der Allee war erleuchtet. Auch die Allee selbst war leer und dunkel. Keine lange Reihe teurer ausländischer Wagen stand zu dieser späten Stunde hier, wie sonst.

Aber plötzlich flammten wie von einem Zauberstab berührt auf dem Parkplatz des Kasinos zwei Scheinwerfer auf. Die Beleuchtung funktionierte automatisch, ohne dass jemand sie einschalten musste. Einen Moment später funkelte auch das gigantische Neontableau an der Fassade auf. Die Autofahrer auf der Chaussee sahen wieder das gewohnte Leuchtfeuer: ein Neonfeld aus blühendem Mohn, das zu einer riesigen Blüte zusammenfloss, mit Blütenblättern, die an die Windmühlenflügel des »Moulin Rouge« erinnerten oder an ein gigantisches Zifferblatt ohne Zeiger. Dann fielen die Blütenblätter ab und verwandelten sich in ein fächerförmig herunterflatterndes Kartenspiel: Herzkönig, Herzbube, Karobube, Herzdame, As …

Von weitem, von der Straße aus, sah man das Bild auf der Werbetafel klar und deutlich, aber je mehr man sich dem Kasino näherte, desto verschwommener wurden die Umrisse der Blumen und Karten. Nur die Neonlichter blendeten und pulsierten in der Nacht, als seien sie lebendig. Wenn man ganz nahe kam und aufmerksam die Fassade betrachtete, konnte man erkennen, dass sich am oberen Rand des Tableaus etwas ver-